二見文庫

伯爵の恋の手ほどき

エヴァ・リー／高橋佳奈子＝訳

FOREVER YOUR EARL
by
Eva Leigh

Published by arrangement with
HarperCollins Publishers
through Japan UNI Agency,Inc.,Tokyo

ザックへ
永遠《とわ》に

このすべてを可能にしてくれたニコル・フィッシャーとケヴァン・ライアンに謝意を表したい。そして、レイチェル・ジョーンズの揺るぎなき支えに特別な感謝を。

伯爵の恋の手ほどき

登場人物紹介

エレノア・ホーク	〈ザ・ホークス・アイ〉紙の発行人
ダニエル・バルフォー	アシュフォード伯爵
ジョナサン・ローソン	ダニエルの親友。 ホールカム公爵家嫡男
キャサリン・ローソン	ジョナサンの妹
マギー・デラミア	エレノアの友人。劇作家
アラム侯爵	ダニエルの名付け親
キャメロン・チャールトン	ダニエルの友人。アラム侯爵の息子。 マーウッド子爵
ダヴェントリー	ダニエルの友人
マダム・ホーテンス	インペリアル劇場の化粧師
ミスター・スウィンドン	インペリアル劇場の衣装係
ストラスモア	ダニエルの従者
エディンガー	ダニエルの執事
デリア・エヴァハート	〈ザ・ホークス・アイ〉紙の記者
ハリー・ウェルカー	〈ザ・ホークス・アイ〉紙の記者

1

ロンドンは世界的に、美徳に満ちた立派な街の鑑《かがみ》を気どっているが、そんな高潔な見かけが、じつはうまく装っているだけのものにすぎないのかもしれないと知ったら、読者諸兄は驚くことだろう。弊紙の見解では、読者諸兄の想像以上に、不正と欺瞞《ぎまん》が横行している街である。弊紙が必要とされる所以《ゆえん》はそこにある。わが街における不品行を世にさらすことで、それを反面教師としていただけるからである。しかし、品行方正な暮らしを送るのはむずかしいことかもしれない。誘惑にさらされるとなればなおさらに……

〈ザ・ホークス・アイ〉一八一六年五月二日

一八一六年　ロンドン

富と醜聞の象徴のような男性がエレノア・ホークの事務所にはいってきた。

エレノアは醜聞には慣れっこだった。彼女の新聞の紙面を飾るのは、不道徳だったり、不名誉だったり、衝撃的だったり、刺激的だったりする事柄ばかりなのだから。それがロンドン社交界における、裕福で地位の高い人々に関することであればなおさらだった。エレノアはそのすべてについて、週に三度発行される新聞、〈鷹の目《ザ・ホークス・アイ》〉に詳細につづった。その辺の商店主と平凡な未亡人が関係を持ったかどうかなど、記事になっても誰も読みたいとは思わないものだ。

そう、〈ザ・ホークス・アイ〉が売れているのは、高貴な殿方と貴婦人の最新のいかがわしい関係を世に知らしめているからだ。もちろん、この美しい街でそんな不道徳がまかりとおるとは、と嘆く体を装い、影響を受けやすい若者たちへの反面教師として、そういう衝撃的な振る舞いを記事にしているというわけだ。

ロンドンの道徳教育に貢献することこそ、この新聞社の経営者であり、新聞の発行者であるエレノアの仕事だった。

当然ながら、そんなのはまったくの嘘《うそ》っぱちにすぎなかったが。

それでも、社交界の醜聞のおかげで、食卓にはパンが、頭上には雨をしのぐ屋根があるのだから、そこにどっぷりとひたる心の準備はできていた。それこそが自由を貴ぶ会社の精神というわけだ。

とはいえ、アシュフォード伯爵ことダニエル・バルフォーその人が、水曜日の午後に、〈ザ・ホークス・アイ〉の事務所に歩み入ってきたことは、驚きであると同時にいたしかたないことにも思われた。扉を開けて灰色の光をさえぎるように現れた彼が、手に何部か彼女の新聞を持っているのにも驚きはしなかった。

アシュフォード伯爵は机がひしめく狭い通路を進んできた。机に身をかがめていた記者たちが、顔を上げ、驚きに口をぽかんと開けて脇を通り過ぎる彼を見つめている。エレノアの事務室は通路の突きあたりにあったが、大部屋でくり広げられている光景は充分目にできた。

伯爵はハリー・ウェルカーの机の前で足を止めた。若い記者は目を上げてアシュフォード伯爵を見つめた。ふたりはくたびれたオーク材の机で隔てられているだけでなく、生まれのちがいによっても大きく隔てられていた。

「ご、ご用はなんでしょう?」ハリーは声を裏返らせて訊《き》いた。

「ミスター・E・ホークがどこにいるか教えてくれ」アシュフォード伯爵は何世代にもわたってすばらしい血筋を受け継いできたことと、高い身分にともなう義務をはたしてきたことで磨かれた太い声で訊いた。

「ミスター・ホークですか?」若い記者の声には当惑がありありと感じられた。

アシュフォード伯爵は持ってきた新聞のひとつを指差した。「ここに、〈ザ・ホークス・アイ〉はE・ホークなる人物によって経営され、発行されているとある。どこに行けば彼に会える?」

「どこへ行っても会えません」ハリーは答えた。「ミスター・ホークという人物はここにはいませんから」

見るからに拒まれることに慣れていないらしい伯爵は顔をしかめた。「この下品な紙くずが人の手を経ずに発行されるはずはない」

「たしかに」エレノアは鵞《が》ペンを脇に置き、立ち上がりながらきっぱりと言った。「お探しの人物がミス・エレノア・ホークなら、ここにおりますわ」

アシュフォード伯爵は彼女をまっすぐ見据えた。狼《おおかみ》ににらまれた野ウサギの気持ちが、エレノアにはそのときはじめてわかった。それでも、不意打ちをくらったのは彼女だけではなかった。伯爵も新聞の発行者であり所有者がじつは女性だったという事実を知って驚愕《きょうがく》の表情を隠せずにいたのだから。そのことにエレノアは多少満足を覚えた。

伯爵はそれ以上ことばを発することなく、ハリーに背を向け、彼女のほうへまっすぐ向かってきた。エレノアのほうは近づいてくる伯爵のまなざしに釘《くぎ》づけにされ、じっと立っているしかできなかった。

近づくにつれ、伯爵がどれほど危険な人物であるかがわかった。おそらく、文字どおりの意味で危険というわけではないだろうが——彼が数々の決闘を勝ち抜いてきたという噂《うわさ》を耳にし、それを記事にもしてきたとはいえ——男性的な魅力という意味では危険だった。これまでも何度か姿を見かけたことはあったが、それは遠くから見かけたにすぎない。劇場や、競馬場や、公的な集まりの席で。彼女のほうは見れば彼とわかったが、彼のほうは彼女を知らなかった。面と向かい合うことはなかったのだから。遠目で見かけたときには、悪い噂を立てられている金持ちの貴族らしく、姿形にすぐれた、ハンサムで見た目のよい男性だと思っただけだった。

しかし、近くで見るアシュフォード卿は……驚くほどだった。富と爵位に恵まれた男性が、これほどに魅力的でもあるのは正しいこととは思えなかった。しゃれた髪型に切りそろえられた褐色の髪は、恋人のベッドから起きてきたばかりであるかのように、美しく乱れていた。評判から考えて、それはおおいにありそうだった。額は広く、顎の形はすっきりしていて、眉は太い。目は何ヤードか離れた場所から見ても、驚くほどに青く澄んでいるのがわかった。当然ながら、口はキスや……その他のことに長《た》けているように見える。

長い手足を優美に動かして歩く様子から、運動能力にすぐれていることもわかる。広い肩にぴったり合った紺色の上着や、上半身の形をはっきり表す、金色の刺繍《ししゅう》のはいったクリーム色のウエストコートは、ジャーミン街の仕立屋の腕の良さを示していた。脚にぴったり合ったなめし革のズボンは、ボンド街で買ったらしい、磨きこまれたヘシアンブーツ（膝丈で房飾りの付いたブーツ）におさめられている。

まさしく、驚くべき男性だった。

「ミス・ホーク？」彼は紙が散らばった彼女の机の前まで来て鋭く訊いた。「女性とは思わなかった」

「わたしの両親もそうでしたわ」エレノアは椅子に腰を下ろしながら答えた。「でも、どうにかその事実を受け入れましたけど。伯爵様、どんなご用でしょう？」

訊かざるを得ない気がしてそう訊いたものの、厳しく非難されるのはまちがいなく、エレノアは身がまえた。

伯爵は帽子をとって脇に置いた。それから、手に持っていた〈ザ・ホークス・アイ〉を持ち上げて読みはじめた。

「〝勤勉で上品な読者諸兄によく知られた人物たるA卿は最近、F夫人なる女性といっしょにいるところを目撃された。F夫人の亡くなったご主人は、この徳の高い紙面で文字にするには赤面してしまうような女性の衣服の製造販売で財を成した人物である〟」伯爵は新聞を一部床に放った。「まちがっている」

「それを否定なさることなど――」

しかし、まだ終わりではなかった。伯爵は手に持った別の号を持ち上げると、また読んだ。

「〝われらが尊敬すべき読者諸兄にとっては驚きやいなや、悪名高きA卿はY州出身のL卿夫人をめぐる決闘のあとも、みずからの行ないを正すことなく、やはり放蕩《ほうとう》者のS氏が主催した深夜の乱痴気騒ぎで、疑わしき身持ちの別の既婚女性といっしょにいるところを目撃されたのである。しかし、鷹《たか》の目を持つわが社の情報筋は、伯爵の好意を得ようとしていたのが、この既婚女性だけではないことも見てとった〟」その新聞も彼は床に放った。「まちがっているよ」

その記事を書いたのはエレノア自身で、英語の散文として比類なき名文とは言えなくても、苦心して書いたその文章には誇りを感じていた。苦労の結晶をゴミさながらに床に放られるのは不愉快だった。

「これだけは言えますけど、伯爵様」エレノアは嚙《か》みつくように言った。「〈ザ・ホークス・アイ〉は何よりも正確を期すよう努めています」情報網は随所に張りめぐらしてあり、定期的に情報を得ていた。喉から手が出るほど金を必要としている貴族も多く、苦もなく富を得ている振りをするために、互いについての情報を喜んで売ろうとした。情報源には惜しみなく金を払ったので、みな何度も情報を売りに来るのだった。

金をもらうために彼らが嘘をついているかどうかは知ったことではなかったが、その情報の裏づけがとれれば、そのほうがよかった。それはつまり、ときおりみずから出かけていって調査を行なうということだ。しかし、忙しい身だったので——記事を書いたり、ほかの記者が書いた無数の記事を編集したり、新聞社の資金を管理したり——必ずしもそれに時間を割けるわけではなかった。

結局、エレノアは生計を立てるために稼がなくてはならなかったのだから。伯爵のような人間とはちがって。

エレノアはことばを継いだ。「伯爵様、A卿をご自分だとみなすなんて、ずいぶんと思い上がってらっしゃるんですね」椅子に背をあずけ、うっすらと笑みを浮かべる。「その記事に登場したのはアーチランド卿かもしれませんわ。もしくは、アドモンド卿かも」

「アーチランド卿は十年も田舎の家を離れていない」伯爵は答えた。「アドモンド卿が噂の的となった時代は、踵の高い赤い靴と粉をはたいたかつらが流行していた時代だ。胸のむかつくことだが、そこに書かれている貴族はまちがいなくぼくだ」

応戦しようとしてもこんなものね。「あら、でも、あなたは胸がむかつくような方じゃありませんわ。それどころか、わたしの読者にとってはとても魅力的な人物よ」エレノアは急いで付け加えた。

アシュフォード伯爵は首を振った。「ロンドン市民がぼくの行動に多少なりとも興味を抱くようなくだらない生活を送っているとしたら驚きだね」

「ロンドンだけじゃありませんわ」彼女は付け加えた。「国じゅうに何千という読者がいますから」

伯爵は両手を上げた。「ああ、そう聞くと、ずいぶんと状況がましになるよ。自分が何を心配しているのかわからないぐらいだ」

「新聞でも述べていますが――」エレノアは言った。「あなたはロンドンでももっとも悪名高き遊び人ですわ。だからもちろん、誰もがあなたの行動に注目するわけです」

彼は胸の前で腕を組んだ。その動きによって強調された肩の広さは、仕立屋の巧みな針仕事によってそう見せかけたものではなかった。

「新聞の読者というものは、近年の不作によって食料が不足していることにもっとずっと強い関心があるんじゃないか」彼は鋭く言い返した。「もしくは、東インド諸島での噴火について知りたいと思っているかもしれない。もしかしたら、もしかしたらだが、アルゼンチンがスペインからの独立を宣言したことを気にかけているかもしれないじゃないか。そうしたことはまったく頭をよぎらなかったのかい、ミス・ホーク？　ぼくのような、とるに足りない人間のうさんくさい噂話を紙面に載せるんじゃなく」

アシュフォード伯爵のような悪名高き放蕩者がそれほどに世の動向に通じていることに一瞬衝撃を受けたエレノアだったが、即座に気をとり直した。

「あなたのことをとるに足りないとは言えませんわ、伯爵様」と言い返す。「あなたの家名はエリザベス女王朝期にまでさかのぼれるほど由緒正しいものですもの。わたしの記憶が正しければ、祖先のトーマス・バルフォーが私掠船《しりやくせん》の船長として女王に仕え、伯爵の称号を頂戴したんですよね。ほかの人たちは彼のことを政府お抱えの海賊と呼んでいたわけですけど。どうやら悪い噂を招くのは血筋のようですね。大衆が惹《ひ》きつけられずにいられないのも当然ですわ」

今度は彼のほうが驚く番だった。アシュフォード伯爵家の祖先について、彼女がそれほどに詳しいと思っていなかったのは明らかだ。しかし、エレノアは何につけても完璧を期す人間だった。ほかの人が聖書を一字一句記憶するように、『ディブレット貴族名鑑』の中身を覚えていた。

「ぼくはひとりの男にすぎないからね」と彼は答えた。「仮に、かなりの衣装持ちの男だとしても——」

それに愛人も大勢、とエレノアは胸の内で付け加えた。

「それでも、貴重な紙とインクを何ページ分も費やすほどの価値はない」彼はしめくくった。

「あなたは紳士のクラブに属していらっしゃいますよね？」エレノアは辛辣な口調で訊いた。

「たしか、〈ホワイツ〉に。そこでは何をしてらっしゃるんです？」

「酒を飲んでいる」

「今はまったく酔っていらっしゃらないようだわ」彼女は言った。「それに、いつもそこでお昼を召し上がるわけでしょう。この時間からして、ホワイツにいて、それからここへいらしたようだわ。息にも体にもアルコールのにおいはしませんから、クラブではお酒を飲んでいるだけだというのはほんとうではないんじゃないかしら」

「ああ、お見通しというわけか。じっさい——」彼は秘密を打ち明けるように声をひそめた。「クラブではいかに下流階級の人間の血を吸って生きていくか考えて過ごしていることが多いんだ」

「それがほんとうなら、今ごろはわたしも、同じ庶民の仲間も干上がってしまっているはずですわ」

「おそらく、ぼくはその考えをつきつめる必要があるんだろうな」彼は言った。「きみたちは血を吸うのにうってつけの相手だからね」

「今日はなんて誇らしい日なんでしょう」エレノアは言った。「吸血鬼になりたいと伯爵様に思わせたなんて。でも、きっと、わざと鈍い振りをなさっているのね。ほかには――お酒を飲んだり、下流階級の人間を苦しめようと考えたりする以外は――クラブで何をなさっているんです？」

「新聞を読んでいる」と伯爵は答えた。

はっ！ ようやく認めたわね。「クラブの会員になるだけの人脈や財産を持たない殿方には、コーヒー・ハウスがあるというわけです。そこでも、お客様のために新聞をとってくれているものですから」

「どうも鵞ペンの先が丸まって、きみのことばも鋭さを欠いてきたようだ」彼は辛辣な口調で言った。「きみが何を言いたいのかわからない」

エレノアは机をまわりこんで前に出ると、机に寄りかかった。伯爵とはほんの数メートルしか離れていなかった。「伯爵様、わたしが言いたいのは、あなたが引き合いに出したような世界の動向を知らせる新聞は無数にあるということなんです。ほとんどの新聞社はここから半径四百メートルのところに事務所をかまえていますわ。そういう新聞社は最新の世界の動向を知らせるものです。でも、〈ザ・ホークス・アイ〉は、〈タイムズ〉とか、ほかの新聞が載せないような情報を載せる新聞ですわ」

「鳥籠のなかに敷くのに使う新聞だ」とアシュフォード伯爵は言った。

「倫理的な導きとなる新聞です」

彼はあざけるような笑い声をあげた。「病院の職員を連れてこないといけないな。きみがひどい妄想にとりつかれているのは明らかだからね。われわれの君主と同じように――神よ、彼を救いたまえ。司教の冠と杖《つえ》を持ってきて、きみこそ法王だと宣言しようか？」

エレノアは唇を引き結んだ。新聞の記事について責め立てられたのはこれがはじめてではなかったが、この伯爵ほど明晰《めいせき》で知性にあふれた人物にそうされることはめったになかった。彼がなんともすばらしい外見の持ち主であることも救いにはならなかった。どうしたらこんなすばらしい青い目を持てるの？　秋の陽光に照らされたサファイアのように光る目。

「この新聞の紙名の下に書いてあるわ」エレノアは机の上に載っていた新聞を手にとって言った。「コンシリウム・パー・スタディウム。〝観察を通して導く〟あなたがもっと倫理にかなった暮らしを送っていれば、わたしの新聞に登場することもないはずですわ」

アシュフォード伯爵ははっきりと不信の念を浮かべた顔で彼女を見つめた。「ぼくに意見しようなんて、どこまで図々《ずうずう》しいんだ。きみは鵞ペンを使い、死肉をむさぼって利益をあげるハイエナのような人間だな」

エレノアは自分を強靭《きょうじん》でかなり冷静な人間だと思っていたが、なぜか伯爵のことばは胸に突き刺さり、久しぶりに経験するような奇妙な感覚に襲われた。言うなれば、痛みと……羞恥が入り交じったような感覚。

そんな感覚はすぐさま振り払った。羞恥などという感情は恥ずかしがる余裕のある人間が抱くものだ。自分にその余裕はない。

「意見なんてしていません」彼女は言い返した。「ただ、事実を記事にしているだけです」

アシュフォード伯爵は鼻を鳴らした。「事実なんかじゃないさ。最悪の文章のなかに半分だけ真実をまぶしてあるだけだ」

「わたしの文章は最悪じゃないわ」彼女はつぶやくように言った。「最近〈エグザミナー〉はお読みになりました？　あれこそが忌むべき通俗的な文章です」

「それでも、ぼくはここに――」彼は抑揚のない声で言った。「きみの事務所にいる」

「そうですね。でも、伯爵様、癇癪《かんしゃく》を起こした子供のように毒づいたり、文句を言ったり、泣き言をもらしたりしてもいいですけど――」

伯爵は不満の声をもらした。

「でも、あなたは世間の注目を浴びるお方ですから。そんなことをすれば、記事の格好の材料になりますわ。世間のほかの者たちはかなりつまらない生活を送っているんです。朝起きて――」

「ぼくだって同じだ」

「朝食をとり」

「ぼくもだ」

「仕事に向かいます」

そこで伯爵は沈黙した。

エレノアはつづけた。「ほとんどの人間は劇場や賭場へ出かけるだけのお金も、個人的な集まりに招かれるだけの人脈も持っていないものです。あなたはそれができる人間で、そういう暮らしを送っています。みんながあこがれる存在なんです」

彼は悲しげな笑い声をあげた。「きみもきみの読者ももっと高いところに目を向けたほうがいいな。きみの言う、鑑となるべき徳の高い人物もいるはずだ」

「たぶん、そうでしょうね」彼女はずけずけと言った。「男女問わず、あなたよりもずっと志が高く、野心的な人物はいくらでもいますわ。お手本として掲げるべき人はね。教師とか、慈善家とか」

アシュフォード伯爵は侮辱されたという顔になった。「ぼくだって、ロンドンにある孤児院や、復員兵の救援組織にかなりの寄付をしているさ」

「そうなんですの？」それについてはあとで書き留めておかなければ。これまで、情報源の誰ひとりとして、伯爵がそういう一面を持つことを教えてくれなかったが、彼の遊び人という一般の印象を穴埋めする、対照的な魅力と言えるかもしれない。慈善を行なっていることをみずからおおやけにしようとしていなかったという点も、アシュフォード伯爵にいい印象を与える。それでも、高尚な人間ではないと思っているほうが仕事はやりやすかった。

「人格がどうであれ――」エレノアはつづけた。「あなたがほんのひとにぎりの人間しか享受できない暮らしを送っているのはたしかですわ。だからこそ、注目の的となるんです。正直、わたしにしても、ほかの記者にしても、あなたについての記事を書くのを止めることはできませんわ」

「悲しいことだが、それはよくわかっている」と彼は答えた。

エレノアは机の奥に戻った。「でしたら、お互いに言いたいことはすべて言い合えたようですね。お話しできて光栄でした。ご機嫌よう、伯爵様」そう言って椅子に腰を下ろそうとした。「かなり忙しいもので。でも、お望みなら、ハリーに玄関まで送らせますわ」

しかし、アシュフォード伯爵は動かなかった。今も胸の前で腕を組み、その場に突っ立ったままでいる。「これからもぼくを記事の対象にするつもりなら、少なくとも、きちんと調べてから書くことはできるはずだ」

エレノアは下ろしかけていた腰を途中で止めた。「ケンブリッジで教育を受けたわけでなくて申し訳ありませんけど、おっしゃりたいことがよくわかりませんわ」

彼は組んでいた腕をほどき、机の端に両手をついてわずかに身を乗り出した。あいだに広い机があるにもかかわらず、エレノアは身をそらしたくなる衝動に駆られた。

「ミス・ホーク、ぼくが言いたいのは――」彼は小声で言った。「ぼくに同行して取材してはどうかということだ。昼夜問わずに。そうすれば、ぼくが何をして暮らしているか、正確にわかるはずだ。そう――」彼はゆっくりと笑みを浮かべながらつづけた。「ぼくについて書くのをやめてほしいと言っているわけじゃない。書くなら正しい情報を載せてほしいと言っているんだ」

ダニエルはまだ、E・ホークがじっさいはエレノア・ホークであったことを知った衝撃から立ち直れずにいた。しかも彼女は、このグラブ街界隈《かいわい》で出くわすような身持ちの悪い女性でもなかった。ミス・ホークは裕福な商人の妻を思わせた――小麦色の髪と明るいハシバミ色の目と、強くはあるが女らしい顔立ちと、いい具合に曲線を描く体つきの、商人の美人妻。年齢は三十二歳の自分と同じぐらいで、店を持って切り盛りしている誰かの妻にこそふさわしいような女性だった。

ほぼ完全に男の世界である新聞業界でたったひとりの女性。彼女と同じ仕事に就いている女性がほかにいるとしても、その噂を耳にしたことはなかった。きっと男性の親戚から――おそらくは父親か夫から――新聞社を受け継いだのだろう。亡くなった夫かもしれない。自分で新聞を創刊したということはないはずだ。

それでも、こうして目の前にいる彼女は、堂々たる態度で驚かせてくれている。慎《つつ》ましい桃色のドレスに身を包み、髪はきっちりと後ろでまとめてピンで留めている。生計を立てるために働いていることを示す唯一のものは、インクのしみがついた指だけだ。

E・ホークが女性だとは思ってもみなかったが、じっさい、願ってもないことだった。女性ならば、この提案をなおさら魅力的に感じるはずだ。新聞記者と女性は、この世でもっとも好奇心旺盛な存在だ。そのふたつがひとつになっているとなれば、好奇心の強さで匹敵するのは猫ぐらいのものだろう。

この二週間ほど自分を悩ませている事実から彼女の注意をそらし、真の目的を悟られないようにするのだ。彼女の目がよそに向いているあいだに、真の目的をはたすこともできるはずだ。ジョナサンを見つけるという目的を。

ダニエルの提案にミス・ホークは明らかに興味を惹かれたようだった。椅子に腰を下ろそうとして中腰になったまま動きを止めている。

興味を惹かれてはいるようだったが、疑うような口調で訊いてきた。「どうしてご自分のことを記事にしてほしいと？」

「きみも言っていたが——」彼は説明した。「ぼくの生活についてこういうばかげた記事を書くのをやめさせることはできない。やめさせることができないのであれば、少なくとも、正しい記事を書かせるしかない。日々昼夜問わず、ぼくに同行させて、ぼくの行動を記録させる以上にいい方法があるかい？　深夜のどんちゃん騒ぎに参加するのがいやなら話は別だが。社交界の人気者が夜遅い時間をどうやって過ごしているのか、その目で見てみたくないか？」

それが大嘘であるのはたしかだった。それでも、子供のころからの親友であるジョナサン・ローソンが姿を消してもう一カ月になると説明するわけにもいかなかった。ジョナサンが姿を消してすぐに彼の兄が亡くなったせいで、状況はより深刻だった。今やジョナサンは、イギリス一由緒正しく、誰よりも尊敬される公爵家の跡継ぎとなったのに、誰も彼を見つけられずにいた。彼は姿を消す前に、身分の低い、荒っぽい連中といっしょにいるところを目撃されていた。イースト・エンドの路地裏をうろつき、ドブネズミのような暮らしを送っている連中だ。ジョナサンが失踪したという事実が明るみに出れば——とくに新聞にそんな記事が載ったら——公爵家は破滅してしまうかもしれない。

しかし、ミス・ホークが言い張ったように、ダニエルはおおやけに名の知られた人間だった。その一挙手一投足を彼女は記事にしてきた。彼女の鋭い目をジョナサンの行方を探している事実からそらさなければならない。そこで必要な戦略は、彼女の注意を惹く事柄を巧妙につくり上げることだ。ダニエルは彼女の詮索にみずからをさらすことにした。ジョナサンには義理があったからだ。友情の約束を破ったことを考えれば、多少の不便を我慢するくらい、なんということもない。

自分はジョナサンの友情を手ひどく裏切ってしまったのだから。

ミス・ホークは椅子に腰を戻し、彼の提案について考えるあいだ、前後に椅子を揺らしていた。眉根を寄せ、指先と指先を合わせて下唇に押しつけている。自分が画家だったら――もちろん、絵など描けなかったが――この場面を絵にして、『油断なき沈思黙考の観察』と題名をつけたことだろう。

しばらくして椅子の揺れが止まり、彼女は彼と向き直った。「あなたのことが信頼できないわ」とはっきりと言う。

ジョナサンと別の友人のマーウッドをのぞけば、それほどあけすけな物言いをされたことはなかった。それでも、ミス・ホークは率直な物言いをする権利があるとでもいうような口振りだった。ありとあらゆることについて対等な者同士のような。

ダニエルは心に憤怒《ふんぬ》の熱い波が押し寄せてくるのを待ったが、波は来なかった。それどころか……爽快だった。自分そのものに語りかけられているようで。アシュフォード伯爵という貴族に対して、おべっかやお世辞やごますりなどのへりくだった態度をとられるのではなく、ごくふつうの人間としてあつかわれることが。

「どうしてだい？」彼は率直に尋ねた。

彼のほうも率直に答えたことに彼女は虚をつかれたようで、多少仕返しができた気がした。誰かを驚かすことができるのは彼女ひとりではない。

「信頼する理由がないもの」ミス・ホークは答えた。「お互い、意図が真逆であることははっきりさせたはずです。それに、あなたはすでにわたしについて、ふたつの大きな事実を知ったわ。わたしはこの会社の所有者で、女性でもある」

「ああ、どちらの事実もぼくの知るところとなった」残念なことに、舞踏場の反対側の端にいるミス・ホークを見かけたのだったら、ダンスを踊ってくれと頼んだことだろう――もしかしたら、それ以上のことも。彼女は気もそぞろになるほどに魅力的だった。世慣れていて、賢明で、体はほっそりしているのに魅惑的な曲線を描いている。しかし、気をそらされるわけにはいかなかった。

ミス・ホークはぼくがここへ来た理由を知らない。こんな突拍子もない申し出をした理由も。そして、この申し出を拒まれたら……いや、受け入れてもらわなければならない。影響力のある一族の評判がそこにかかっているのだ。もっと重要なことに、ジョナサンの命もそこにかかっている。

ミス・ホークはつづけた。「そのふたつの事実のせいで、わたしは他人を信頼できなくなったんです。とくに男性を」

ダニエルはそのことばに注意を惹かれた。

しかし、興味深いそのことばの意味を訊こうとする前に、彼女が話をつづけた。「それでも……」そう言ってまた指先と指先を合わせた。「あなたの申し出を断るのは愚かですね。

結局、断れば、あなたがうちの競争相手に同じ申し出をするのを止められないわけでしょう？」

ほかの大衆紙に、〈ザ・ホークス・アイ〉ほど、頻繁かつ綿密に自分のことが載っているものはなかったが、それは言わずにおいた。

「そうだな」彼は言った。「そこはぼくの思惑ひとつさ」

ミス・ホークはまだ考えこむように眉を下げたまま、立ち上がって事務室のなかを行ったり来たりしはじめた。狭い事務室のなかで、ビリヤードの球が跳ね返るように何度もすばやく向きを変えている。

「連載物にできるわ」ほとんどひとりごとに近い口調で彼女は言った。「次の号で広告を打って、連載物につなげるのよ。売り上げも伸びる。それで、その連載記事の題名は……題名は……」

「〝A卿の冒険〟」とダニエルが口を出した。

ミス・ホークは彼の提案にがっかりしたように苛立《いらだ》った目を向けてきた。「あまり刺激的な題名じゃないですね」

「ぞっとするようなことばの使い方に慣れていないものでね」

「あなたは新聞記者にはなれないわ」彼女は言い返した。

「ありがたいことに」と彼は答えた。

小さな事務室で、ミス・ホークはダニエルの脇をかすめるように行ったり来たりをくり返していた。インクと、印刷機の油と、シナモンのにおいを鼻がとらえる。ダニエルは怯《おび》えた犬のように隅に追いやられるつもりはなかったので、ミス・ホークがすぐそばにいることに心乱されながらも、その場に突っ立ったままでいた。

突然、彼女が顔を輝かせて足を止めた。何かひらめいたのだ。瞬時に、きれいな顔が特別きれいなものに変わる。

「〝放蕩貴族の誘いに乗る〟」彼女はきっぱりと言った。

ダニエルは顔をしかめた。これまで、〝ならず者〟やら、〝浪費家〟やら、〝道楽者〟やら、さまざまな名前で呼ばれてきたが、〝放蕩貴族〟は昔から最悪の呼び名だと思っていた。女性に色目を使ってばかりの人間が思い浮かぶ、安っぽく、猥褻《わいせつ》な感じの呼び名だったからだ。

「そんなことばを使う必要はないはずだ」

「あら、あるわ」ミス・ホークは顔を輝かせて答えた。「〝公爵〟ということばを別にすれば、〝放蕩貴族〟以上に読者を惹きつけることばはないもの。大勢の人に記事を読んでもらいたいでしょう？」

選択肢があるならば、当然ながら、そんなことは否定したかった。しかし、今はふつうとは言えない状況で、できるかぎり大勢の目を自分に惹きつける必要があった。「ああ」ダニエルは歯を食いしばるようにして言った。

ミス・ホークは彼にほほ笑みかけた。「よかった。〝放蕩貴族の誘いに乗る〟にするわ」

突然はっとひらめいたことがあった。「ぼくの特別鋭い観察眼によって、きみがじつは女性であることがわかったわけだが、ぼくといっしょに出歩けば、きみの評判に瑕《きず》がつくんじゃないかな」

彼女はかすれた笑い声をあげた。磨き上げられた石の上に蜂蜜を垂らしたような声。「わたしは記者ですよ、伯爵様。評判なんてものはありません」

女性の知り合いのほとんどは、自分の名前に瑕がつくのを恐れて評判を保とうとしていた。女性にとっては世間からどう見られるかがすべてという世界に暮らしているからだ。しかし、この風変わりなミス・ホークは、誰になんと思われようと気にもしない、辺境の王国で暮らしているかのようだ。男であるかのようでもある。もしくは、少なくとも、男と同等であるかのような。

なんとも興味深いことだった。

「でしたら、決まりですね、伯爵様？」彼女はなおも言った。「あなたのさまざまな活動にごいっしょして、そのことを〈ザ・ホークス・アイ〉で記事にするということで？」

それで決まりだった。扉を大きく開いて自分の生活をおおやけの目にさらすのを防ぐ機会は失われてしまった。これまでも人目にさらされてはきたが、今約束したほど多くをさらしたことはなかった。そう考えただけで、胸がしめつけられ、自分の個人的な生活を守ろうとするように手がこぶしににぎられた。紳士というものは悪評を得るために行動を起こしたりしないものだ。行動を起こすにしても、ひそかに、優美に、控えめに起こすものだ。

ミス・ホークの新聞にサーカスのごとく書き立てられるというのは、ひそかでも、優美でも、控えめでもない。それでも、そうしないわけにはいかなかった。ジョナサンの家族のために。もっと大事なことには、ジョナサン自身のために。

「決まりだ」と彼は言った。

ミス・ホークは手を差し出した。握手しようというのだ。ダニエルはしばしその手をじっと見つめた。ご婦人方は握手をしたりしない。手を差し出すのはそこに顔を寄せてもらうためだ。もしくは、女性たち自身がお辞儀をする。しかし、これはミス・ホークがこれまで知り合ったほかの女性とはまるでちがうことのさらなる証拠だ。

ダニエルにとって握手は約束を意味した。これで運命が最終的に決する。

しばらくして、彼は彼女の手をとった。手袋はしたままだったが、薄い子ヤギのなめし革越しに、彼女の指の腹にたこがあるのがわかった。書くことで生計を立てている女性なのだ。手袋の薄い革越しに、その手があたたかいこともわかった。全身の血管に熱い血が流れる。素手同士、肌と肌を合わせたらどんな感触だろう？　女性の感触なら大勢のを知っていたが、ミス・ホークのような感触の女性はいなかった。

彼女はにぎった手に目を落とした。眉のあいだにうっすらと縦皺《たてじわ》が寄る。謎を解こうとでもするように。

彼女がそばにいるときには用心しなければならない。謎のすべての側面を暴くまでは、けっしてあきらめない人間のようだから。今回の提案の真の目的を暴かれたら、最悪の事態を招くことになる。

彼女は唐突に手を引っこめ、その手をスカートに押しつけると、せき払いをした。「予定を立てないといけませんね。いつからはじめますか？」

「早ければ早いほどいい」

ミス・ホークは訝《いぶか》るように目を細くした。「お急ぎなんですか？」

長年貴族として鍛錬してきたおかげで、ダニエルはなめらかで抑揚のない声を出すことができた。「きみの読者をあまり長く闇のなかに放置しておきたくないからね」それは答えにはなっていなかったが、彼女の質問に答えるつもりはなかった。

「明日からで結構です」彼女は答えた。「あなたさえよければ」

「いいだろう」と彼は答えた。「明日の夜は〈ドネガンズ〉で過ごすつもりでいたんだ」

「知らない場所ですわ」

「あまりまっとうとは言えない賭場さ」

「賭場」彼女は興奮して文字どおり跳び上がったが、そこで動きを止めた。「女性もはいっていい場所ですの？」これまで、E・ホークが男だと思って立てた計画だった。「そうだ、変装すればいいわ。男性の装いなら用意できますから」と彼女は言った。男の服を着て男の声を出さなければならないという事実にひるむどころか、ミス・ホークはおもちゃ屋に放たれた子供のように興奮した顔になった――それも非常に不道徳なおもちゃ屋に。

「どうやって？」

「劇場に友人がいるんです」と彼女は答えた。

「それも当然なんだろうな――悪評高き職業の人間は同類に惹かれるわけだ」

「爵位を持つ人間はみな、ほかに例を見ないほど徳の高い生活を送っているとでも？」

「ぼくらも劇場は嫌いなわけじゃない」彼はそっけなく言った。「放埒《ほうらつ》な生き方をしたいという思いを満たしてくれるからね」

「なんにしても、インペリアル劇場にいるわたしの放埒な友人が衣装とかつらを貸してくれると思います」

ダニエルは眉を上げた。「インペリアル劇場ね。あそこはかなり……型にはまらない演目を上演している」友人のマーウッドはインペリアル劇場でかけられる芝居をほぼ欠かさず見ていた。とくに上流階級を鋭く批判するデラミア夫人の音楽劇が気に入っていた。

ミス・ホークがすばやく浮かべた満面の笑みがダニエルの肋骨《ろっこつ》のあいだをしめつけた。

「特許状を与えられていない者は、お客を呼ぶのに、多少の創意工夫を凝らさなきゃならないんです」

ダニエルは帽子を頭にかぶった。「では、明日の夜に。インペリアル劇場へ迎えに行くよ」

「明日の夜に」

一瞬躊躇《ちゅうちょ》してから、ダニエルは踵《きびす》を返してミス・ホークの事務室をあとにした。彼女の目が背中に注がれるのを意識しながら。

選択肢はなかったのだ。しなければならないことをしたまで。どう転ぶにしても、最後までやり遂げなければならない。それでも、握手したときの彼女の手の感触は忘れられなかった。ほっそりとしていて、あたたかく、強い手だった。表に出ると、馬車が待っていた。おまえはたった今、とてもきれいな悪魔と取引したんだと心の声がささやいた。

2

今の時代、清廉潔白を自負する向きは多いが――まさしくそのとおりと言える方々もいるのはたしかだが――この社会の表層の下に、見せかけとはちがうもの、いいや、まぎれもなく隠ぺいされたものがあると知ったら、弊紙の高潔な読者諸兄は驚かれるかもしれない。ひとかどの人物を気どっている人々が、見せかけの下にまるでちがう素顔を持っていることも多々ある。人々がそうして素顔とはちがう見せかけを装う目的ははっきりせず、弊紙としてはそれを想像するしかないが……

〈ザ・ホークス・アイ〉一八一六年五月四日

翌日の夕方、エレノアがインペリアル劇場の楽屋口からなかへはいると、そこはいつものように、色とりどりの混沌《こんとん》とした状態だった。舞台監督助手のキングストンがけっして手から離したことのない書類の束を抱えてあちこち走りまわり、人にしろ、物にしろ、行く手をさえぎるすべてに向かって怒鳴っている。リハーサルは必ずや大騒ぎになるのだった。衣装を身につけた踊り子たちが軽やかな足どりで舞台から下りてきて、振付師のあり得ない要求についてなんとも汚いことばで文句を言っている――人間の脚には関節がたくさんあるとは言っても、それにだってかぎりがあるのにと。踊り子たちが舞台から下りると、代わって派手なズボンとウエストコートを身につけた二人組の喜劇役者が登場した。冗談が受けなくても、途方もない衣装で笑いがとれるかもしれないと期待しているのは明らかだ。

あたりにはランプのオイルと汗とドーランのにおいが濃く垂れこめており、劇場内はおしゃべりと音楽に満ちていた。エレノアは舞台の袖で足を止め、大きく息を吸った。ああ、これこそがわたしの属する世界だわ。生まれてこのかた、劇場にかかわる人々や、音楽家や、物書きや、芸術家気どりの人々や、一般的には良くない評判を頂戴している人々と付き合い、社会のはずれ者としての人生を歩んできたのだった。ときどき新聞社の経営者としての自分のほうが慣れない気がすることもあった。

アシュフォード伯爵とはかけ離れた世界。

エレノアが舞台の袖で喜劇役者のふたりが駄洒落を言い合うのを眺めていると、黒っぽい髪の女性が通りかかって足を止めた。

「またわたしの芝居の息の根を止めに来てくれたの、エレノア？」女性は腰に両手をあてた。

「息の根なら自分で止められるじゃない、マギー」とエレノアは応じた。

マギーはエレノアの腕に自分の腕をからませた。ふたりは混乱を極める舞台裏をゆっくりと歩き出した。「〈タイムズ〉に載った『恋の革命』の劇評を見た？　〝いやしくも、評者の見たところ、マーガレット・デラミア夫人の最新の劇作は、それなりにたのしめるものの、過激な感情の発露が多すぎるようである。またも、社会階級はこれまでどおり明確に分けられるべきであるという一般の通念に挑もうとしている。フランスで起こったような革命へとつながりかねない危険な思想である。そんな無知をさらしたのは、彼女が女性であるがゆえにちがいないと想像するしかない〟」

「何百年ものあいだ、かたくなに守られてきた階級制度によくも挑んだものだ！」エレノアが尊大な口調をつくって言った。「それでもきっと自分の作品には満足しているんでしょうね。とくに女性としては」

「それはそうよ」マギーはため息をついた。「そうじゃなくても、劇評家たちには地獄へ堕ちろと言ってやって、書きたいことを書くだけよ」

ふたりの女性は忍び笑いをもらした。物書きとしての人生はけっして容易ではなく、称賛されることもなかった――金にもならなかった――が、エレノアもマギーも生まれながらに同じ呪いをかけられていた。女であること。そのせいで自分たちの作品が、男性の同業者が生み出したものと同等の価値があると判断されることはほとんどなかった。もっと悪いことに、赤ん坊や家庭など、〝女にふさわしい〟、〝家庭的な〟主題で書けと言われたりもした。マギーもエレノアもまるで興味のないことについて。

しかし勇敢なマギーは、男っぽい仮名を使うことなく、作品を本名で発表していた。エレノアは名前をイニシャルにすることで性別をはっきりさせずにいた。

ドルリー・レーン劇場やコヴェント・ガーデン劇場とちがって、インペリアル劇場には王の特許状が与えられていなかったため、台詞《せりふ》だけの芝居を上演することができなかった。特許状を与えられているふたつの劇場に匹敵する劇場はほとんどなかったが、インペリアル劇場は上演するすべての芝居に音楽をつけることで、制約をどうにかかわしていた。上演されていたのは、オペラと芝居の中間とも言える〝音楽劇《ブルレッタ》〟で、しばしばほかの劇場があえて触れようとしない問題を主題に据えるものだった。

マギーがこの劇場でみずからの芝居を上演しようと決めたのは、ドルリー・レーンもコヴェント・ガーデンも――夏のあいだのヘイマーケットも――新しい芝居をかけることがほとんどなかったからだ。インペリアル劇場は劇場のなかでは異端だったため、もろ手をあげてマギーを迎え入れた。因習を打破しようとする彼女の作品は劇場の目玉となった。

「事務所に戻って、どこかの貴族を世論に対してさらし首にしなくていいの？」役者や踊り子たちが群れているまわりを歩きながらマギーが訊いた。

「たとえがおかしいわ」エレノアが言った。「それに、こうしてここへ来たのも、とある貴族のせいよ」それから、できるだけ手短にアシュフォード伯爵とのとり決めについて友に話して聞かせた。

「あのアシュフォード伯爵?」マギーが確認した。「ここの女優同士で、髪を引っ張ったり、噛みついたりの大喧嘩《おおげんか》をする原因になったあのアシュフォード?」

「そのアシュフォードよ」エレノアは今耳にしたことを頭のなかにしまいこみながら答えた。そのささやかな出来事を〈ザ・ホークス・アイ〉で記事にしたかどうかたしかめなければならない。していなかったら、職務怠慢ということになる。

「あのボックス席にすわっているのを見たことがあるわ」マギーが劇場のボックス席を指差した。裕福な人々のために、赤いベルベットを張った宝石箱のように並んでいる席だ。芝居のあいだ、そこにすわる人々は、シルクやサテンや宝石に飾られた、正真正銘の宝のように陳列されることになる。「ちやほやするとり巻きたちにいつも囲まれているわ。もちろん、女性にもね。わたしが〝コルセットしめつけ装置〟と呼ぶような顔の持ち主よ。ひと目見れば、突然少しばかり息が苦しくなるってわけ」

「わたしにとっては——」エレノアは言った。「新聞の購買部数を増やす手段以上の何ものでもないわ」

「〝誓いのことばがくどすぎるように思えるけれど〟(『ハムレット』の一節)」マギーがつぶやくように言った。「わたしが過去に放蕩貴族とあれこれあったことはあなたも知ってのとおりよ。紙でできた船ほどにも信頼できる連中だわ」

「少なくとも、わたしは泳げるから」マギーとあまり頻繁に会えないのは残念だった。しかし、エレノアには締切があり、マギーは新しい芝居の執筆で忙しいため、めったにふたりの予定が合うことはなかった。

「アシュフォード伯爵とのとり決めが今夜からはじまるとしたら――」マギーが考えこむように言った。「ここで何をしているの？　家に帰って、彼のためじゃない振りをしながら、着飾っているべきじゃないの？」

「彼のために着飾らなきゃならないのはほんとうよ」エレノアは言った。「でも、必要な衣装は襟ぐりの大きく開いたドレスや髪飾りじゃなく、なめし革のズボンやビーバー帽なの」

マギーは興奮して手を口に押しつけた。「男装の役なのね！　でも、それってすばらしすぎる！　マダム・ホーテンスとミスター・スウィンドンを呼ばせて。ふたりともいつになく大喜びするわ――『伯爵夫人の嘘』以来、ちゃんとした男装の役はなかったから」

友人は急いでその場をあとにし、劇場のなかを歩きながら、通りがかった誰彼をつかまえては、エレノアの変装について熱心に説明した。誰もが興奮の声をあげた。劇場にかかわる人々はみな、自分たちの常軌を逸した特異な世界に誰かを引きずりこむことに喜びを見出すもので、インペリアル劇場の役者や裏方たちも例外ではなかった。すぐにもエレノアは、どんな男性に変身させようかとあれこれ意見を言い、彼女をあちこち向かせる六人もの人に囲まれていた。浅黒い男か、色白か。洒落者か、あらくれ男か。エレノアは有頂天になって製作にとりかかる、無数の彫刻家の手に落ちた粘土になった気分だった。ずっと離れたところに立つマギーは手を口にあてて笑っている。

こんな情景を見たら、アシュフォード伯爵はどう思うだろう? 数多《あまた》の女優たちと浮名を流しても、劇場のこんな一面は知らないはずだ。

やせた中年女性のマダム・ホーテンスは化粧とかつらの係で、ずんぐりとしたスウィンドンは衣装係だった。ふたりは人ごみを押し分けて前に進み出ると、どちらも品定めするようにエレノアをじろじろと見た。

「ビリングズゲートで売られる魚ってこういう気分なのね」とエレノアはつぶやいた。

「こちらへ」マダム・ホーテンスはエレノアを連れていくつか階段を下りた。スウィンドンと、エレノアをとり巻いていた面々もそのあとに従った。一行は鏡と、衣装が隙間なく置かれたテーブルがずらりと並んでいる化粧部屋へやってきた。

「出ていくんだ、みんな!」スウィンドンはあとをついてきた連中に指を振った。当然ながら、その命令に芝居がかった絶望の声が答えた。

「マギーには残ってもらって」エレノアは言い張った。やる気満々のマダム・ホーテンスとスウィンドンの手にゆだねられなければならないとしたら、そばにいてくれる味方が必要だ。

「まあ、いいさ」スウィンドンはため息をついた。

マギーは人垣ができた入口をすり抜けて部屋へはいり、扉を閉めた。閉じた扉の向こうから、くぐもった悲嘆の声が聞こえてきた。

マダム・ホーテンスはエレノアを椅子にすわらせ、値踏みするようにほほ笑みかけた。

「さて、はじめましょうか」

「神様、助けて」エレノアはささやいた。記事を書くためにここまでしなくてはならないなんて。


ホワイツで得られるような心なごむ感覚はほかではけっして得られない。ダニエルはその紳士クラブに足を踏み入れるや、すぐさま物言わぬ使用人に出迎えられた。使用人は外套《がいとう》と帽子と手袋を受けとると、ひそやかに姿を消した。地位の高い聖職者ほどもおごそかな態度の執事が現れ、控えめに敬意を示して挨拶した。

「何かお持ちしましょうか、伯爵様？」

「ブランデーを。それと、もしあれば最新号の〈ザ・ホークス・アイ〉を」

「その……新聞については、とり寄せているかどうかたしかめなければなりません。とり寄せていなければ、使用人に一部買いに行かせます」

ダニエルはうなずき、大広間へと向かった。大きなすわり心地のよい革張りの椅子は、イギリス貴族という真珠を抱く牡蠣《かき》のようだった。重厚ながら優美で静かな部屋で、男たちはそれぞれ酒を手近に置いて新聞を読んだり、競馬や国の命運について静かに語り合ったりしていた。

大広間の入口でダニエルは足を止め、革や、家具に塗られている蜜蠟《みつろう》や、煙草《たばこ》のにおいを吸いこんだ。特権階級のみに許されるそうした嗅ぎ慣れたにおいは、それなりに心をなだめてくれた。ホワイツへは成人に達してからずっと通っていた。ホイッグ党寄りの自分の政治思想により合っていたため、〈ブルックス〉のほうに通いたかったのだが、もちろん、それは父に禁じられた。父が他界した今、こうしてホワイツに通いつづけているのは習慣の為せるわざだった。

いや、習慣の為せるわざだけとは言えない。ここでよくジョナサンに会い、その日の出来事を語り合ったり、居心地のよい沈黙のなかでともに過ごしたりしたものだ。社会的役割をはたさなければならないという焦燥感を忘れ、ただそこにいることに満足することができた。

ここへ通っていれば、いつか戦争の影から解放され、元気になったジョナサンが気に入りの椅子にすわっているのを見つけられるのではないかという奇妙な希望を抱いて、ダニエルは通いつづけていた。毎度失望することにはなったが。友はけっして姿を見せなかったからだ。

今、今夜の嵐の前に多少穏やかな時間を過ごせるのはダニエルにとってありがたかった。ミス・ホークと過ごす夕べがどうなるか、見当もつかなかったからだ。妙なことに、そのことと彼女のことを思い浮かべるたびに、興奮の震えが全身に走るのだった。深夜のどんちゃん騒ぎ以外にほんとうの意味で興奮を覚えたのはいつ以来だろう？　これは極秘の重大任務なのだ。それでも、今感じている興奮はその目的とはかけ離れたものだ。

酒が必要だ。しかし、大広間に足を踏み入れて三歩もしないうちに、ヨーロッパ大陸巡遊旅行から戻ったばかりのふたりの若い紳士が現れ、着飾ったフジツボさながらに脇にぴたりと張りついた。

「アシュフォード！」ブロンドの男が声を張りあげた。ニューホーム伯爵家の長男、ジョージ・メドウェイ卿だ。「昨日の晩、ラシャム家での大騒ぎにはいなかったね」

「えらくたのしかったのに」もうひとりの若者が言った。スウィンホープ子爵の次男、フレッド・ウィルズビー卿だ。「ひと晩じゅう踊りまくったよ」

ダンスと花婿候補を求めてずらりと並ぶ、白いドレスに身を包んだ大勢の若い女性たちや、退屈しのぎを探してひそかな目をくれる未亡人や既婚婦人などを思い浮かべ、ダニエルはとてつもない疲労感に襲われた。今はあまり興味を持てない夜の過ごし方だ。かつてはもっと騒がしい夕べを好んだものだが、ジョナサンが姿を消してからはちがった。今はそうした何もかもが薄っぺらに思えた。

「ほかにやることがあったんだ」彼はうわの空で答えた。

ふたりの若者は興味を惹かれた様子になった。「どんなこと？」とメドウェイが訊いた。

まったく――正直に言っても、立場上、ばかにされることはあるまい。「自宅の暖炉の前に陣どって、ハーシェルが最近出した天文学の発見についての本を読んでいた」

ふたりの若者は当惑顔になった。ダニエルにかつがれているのかどうかたしかめようとするように、目を見交わしている。今は社交シーズンの真只中《まっただなか》で、ほかにたのしみがこれほどたくさんあるときに、自宅で本を読んで過ごす人間はいないからだ。

しかし昨日、ミス・エレノア・ホークの事務所をあとにしてから、ダニエルは妙におちつかない気分になり、苛立っていた。舞踏会も、劇場も、数かぎりなくあるほかの社交の集まりも――上品なものも、そうでないものも――思い浮かべただけで妙に退屈でわずらわしいものに思えたのだ。昨日はミス・ホークとの軽妙なことばのやりとりをたのしみ、別世界を垣間見た。ばか騒ぎや社交の集まりとはかけ離れた世界。奇妙なことだった。ジョナサンが姿を消す前には、そういうものが大好きだったのに。

ミス・ホークの目には熱意と野心が輝いていた。議会以外ではめったに目にすることのないものだ。もちろん、知り合いの女性たちの目にもそんなものは浮かんでいない。たいていの女性は夫や、保護者や、恋人を求めていて、新聞社を所有し、新聞を発行するなどという並外れた女性はいなかった。

妙に物足りない気分のなか、昨晩はどんなたのしみにも参加する気が起こらなかった。執事のエディンガーも、主人が家にいることに驚いていた。ミス・ホークと会ったあとは、外出する代わりに、気に入りの趣味に没頭することにした――科学技術に。思ったよりもたのしい夕べとなった。

ミス・ホークは科学に興味はあるだろうか？　それとも、社交界の醜聞に夢中になるあまり、惑星やら電気やらに注意を向ける暇はないだろうか？

「でも、今夜のフォールブルックス家の舞踏会にはきっと参加するはずだ」ウィルズビーがきっぱりと言った。

「あれは今夜だったのか？」社交シーズンには集まりやたのしみが目白押しだった。そのほとんどが、若い女性を未来の花婿に引き合わせるためのものだ。予定を管理するのに秘書を雇うべきだったが、領地の管理も含めて財産の管理をまかせている人間はいた。日々どのパーティーに参加する予定になっているか教えてもらうだけのために人を雇うのは、誰にとってもとんでもない時間の無駄に思えた。「今日の夜はほかに予定がある」

「ほかに？」メドウェイが熱心に訊いた。「ぼくらもそっちに参加してもいいな」

「いや、今夜はすでに連れが決まっているんだ」

「きっと女性の連れだね」メドウェイはみだらな意味をこめてか、にやりとした。

「まあな」ダニエルはうわの空で答えた。今ごろミス・ホークは男の衣服に身を包んでいるところだろうか？　彼はひとりほくそ笑んだ。劇場の友人とやらは彼女を男に見せかけるために大変な思いをしなくてはならないはずだ。

「きっと――」ウィルズビーは言いかけたが、ダニエルはふたりの子犬の相手をすることにうんざりしていた。ふたりとも若すぎて、人生の真の問題に直面することなどまだないのだ。

「新聞とブランデーが待っているんだ、きみたち。人はときに知性と魂への刺激を必要とするものだからね」

「もちろんさ」ふたりの若者は隠れたあざけりには気づかずにやすやすと同意した。

ダニエルはしゃべりつづけるふたりのそばを離れ、暖炉のそばの気に入りの椅子へと向かった。

そばにあるジョナサンの気に入りの椅子は空っぽで、物言わぬままダニエルを責めているかのようだった。

すわるやいなや、執事がすばらしいブランデーのグラスだけでなく、手にインクの染みがつかないようにアイロンをかけたばかりの〈ザ・ホークス・アイ〉の最新号を持って現れた。

「お読み物です……伯爵様」

ダニエルは新聞を受けとり、下がっていいというようにうなずいた。執事は霧のように姿を消した。いつもは友人に自分の記事が載っていると指摘されたときしか〈ザ・ホークス・アイ〉を読むことはなく、読むのも、自分の行動について――たいていの場合――まちがった記事が載っていることをあざ笑うためでしかなかった。昨年の冬に劇場の純情娘役の女優と交わしたとり決めのことや、賭場でひと晩にかなりの金を稼いだことなど、ときおり正しい情報が載ることもあったが。

しかし、今日の新聞には自分の名が見あたらなかったので、新聞をきちんと読むことができた。陳腐な言いまわしや、けばけばしい文章や、辛辣な冗談ばかりだろうと、記事の質にぞっとさせられる心の準備をしながら。

飲み物を飲みながら読み進めていくと、驚きに包まれた。自分は評論家ではないが、この新聞は……それほど悪くなかった。それどころか、よく書かれている部分もある。機知に富んでいて、謙遜した言いまわしもうまい。誰それが誰それと情事を持ったとほのめかす文章のあちこちに、真の芸術性が垣間見えることもあった。

これはミス・ホークが書いたものだろうか？　それとも、部下の誰かのペンによるものか？　経営者である彼女の意向は記事全般に反映されているはずだ。みずから書いたかどうかにかかわらず、彼女が文章の質に目を光らせているのは明らかだ。

ダニエルは椅子にすわったまま身動きした。妙な感覚が心に広がる。妙に明るい感覚。それは……敬意だった。

醜聞を書き立てる新聞や、それを発行している女性をどうして尊敬できる？

それでも……その感覚は消えず、燃えはじめたばかりの石炭のようにくすぶりつづけていた。彼女といっしょに過ごせば、その火はさらに燃え上がることだろう。じっさい、自分はほかの誰かに寄生して生きるような女性は尊敬できないのではないか？

いずれにしても、ミス・ホークは計画の重要な一部で、目的をはたし、行方不明の友人が見つかるまで、できるだけ長くいっしょに過ごさなければならない相手なのだ。

「芋虫みたいにもぞもぞしないの！」マダム・ホーテンスがぴしゃりと言った。苛立ちを募らせるにつれ、彼女の発音はリオン風から離れ、ランベス（庶民的な地域と言われるロンドンの地区）風に近くなった。

「ごめんなさい」エレノアは声の抑揚を変えまいとしながら答えた。「いつもの身支度で、農業市に出された牝牛《めうし》みたいにつつきまわされることはないから」

「くそっ……その、モン・デュー！」マダム・ホーテンスは化粧用の筆を放り投げた。「こんな状態で仕事しなきゃならないなんてはじめてだわ」

「わたしもよ」とエレノアも言った。女性から男性への変容という、艱難辛苦《かんなんしんく》の過程に――もちろん、外見上のことだが――すでに何時間も耐えていた。胸に何重にも巻いたリネンの布のせいで呼吸ができず、スウィンドンに男らしい〝一物〟を備えた下着をつけさせられてもいた。それから、男性の衣装を体に合うように仕立て直すあいだ、ピンクッションのようにあつかわれた。

エレノアは裕福ではなかった。誰を基準にしても。自分の体に合わせて服をつくるという、うんざりするような独得の責め苦を受けたことはこれまでなかった。着る物はすべて中古を買い、直す必要があるときには自分で直している。それでも、その午後の経験から、このような贅沢な特権は喜んで辞退したいものだと思うにいたった。

スウィンドンが裁縫室で最後の直しをはじめると、エレノアの髪と顔に注意が向いた。そうしてマダム・ホーテンスの出番となったわけだ。

エレノアは経済的な理由から、自分付きのメイドは雇っていなかった。着替えも髪を整えるのも自分でした。マダム・ホーテンスはエレノアの長い髪をまとめてピンで留める作業にとりかかっていたが、けっしてやさしいとは言えないあつかいで、役者たちが毎晩この過程に身をさらしているとは驚きだった。身も心もずたずたにされることに耐えずにはできないことだ。

マダム・ホーテンスを侮辱してはいけないと思いつつ、エレノアはそばの椅子に腰かけているマギーに不安の目を向けた。やり方は手荒いものの、マダム・ホーテンスは化粧と髪結いの達人だった。役者のために彼女が行なっている仕事は、ロンドンで誰よりも称賛されていた。

マダム・ホーテンスが途方もない好意を示してくれているのはまちがいなかったので、それに文句を言うべきではなかった。

「ごめんなさい、マダム」エレノアは手を伸ばし、年上の女性の手をとって言った。「ご覧のとおり、わたしは洗練された女性じゃないし、こんなふうにしてもらうのにも慣れていないの。唯一じっとしているのは文章を書いているときだけなのよ」

「それはほんとうにそうよ」とマギーも助け舟を出した。「机についていないときは、用足しに連れていってもらえない子供みたいにもぞもぞしてばかりいるわ」

マダム・ホーテンスは怒った様子でエレノアの手から手を引き抜き、少しあとずさった。さらになだめる必要があるようだ。

「男性に変装しなくちゃならないとわかったときに——」エレノアはつづけた。「まっすぐインペリアル劇場に来たのよ。マギーと知り合いだからというだけでなく、この街にいるすべての化粧師のなかで、技においてあなたにかなう人間はひとりもいないとわかっていたからよ。マギーの『真夜中の王子の呪い』に登場する悪魔のためにあなたがほどこした化粧には息を奪われたわ。役者じゃなく、本物の悪魔が舞台に現れたんだと思った。観客の女性のうち半分は恐怖のあまり逃げ出したいと思ったはずよ」

マダム・ホーテンスは唇を引き結んだが、喜びを表すように頬に赤みが広がった。

「それに——」エレノアはつづけた。「あなたが女性を男性に変身させる能力といったら……」そう言って首を振る。「プログラムを開いて女優の名前を見なかったら、じっさいに女性だという肉体的証拠を見せてと要求するところよ」

しばらくマダム・ホーテンスは身動きせず、口も開かなかった。しかし、やがてゆっくりとうなずいた。「たしかに、わたしは誰よりもすぐれているわ」

「だったら、お願い、わたしのことは大目に見て、その卓越した技を見せてちょうだい」

マダムは身をこわばらせたが、やがて照明のついた鏡の前にすわるエレノアのところへ戻ってきて、容赦なく髪に言うことを聞かせる作業を進めた。マダム・ホーテンスはエレノアの髪に次から次へとピンを差しこんだ——ピンをとり除くときには、針を振り落とすハリネズミのように見えるだろう。マギーはエレノアによくやったというように小さく目配せした。

エレノアが降参しておとなしく化粧師の手のもとに戻ると、マギーが突然訊いた。「どうして？」

「何が？」

「どうしてアシュフォード伯爵はあなたのところへやってきて、自分のことを記事にしてもらうためだけに、夜のおたのしみに同行しないかと言ってきたの？　記事にされて喜ぶ貴族もいるらしいけど、アシュフォード伯爵はそういう人だとは思えないわ」

「わたしもよ」エレノアは答えた。「それについては何度も考えたんだけど、まだ納得できる答えは見つからない」マダム・ホーテンスにまたピンを頭に刺され、エレノアは顔をしかめた。「彼にとってなんの得があるのかわからないもの。何か目的があるのよ。それについてはうちの印刷機を賭けてもいいわ」

「だったら、彼の申し出を受け入れたのは賢明なことだったのかしら？」

「いいえ」エレノアはきっぱりと答えた。「でも、こういう絶好の機会が、磨かれたヘシアンブーツとともに日々事務所に歩み入ってくるわけじゃないから。彼が〈ザ・ウェル＝インフォームド・ロンドナー〉や〈ポーリーズ・ミサレイニー〉へ行こうとしても止められないしね」ふたつの最大の競争相手はこの国でもっとも望ましく、もっとも悪名高い独身貴族について深く掘り下げた連載記事を載せる機会に大喜びで飛びついたはずだ。「その好機を逃すようなら、わたしは新聞に別れを告げて、音楽劇の脚本を書くような、品位のない仕事に就くべきなのよ」

マギーはにっこりして音高く鼻を鳴らし、同時に同じぐらい荒っぽく手を振りまわした。それでも、発する声には心配そうな響きがあった。「気をつけるのよ、いい？　彼みたいな男性はよく知ってるわ。毒蛇ほどにも信用できない人間よ」

「防御のかまえは絶対に崩さないわ」マダム・ホーテンスがとても薄い網のようなものを広げて髪全体を包もうとするあいだ、エレノアはどうにか動かずにいた。

「それに、彼の誘惑に屈してもだめよ」マギーは付け加えた。

エレノアは笑った。ばかばかしい考えだったからだ。

記事を書くための取材を通じて、貴族の男性と庶民の女性の関係がうまくいくことは――たとえあるとしても――めったにないという実例を山ほどまのあたりにしてきた。誘惑してきた貴族の関心がよそに向くと、女性たちは子をはらまされたあげく、生計を立てるすべもなく捨て去られるのだった。ふつうそうした男たちは上流階級の妻を見つけて貴族としての暮らしをつづけ、彼らのせいで人生をぼろぼろにされた庶民の女性のことなど忘れてしまうのだ。

それに……。「相手はアシュフォード伯爵よ。女性のお相手を選び放題の貴族だわ。誰よりも望ましい、美しい男性。わたしのような地位の低い、魅力に欠けた新聞記者に彼が関心を示すはずがないじゃない」

「あら、褒めてほしいのは見え見えよ」マギーがとがめるように言った。「それに、誰かをあやつるのに、愛の行為以上にすばらしい方法はないしね」マギーの目に冷たく辛辣な光が宿った。その下に深い傷が隠されているのをエレノアは知っていたが、マギー自身はけっしてそれを認めなかった。

「目は見開いて、脚は閉じておくようにするわ」とエレノアは誓った。

エレノアは処女ではなかったが、愛の行為となると、いつも慎重だった。子を身ごもらずに済む方法はずっと前に学んでおり、結婚に惹かれるものも感じなかった。自分が自分の主人であって、男性に頼る必要はないのだから当然だ。自立している事実だけはけっして手放そうとは思わなかった。過去の恋人たちがしばりつけられるのを嫌う彼女にがっかりしたとしても、それはしかたのないことだった。

エレノアには仕事があり、自分の体も財布のひもも自分で管理できた。マギーを別にすれば、そうできる女性はあまり多くなかった。

「さて――」マダム・ホーテンスが声を発した。「かつら――ペリュックの出番よ」フランス人の振りをしているのを思い出したように彼女は言い直した。

化粧師は頭の形をした木製の台からかつらをはずした。明るい茶色の巻き毛のかつらは若者たちのあいだで人気の髪型にならい、しゃれた形に短く切られていた。マダム・ホーテンスが頭にかつらをつけ、位置を直してそれをピンで留めるあいだ、エレノアはじっと動かずにいた。

「髪は短くなったけど――」マギーが言った。「あまり男らしくは見えないわ。どちらかと言えば、髪をア・ラ・ヴィクティムにした女性たちのひとりみたい」マギーは十八世紀にギロチンの露と消えた不運な人々にならって髪を短くした女性たちを引き合いに出した。

「でも、まだ終わりじゃないもの!」マダム・ホーテンスはエレノアの顔の前で指をぱちんと鳴らした。「開けていいというまで目を閉じていてちょうだい。あなたもよ、マギー。そうしたら、わたしのすばらしい技をお見せできるわ」

エレノアはマギーと笑みを交わした。劇場の人々が自尊心に欠けるということはけっしてない。それでも、マダム・ホーテンスの命令に従ってすなおに目を閉じた。

たっぷり三十分待たされることになった。そのあいだ、化粧師は多種多様な、かなりむずがゆいものや、ペンキにちがいないと思われる、鼻につんとくる無数のものをエレノアの肌に塗りこんだ。何かが上唇に載せられる感触まであった。気持ちのよい感触ではなかった。それどころか、かなり辛い状態で、マダム・ホーテンスがじっさい何をしているのか知りたいという、新聞記者としての好奇心が呼びさまされたせいでいっそう辛かった。

作業が進むにつれ、エレノアは心のなかで記事の原稿を書くことで気をまぎらわせた。記事にはこの過程も含めよう。女性を男性に変身させる方法が読者の興味を惹くかもしれない。


外見を整えるのに時間と労力が過剰にかかると女性は文句を言う——クリームや、軟膏《なんこう》や、にきびの薬や、しみを薄くする薬や、香水や、その他、女性向けに売り出されているさまざまな秘薬や化粧品は、すべて姿形を完璧にするという達成しがたき目的を達成するためのものである。もちろん、そこにはコルセットや、胸の補整下着や、巻き毛用の紙やアイロンなど、さらに自分を最大限よく見せるためのありとあらゆるものが加えられる。まるで生まれながらの外見では不足だとでもいうように——それはたしかにそうなのだろうが。

男性に生まれたほうが身支度に大変な思いをすることが少ないのはたしかかもしれないが、弊紙の女性読者には、男性に変身しようなどとは夢にも思わないよう忠告しておきたい。というのも、その作業も、女性として身支度を整えるのと変わらないほど退屈で窮屈なものだからだ。


「さあ、幕を開けてお目見えよ」マダム・ホーテンスが告げた。

エレノアは目を開けて息を呑んだ。マギーも同様だった。

「これはわたしじゃないわ」とエレノアは言ったが、そのことばを発したのは、鏡のなかから見返してくる顔だった。エレノアは手を上げて顔に触れた。

マダム・ホーテンスはその手を払いのけた。「ずいぶんと骨を折ったんだから、台無しにしないで！」

驚くべき変身だった。顔にあれこれ塗ってかつらをつけただけなのに。三十二歳の女性ではなく、二十代前半の男性が鏡のなかから見つめてきていた。うまく影をつけたおかげで、鼻はより広く、顎と頬はより角張って見える。かつらの色と合わせたしゃれた頬ひげまでつけていた。朝剃《そ》ったばかりなのにすでに生えかけているというような口ひげの影までがうっすらと唇の上にある。

「すごいわ、エレノア」マギーが息を呑んだ。「とってもきれいな若者よ。でも、若い男であることはたしか。劇場に来るほとんどの女性から――何人かの男性からも――あなたを遠ざけておかなくちゃならないぐらい」

エレノアは顔を左右に向けてみた。つまり、父の願いがかない、わたしが男として生まれていたら、こういう顔だったのね。哀れな父が今は地中深く埋められているのはとても残念だ。そうでなければ、父が望んで得られなかったものを見せてやれたのに。

この姿を見たら、アシュフォード伯爵はなんと言うだろう？　わたしだとわかるかしら？　彼にも男にまちがわれるかもしれないと想像すると、なんとも愉快だった。虚をついて、あの洗練された物腰を多少でも崩してやりたいものだ。

化粧部屋の扉が勢いよく開き、スウィンドンが両手一杯に衣装を持ってはいってきた。エレノアを見るや、小さな叫び声をあげて衣装を落としそうになった。

「ああ、いやはや、これはすばらしい！」彼はエレノアから目を離さずに前に進み出た。「なんとも言えず、すばらしい。よくやったよ、ミス・ホーク。あんたにはホサナ（ユダヤ人が神を賛美する叫び）だ、マダム」マダム・ホーテンスがせき払いをし、彼は付け加えた。「いやいや、この慎ましい劇場には真の芸術家が棲《す》みついている」

「あれって自分のことよ」マギーがエレノアに身を寄せてささやき、エレノアは笑いを押し殺さなければならなかった。

「さて、変身の第二段階だ」衣装係は衣装を山と抱えた両腕を差し出した。

「少し教えてもらわないといけないわ」かつて男性の服を脱がせたことも、男性が服を着るのを見たこともあるが、男性の服を一から身につける方法はよくわからなかった。

そこで、彼女が男性の服を身につけるのにスウィンドンが手を貸した。まずは筋肉がついているように見せるため、ふくらはぎに当て物を巻きつけた。それから、膝上まで来る靴下を彼女に手渡した。エレノアは膝丈の淡黄褐色のズボンに足を突っこんだ。次には、裾の長いリネンのシャツとクリーム色に白い刺繍をほどこしたウエストコートを身につけた。スウィンドンは高いシャツの襟とスカーフによって喉ぼとけのない喉を隠したが、そのせいで、エレノアは息ができなくなりそうだった。

踵の低いなめらかな紳士用の靴に足を突っこむと、エレノアは衣装係の手を借りて藍色の上着に袖を通した。肩には厚い詰め物がされており、裾はふっくらとした尻を隠すために少し広めになっている。エレノアは夜の外出にぴったりのシルクハットとともに、懐中時計と手袋を渡された。

「さあ、ほうら《ヴオワラ》」スウィンドンはマダム・ホーテンスよりも本物らしい発音のフランス語で言った。

またもエレノアは鏡をのぞきこみ、自分の変身振りに呆然《ぼうぜん》とした。インペリアル劇場へは女性としてやってきたのに、今やしゃれた装いをする裕福な若い男性の姿になっている。しばらくのあいだ、彼女は自分を見つめることしかできなかった。

これは誰？　奇妙なことに、この男の姿をした人物のなかで自分が失われてしまったような気がした。エレノアがいなくなり、代わって見も知らぬ男性が現れたような。その見も知らぬ男性は自分自身だったが。

「ああ、エレノア」マギーが顔を輝かせ、ため息まじりに言った。「あなたがどれほどの問題を起こしかねないか、考えてもみて」

「たしかに」しばらくしてエレノアは言った。「今のわたしは男だわ。なんでも……できる」

そんな力を持つことにうっとりせずにいられなかった。男たちがあれほどに気どって歩きまわるのも不思議はない。世界は彼らのものなのだから。

そして今、わたしもその世界に足を踏み入れようとしている。アシュフォード伯爵に同行して。エレノアは笑みを浮かべた。ああ、なんともおもしろい夜になりそうだわ。


胸をはだけたまま、ダニエルは鏡の前に立ち、豚の毛のブラシでひげ剃り用の泡を顔につけていた。頬と顎にたっぷりつけると、顔の線に沿ってかみそりをあて、今朝から今までのあいだに伸びたひげを剃った。かみそりを動かすたびに、こすれるような小さな音がし、泡からビャクダンの香りがした。タオルでかみそりを拭くと、また同じことをくり返し、徐々に肌をあらわにしていく。慣れた心やすらぐ動作だ。

ストラスモアのため息は無視した。ダニエルが自分でひげを剃ることを従者はけっして認めようとしなかった。ストラスモアが従者になって十年以上がたち、そのあいだ一度もひげ剃りをまかせたことはないにもかかわらず。ダニエルの亡くなった父、前伯爵もそんなダニエルの振る舞いを認めていなかった。しかし、健康な大人なのだから、顔の毛の状態ぐらい自分でどうにかできるというものだ。少なくとも、衣装選びはストラスモアにまかせていた。とはいえ、着るのに手は借りなかった。ズボンのボタンを誰かにはめてもらうなど、ばかばかしいことだったからだ。

そうしたことがひとりでできたからといって、たいしたことではないのだが、それこそが爵位と富に恵まれた人間の妙な特性だった。建前上、彼はこの国でもっとも大きな権力を持つ人間のひとりだが、身支度という点になると、貴族は子供に戻ってしまうのだ。社会的地位がもたらす責任が重すぎて、クラヴァットを結ぶこともできないとでもいうように。背後でストラスモアがその晩用の衣服を並べていた。いつもの彼らしく、慎重にすべてを選んだようだ。服を選んだのは従者の卓越した目なのに、自分が褒められるのは、ダニエルにとって屈辱にも近いものだった。

その晩の催しにふさわしく、流行にものっとった装いとして、ストラスモアはつや光りするブロンズ色のシルクのウエストコートと深緑色の上着を選んでいた。優美ではあるが、優美すぎない装いだ。今晩はダニエルが社交の催しに参加するわけではないからだ。賭場へ行くのにふさわしく、しゃれてはいるが、抑制も効いている、ちょうどいい装いだった。

ひげ剃りを終えると、ダニエルは顔を洗い、トニックを少量つけた。上等の白いシャツに袖を通し、膝丈のズボンにシャツの裾をたくしこむ。

ミス・ホークも今ごろ同じことをしていることだろう。夜に備えて男の服を身につけているころだ。男だけの世界に足を踏み入れるのを恐れているだろうか？　それとも、興奮しているか？

きっと興奮しているにちがいない。ミス・ホークは恐れることなどあまりない女性に見えた。男に変装して賭場に足を踏み入れるという計画に、見るからにわくわくしていた。おかしな女性だ。どんな舞踏会や、ピクニックや、その他の社交の集まりでも、彼女の半分も興奮をあらわにした女性など、覚えているかぎりいなかった。花婿を探している若い女性たちは懸命に陽気な雰囲気をかもし出そうとし、もっと年上の女性たちはまた似たような社交シーズンを過ごすことに倦怠感《けんたいかん》を隠しきれずにいた。

いつもの晩と同じように身支度しながらも、ジョナサンがロンドンのどこかにいて、おそらくは、優雅な浮かれ騒ぎの夕べのために着替えをしてはいないだろうと思うと、妙な――非現実的な――感じがした。それでも、ダニエルは毎晩外出の前にそうするように、罪悪感を抑えつけた。ジョナサンを探すあいだ、何事もない振りをつづけなければならない。

ダニエルが旧友の捜索に出かけるときには、たまにジョナサンの妹のキャサリンが同行することもあった。ダニエルひとりではジョナサンが反応を示してくれない可能性もあったからだ。キャサリンは一家の末っ子で、年の離れた妹をジョナサンはとてもかわいがっていた。どんどん身を落としていくなかで、彼女が唯一大事な存在だったのだ。

独身の男がまだ社交界にデビューもしていない少女といっしょに、人目につく場所に出かけるのはとんでもなく不適切なことだったが、キャサリンはいっしょに行くと言って聞かなかった。ふたりは波止場へ行き、娼館《しょうかん》や賭場を見張った。いずれもジョナサンが姿を現したと噂された場所だった。しかし、どこへ行っても彼を見つけることはできなかった。

ジョナサンの両親のホールカム公夫妻があれほどに役立たずでさえなければ。長男のオリヴァーが亡くなって、ジョナサンが跡継ぎになったときですら、彼らは手をもみしだいて評判に瑕がつくと泣き言を口にすることしかできなかった。

キャサリンの評判に瑕をつけるかもしれないと考えれば、ホールカム公といっしょにジョナサンを探すほうがよかったのだが、選択肢はなかった。とくに、兄を探してほしいと彼女が助けを乞うてきたからには。

キャサリンはまだ社交界にデビューしていなかった。賭場はもちろん、おおやけの集まりや舞踏会で姿を見かけたこともなかった。

ウエストコートのシルクで覆われたボタンをはめていると、扉をノックする音がした。

「はいれ」

エディンガーが申し訳なさそうに顔をのぞかせた。「すみません、旦那様。アラム侯爵様が階下《した》にいらしておりまして、ちょっとお時間をいただきたいとのことです」

ダニエルは顔をしかめた。どうしてこんな時間に名づけ親が訪ねてきたのだろう? ふつうの訪問の時間はとうに過ぎているというのに。それでも、アラムは上の世代の人間であり、自分は社会の習わしを無視してもいい歳だとつねづね言っていた。

「ここへお通ししてくれ」ダニエルは命じた。ふつう夜の外出のための着替え中に客を迎えることはしないのだが、アラムには何週間も会っておらず、待たせたいとは思わなかった。

「かしこまりました」執事はお辞儀をして姿を消した。

少しして、外の廊下に杖の音が響き、名づけ親が近づいてくるのがわかった。

「アラム侯爵様です、旦那様」エディンガーが告げ、お辞儀をして年輩の男を部屋のなかへ通した。

アラムが年齢相応に見える点は杖と白髪のみだった。それ以外は、ダニエルの背丈が彼の膝ほどだったころと変わらない長身瘦軀《そうく》を維持している。鷹のような顔立ちと、すっきり伸びた姿勢と、鋭い眼光も昔と変わらない。ジョナサンを別にすれば、ダニエルの唯一の親友である、彼の息子のマーウッドによく似ていた。

「アラム」ダニエルは進み出て年輩の男の手をにぎりながら言った。「予期せぬ驚きです」

「予期していたら、驚きにはならないだろうに」アラムは握手を返しながら答えた。

「ひとつ昔と変わらないことがあるとしたら――いまだにぼくをとがめてはたのしんでいるところですね」ダニエルはそばの椅子を身振りで示した。「お茶かブランデーを運ばせますよ」

アラムは椅子に腰を下ろした。抑制のきいたきちんとした動きだった。「どちらも要らない。ヘレナが一時間以内に夕食に戻ってもらいたがっているからな。結婚して三十一年たった今も、彼女をがっかりさせたくはないんだ」

「少なくとも、夕食の時間に関してはということですね」

名づけ親はダニエルに冷たい目をくれたが、やがて冷たい仮面がはがれ、渋々浮かべた笑みが顔に皺を刻んだ。「彼女は私にとって宇宙の中心なんだ」と愛情をこめて言う。

クラヴァットを結んでいたダニエルの胸に空虚な思いが広がった。アラムとその妻のことは生まれたときから知っていたが、彼らほど敬意と愛情を抱き合っている夫婦はほかに会ったことがなかった。彼自身の両親ですら、それほどに強い絆《きずな》では結ばれていなかった。かつて、まだ若く、理想に満ちた少年だったころは、自分もいつかアラムと同じように愛し合える女性に出会えると信じていた。しかし、そうした夢は秋の枯葉のごとくはかなく散り、現実というブーツの踵に踏みつぶされて粉々になってしまった。

伯爵というものは愛ある結婚はしないものだと若いころに悟ったのだ。

「しかし、それこそが、私がこうして訪ねてきた理由なのだ」アラムが言った。「きみの父上が亡くなって五年になる。きみが友人と呼ぶまぬけどもは、誰もきみにちゃんとした助言をしていないようだから――」

「言わせてもらいますが、ぼくの友人のなかにはあなたご自身のご子息も含まれますよ」

アラムはそのことばを振り払うように手を振った。「キャメロンにはキャメロンなりに乗り越えるべき障害がある」

「おそらく、ぼくよりも彼に忠告するほうがためになるんじゃないかな」

アラムの顔に影がよぎった。「昔はあの子も私の言うことに耳を傾けたものだが、今は……」彼は首を振った。「話をそらすんじゃない。私は夕食に遅れて妻の怒りを買う危険を冒して話に来たのだ」

ダニエルはクラヴァットを結ぶ作業をつづけた。不安顔のストラスモアがそばに控え、主人のクラヴァットを結ぶ技術が完璧とは言えない場合に手を貸そうと待ちかまえている。

「そんなはらはらすることを聞かされたら、恐ろしい不安に駆られてしまいますよ」とダニエルは言った。

アラムは床を杖でつついた。「そんなしゃれめかした皮肉を言うんじゃない！　きみたちの世代全体が無関心という病にやられてしまっているようだな」

「おそらく、何にしても真に関心を惹かれることがほとんどないからでしょうね」

「まったく」アラムは激した口調で言い返してきた。「人が感嘆の念を抱けなくなるほどに世の中が変わってしまったはずはない。きみにとって浅からぬ興味をかき立てるものは何もないのか？」

気のきいた答えが唇まで出かかって止まった。机についているミス・ホークの姿が脳裏に浮かんだからだ。考えこみながら事務室のなかを行ったり来たりしていた姿も。長いこと自分をとりまいていた霧を吹き飛ばしてくれた女性。しかし、親しい存在のアラムにも、彼女のことは話せなかった。

話せないのか？　それとも話すつもりがないのか？　心の片隅には、彼女のことはひとりだけでたのしむ秘密にしておきたいという思いもあった。

ジョナサンに関する秘密はけっしてたのしめるものではなかったが、ふたつの秘密はすぐにも容赦なく結びつくことになるだろう。

「また社交シーズンがやってきましたからね」ダニエルは言った。「たのしみには事欠かないことでしょう」

「たのしみの話をしているわけではない」アラムは答えた。「もっと重大で、もっと重要なことだ。たとえば結婚というような」

ダニエルは胸の前で腕を組み、ドレッサーにもたれた。「ああ、そう来ましたね」今夜名づけ親が訪ねてきた目的については想像がついてしかるべきだった。数カ月ごとに、アラムがほのめかしてくるそれを、毎度ダニエルは無視してきた。しかし、もはやほのめかす段階は終わり、よりはっきりと言うことに決めたらしい。

「きみの父上が神に召される少し前に——」アラムは杖をにぎりしめて言った。「伯爵家の血筋が絶えないようにすることを私に約束させ、私は彼に誓った」

「自分の義務はわかっています」

「そうかな？　きみの名前を大衆紙で見かけたよ。あちこち遊び歩いているそうじゃないか。しかし、それでどうなる？　きみが誰にも結婚の申しこみをしないままにいったいいくつの社交シーズンが過ぎた？」

「好きになれる女性がいなかったんでしょうね」ダニエルは答えた。

「好きになる必要はない。伯爵夫人の呼称をささげてもいいと思うだけ尊敬できる相手でいいのだ。それに対して女性のほうは跡継ぎをさずけてくれるというわけだ」

「なんとも理想的な未来ですね」

アラムは目を天に向けた。「まったく、小説を読んでうっとりする少女でもあるまいに。ヘレナと私が幸運だったのはたしかだが、きみの結婚には愛だの恋だのといった、とるに足りないこと以上のものがかかっているんだ」

ダニエルは眉と眉のあいだをこすった。そこから頭痛が広がっていたからだ。ジョナサンが行方不明になる前は、これが何よりも心悩ます問題だった。「結婚相手を探している若い女性たちは自分の身の安泰を求めているだけなんです。それが悪いとは言いませんが……」

アラムは身を前に乗り出した。「が？」

ダニエルは両手を広げて言った。「いやじゃありませんでしたか？　ヘレナと出会う前、社交の集まりに顔を出すひとりの若者だったときには。部屋にはいるやいなや、貴族の跡継ぎであり、爵位を持つ人間として見られ……」ダニエルはことばを探した。名づけ親ほど自分が率直に物を言える相手はほとんどいない。「ひとりの人間として見られることはけっしてない」

「私はアラム侯爵だ」名づけ親は答えた。「それが私という人間だ」

「あなたはそれだけの人じゃない。他国の文化に関する知識を広げるための学術調査隊に資金を出す英国学士院に多大な貢献をしている人です。猟犬の繁殖を好みながらも、狩りは好まない人間」

「キツネに公平でない気がしてね」年輩の男性はつぶやくように言った。

ダニエルはドレッサーから身を起こし、部屋のなかを歩きはじめた。「まさにそういうことですよ！　あなたはアラム侯爵かもしれないが、情熱や渇望を持つ人間でもある。領地や財産によってじゃなく、ひとりの人間として認められたいと思うのはまちがっているんでしょうか？」

「きみは領地をうまく管理している。領地には女主人と、それを受け継ぐ跡継ぎが必要だ」

ダニエルは質問に答えるのを避け、アラムに対する苛立ちを抑えつけようとした。「ぼくが将来持つ子供に何を遺《のこ》すんです？　土地と金、それだけですか？　なんの目的で？　何にもならない」

アラムの唇がきつく引き結ばれた。「きみはまだあのことに怒りを感じているんだな。軍に志願できなかったことに」

「志願できないことはわかっていましたよ」ダニエルは窓の外へ目をやった。太陽が建物の陰に隠れようとしていた。次男であるジョナサンをうらやましいと思ったこともあった。次男であるおかげで、任官してナポレオンとの戦いにおもむくことが許されたのだから。

そうした羨望は、戦争が友におよぼした影響を目にして、別の何かに――何かもっと複雑なものに――変化した。しかし、自分はジョナサンの目に見えない傷には気づかない振りをしたのだった。もとの生活に戻るのに時間がかかっているだけだろうと片づけたのだ。そのうちジョナサンも昔の彼に戻るはずと。時間と心の余裕が多少必要なだけにちがいないと。

とんでもない思いちがいだったが。

「それでも、きみがいまだに腹を立てているのはたしかだ」

外では、いつ何時も止まらない街が相変わらず忙しく動いていた。「ぼくも自分の役割をはたしたいと思っただけですよ」

「はたしたさ。イギリス社会の屋台骨を支えることでな」

窓から振り返り、ダニエルは髪を手で梳《す》いた。ストラスモアが怒ってため息をついたが、いつものようにそれは無視した。

両手を脇に下ろす。「ありがたく思っていますよ――ほんとうに――自分に与えられているものについては。でも、ときどき……」またもぴったりのことばを必死で探すことになった。自分が何を言おうとしているのか、自分でもよくわからないときにしばしばあることだ。「ときどき、それだけじゃない何かがあればと思わずにいられない。イギリス社会の屋台骨を支える以上の何か大きな目的が」

ジョナサンのことをアラムに話すわけにはいかなかった。今の状況は好ましいとは言えないが、友を探すという目的は与えてくれた。もちろん、ジョナサンの無事が確認されてその目的が奪われるなら、それに越したことはないのだが、自分の助けが必要とされている以上は、協力を惜しまないつもりでいた。

アラムはため息をついて首を振った。「わかるさ。どうして私があいった学術研究の調査隊に費用を出したと思う？　それによって意義のあることをなしているという感覚が得られたからだ。しかし、われわれは課せられた義務をはたさねばならない。きみの場合は、妻をめとって子をつくることだ。まだ若くて健康なうちにな」

「つまり、ぼくの未来の花嫁は雌馬で、ぼくは種馬ってことですね」

「そういう未熟な発言はとり巻き連中や女優たちに聞かせるんだな。私は意見をしに来たのであって、目的ははたした」アラムは杖をきつくにぎりしめたまま立ち上がり、ぎごちない足どりで扉へと向かった。

ダニエルはそれを途中でさえぎり、年輩の紳士の肩に両手を置いた。「ぼくの無作法なことばを赦してください。ぼくは……ここしばらく調子がよくないんです」

「わかってるさ」アラムは驚くほどやさしく言った。「大衆紙は、きみが気をまぎらわせようとしていることばかりに言及しているからな」

名づけ親のことばを聞いて、みぞおちに一撃をくらった気分になった。あれだけ夜遅くまでどんちゃん騒ぎをして荒れた生活を送っていたのは、そういうことだったのか？　人生の真ん中にぽっかりと開いた穴から気をそらすためだったと？　そうだとしたら、それはジョナサンが姿を消す前からだった。

「もうぼくについての記事は載らないと約束できればと思いますよ」彼は答えた。「でも、そうなる前に、さらにひどいことになると思います。そんなとがめるような目でまた見られるのはいやなので、前もって言っておきますが、それも高尚な目的があってのことなんです」

「放蕩者はみなそう言うな」名づけ親は言い返した。「でも、誰も信じないが」そう言ってダニエルの手をつかむと、一瞬きつくにぎった。「うちの息子は私の忠告など鼻にもかけないが、きみは気にかけてくれるよう祈るよ。体に気をつけてな、ダニエル」

なぜかダニエルの喉に硬い塊がつかえた。「努力します」

「私の望みはそれだけだ」アラムは一歩下がった。「見送りは要らない。夜をたのしんでくれ。ただ、たのしみすぎないように」

名づけ親が帰ると、ダニエルは憂鬱という名のマントに肩を包まれるのを感じた。それはジョナサンを探すことを考えても晴れなかった。それでも、これからミス・ホークといっしょに夜を過ごすのだと考えると、あたりをとりまいていた失意の煙がすばやく霧散し、その晩の冒険を妙なほどにたのしみにする気分が残った。

3

弊紙よりもずっとすぐれた新聞各紙においても、男女の差異については多くが語られ、一方が他方と交流しようとする際に持ち上がる軋轢《あつれき》についても紙面が割かれてきた。両者がこれ以上はないほどに対極にあると言っても、まだまだ控えめな言い方であろう。こうした嘆かわしい状況も、男女が互いについて知っていると思っていることがまったくの誤解であると認識することによって改善されるかもしれない。互いを理解する唯一の方法は、これまでのすべての概念を灰入れへと投げ捨てることである。そう、真に互いを理解するために弊紙がお勧めするのは、男女が互いに立場を入れ替えてみることである。たった一日だけでも……

〈ザ・ホークス・アイ〉一八一六年五月四日

何が自分を神経質にさせているのか、エレノアにはよくはわからなかった。男性の特権の真只中で夜を過ごすことか、ひと晩じゅうアシュフォード伯爵のそばで過ごすことか。これから彼を間近で眺め、あの荒っぽくもなめらかな声を聞き、賭けをしたり、悪ふざけをしたりする姿を観察することになる。

変装を終えたエレノアは、インペリアル劇場の楽屋口の前でアシュフォード伯爵の馬車が現れるのを待っていた。マギーもいっしょに待とうかと言ってくれたが、それは断った。しばらくひとりになり、これから待ちかまえていることに心の準備をする必要があったからだ。スウィンドンが貸してくれたステッキでなめらかな敷石をつつく。つつくたびに、マギーの忠告が頭のなかで響きわたった。〝気をつけるのよ、いい？　彼みたいな男性はよく知ってるわ。毒蛇ほどにも信用できない人間よ〟

そうだとしても、単に嚙まれないよう注意すればいいだけのこと。

アシュフォード伯爵に嚙まれると考えると、血管に電気が走った。それこそまさに避けなければならない想像だった。彼は取材の対象であって、それ以上の何ものでもない。取材が終わったあかつきには、互いに相手から必要なものを得て、それぞれの道を進むことになる。

利用されるだけされて捨てられる庶民の女になるつもりはなかった。異なる階級の人間とかかわればどうなるか、マギーの経験が間近で冷たい真実を教えてくれたのではなかった？

大衆紙を発行しているとはいえ、エレノアはある程度、記者としての誠実さは保とうと努力していた。さもなければ、真っ赤な嘘を記事にしているも同然になってしまう。ほかの大衆紙のなかには、〈ポーリーズ・ミサレイニー〉のように、根も葉もない記事をつくりあげるものもある。ロシアの王子と有名なオペラの踊り子の恋といった話を。しかし、〈ザ・

ホークス・アイ〉ではそういったことはしない。

ひと組の男女が通りかかり、エレノアは身をこわばらせた。気づかれるだろうか？　変装を見破られた？　エレノアは足を開き、肩を怒らせて男っぽく見せようと努めた。しかし、男女は互いに夢中で、彼女には注意を払わずに行き過ぎた。

エレノアは小さく息を吐いた。「こんばんは、お若い方」と声をかけられるか、驚愕の声をもらされ、指を差されるのではないかと思っていたのだった。しかし、どちらでもなかった。まあ、いい兆しかもしれない。これまで何度となく表で男性とはすれちがったものの、その誰にも注意を払ったことはない。今は自分がそうした名も知れぬ男性たちのひとりというわけだ。

またマギーの声が頭をよぎった。〝男として、あなたはどんな困難にも飛びこんでいける。文字どおり、なんの不安もなく、どこへでも行けるのよ。なぜそこにいるのかと問われることも、非難されることもない。自由なの。女性であることの重荷から自由になるの。女性であることで、影に怯えなければならず、いくつもの扉が閉ざされてしまうものだけど、今夜はちがう。今夜、あなたはなんでも望むことができるのよ〟

その可能性を考えると、頭がくらくらした。

そうした内心の思いにぼうっとするあまり、敷石の上を音高く近づいてくるばねのきいた馬車の音も、馬車がすぐそばに来るまで聞こえなかった。エレノアは轢《ひ》かれそうになって間一髪であとずさった。

「下がってな、お若いの」御者が怒鳴った。

胸の内で興奮が沸き立った。御者に〝お若いの〟と言われたのだ。もちろん、その馬車に轢かれかけたのはたしかだが、変装がうまくいったという事実に比べれば、そんなのはたいした問題ではなかった。

劇場の壁に身を押しつけ、エレノアは停《と》まった馬車をほれぼれと眺めた。金持ちの馬車はこれまでも見たことがあったが、たいていは遠目に見るか、脇を通り過ぎるのを目にするだけだった。しかし、今回はじめて、近くに寄せられるのをまのあたりにすると、それはなんとも言えずすばらしかった。黒っぽい樹脂を塗られた流線型のその馬車の扉には、じっさいに紋章が描かれていた。足を踏み鳴らし、いなないて馬具を揺らしている美しいそろいの馬たちも、馬車と同様にすばらしかった。

お仕着せを着た使用人が馬車の後ろから飛び降り、扉を開けた。太陽がすでに沈みかけているせいで、馬車の内部は薄暗く、姿の見えない相手がおもしろがるような声を発するのが聞こえただけだった。真っ暗闇で聞いたとしても誰のものかわかる声ではあったが。

「ミス・ホークかい？」

彼女はぎごちなくうなずいた。どんなふうに応えたらいい？　男の声で？　それとも女の声で？

馬車のなかから手袋をはめた大きな手が突き出されたかと思うと、突然、引っこめられた。

「手を貸すわけにはいかないな」アシュフォード伯爵が今にも吹き出しそうな声で言った。

「きみがひどく弱々しい男に見えるだろうし、こんなに早く変装を暴きたくない」

エレノアは自分で馬車に乗りこんだ。スカートに邪魔されずに動けるのは慣れない感じだった。さらに慣れない感じだったのは、先ほど目にしたとおりに馬車はばねがよく効いていて、乗り慣れた馬車とまるでちがう点だった。伯爵と向かい合う、詰め物をした座席にすわっても、揺れを感じることはほとんどなさそうだった。使用人が扉を閉めると、突然、贅《ぜい》沢《たく》とはいえ、とても狭い空間に、ロンドン一の放蕩者という悪い評判以外、ほとんど何も知らない男性とふたりきりになった。

馬車のなかは薄暗かったが、すぐに目が慣れ、やがて衣の装いに身を包んだアシュフォード伯爵の姿が見分けられるようになった。昨日、新聞社の事務所に現れたときの彼がしゃれた装いだったとしたら、今の彼は驚くほどにすばらしかった。

男性が優美でありながら、たくましく男らしく見えるなど、公正ではない気がした。それでも、アシュフォード伯爵はまさにそうだった。それも美しく仕立てられた高価な衣服以上に、引きしまった筋肉質の体がかもし出す、おちつきと自信のせいだ。その強烈な存在感によって馬車の内部が輝いて見えるほどだったが、彼自身はほとんど身動きせず、ことばも発していなかった。

彼女の顔から目を離そうとしないまま、彼は馬車の天井をたたいた。馬車は動き出した。エレノアは彼の膝に倒れこんだりしないように、吊ってある革ひもをつかんだ。どうにか身をおちつかせると、彼を見返した。古典的な意味でハンサムと言うには少々荒っぽい顔立ちだが、そこから目を離せなかった。顎はまっすぐで、きれいにひげを剃られている。空色の目は不公平なほどに輝いていた。世のなかのことに通じていて、感覚に訴えるものをよく知っている目だ。

しばらく馬車のなかには静寂が広がっていた。

「すわり方がちがうな」しばらくして伯爵が言った。

エレノアは目を下に落とした。子供のころ受けたしつけどおりに慎ましく足を閉じている。

女性は必ず――

ああ。今、わたしは女性ではない。

「男がそんなふうにすわると――」伯爵はつづけた。「睾丸《こうがん》をつぶしてしまう。それにもうひとつ」彼女がすわり方を直すと、彼は付け加えた。「睾丸とか、その類いのことばを聞いたときにそんな顔をしてはだめだ。腰抜けの堅物のように見えてしまうからね」

「お行儀がいいだけかもしれないわ」エレノアは言い返した。

「もしくは、腰抜けの堅物というわけだ。声もどうにかしなきゃならないな。まだ睾丸が降りてきていないような声に聞こえるから」

「睾丸と口に出すのがたのしいんでしょう?」そう言いながらも、声を低くし、男の声にかなり似せた声を出したつもりだった。

アシュフォード伯爵は首を振った。「あまりしゃべらないほうがよさそうだな」

「あなたにとってはそのほうが好都合よね」

白い歯を見せて彼がにやりとすると、エレノアは虚をつかれてみぞおちがしめつけられるような気がした。「みんなにとって好都合だ」

「最低ね《ホリブル・マン》」

「そうじゃなく、〝このくそ野郎《ユー・ロットン・バスタード》〟だ。女性がいない場ではね。いる場では、〝礼儀知らず《バウンダー》〟とか、〝ろくでなし《カー》〟とか言うわけだ」

「男性は女性といっしょのときにはそんなに話すことばを変えるんですか?」

アシュフォード伯爵はわずかにまぶたを伏せたが、目は明るい青に輝いていた。「どれほど変えるものか、今夜わかるさ」

エレノアは笑みが浮かぶのを抑えられなかった。「ぞっとすると同時にわくわくしますわ」

「にっこりしてもだめだ」

「なんですって!　男性がほほ笑むのだって見たことあるわ」

「でも、きみのはどこまでも女性のほほ笑み方だからね。小さなえくぼまで浮かぶし……ここだ……」頰に手が伸ばされるのを見てエレノアは身をそらした。

「男性にもえくぼくらいあるでしょう」エレノアは苛立って抗議した。

「きみのえくぼとは別物さ。小さくて、やわらかく、魅惑的なそれとは」

アシュフォード伯爵の声ほども低い声を出すのはエレノアには不可能だった。それでも、彼のそのことばは彼女の虚をついただけでなく、彼自身をも驚かせたようだ。アシュフォード伯爵は顔をしかめ、背筋を伸ばした。

「ほかの男のえくぼを褒めるのには慣れていないのでね」と暗い口調で言う。

「でも、わたしはほかの男じゃないわ」と彼女は言い返した。

「それはありがたいな」彼は小声で言った。「そうでなければ、ぼくは異常な行為のかどで裁きを受けることになるかもしれない」

「わたしがその異常な行為を許すと仮定してのことね」

「許すんじゃなく、互いに分け合うんだ」

エレノアは顔が熱くなるのを感じながらも、声を出して笑った。「わたしに女性の口説き方を教えようとなさっているの？」

彼の額の縦皺が深くなった。「それはあとにとっておこう。今は話を合わせておかなくてはならない。きみが誰で、どうやってぼくと知り合ったか」

「細かく決めておくんですね」エレノアは考えこむように顎を指でたたいた。「わたしは遺産を受けとったばかりの若く裕福な紳士で、あなたにロンドンへ呼んでもらったというのは

「どうかしら」

「遠縁の親戚にしよう。田舎から出てきたばかりの若者」アシュフォード伯爵は付け加えた。「そのウエストコートに説明をつけるにはそれしか方法はない」

エレノアは顔をしかめた。「たぶん、流行遅れなんでしょうけど、みすぼらしくはないわ。田舎の領地はリンカーンシャーにあって、ロンドンに来るのはこれがはじめて」

「きみは正式に社交界に招き入れられるには若すぎるな」

「また箪丸が降りてないとか言い出すのね」と彼女は言った。

「――だから、まだ花嫁を探しているわけじゃない。正式な社交の集まりには連れていかないことにするよ」

「でも、賭場はそういう感じやすい若者を連れていってもいいところなんですの?」

「きみの指導者で保護者であるぼくといっしょなら大丈夫さ」彼は口の端を上げて言った。

「連れていって悪いところなんてどこもない」

エレノアはさらしを巻いた胸の前で腕を組んだ。「逆こそ真なりって気がしますけど」

「それで、きみの名前は――」

「マクシマス・シンクレア」と彼女は言った。

「ネッド・フリブル」と彼はきっぱりと言った。

エレノアは唇を引き結んだ。「ミスター・フリブルなんていやです」

伯爵は我慢強くため息をついた。「お好きなように。ネッド・シンクレアだな。リンカーンシャー州出身の。人並みはずれて内気な若い男。それでも、家名を穢《けが》すまいと努めている」

「あなたご自身がすでに穢している以上に穢すことはできませんわ」

それを聞いて彼は笑い声をもらし、それから考えこむような顔になった。「ひどく奇妙なことだが、今夜はたのしい晩になる気がするよ」

「わたしもです、伯爵様」彼女も正直に言った。

「今夜だけ、ぼくのことは〝アシュフォード〟と呼ばなければならない。親戚がぼくを伯爵様と呼ぶのは不自然だろうからね」

「あだ名で呼ぶこともできるわ」彼女は言った。「アッシイとか」

アシュフォード伯爵は顔をしかめた。「今も昔もぼくをアッシイなどと呼ぶ者はいない。ぼくはみんなに〝アシュフォード〟として知られている」

「近い身内の方も？　たとえば、叔母様は？」

彼は誰かに聞かれているのではないかというようにあたりを見まわした。「代母にふたりだけのときに〝ダニー〟と呼ばれたことはある。でも、彼女だけさ」彼は急いで付け加えた。ダニー。おかしなことに、どこまでもかわいらしい呼び名だった。とくに、向かい合ってすわる男性にそんな子供っぽい呼び名がまったく似つかわしくないことを思えば。エレノアは弾薬をしまいこむように——もしくは、それ以上に貴重なものとして——その事実を胸にしまいこんだ。

「今、賭場へ向かっているんですか、ダ——アシュフォード？」

アシュフォード伯爵は冷やかそうとする彼女の試みを意に介さなかった。「まだ早すぎる。ドネガンズは十時にならないと店を開けない。開けても、深夜零時までは人もまばらさ」

エレノアは懐中時計をたしかめた。ウエストコートから時計を引き出す行為は目新しく、おもしろかった。十時までは三時間もある。

「もう今夜の予定は立ててある」彼はつづけた。「まず、ボンド街をぶらつく。悪行の巣窟へ飛びこむ前に、男を演じる練習ができるからね」

「でも、賭場よりもボンド街でのほうが、わたしが女であることがばれる可能性が高いかもしれないわ」

アシュフォード伯爵はなめらかで抑制された動きでシャツのカフスを直した。「買い物の際には、ふつうきざな振る舞いが求められる」

「きざな振る舞いですって！」怒った女性の声が出てしまったが、気づいたときには遅すぎた。

アシュフォード伯爵は自分の言ったことが証明されたとでもいうように気どった笑みを浮かべた。「通りを何度か往復してから、〈イーグル〉で夕食をとる。ぼくの気に入りのレストランさ」遅まきながら自分の失敗に気づいたようで、彼は彼女に鋭い目を向けた。「イーグルはぼくにとって隠れ家のようなものだ――ホワイツにもましてね。今度のとり決めが終わったあとに、そこで記者がぼくを張っているようなことがあったら、ぼくは〈ザ・ウェル＝インフォームド・ロンドナー〉に出向いて、きみの新聞の連載記事を完全に否定し、撤回する記事を書かせるからな。きみの新聞を排斥するのはそれほどむずかしくないはずだ」

それはたしかにそうだろう。私生活を守るために彼が長広舌をふるったことには感心しながらも、自分や自分のような立場の人間に彼がいかに容易に力をおよぼせるか考えると寒気を覚えた。貴族の力を前にしては、中流や下流の階級の人間にできることは何もないのだ。

「イーグルは立ち入り禁止の場所にしますわ」そう言ってから、信用してもらえるように付け加える。「今夜のことについて記事を書く際にも、店の名前を出すことはしません」

アシュフォード伯爵は彼女が譲歩したことにほっとしたようにため息をついた。

「食事を終えたら――」彼はつづけた。「ドネガンズへ行き、朝に賭場が閉まるまで賭けをする」

「おやおや」彼女はつぶやくように言った。「ほんとうに丸々ひと晩分――明日になるまで――の計画を立ててくださったんですね」

アシュフォード伯爵は恥ずかしそうな顔になり、「計画を立てるのが好きなんだ」とつぶやいた。

「そのようですね」それは思いがけないことだった。放蕩者の伯爵が、きちんと計画を立てるのが好きだなどと誰が思うだろう？　そんなふうにしばられるのを嫌っているとばかり思っていたのだ。思った以上に責任感の強いまじめな人なのだろうか？　からかってくる様子から見て、まじめすぎるということは絶対にないだろうが。

インペリアル劇場はボンド街から数マイル離れていたため、彼女にとっても伯爵にとっても、黙ったまま馬車に乗っているには長すぎるほどの時間があった。しばらくたつと、エレノアは黙っていることができなくなった。

「わたしの変装について何もおっしゃっていないわ」と唐突に言う。

伯爵は眉を上げた。「ああ、それが変装か？」

エレノアは顔をしかめ、ステッキをにぎる手に力を加えた。それで彼の脳天を一撃せずにいるのがやっとだったからだ。

「じっさい」彼はなだめるように両手を上げて言った。「驚くべき出来栄えだよ。道に立っているのがきみだとわからないほどだった。ただ……」そう言って目をそらす。

「ただ、なんです？」「目かしら？　いいえ、遠くから、夕方の薄闇のなかでそれがわかるはずはない。髪の色？　かつらをつけてはいるが、色はもとの髪と同じだった。

「きみの尻さ」しばらくして彼は言った。

エレノアははっとして身をよじり、言われた場所に目を向けようとした。「上着で隠れているわ。それに、わたしたちは昨日会ったばかりよ。わたしの……お尻の形をあなたが覚えているなんてあり得ない」

「男の観察眼をみくびってはだめだ」

「刺繍することがあったら、そのことばを図案のなかに入れますわ」彼女はひややかに応じた。怒りに駆られてはいたものの、ふたつのことを意識せずにいられなかった。まず、彼に肉体的に意識されたこと。もうひとつは、少なくともひとりの男性に、自分が女だと認識されていること。「つまり、誰が見てもわたしが女だとわかるということですか?」

「それはないな」と彼は答えた。太陽はさらに沈み、街灯や店の窓からもれる金色の明かりが、彼の顔のすっきりとした輪郭を浮かび上がらせていた。「ぼくがたいていの男よりもきみに波長を合わせているからかもしれない」

それを聞いてほっとしていいのかどうかエレノアにはわからなかった。

「インペリアル劇場の衣装係と化粧師はいい仕事をしたよ」話を変えようとするように彼は言った。めったなことでは驚かない、世慣れた女性と自負するエレノアも、太腿の付け根をじっと見つめられて、目をみはらずにいられなかった。脚にぴったりしたズボンを身につけるのが慣れないことであるのはたしかだったが、こんなふうにしげしげと見つめられるとは思わなかった。

「細かいことにも注意を怠らなかったようだね」彼はつぶやくように言った。「きみに男の物を与えてくれたというわけだ」

「そこに何もなかったら、ひどく奇妙でしょう?」エレノアは偽の性器をつっきたくなる衝動に抗《あらが》った。「こんなおかしなものを脚のあいだにぶら下げて、殿方たちがどうやって歩きまわっているのか見当もつかないわ」

「それが血肉でできているとさらに最悪さ」アシュフォード伯爵はまじめな顔で言った。

「日々脳みそをのっとろうとするからね」

「でも、高い理性があれば負けないわ」と彼女は指摘した。

「そのときどきでちがうが、ぎりぎりのところで均衡を保っているわけだ」

これまで多種多様な非常に変わった人々に囲まれて育ち、マギーや、劇場の荒っぽい人々ともかなりの時間をいっしょに過ごしてきたというのに、男性の生殖器に関するこの会話にはさすがのエレノアも前後不覚におちいりそうになった。

「その衣装係がそれもうまくやってくれたんだね」アシュフォード伯爵は押さえつけられた胸のほうを手振りで示した。

「それって?」エレノアはわからない振りをして訊いた。

「きみの……胸部さ」彼は歯を食いしばるようにして言った。

「ねえ、アシュフォード」彼女はとがめるように言った。「自分が繊細な感性の持ち主だと偽ろうとするのはやめてください。あなたはわたしに何度も〝睾丸〟ということばを言わずにいられなかった人なんだから。それってきっとわたしの胸のことを言っているにちがいないですね。それとも、乳房ということばを使ったほうがいいかしら？　もしかして、おっぱいと言うほうがあなたの繊細な性格には合っているかもしれないわね。それとも——」

「きみの胸だ」彼は歯ぎしりするように言った。「胸をうまく隠したな」

「きっと昨日、それについてもよく観察したんでしょうね」とエレノアは言った。いつもの仲間たちとはそんなふうに率直な物言いをすることに慣れていたが、伯爵に対してそれほどあけすけな言い方をするのは奇妙で……刺激的だった。

沈黙がそのとおりであることを裏づけてくれた。昨日は持っているなかでももっとも慎ましいドレスを着ていたのだが。

「公平を期すためにあなたの太腿を見つめなければならないわ」彼女は言った。「シャツ姿のあなたをいやらしい目で見られるように、上着を脱いでもらうべきかもしれない」

「あとでね」アシュフォード伯爵は答えた。「今はきみの胸について話しているんだから」

エレノアは顔が熱くなるのに抗おうとした。「コルセットは身につけていないかもしれないけど、胸に巻きつけられた布のせいで、ひもをかけて焼かれた肉になった気分だわ」

「その肉はうまいだろうな」伯爵はベルベットのごとくなめらかな声で言った。

マギーの警告と、自分の新聞に載せた無数の記事が頭によみがえった。貴族なんて信用ならない。おまけにこの貴族は何をたくらんでいるのかわからない、悪名高き放蕩者だ。その魅力には絶対に抗わなければならない。それでも、彼にうんざりされて話をよその新聞社に持ちこまれないためには、あまりにつれなくするわけにもいかない。

「筋だらけで硬いかもしれないわ」とエレノアは言った。

「それをたしかめるもっともいい方法は、じっさいに味わうことだ」

「あとほんの数時間で夕食よ。きっとそれまで待てるはずだわ」

「ほかのものを味わってもいいかもしれない」

「ほかのものって、いやらしい軽口をたたくことかしら？」彼女は笑った。「それなら、もうたたいているじゃありませんか」そう言って首を振った。「きっとご自分ではそのことに気づいてもいないんでしょうね。あなたのような放蕩者にとっては、いやらしい軽口をたたくのは癖のようなものでしょうから」

伯爵は放蕩者ということばを聞いて顔をしかめた。「こんなのはごくふつうのことさ。ぼくはうちの七十歳の家政婦とも軽口をたたいている。だからといって特別な意味はない」

「それはそうね」と彼女は応じたが、彼のことばが妙に心に刺さった。エレノアは心の内でみずからをいましめた。どっちが望み？　距離を保って安全な場所にいつづけるのと、彼の興味を惹くのと。どちらにしてもあまりいい結果にはならないはずだ。いずれにせよ、自分の感情などさして重要ではない。重要なのは、記事にできる素材を手に入れること。ひたすらそれを自分に言い聞かせなければならない。

夕べははじまったばかりだったが、すでにダニエルは新たな経験をしていた。かつて男といちゃついたことはなかった。ミス・ホークは男ではないが、男にしか見えない変装をしている。自分は人生の新たな局面を迎えたのだろうか？　それとも、ほかに理由があって〝ネッド〟といちゃつかずにいられないのか？　どちらかと言えば、後者の理由のほうがいい。それはそれで複雑だったが。

ボンド街へとさらに馬車が進むなか、ふと、男であれ、女であれ、これほどにたのしい会話を交わしたのは久しぶりだと思った。交わすことばの一言一句がフェンシングのようだった。突いては払う。敵として不足のない相手が次にいつどう攻めてくるか、考えるのは刺激的だった。

キャサリンと会話するのもたのしいが、最近の話題はジョナサンの身に何が起こったかということばかりになっていた。

しかし、こんなふうに思うのは、日ごろ上流階級の女性や女優とばかりかかわっているせいだろうか？　もしかしたら、ミス・ホークのような立場の女性のほとんどが、同じように知性と機知にあふれているのかもしれない。

はたしてそうだろうか。誰にしてもめったに見られない性質にちがいない。理の通ったことばを聞いただけでも、彼女がめったにいない女性であることがわかる。そう考えて、妙にあたたかいものが心に広がった。彼女といっしょにいるのが……特権に思えた。

こちらの爵位に気圧《けお》されている様子もない。気持ちがいいほど率直に、対等に接してくる。そんなふうに接してくれる者はほとんどいなかった。

彼女は目的をはたすための手段だ。どれほど魅力的でも、それを忘れてはならない。

ミス・ホークのほうもぼくを利用しようとしている。ぼくが彼女を利用しようとしているのと同様に。そうして互いを信じず、相手を利用しようとすることで、ある種の均衡を保っているわけだ。

この世に新聞記者ほど狡猾《こうかつ》な存在はない。全般に物書きというのはあてにならない連中だ。こそこそとのぞき見しては、世のすべてを鵞ペンをふるう題材とする、抜け目のない者たちだ。人間的な感情を食い物にして生きている。そのことは覚えておいたほうがいい。

馬車はようやくボンド街に到着した。

「路地の入口へやってくれ」ダニエルは御者に告げた。

御者は命令に従い、すぐにも馬車は店と店のあいだの、狭いながらも明るく照らされた路地の前で停まった。

使用人が扉を開け、ダニエルは馬車から降りた。ミス・ホークが降りるのに手を貸しそうになる自分を押し留《とど》める。彼女は自分で馬車から降りた。

ミス・ホークは路地に目をやって眉根を寄せた。「ここでおいはぎを働くおつもり?

言っておきますけど、伯爵さ——アシュフォード、あなたのポケットにはいっているお金のほうがわたしが持っているよりもずっと多いわ」

「そうかな」ダニエルは答えた。「出歩くときはあまり現金を持ち歩かないのでね」

彼女はまるで淑女らしからぬ鼻の鳴らし方をした。「それはわかっていてしかるべきだったわ。あなたが小銭をねらっているなら、一ポンド六ペンスさしあげます」

彼は差し出された金を払いのける身振りをした。「ボンド街をうろつく前に、ひとつ練習しておかなきゃならないことがあるんだ」路地を身振りで示して彼は言った。「歩いてみてくれ」

エレノアの額の縦皺が深くなった。「またお尻をじろじろ眺める機会をさしあげるつもりはありません」

「尻を眺めたいわけじゃない」それはまったくの真実というわけではなかったが——変装した姿であっても、彼女の身のこなしや体の曲線を眺めずにいるのは不可能だったのだから。

「男の振りをするということに、微妙なちがいなんてないと思っていたわ」

「いいから歩いてみてくれ」

彼女は肩をすくめ、言われたとおりに路地の奥へ歩いていって戻ってきた。

戻ってきた彼女に向かってダニエルはため息をついて首を振った。「恐れていたとおりだ。きみの歩き方は女性そのものだ」彼女にはごく自然に腰を振って歩く癖があった。そのせいで尻に目を惹かれるのだ。そう、うまく男の衣装に身を包んではいたが、その下に女性の体があるのは一目瞭然だ。

女優が男装するのは前にも見たことがあった。高級娼婦が透けるほどに薄いドレスに身を包むのも。しかし、ズボンに包まれているせいで、ミス・ホークの長い脚が生き生きと動くのがわかり、それがダニエルの下腹部に熱を走らせた。

「わたしは女だから、どうしても動きが妙になってしまうんです」そう言いつつ、彼女は口の端を上げた。「男性のように動くにはどうしたらいいかしら？」

「見ていてくれ」ダニエルは路地を大股で行って戻った。そのあいだ、彼女の目が自分に注がれるのを意識しながら。見られているせいで、最初の何歩かは動きがぎごちなくなった。

見られることには慣れていた――一家の跡継ぎであり、貴族なのだから。それでも、彼女に値踏みするような目を向けられるのはそれとはどこかちがった。目にしたものは気に入っただろうか？　これまでほかの女性たちから文句を言われたことはない。それどころか、人並み以上に褒められることが多かった。女性のみならず、何人かの男性の反応を見ても、自分が平凡な人間でないことはわかった。しかし、そんなことはどうでもいいと思っていた。自分では見かけも背の高さも変えられはしないのだから。人には好きに言わせておけばいい。

それなのに、ミス・ホークには目にしたものを気に入ってもらいたかった。彼女がどう思うかがいったいどうして気になるのだ？

あれこれ考えずにただ歩くんだ。

ダニエルは心の声に従った。

「どう見えた?」路地の入口で待っている彼女のところへ戻ると、彼は訊いた。

ミス・ホークは考えこむように眉根を寄せた。「洗練された女らしい振る舞いにそれほど詳しいわけじゃないけど、幼いころから、走ってはいけないとか、腕を振りまわしたり、大股で歩いてはいけないと言われて育ったんです。今のは――」彼女は路地を身振りで示した。少し前のダニエルの歩き方を意味しているのだ。「女性が教えられる歩き方とは真逆だわ。わたしたちはできるだけ小股で歩くように教えられるんですもの。人目を惹かないようにって。何にしても、自分のものと主張してはいけないし」

ダニエルは驚いた。そんなことは思ってもみないことだったからだ。女性の歩き方が男とちがうのは、体のしくみの問題で、そう歩くように教えられているからだとは思わなかった。女性たちが世間からどう見られるべきかということまで教えられているとは。

「でも、あなたは――」彼女はつづけた。「すべてが自分のものであるかのような歩き方をなさるわ。すべてを自分のものと主張し、誰にもそれに異を唱えさせないというような。肩のそびやかし方から言って――」そう言って彼の肩を軽くたたいた。「恐れるものは何もないという感じだし。さりげなく脇に退いたり、狭い場所をすり抜けたりする必要もないというわけ。地面を蹴る足もそうだわ。何ものも恐れない。それに――」彼女はひそやかな笑みを浮かべて付け加えた。「あなたの大好きな睾丸の存在もそう。それのせいで歩き方が変わってくるわ。でも、それこそがあなたがあなたである所以でしょう？　特権が脚のあいだにぶら下がっているのよ」

ダニエルは神経質な笑い声をあげた。この路地で彼女に男らしく歩く方法を教えてやろうと思っただけなのに、突然、男であることの意味について、まったく新しい考察を与えられたというわけだ。それが女性にとってどういう意味を持つものか。

ふたりのあいだでは、力を持つのは自分だと思っていたのに、ほんの数言で、彼女にその力を奪われてしまった。彼女の言うとおりではあっても、今の自分は妙に無防備な気がした。この路地に来るまでは、男であり、特権階級に属することで、すべてが意のままである気がしていたのに。

そんなふうに辛辣な目で見られることは心地よいとは言えなかった。まるで名前や富をとり去ったら、その後ろにはさえぎるものが何もないという感覚。ありのままの自分がむき出しにされるというような。

「ただ歩くだけなのに、ずいぶんと考えなきゃならないことが多いんだな」彼は思ったことは口にせずに、ただそう言った。

ミス・ホークがほほ笑んだ。「わたしが完全にまちがっている可能性もありますわ。わたしが人の行動について、その根拠を捏造《ねつぞう》するのははじめてじゃないかもしれないし」

「きみの新聞の信用性をずいぶんと高めてくれる発言だな」

彼女の笑みが深まった。男の笑みではけっしてない。あまりにきれいすぎる。あまりに……魅力的すぎる。「もちろん、捏造なんてしたことはありませんけどね」

ダニエルは路地を手振りで示した。「もう一度やってみてくれ。地球を支配してやろうというように、片足をもう一方の足の前に置くんだ」

「精一杯、努力しますわ」彼女は路地の奥まで行って戻ってきた。「どうです?」

「重さ八ポンドの睾丸をぶら下げているというような動きだな。睾丸は鉛の振り子のように振れたりはしない」

「もう一度やってみせてくださいな」彼女は言った。「次は特別注意してあなたの生殖器を見ていますから」

ダニエルは目を細くした。狭い路地に長くいすぎた。互いにあまりに近いところに。危険な可能性に思いが行く。「講習は終わりだ。きみの技を世間の前で試すときが来たよ」

4

古くから、〝性の闘争〟が何千年にもわたってくり広げられているのにはわけがある。日々男女のあいだで絶えずいさかいや、喧嘩や、ぶつかり合いがあるのをほかにどう説明できるだろう？　そんなふうにいさかいが絶えないにもかかわらず、人口が増えつづけているのは驚きと言うしかない……

〈ザ・ホークス・アイ〉一八一六年五月四日

夕暮れどきのボンド街は、美しい品々や、道や行き過ぎる人々に金色の明かりを投げかける街灯によってきらめいていた。歩道を歩く通行人たちは、店に飾られている優美な品々に劣らず、豪奢《ごうしゃ》で得がたいものに見えた。エレノアのような人間には夢に見るか――それについて書くか――しかできない人生を送っている人たちだ。

ここに集まっている人々は、店の窓を飾る美しい品々同様、エレノアにとっては格好の記事の題材だった。

エレノアは興奮を隠しきれず、アシュフォードに耳打ちした。「あそこにいるのはレディ・Dだわ。社交の集まりでは酔っ払うので有名な女性です。わたしの情報源によると、ニーガス酒を飲みすぎると、自分のとんでもない秘密をもらしてしまうのだとか」

「ピクニックで一度会ったことがあるよ。今はしらふでおちついた様子に見える」とアシュフォードは言った。

息子と娘を連れてあちこちで足を止めては、飾られている帽子をうっとりと眺めているくだんの女性は、たしかにしらふでおちついた様子だった。

「ええ、今はね」エレノアはひそかに言った。「今夜、公爵夫人がどんな失態を演じるか、誰にわかります？　ワインを飲みすぎて、若いころ犯した過ちを話してしまうとか？」

「そう考えると愉快でたまらないという声だね」そう言いながらも、彼の声にとがめる響きはなかった。

エレノアは肩をすくめた。その仕草もできるだけ男らしく見えるように努めた。しかし、意識しすぎて、荷揚げ人が小麦粉の袋をかつぐような仕草になってしまった。「どの程度正気を保っていられるかは彼女次第ですけどね」

「そして、それを慎ましい大衆に知らせるのがきみの仕事というわけだ」彼はそっけなく言った。

「彼女を反面教師にして、ほかの人たちはもっと節度ある人生を送るようになるかもしれませんから」

アシュフォードは鼻を鳴らして笑った。「この街と国に対して、なんともすばらしい反面教師を見せていると言いたいのかい？」

「いわば、需要と供給です。それに、新聞社の経営も考えなくてはならないし」自分のしていることを恥じるわけにはいかない。十人あまりの記者や、植字工や、印刷工を雇っており、新聞配達人や、新聞を売る売店や屋台の人間たちのことも考えなくてはならないのだから。

伯爵は口の端を上げた。「ぼくの仲間のほとんどの人間より考えなきゃならないことが多いということだ。ぼくらは事務の人間や領地管理人に大変な仕事はまかせているからね。そのあいだ、紳士たちはホワイツで、ローンデール卿が何分で羊の脚を食べ終えるか賭けているというわけだ」

「最新の記録は何分ですか？」

「二分と五秒さ」彼はすぐさま答えた。つまり、この人は賭けただけでなく、賭けに勝ったということね とエレノアは胸の内でつぶやいた。

アシュフォードといっしょにゆっくりと通りを歩きながら、エレノアは伯爵に教えられたすべてを思い出し、歩き方や姿勢に気を配った。店の窓に飾ってあるエメラルド色のシルクの布や、紫色の子ヤギの革の手袋に気を惹かれずにいるのはむずかしかった。特権に恵まれた金持ちの若い男の振りをしなければならないのでなおさらだった。唯一注意を向けなければばならない飾りといえば、脚のあいだにぶらさがっている人工の飾りだけなのに。

アシュフォードが慣れた世界にいる様子をただひたすら見ていたいという思いもあったために、自分の歩き方に注意を払うのは余計にむずかしかった。黄昏《たそがれ》時の金色の光のなか、彼の顔の輪郭は鋭く見え、男らしさが火のように燃え立っている。エレノアはそんな彼から目を離し、前方や店の窓に目を向けようともがいていた。

彼に気を惹かれているのはエレノアだけではなかった。ふたりで歩いていると、かなりの数の女性の目が伯爵へと向けられた。恥ずかしそうに目を向ける女性もいれば――そのほとんどが母親やメイドに付き添われた若い女性だったが――あからさまに視線を注ぐ、もっと年上の既婚女性や未亡人たちもいた。

「あなたって注目の的みたい」とエレノアは小声で言った。

「評判と爵位が磁石の役目をはたすからね」彼はそっけなく言った。「そんなにステッキを振りまわしてはだめだ。密林で道を切り開いているわけじゃないんだから」

彼のゆったりとした大股に合わせようと、その動きを真似てみる。アシュフォードがほれぼれとした目を惹きつけている一方で、すれちがう女性たちの誰ひとりとして、自分を二度見する人がいないことに気づいて、肩のあたりをちくちくと刺されたような気分になった。どうやら自分は、伯爵ほど望ましい男性とはみなされていないようだ。

なんとも腹立たしいことに。

「女性たちが誰ひとりとしてわたしに目を向けてこない」エレノアは不満をこぼした。

「目を向けろと言ってやらないからさ」と彼は答えた。

「失礼」声の調子を低く保とうと気をつけながらも彼女はぴしゃりと言った。「〝ぼくの男らしさに驚いてください、ご婦人方〟と書いた標識を身につけなきゃならないとは知らなかったので」

アシュフォードは首を振った。「ことばじゃない。ことばを使わずに自分を見てくれと伝えるんだ。歩幅を広げたり、肩を怒らせたりしてね。それはここで考えるんじゃなく――」そう言って頭を軽くたたく。「あそこで考えるんだ」彼はズボンの前にひそかに目を向けた。

エレノアはその視線を追うつもりではなかったのに、追わずにいられなかった。男性の生殖器に横目をくれるなど、ふつうはしないことだが、アシュフォードに関しては自分を止めることができなかった。頬がかっと熱くなる。

「あなたってとんでもなく夢中なんですね。その……」エレノアは人前で使うにふさわしいことばを探した。「……ご自分の男らしさの象徴に」

彼が笑い出したことは予期せぬことだったが、その笑い声は豊かだった。「ぼくが自分の男らしさの象徴についてしじゅう考えているわけじゃないと言ったら、きみは驚くだろうよ。ぼくにとっては気に入りの話題だけどね。どんな男も自分のあそこの状態に左右されずにはいられないんだ」

「なんてしばられた存在かしらね」彼女は暗い口調で言った。

「そうかもしれない。でも、ぼくが言いたかったのは――」

「ずいぶんとまわりくどい言い方で」

アシュフォードは彼女に鋭い目を向けた。「――男が自信を持っていれば、女性にもそれが伝わるということさ。自信のある男かどうか感じとれるんだ。その自信は下腹部から生まれている。それはよせ」エレノアが言われたことを動作で表そうとすると、彼は付け加えた。「股を突き出して歩くんじゃない。自信がないのを埋め合わせようとしているだけに見えるからね」

「よくわからない」彼女は苛立って言った。

「行動に出すんじゃなく、態度で表すんだ。女性に生涯で最高の夜を約束するような歩き方をするわけだ」

「すごい自慢ですね」

彼の口がみだらで傲慢な形にゆがんだ。「自慢じゃなく、事実さ」

またも脈打つような熱が全身に広がった。じっさいに誘惑されているわけではないとしても、この人の前では身を守らなければならないのはたしかね。これだけの自信を持ち合わせていれば、この人は苦もなく誘惑をやりとげてしまうことだろう。こんなふうに自信をみなぎらせているのは、少しばかり気恥ずかしいものではないの？

それでも、彼のうぬぼれについてあれこれ考えるのはやめ、ひそかに観察してみた。たしかに自信に満ちた動き方だ。全身から性的な男らしさがにおい立っている。彼がけっして忘れられない夜を女性に与えるであろうことは疑いなく、彼自身にもそれがわかっているのだ。それでも、猥褻な感じはまるでなかった。目に見えない陽光のように、男としての自信が全身からみなぎっている。女なら誰でも浴びてみたいと思うような陽光が。

そんな自信をわたしもみなぎらせることができたらどうだろう？　自信には事欠いたことがない。〈ザ・ホークス・アイ〉は自分を信じなければ存在し得なかったのだから。それでも、その自信とこれとはちがう。

インペリアル劇場で誰よりも喝采を浴びる俳優には秘密があるとマギーから聞いたことがあった。そういう俳優は単にできるだけ芝居がかった調子で台詞を明確に発するのではなく、演じる人物にじっさいになったとしたらどうだろうと考えるのだそうだ。その人物の生い立ちやこれまで経験してきたであろうことを想像する。演じるその部分だけを薄っぺらく切りとるのではなく、その人物をじっさいに生きるのだという。

おそらく、わたしもネッド・シンクレアという役に対して同じ手法を用いればいいのだ。アシュフォードが今よりは経験の少ない若者だったころを想像すればいい。富と特権と官能的な知識に恵まれた男性。

その感覚は心に強い影響をおよぼした。考えるのをやめ、単純にその人物になるのだ。

それでも女性の目を惹かなかったら、それはそれまでのこと。願いはかなったが、目を向けてきたのは貴婦人のメイドだった。いずれにしても、女性の目を惹けたことにちがいはない。

「ずっとよくなった」アシュフォードが小声で言った。「競争心をかき立てられそうなぐらいだ」

「ぐらい？」

「きみには態度が示す約束を実行する手段がないからね」彼はかすかな笑みを浮かべて言った。「ぼくにはあるが」

沈黙の約束を彼がどれほどみごとに実行するのだろうと考えそうになる自分の心を引き戻すためにエレノアは言った。「何もかもとてもためになるけど、穏やかにボンド街を歩いているだけでは醜聞を呼ぶことにはならないわ。読者もこういう振る舞いを不品行だとは思わないんじゃないかしら」

「きみの読者を失望させたくはないな」その声にはわずかに皮肉っぽい響きが含まれていた。「朝のお茶を飲みながらくすくす笑える話題を提供しなきゃならないからね」アシュフォードは堂々と通りを下っていた三人組のほうへ歩き出した。

三人組は中年の男性と、それよりは少し若い、白っぽいブロンドのきれいな女性と、社交界にデビューして一年にもならないような若い女性だった。もちろん、みな非常に上等の衣服を身につけている。夕食と夜の上品なおたのしみの前に、夕方の散歩をたのしんでいる裕福な家族なのだろう。

「サー・フランク、レディ・フィリップス」アシュフォードはお辞儀しながらよどみなく言った。「ミス・フィリップス」と若い女性に向かって言う。

「アシュフォード伯爵!」サー・フランクは伯爵に自分と家族を覚えていてもらえたことに驚き、喜んだ様子だった。結局、彼は准男爵にすぎないのだから。

アシュフォードはエレノアのほうに顔を向けた。「親戚のネッド・シンクレアを紹介してもいいですか? 数日前にリンカーンシャーからロンドンへ出てきたばかりなんです」

サー・フランク一家と挨拶を交わすにあたり、女性のお辞儀ではなく、男性のお辞儀をすることをエレノアはみずからに思い出させなければならなかった。とても低い声を出すことも忘れなかった。いつもなら新聞記者らしく、質問を浴びせかけるところを、「お会いできて光栄です」とだけ言う。今夜はどうしてボンド街へ? 何かとくにお目当てのものがあるんですか? 今夜のこれからのご予定は?

そういう質問はしっかりと胸にしまっておいた。今夜は新聞社の所有者であり、編集者でもあるエレノア・ホークではなく、のんびりと余暇を過ごしている若い紳士、ネッド・シンクレアなのだから。

レディ・フィリップスの目がしばし自分に向けられたことも見逃さなかったが、そのまなざしにみだらなものはなかった。その目の計算高い光を見れば、エレノア——というか、ネッド——が、内気そうにスカートの裾に目を落としている若いミス・フィリップスの花婿候補としてふさわしいかどうか値踏みされているのがわかる。

「この時間にボンド街できみを見かけるのはめずらしいですな」サー・フランクがアシュフォードに向かって言った。

「たしかにめずらしいかもしれませんね」伯爵はゆっくりと言った。「ただ、若いネッドはこのよこしまな街の洗練されたたのしみに慣れていないので、手ほどきしてやろうと思いましてね」

「それで、騒がしいわが首都はいかがかね？」サー・フランクが訊いてきた。「なかなか見物だとは思わないかい？」

エレノアが答える前に、アシュフォードが口をはさんだ。「ネッドのことは大目に見てやってください、サー・フランク。異常なほどに内気で、一日にひとこと、ふたことしかしゃべらないんですよ」

エレノアは彼をにらみつけたくなるのをどうにかこらえ、どこまでも内気な若者らしく、歩道に強い関心を抱いた振りをした。

「ああ、お若いから」レディ・フィリップスがため息をついた。「そんな時期もすぐに過ぎ去ってしまうけど」

「あなたの場合、それはあてはまりませんね」アシュフォードはよどみなく言った。「月日の移り変わりを牛耳ってらっしゃるんですか？　きっとあなただけ月日の過ぎるのがゆっくりなんでしょう。まだ夏も十八回しか経験していらっしゃらない」

「あら、伯爵様ったら」年上の女性はうれしそうな声を出した。たしかにあまり年齢の影響を受けていない、すばらしい外見の女性だった。ウエストコートにどうにか腹をおさめている彼女の夫とは好対照だ。サー・フランクは髪の生え際もゆっくりと後退しつつあった。

アシュフォードをにらむまいとしながら、彼の図々しさには驚嘆せずにいられなかった。夫がすぐそばにいるのに、女性に軽口をたたいているのだ。アシュフォードが大胆な性格であることは知っているのだから、驚くには値しないはずだったが、彼の女たらしぶりを人から聞いて記事にするのと、自分でまのあたりにするのとではまるでちがった。

さらに驚いたことに、彼はサー・フランクに向かって言った。「あなたの田舎の領地には驚くほどの数のライチョウが飛来しているそうですね」

「ああ、たしかに！」准男爵は店の窓の明かり以上に顔を輝かせた。「先日、猟場管理人から手紙を受けとったんですよ。ちょっと待って。どこかにあるから」そう言って目を落とし、上着のポケットを探り出した。アシュフォードはレディ・フィリップスに目を戻した。何気なく目を向けただけだったが、そこには茶目っ気と熱がこもっていた。

レディ・フィリップスはすぐさま同じまなざしを返した。

一方、サー・フランクは受けとったという手紙をとり出し、音読しはじめた。鳥の巣で見つかった卵の数や生垣の状態に誰も関心を払っていないことには気づかずに、それが人類全体にとって何よりも魅力的な事柄であるかのように手紙を読みつづけている。

そのあいだ、アシュフォードとレディ・フィリップスは声に出さずに目でいちゃつきつづけていた。まなざしだけでまわりの空気に火がつきそうになっている。

大胆不敵なやつ！　わたしは女たらしらしい振る舞いを見せてほしいと望み、こうして今、それを夢中になって見物しているのだ。あたかも偉大なる画家が王立芸術院の美術館に飾るにふさわしい肖像画を描くのをまのあたりにしているかのように。彼はレディ・フィリップスを腕に抱いてキスしたわけではなかったが、誘惑したのはたしかだった。准男爵の妻は関心を向けられて有頂天だった。猟場のライチョウにこれだけ夢中になっているところを見ると、夫の准男爵はあまり愛情こまやかな人間ではないのだろう。

アシュフォードはエレノアにちらりと目を向け、その目をミス・フィリップスに向けた。エレノアはその目の意味を理解した。伯爵は持てる技を駆使して若い女性といちゃついてみろと言っているのだ。

エレノアはかすかに首を振った。そんなことできるわけがない！　きっととんでもないまぬけを演じることになる。アシュフォードのすぐれた技と比べればなおさらだ。

しかし、伯爵は抵抗を許してはくれなかった。顔を見れば、多少は試みることを望んで

——いや、求めて——いた。

きっぱり拒むこともできるけれど、それではおもしろくないのでは？　女たらしが女性を口説くのをまのあたりにする機会はもちろん、自分自身が不品行な男を演じる機会を逃したりしたら、読者にどう思われるだろう？

それに、たいした害もないかもしれない。〝ネッド・シンクレア〟は正式に社交界に招き入れられるには若すぎるとアシュフォードもはっきり言っていた。若いミス・フィリップスにとって花婿候補となる見こみは薄いはずだ。あまり実りある縁組みにもならないだろうし。

エレノアは深呼吸した。それから、ミス・フィリップスの目をとらえようとした。若い女性は最初のうち、〝ネッド〟の視線をかたくなに避けようとしていた。頬を赤く染め、小物入れのひもをねじっている。

しかし、ようやくエレノアはミス・フィリップスの目をとらえた。とらえたものの、それからどうしていいかがわからなかった。どんなふうに見つめたらいいの？　もともと恋の駆け引きはあまり得意とは言えず、過去の恋人たちとも、あれこれ入り組んだ駆け引きをして時間を無駄にすることはなかった。互いに望むものはわかっていたので、単刀直入にそれを手に入れたものだ。あまり理想的な恋愛とは言えなかったが、エレノアの人生に恋愛のはいりこむ余地はほとんどなかった。いつも生きるのに必死だったからだ。女性の新聞社主筆には、華美なことばで愛を告白したり、永遠の愛を誓ったりしている暇はないのだ。肉体的欲望を満たす必要もあれば、経営しなければならない新聞社もあるということで、片方が満たされたら、次はもう一方を優先させることになった。

しかし、女性を口説くという経験を手に入れようとしている今、いったいどんなふうにしたらいいのだろう？

アシュフォードにちらりと目をやると、彼は延々とつづくサー・フランクの話に興味深そうに相槌《あいづち》を打ちながら、無言でレディ・フィリップスを誘惑しつづけていた。ああ、それにしても、ハンサムな男だわ。顔立ちはすっきりしていながら官能的で、褐色の髪はしゃれた形に整えられ、機知に富んだいたずらっぽい青い目はきらきらと輝いている。男としての自信が彼を輝かせているのはまちがいなく、女性にとってはチョコレートさながらに魅力的だった。抗いがたいほどに。

アシュフォードに対しては、こうしていっしょにいるのは取材のためと自分に言い聞かせ、その魅力に影響されまいと防壁をつくっているのだが、それをとり払って彼を見ることができたらどうだろう？　ああいうまなざしを向けられるのはどんな感じなの？　何を約束してくれるまなざしなの？

そうした思いを胸に秘めつつも、エレノアはミス・フィリップスに目を戻した。視線を向けた相手が若い女性ではなく、アシュフォードだと想像する。

ミス・フィリップスはさらに濃い色に頬を染めたが、目をそらすことはせず、エレノアに無関心を装ったまなざしをくれた。まつげをはためかせさえした。

うまくいった!

エレノアはそれ以上そのまなざしを受け止めていられなかった。結局、〝ネッド〟はあまり経験豊富な若者ではないのだから、守れない約束をするわけにはいかない。そこでエレノアは表情をわずかにゆるめた。それでも、何気なく目を合わせ、ときおり視線をはずしてはまた合わせることで、ミス・フィリップスにあなたともっと親密になりたいという思いは伝えた。

少女はまるで陶器のようにもろくもエレノアの手に落ちた。一瞬、エレノアは自分の魅力に自信が持てないでいるらしいミス・フィリップスが少々気の毒になった。母親の美貌のほうが光り輝いていたからだ。サー・フランク家の財産も少なくはないが、それほど多いわけでもない。次の社交シーズンでは、デビューしたてのほかの少女たちとの激しい競争に見舞われることになるだろう。

突然、そのお遊びがまるでおもしろくなくなった。アシュフォードは女性たちの感情をもてあそんでも良心のとがめを感じることもないだろうが、女の自分がそんな自由気ままな態度をとるわけにいかない。

エレノアはミス・フィリップスに謝るような笑みを向け、それから借りたブーツの爪先にまた視線を落とした。少女は目をそらされたと心を痛めるかもしれないが、猿芝居をつづけるよりもそのほうがましだ。

アシュフォードはエレノアが突然気分を変えたことに気づいたらしく、唐突に口を開いた。

「ご領地のライチョウについてはまた別のときに教えていただいたほうがよさそうですね、サー・フランク。そろそろ若いネッドに食事を与えてやらなくちゃならないので。この年ごろの若者たちが底なしの胃袋を持っているのはご存じでしょう」

「ええ、もちろんですとも！」准男爵は手紙を上着にしまった。「またお会いできるといいんですが」

「そうね」レディ・フィリップスもかすかにほほ笑んで言った。「お会いできて光栄でしたわ、伯爵様」

男が自分の思惑をあからさまに見せられるなら、女だって同じことをする権利があるというわけねとエレノアは胸の内でつぶやいた。レディ・フィリップスの思惑がはっきりわかったからだ。

みなそれぞれ別れの挨拶をし、エレノアはミス・フィリップスに長く目を向けないように気をつけた。少女はがっかりしたかもしれないが、それもすぐに忘れてしまうことだろう。

「なかなかのお手並みだったな」またふたりで歩き出すと、アシュフォードがエレノアに言った。

「同じことをあなたに言おうと思ってました」エレノアは声をひそめて答えた。「ああいう技を心得ているのはミスター・メズマーだけかと思っていたのに、まちがいだったようですね。あなたは幸せな結婚をしている既婚女性を、生肉を前にしてよだれを垂らす雌虎に変えてしまった」

アシュフォードは歩みを遅くすることもなかった。「彼女の場合は、以前にも数多く生肉を食べてきた雌虎だからね。夫と同様さ」エレノアが当惑して眉根を寄せると、彼はつづけた。「既婚女性を誘惑してベッドに連れこむのは、その夫が浮気していることがはっきりわかっているときだけだ」

それを聞いて驚きながらも、エレノアは皮肉っぽく言った。「上流階級の節操ってやつね」

「そこ以外、あまり節操を見せる機会には恵まれないからね」アシュフォードは言った。

その声の何かがエレノアの注意を惹いた。「それが気になるんですね」

アシュフォードは肩をすくめた。「裕福で特権に恵まれすぎていることについて文句を言ってきみを退屈させるつもりはないんだが、よく言われるように、『過ぎたるはおよばざるがごとし』ってことさ」彼は彼女に目を向けた。「さっきのことをきみが記事にしたら、大きな害をおよぼすことになる」

「だったら、何を書いたらいいの？」エレノアは抗議した。「記事にできることを見せると約束してくれたわけだし、さっきのはなんともすばらしい記事になるわ」

「あの少女はまだ社交界にデビューしたばかりだ。記事にされれば、結婚相手を見つける可能性に影響をおよぼすことになる」

エレノアはため息をついた。悪事や不品行について記事を書く場合、当事者に会わずに書くほうがずっとたやすいものだ。

「次はもっとよく選んでくださいね」しばらくしてエレノアは言った。「記事にしてほしくないことだったら、行動を起こさないでください」

「そうするよ」とアシュフォードは答えた。

節操の問題についてはそれ以上訊かなかったが、彼がそのことに少しばかり不満を抱いているのは感じとれた。そのせいで苛立ち、焦れる思いを抱いている。どうしてだろう？　アシュフォードのような男性は望むもののすべてを手に入れていると思いこんでいたのに。とがめられることなくなんでも望むことができると。しかし、そこにはこれまで考えてもみなかった、ある種の制限があるのかもしれない。アシュフォードは働くことができない。何かに没頭して、その努力の見返りとしてまっとうなお金を稼ぐということができないのだ。

「ああするのはたのしいものなんですか？」エレノアはサー・フランクやその家族と別れたあたりを顎で示して訊いた。

またも彼は肩をすくめた。「さほど手ごたえのある相手じゃなかったからね。レディ・フィリップスは夫に十年以上も関係がつづいている愛人がいることに仕返ししているんだ。

夫に仕返しできるなら、ぴったりしたズボンを穿いたマントヒヒですらベッドに引っ張りこむだろうさ」

「ズボンを穿いたサルよりはあなたのほうが見場がいいわ」エレノアは言った。「多少だけど」と付け加える。

「お世辞をありがとう」

「それで、手ごたえのある相手だとたのしいんですか？」

「ああ」しばらくしてから彼は認めた。「ただ、そういう相手はさほど多くないけどね。さほど多くなかった」彼は声を殺して暗く言いかえた。

どういうこと？　しかし、それ以上訊いても、答えは返ってこない気がした。この伯爵にも秘密があるのね。それを吐き出させたいと思う一方で、強く押せば――押そうとすれば――今回のとり決めを反故《ほご》にすると言われるかもしれない。そうなると、何が待ちかまえていたのだろうと憶測する以外、何も得ることがなく終わってしまう。

ふたりは何人かに挨拶したり、たまに店の窓の前で足を止めてのぞきこんだりしながら歩きつづけた。しかし、エレノアの頭はある考えで一杯だった。A卿が絶えずたのしみを追い求める以上に頭を使う人間だなんて誰が思っただろう？

頭が空っぽの遊び人として、〈ザ・ホークス・アイ〉の利益となるよう彼を利用し、勝手に記事にしてしまうほうが容易だろうが、彼は見せかけているだけの人間ではないように思えた。

もっと度量が広く、人間的で、悪い評判を招く行動のみで判断すべきではない人間。

それは喜ばしい発見ではなかった。

5

放蕩貴族は何を食べているのだろう？　どんなふうにして自分に力をつけているのか？　親愛なる読者諸兄は驚かれるかもしれないが、最悪の女たらしでさえも、震える処女のやわらかな魂のみならず、牛肉のステーキ（たまに子羊や羊肉のこともある）を食べているのである。結局、たのしみを追い求めるためには、基本的な栄養が必要であり、道楽をきわめる男性が食すに、肉汁したたる熱い肉以上に適したものがあるだろうか？

〈ザ・ホークス・アイ〉一八一六年五月四日

ダニエルはレストラン、イーグルの入口で足を止めた。ミス・ホークは彼が先にはいるにまかせ、後ろからついてくる。つまるところ、ここは彼の世界なのだから。彼女は醜聞を追い求める新聞記者だが、先導をまかせるなど、かなり賢明な女性のようだ。興奮して熱中するあまり先に立って歩き、結局はまごついてあれこれ失敗を犯すこともあり得たのに、彼女は賢明にも慎ましく振る舞うことの価値をわかっているのだ。女性はもちろん、男性においても、めったにお目にかかることのできない称賛すべき性質だった。

夜のおたのしみの前に腹ごしらえをするため、にぎやかなボンド街をあとにしたが、イーグルに彼女を連れていくのは不安だった。そこは彼にとって隠れ家のひとつだったからだ。巧みな世渡りのすべなどをすべて忘れ、ただ上等のステーキとエールをたのしめる場所。ジョナサンが行方不明になる前も、イーグルは自分だけの気に入りの場所だった。

イーグルは顧客こそ上流階級の人間が多かったが、どこよりも上品な店というわけではなかった。天井の梁《はり》は煙で真っ黒にすすけ、ペンキを塗った壁に飾られた絵の額はほこりを払ったほうがよさそうだった。

経営者のベルが急いで前に進み出た。「これはこれは伯爵様、今夜お会いできて幸いです！」年上の男はミス・ホークにちらりと目を向けた。「それで、こちらのお若い紳士はどなたですか？」

「親戚です」彼女が妙な〝男の声〟をつくって答えた。ダニエルはだまされずとも、ほかはみなだまされているようだった。それはおそらく、自分がミス・ホークの女らしさを意識しすぎているせいだろう。彼女は新聞記者であり、今は男の格好をしているのだが。

「リンカーンシャーに住んでいる」それですべての説明がつくというようにダニエルは付け加えた。

ベルはとり澄ましてうなずいた。「特別のお席にご案内します」

「いつもの場所じゃだめかい？」ダニエルは暖炉のそばに置かれたテーブルを見やって訊いた。

「あそこはその……」ベルは手を口にあててせき払いした。「ひとり用のお席ですので」

「だったら、椅子を持ってくればいいさ」

「もちろんです。少々お待ちいただければ、ええ……」店の主人はあわただしく椅子を探しに行った。

「ご友人とはお食事しないんですか？」ふたりきりになると、ミス・ホークが訊いてきた。

「ここではしない」マーウッドやジョナサンと食事をすることもあったが、夕食となると、ひとりでとるほうがいい気がしていた。とくに最近は。

「どうしてです？」

ダニエルは毒づきたくなるのを抑えた。頻繁に質問を浴びせるのが仕事の新聞記者といっしょに過ごすのは大変なことらしい。しかし、単純に事実を事実として受け入れたり、どこまでも浅はかでいたりする人間よりは、世のなかに純粋な好奇心を抱いている相手といっしょに過ごすのはどこか爽快な気もした。

彼女を夜遊びに招いたときに、このぐらいは大目に見ようと決めたのもたしかだ。

「夜の喧騒の前に――」彼はステッキのにぎりをきつくつかんだ。「ひとりでいるのをたのしむのさ」そのことばはまったくの真実というわけではなかったが、多少の真実も含まれていた。ジョナサンとあれだけしじゅういっしょに過ごしていながらも、誰にも邪魔されずにもの思いにふけることができるので、ひとりで過ごすのも好きだったからだ。

ミス・ホークがじっと見つめてきた。彼の答えが新聞記者の好奇心を満足させるものでなかったのは明らかだ。

そこでダニエルはつづけた。「つねに大勢の人の声に囲まれているからね。気を惹かれるものが多すぎる。それがひどく……うるさくなることもあるんだ。ここでならひとりになれる」

「ご自宅でもひとりにはなれるはずよ」ミス・ホークは指摘した。

ひとりにはなれるが、孤独を感じることにもなる。二十人あまりの客をもてなせる自宅の巨大な正餐室《せいさんしつ》でたったひとり食事すると、その部屋と同じだけ心がうつろに感じられた。たまに自宅で食事をとることもあったが、孤独であることをひどく意識しておちつかない思いに駆られるのがおちだった。

「ここのほうがいい」と彼は答えた。

幸い、うまい具合にベルが戻ってきたおかげで、それ以上説明する必要はなくなった。

「お待たせして申し訳ありません、伯爵様。ご用意できました」

ふたりは店の経営者のあとから、たくさんのテーブルがつくる迷路を通り抜けた。ミス・ホークとともに進みながら、ときおり知り合いに会釈したが、連れへ向けられる興味津々の目は無視した。彼がひとりで食事するのを好むことを知っているのはベルだけではない。それが今こうして、いつもの習慣を破っているのだ。

悪くない……感じだった。

ダニエルはミス・ホークが席につくのに手を貸したい思いに駆られながら、自分の椅子に腰を下ろした。自分と〝ネッド・シンクレア〟のあいだでは、自分のほうが立場が上だ。女性に対する礼儀よりも、この計画が成功するほうを優先させなければならない。ミス・ホークが無意識に若干女性らしい物腰で腰を下ろしたために彼は顔をしかめたが、少なくとも彼女は足を組んではいけないということは覚えていた。

「お飲み物はいつもので？」ふたりが席につくとベルが訊いた。

「ああ、ぼくはエールで」とダニエルは答えた。

店の主人が問うようにミス・ホークに目を向けた。一瞬、彼女は顔を赤らめたように見えた。

「その……レモネードを」と口ごもりながら答える。「いや、すみません、ぼくもエールを。ありがとう」

「かしこまりました」そう言うとベルは急いでその場を去った。店の主人はいつも忙しそうにしていた。

またミス・ホークとふたりきりになると、ダニエルは声をひそめて言った。「注文を変えたからって謝ってはだめだ。それに、店の人間に礼を言う必要はない」

ミス・ホークは眉根を寄せた。「わたしはただ、彼を苛々させたくなかっただけよ」

「きみには自分の好きなようにする特権があるんだ。男としてね。社会的地位の高い男としても」ダニエルは首を振った。「女性は謝りすぎる。ほんのささいなことでも、必ず誰かの許しを得ようとする。風邪を引けば、病気になったことを謝る。息をすれば、〝あなたの空気を勝手に吸ってしまってごめんなさい〟というわけだ」

「だって、そうするように教えこまれているんですもの」彼女は答えた。「男の人はなんでも好きにするわ。世間に対して礼儀知らずの客人のような振る舞いをする。〝まさかそれを食べるんじゃないよね？〟とか、〝乗り合い馬車では両手両足を広げて場所をひとり占めするつもりだ〟とか言わんばかりに。それで、そのことを指摘すると、わたしたち女は口うるさいとか、がみがみ女だとか言われるわけ。あなたに対して〝だめ〟と言う人なんてこれまでいなかったんじゃないかしら」

「そんなことはない」戦争が起こったときにダニエルは軍に加わることができなかった。もちろん、面と向かって〝だめ〟と言う人間はいなかったが、貴族の跡継ぎが戦争へ行けないことは暗黙の了解で、それについてわざわざ訊いてみたことはなかった。それでも、行動を制限された気がしたのはたしかだ。

とはいえ、彼女の言うこともあたっていないわけではなかった。〝だめ〟ということばは聞き慣れないものだった。率直に物を言うアラムでさえ、きっぱりと名づけ子を拒否することは避けていた。

なんとも言えず腹立たしい気分になる。望みがかなわないことに耐えられない、虚弱な精神の持ち主だと言われたかのように。もっと自分を戒めることを学ばなければならないとでもいうのか。

もちろん、ジョナサンを探しはじめてからは否定のことばを多く学ばされている。その目的に関しては、最近否定のことば以外は耳にしていないが、そうした今の状況を変えなければならない。絶対的に変える必要がある。ジョナサンの命がかかっているのだから。

「一度でも――」ミス・ホークが言った。「誰かがあなたに〝だめ〟と言うことがあったら、その場に居合わせたいものだわ」

「きみの新聞に載せる、さらなる題材を探しているなら――」彼はもの思いから引き戻された。「その話はそこで行き止まりだな」

そう聞いても、彼女は澄ました笑みを浮かべただけだった。「わたしはときに、とてもしつこいのよ、アシュフォード」

「ぼくもそうだよ、ネッド」

背が高く、胸の大きな黒髪のメイドがテーブルのそばに現れ、ダニエルに魅惑的な笑みを向けた。「いつものですか、伯爵様?」

その晩、くり返し聞いていることばだった。放蕩者と呼ばれるのも嫌いだったが、行動が予測されるのは最悪だった。「今夜はラムチョップだ、ヴィクトリア」

注文がいつもとちがうことでメイドは目をみはった。まったく、牛肉からラムに注文を変えただけでこれほどに驚かれるとは、自分も心底つまらない人間になったものだ。ブーツを両手にはめたらどれほど驚いてもらえるか、やってみたほうがいいかもしれない。

「かしこまりました。あなた様は？」

「ぼくもラムで」ミス・ホークは答えた。「いや——この店のお勧めは？」

「ビーフステーキです」

「じゃあ、それにする」

「かしこまりました」

メイドは注文を伝えるために急いで調理場へと去った。メイドがいなくなると、ミス・ホークがダニエルによくやったでしょうとでも言いたげな目を向けてきた。謝らず、メイドに礼も言わなかったからだ。

ダニエルはかすかにうなずいてみせた。覚えがいい。

しかし、覚えがいいだけでは充分ではない。

「お尻をつねってやってもよかったな」と助言する。

「そういう男性のおたのしみは喜んで遠慮させてもらいます」と彼女は答えた。その瞬間、メイドの悲鳴が店の反対側から聞こえてきた。ミス・ホークが拒否したことを誰かほかの男が実行に移したのだ。

「去勢がもっと普及しないのが驚きだわ」ミス・ホークがつぶやくように言った。

「普及しないおかげで人類は滅亡せずに済んでいるのさ」

「でも、メイドのお尻にとってはありがたくない話ですわ。わたしも記者としてあまり敬意を払われることはないけれど、少なくとも、お尻にあざをつくらずには済んでいます。まあ、自尊心はずたずたにされていますけどね」

「だったら、どうして記者に?」とダニエルは訊いた。

「書くのが好きだから」ミス・ホークは彼の視線を受け止めてそっけなく答えた。

それはどういう感じなのだろう? 心底好きなものがあって、それへの愛ゆえに、どんなに侮辱されても気に留めず、心身をずたずたにされても耐えられるというのは。おおいに情熱を傾けていることのためなら、我慢の限界まで自分を試練にさらすこともいとわないというのは。

何か熱い糸のようなものが心にきつく巻きついてくる気がした。羨望だった。ミス・ホークの揺るがない思いや、ことを成し遂げようとする情熱がねたましかった。

どうにか友の居場所を突き止められたら、妻を見つけ、家族をつくることに注意を向けよう。そうして幸せで健全な形でアシュフォード家の家名をつなげるのだ。これまでも領地の管理に関心を払わなかったわけではないが、今以上に注意を向けてもいいかもしれない。何かで読んで知った技術的な発明のどれかに投資してもいいだろう。遊びまわるのをやめ、ミス・ホークのように目的を持つのだ。

なんてことだ。彼女とほんの数時間いっしょにいただけで、こんなふうに生き方をすっかり変えることを考えているとは。

この女性は危険だ。

「どうしてここなんです?」と彼女に訊かれ、もの思いから引き戻された。ミス・ホークはどちらかと言えばみすぼらしいレストランのなかを見まわし、色あせた絵や、無数のグラスが置かれたせいで丸いしみのついたテーブルなどに目を留めている。「あなたみたいな階級の男性なら、もっと上品なレストランに通ってもいいのに」

「イーグルはロンドンで一番うまいステーキを出すんだ」と彼は答えた。飲み物を運んできたヴィクトリアにうなずいてみせる。

「きっとロンドンにはもっとおいしいステーキがあるはずだわ。こういうのに我慢しなくていいレストランが」ミス・ホークは足もとに目を向けた。ブーツの踵がべたべたした床にくっついている。

「うまいステーキはあるさ。でも、ぼくは堅苦しいレストランは好きじゃない。ここは

……」ダニエルは混沌とした考えをまとめ、意味を成すことばにしようとした。「ここは上

流階級の客だけを受け入れてほかの人間を撥《は》ねつける、洗練された豪華な場所じゃない。あっちの――」そう言ってふたりの男性が満足そうにステーキにナイフを入れているテーブルを顎で示した。「あのふたりはどちらも製造業者だ。隅にいる緑のクラヴァットの男は男爵で、その妻はカリブ海の商人の娘で黒人との混血だ。この街にあるレストランのなかには、彼らを客として受け入れないところもある。でも、ここではほかのみんなと同じようにあつかわれる」

ミス・ホークは考えこむように軽く顎をこすった。「あなたたち上流階級の人間は、庶民と交わるのを好まないんだと思っていたわ。成金や一般大衆は門の外に留めておきたいんだと」

ダニエルは身を乗り出し、テーブルに肘をついた。「これは記事の題材になるんじゃないかな。上流階級のみんながみんな同じとはかぎらないんだ。金がどこから来ようと、誰を結婚相手に選ぼうと、まるで気にしない人間もいる」

「それは題材になるわね」そう言いながらも、彼だけでなく、自分のこともあざけるように彼女は口の端を上げた。

ちくしょう。

「でも、わたしのほうからも教えてあげられるゴシップがいくつかあるわ」彼女はことばを継いだ。「六人の紳士が囲んでいるテーブルがあるでしょう？　わたしの情報源によると、彼らは今夜娼館へくり出すそうよ。一番若い男性が鉄の鉱山の所有者の娘と婚約したお祝いですって」

彼女がやすやすと娼館ということばを口にしたせいで、ダニエルはむせそうになった。知り合いの上品な女性のなかで、ここまで大胆で俗事に通じた女性はいない。しかし、ミス・ホークは自分で上品な女性ではないときっぱり言っていた。

ダニエルは話に出たテーブルに目をやった。六人のうち、ふたりがとある娼館の常連であることは知っていた。娼婦たちに透けたドレスを着せ、妖精の羽根をつけさせていると評判の娼館だ。しかし、それ以外の四人はおおやけの席で自分たちは徳の高い人間だと豪語している連中だった。婚約したという若者は子爵の息子だったが、来るべき結婚式よりも娼館に行くことをたのしみにしている様子だった。彼の両親は息子が幸せな婚約をしたと声高に語っていたのだが。

たしかに非常に興味深い。

「きみの情報網はずいぶんと広いんだな」ダニエルは小声で言った。

ミス・ホークは謎めいた笑みを浮かべた。「情報を売る仕事ですもの」

「きみの情報源から、今夜ここにいる貴族のなかで、女装するのが好きな人間がいることは聞いているかい？」彼は訊いた。「それが誰かは言えないが」

「その人なら知ってるわ」彼女はすばやく言い返した。「仕立屋によると、下着にはレースの襞《ひだ》飾りをつけるのが気に入っているそうよ」

ダニエルは胸の前で腕を組んだ。「きみは驚くということはないのかい？」

「よっぽどのことでなければ。でも——」彼女はにっこりして付け加えた。「今夜は期待していますわ」


アシュフォードが食事をする姿は驚きをもたらさなかった。結局、クマに育てられたわけではないのだから。彼はちゃんとナイフとフォークを使ってラムとじゃがいもを切った。顔じゅうソースだらけにすることもなかった。そうしてくれたらよかったのにと思わずにいられなかったが。彼に惹かれる気持ちを薄めるために。

残念なことに、彼のテーブルマナーはすばらしかった。神経質すぎることもなく、過度に粗野だったりもしなかった。エレノアは運ばれてきたステーキを前に——すばらしいステーキであるのは認めざるを得ない——彼をひそかに観察した。ナイフを楽々と使い、大きめだが、ちょうどひと口大に肉を切ってなめらかな動きで口へと運ぶ。がつがつと食べることはなく、時間をかけて咀嚼《そしゃく》し、味わっている。口一杯に頬張っているときに話すこともなかった。じっさい、食べているあいだはほとんど話さなかったが、沈黙が流れても気まずい感じはなかった。

飢えた記者や役者たちと食事するのに慣れているせいにちがいないが、男性が単にラムチョップを食べているだけなのに、それが色っぽい動作に見えた。彼が食べている姿を見るのはたのしかった。あまりにじっと見つめすぎたため、しまいに彼が目を上げて言った。

「きみの肉が冷たくなってしまうよ」

ひそかに見つめていたつもりだったのに。いいわ、こっちも驚かせてあげる。「わたしの肉は完璧にあたたかいわ」

彼が眉を上げた。

「肉汁もたっぷりだし」エレノアはそう付け加え、ひと切れ口に入れた。

伯爵はせき払いをした。

「喉に何か引っかかったんですか?」彼女はやさしく訊いた。

伯爵は彼女をにらみつけ、エールをあおった。「ぼくのほうがきみを驚かせることになっていたはずだが」

「だったら、驚かせてください」彼女は答えた。「今のところ、わたしのほうが得点が高いようだから」

アシュフォードはナイフとフォークを脇に置いた。「得点をつけているとは知らなかったな」

「これからよ。女に負かされるのが怖いというのでなければ」エレノアは付け加えた。

「でも、きみは女性じゃない」伯爵は言い返した。「少なくとも、今夜はちがう」

「すでにわたしのほんとうの性別を忘れてしまったんですか?」

「そんなことはないさ」驚くほど熱のこもった声だ。「食べ方を見ているとね」

エレノアは目を天に向けた。「わたしの食べ方にも女っぽいところがあると?」

「きみがどこまでも女性であるのは別に悪いことじゃない」

「我慢してくださってありがたいわ」彼女はそっけなく言った。

伯爵は小さくお辞儀してみせた。「ぼくは思慮深い人間だからね、ミス――いや、ネッド」

ふたりは食事に戻った。エレノアはもっと男らしく食べようと努めたが、ふとがつがつと食べる雄豚が心に浮かび、そんなふうには見えないように気をつけた。「男になるのって大変だわ」と言ってため息をつく。

「本心に近いことばだね」伯爵はそう小声で言うと、またひと口食べた。

エレノアは食事に集中しようとしたが、彼の存在に気を惹かれずにいられなかった。伯爵とのこの冒険から何を得るつもりでいるか、みずからに思い出させなければならない。そもそもこの向こう見ずな冒険に飛びこんだ理由を。

アシュフォードはこれまで見たこともないようなすばらしい手をしていた――てのひらが広く、指が長く、この上なく男らしい手。

〝必ずや新聞記者らしく質問攻めにしてしまう〟――これまでそうすることで感情移入しすぎずに済んできたのだ。「あなたは若いころに爵位を継いだんですよね?」

アシュフォードは傲慢な紳士そのものといった様子でまた眉を上げた。おそらく、それが彼にとっての自己防衛の手段なのだろう。「これは取材かい？」

「そうだとしたら、質問に答えてもらえます？」

「きみは質問に質問で答える癖があるのか？」

「あなたは？」エレノアは言い返した。

アシュフォードは椅子に背をあずけた。「ぼくを相手にしつこく質問してくる人間がいると思うかい？」

「伯爵には仕えている使用人たちが山ほどいるのでは？」ふん！

「伯爵と付き合いがあるのか？」

エレノアは眉根を寄せた。思った以上にこの人はこういうお遊びが上手なのね。「推測してはだめかしら？」

彼はにやりとした。「何を根拠に？」

エレノアはうなりそうになって自分を抑えた。彼に負かされるなど考えることもできなかった。「正確に推測するのに、どれほどのことを知らなければならないんです？」

「それがこの冒険の目的じゃなかったかな？」

エレノアはテーブルにこぶしを打ちつけた。「あなたの得点だわ、アシュフォード」

悦に入ってにやにやしている顔すらもハンサムなのは腹立たしいことだった。「きみは敵としては不足のない相手だよ、ネッド」

そのちょっとした褒めことばが、あたたかいブランデーさながらに胃にしみわたる気がしたことも腹立たしかった。「でも、まだ最初の質問に答えてもらってないわ」

アシュフォードは彼女に刺すような鋭い目を据えた。「ぼくがぼく自身や家族について話すことは、絶対に記事には載せさせない。いいかい、ぼくが許可していないことがひとことでも新聞に載ったら、イギリス全土にあるできるだけ多くの新聞にきみを糾弾する記事を書かせるからな」

そのことばの激しさにわずかに驚き、エレノアは身をそらした。「二兎を追うことはできないわ、アシュフォード」

「そう思い出させてくれるのが好きなようだね」彼はひややかに応じた。「ぼくは伯爵だ。二兎でも三兎でも、追いたいだけ追うさ」

それはたしかにそうだろう。新聞社の経営者で、女であるエレノア自身に頼れるものはほとんどなかった。権力ということになれば、彼にかなうはずもなかった。マギーの忠告がまた心をよぎる。アシュフォードのそばにいるときは、守りを固めなければならない。その理由は数多あった。

その話題はそれでおしまいにしてもよかった。彼の話したことを記事に含めてはいけないのだとしたら、聞いてどうなるの？　必要なのは彼のお遊びに同行して取材することで、遊び人の殻の下にあるほんとうの姿を知ることではない。

それでも、気にはなった。知りたいと思った。彼を知りたい。自分ひとりの胸におさめておくとしても。

「お好きなように」しばらくしてエレノアはそう言ったが、強調するように付け加えずにいられなかった。「伯爵様」

アシュフォードは短くうなずいた。目は彼女には向けられておらず、レストランのなかを見まわしていたと思うと、しまいに皿のそばに置かれたナイフに留まった。彼はうわの空でナイフの柄に長い指の先を走らせた。

「母は出産のときに亡くなった」しばらくしてから彼は口を開いた。「母と生まれたばかりの娘はサマセットの教会にある家族の墓に埋葬された」その声は冷たいと言ってもいいほどに抑揚がなかったが、そこには昔の苦痛を思わせる響きがあった。

「お気の毒に」とエレノアは言った。それ以外にその場にふさわしいことばはないように思えた。

彼は目を上げて彼女を見つめた。その目にも過去の痛みが宿っていた。「そのときぼくはたった三歳だったから、母の記憶はあまりない。覚えているのは、ライラックのにおいと、指に触れたサンゴ玉のネックレスの感触だけだ」彼はその感触を思い出そうとするかのように指に目を落とした。それから、手をこぶしににぎった。「兄弟はいない。父は再婚しなかったからね」

彼が過去の辛い記憶にあまり長くひたっていたくないと思っているのはわかった。「あなたしか跡継ぎになる子供がいないとしたら、ずいぶんと危険を冒したものですね」

「いとこが何人かいるからね」彼は言った。「跡継ぎとして受け入れるのに問題ないぐらいにはまともな連中だ」

「それはまたすばらしい褒めことばだわ」

アシュフォードは肩をすくめた。「きっとぼくについて向こうも同じことを言うだろうさ。ぼくは堕落した放蕩者だから、もっとひどく言われるかもしれないが」

「〝堕落した〟と言ったのはあなたで、わたしではありませんからね」彼女は指摘した。

「そうさ。ぼくがどれほど堕落しているか、証明してみせなきゃならないわけだ。既婚女性といちゃつくだけでは、ぼくが芳《かんば》しくない人間だときみに思わせることはできないようだから」

「ふん。うちの新聞を読んだことがないんですか？　不倫は愛情にもとづく貞節な結婚よりもずっとあたりまえのものだわ」

「うちの父は例外だった」アシュフォードは苦々しく言った。「哀れな人間さ。まあ、母が死んでから愛人を持ったことはあったが、再婚は拒んだ。古い世代の夢見がちな連中のなかには、父が死んだのは母を失った心痛からだと言う者もいた」アシュフォードはそのことばを、魔法のことばであるかのようにあり得ないという口調で発した。

エレノアは訊いた。「あなたご自身は古い世代の夢見がちな人間なんですか？」

「父が死んだのは心痛のせいではなく、ポートワインを飲みすぎて、羊肉を食べすぎたせいだと思っている」彼は彼女に皮肉っぽい目を向けた。「なあ、きみだって夢見がちな連中みたいにそんなばかばかしいことを信じていたら、あんな記事は書けないはずだ」

エレノアはため息をついた。「真の愛の存在を信じていると言えたらいいんですけど。でも、かつては信じていたとしても、経験によってそうではないと教えられたわ」

アシュフォードは両手をテーブルの上に置いて訊いた。「記事を書いた経験かい？　それともきみ自身の経験？」

エレノアは無理に笑ってみせた。「詮索好きの新聞記者はあなたじゃなく、わたしだと思っていたわ」

「またはぐらかす」彼は首を振った。

「それは得意とするところですもの」エレノアは皿を押しやった。もう食欲はなくなっていた。

アシュフォードは胸にてのひらをあて、驚いた顔をつくった。「ぼくは包み隠さず打ち明けているのにな。今も家族についての悲しい話をしたばかりじゃなかったかい？」

「そう、たしかに。あなたの話はひとこともらさず、ここにきちんとしまっておくわ」エレノアは額をたたいた。自分の話となると、彼はわざと皮肉っぽい口調になったが、両親が亡くなった喪失感は完全には隠せていなかった。とくに母親への思いは。

そういうことをふだんは隠しているのだとしたら、伯爵の胸にはほかにどんな秘密が眠っているのだろう？　そして、どうしたらそれを知ることができるだろう？

自分が彼について知りたいと本気で思っているのは驚きだった。彼の秘密、彼の真実、彼という人間について。それも〈ザ・ホークス・アイ〉のためでなく、自分だけのために。そこにはさらに大きな危険がひそんでいる気がする。

6

ああ、心やさしき読者諸兄！　記者が目にした光景といったら！　一見崇高に見えるこの街の裏にひそむ邪悪さについて、包み隠さずお伝えするつもりである。この街でもっとも尊敬される界隈にある、立派な門構えの家の奥に、あのもっとももとらえがたく、気まぐれな女神——幸運の女神——をあがめるために立てられた寺院があると知ったら、読者諸兄も記者同様、きっとぎょっとするほど驚かれることだろう。女神はわが国で誰よりも名誉を重んじる紳士たちとともにおられた。ただ、昨晩目にしたことから、〝紳士〟ということばを使うことにはためらいを禁じ得ない……

〈ザ・ホークス・アイ〉一八一六年五月四日

「悪名高きドネガンズだ」賭場の前で馬車が停まると、ダニエルは言った。
「わたしは聞いたことがないから、それほど悪名高いはずはないわ」とミス・ホークが言い返してきた。賭場をよく見ようと馬車の窓から外をのぞきこんでいる。

ダニエルは彼女の鋭い記者の目でその建物を見てみようとした。建物そのものはメイフェアのほかの家と変わらない。威厳のある大きな建物。高い円柱があり、鉢植えの植物が正面の白い壁を飾っている。悪名高き放蕩者たちが遊びほうける場所のようには見えない。

「この天地のあいだには、人智のおよばぬ醜聞がいくらもあるのだ」ダニエルは『ハムレット』の一節を言い換えた。使用人が馬車の後ろから飛び降りて扉を開けると、付け加えて言った。「ときには醜聞も暴かれずにいたいと思うもの」

彼は馬車から降り、彼女が降りるのを待った。ミス・ホークはひらりと馬車から降りた。時間とともに、慣れない男装をして動くのも楽になってきたようだ。なかなかの変装だったが、ダニエルはそのズボンが彼女の脚を覆っているのだという事実を忘れられなかった。ふくらはぎにはふくらみを持たせるために当て物がしてあったが、ストッキング越しに脚の形はわかった。そうしたものや化粧なしで、彼女がこんな格好をしたらどうだろう？

魅力的すぎるはずだ。

「だったら、どうしてここへ連れてきたんです？」彼女は彼のそばに立って訊いた。「遊び仲間たちに悪いとは思わなかったの？」

「まったく思わなかったね。向こうも同じさ。自分の利益になるなら、互いを乗り合い馬車の前に押し出すこともいとわない」

「例の、貴族の節操というやつね」ミス・ホークはそっけなく言った。それでも、その声には興奮があらわになっていた。男だけに許された場所へはいっていくことに興奮しているのだろう。まあ、女性がひとりもいないわけではなかったが、それもすぐにわかるはずだ。ミス・ホークがこれから経験することを考えると、わくわくする思いが全身に広がった。

何にしても、これほどに浮き浮きしたのはどのぐらいぶりだろう？　ジョナサンを探すとに喜びはなかった。どうにかして見つけなければという思いがあるだけだ。しかし、こうして新たな目で――それもミス・ホークの目で――自分の世界を眺めると、新たな満足感にひたることができた。

ダニエルはミス・ホークをともなって石段をのぼった。お仕着せを着た使用人がお辞儀をして目立たない扉を開いた。なかにはいると、別の使用人が帽子とステッキを受けとり、ふたりを案内して廊下を渡った。

廊下は広くて騒がしい部屋へとつづいていた。ドネガンズの内部はすっかり見慣れたものだったが、ダニエルはミス・ホークの反応を見ようと彼女に目を向けた。

「圧倒されたとしたら――」小声で忠告する。「田舎から出てきたばかりの若者だからだという振りをするんだ」

ミス・ホークはうなずいたが、うわの空だった。目をみはり、ありとあらゆる類いの賭け事が行なわれているテーブルがひしめき合う広い部屋のなかを見まわしている。カードのゲームがあり、サイコロのゲームがあり、フランスから輸入されたルーレットがある。ゲーム自体には、テーブルのまわりに群れている男たちほど興味は惹かれなかったようだ。ここは物静かな賭場とは言えない。男たちのなかには上着を脱ぎ、クラヴァットをほどき、ウエストコートのボタンをいくつかはずしている者たちもいた。誰もが大声をあげ、現金を振り、押し合いへし合いしている。手に持ったグラスのワインはこぼれ、しみひとつなかったシャツの前や床にしたたっていた。

イギリス社会において権力を持つ者たちがテーブルに集まり、野生の獣のような振る舞いをしているのだ。そのなかには、閣僚や、著名人や、貴族たちがいた。

「野生に戻った貴族たちね」彼女はつぶやいた。

「自分の手から目を離さないほうがいいぞ」彼は低い声で言った。「誰かに嚙みちぎられるといけないから」

「あの人たちはとくに肉食動物みたいに見えるわ」ミス・ホークはそう言ってテーブルのあいだを縫うように歩いている女たちに顎をしゃくった。体のほぼ全部が見えるような半分透けているドレスに身を包んだ女たちは、賭けに興じる男たちにもたれかかり、ワインを飲ませたり、耳もとで何かささやいたりしていた。椅子にすわっている男の膝にすわって髪や服のボタンをもてあそんでいる女たちもいる。

「彼女たちがむさぼるのは肉じゃないけどね」ダニエルは言った。「隅に赤毛といっしょにいる太った男を見てごらん」赤毛の女は男の全身に指を走らせていた。男はうれしそうに笑いながらハザード（さいころを使ったばくち）が行なわれているテーブルに金を放っている。

「彼女、こっそり盗みを働いているわ」ミス・ホークはかすれた声を出した。

そうして話しているあいだにも、太った男の懐中時計が消え、ウエストコートの前に飾ってあった光る宝石が消えた。

「誰か注意してあげなくては」とミス・ホークが言った。

ダニエルは肩をすくめた。「誰も気にしないさ。この部屋にいる連中はみな、あの程度の被害は無視できるほど充分に時計もダイヤモンドも持っているからね。うまく金を使ったと思うだけだ」見ていると、太った男は赤毛を抱きしめ、女が笑い声をあげた。

「どうして単純に娼館へ行かないの？」とミス・ホークが訊いた。

「だって、この階上《うえ》に部屋もあるからね」彼は階段をのぼりかけている男のほうへ顎をしゃくった。その両腕には似たようなブロンド女がふたりからみついている。

「あなたもそういう部屋を使ったことがあるの？」

ダニエルは首を振った。「白ワインより赤ワインが好きな男もいるものさ。ぼくはあからさまに自分を売り物にしていない女性のほうが好みなんだ」

「詩的なことばに心が舞い上がるようだわ」

彼は肩をすくめながら言った。「愛の行為がある種の商売でなかったら、なんだというんだい？」

「放蕩者が超然とした皮肉屋でなかったら、なんだというの？」と彼女は言い返した。

「傷つきやすい愚か者さ」と彼は答えた。

「あら」ミス・ホークはにっこりして言った。「それは悪くないわね。記事に含めるのを忘れないようにしないと」

ありがたいことに、彼女は手帳を引っ張り出して書きつけたりはしなかった。つまり、記憶力にすぐれているということだ。それは信頼できると同時に、心しておかなければならない事実だった。少なくとも、自分の家族やジョナサンのことは記事にされないようにしなければ。彼女を脅すのはたのしいことではないだろうが、まだ彼女がどういう人間か確認できていないうえに新聞記者なのだから、信頼するわけにはいかなかった。

彼女のほうも彼を信頼していなかったが。そう考えると、多少心がなぐさめられた。

「行こう」彼は賭場を身振りで示した。「そろそろおたのしみに加わる時間だ」


エレノアがアシュフォードと並んで六歩も歩かないうちに、突然四人の男たちが目の前に現れた。〈ザ・ホークス・アイ〉に頻繁に登場しているので、全員誰かわかった。とくにほかの三人を率いているように見える男性のことは。マーウッド子爵ことキャメロン・チャールトン。アシュフォードの名づけ親であるアラム侯爵の長男で跡継ぎだ。社交界というのは著しく狭いところらしい。

マーウッドはたいていの男性以上に黒髪を長く伸ばしていた。ほっそりした頬に黒いひげをうっすらと生やしてもいる。アシュフォード以上に悪名高い男性は想像しがたいが、放蕩においてはマーウッドのほうが彼をしのいでいた。

「アシュフォード」マーウッドがわざとらしく半分お辞儀するようにして言った。「このくそ野郎め」

「マーウッド」伯爵は気安く答えた。「薄汚い娼婦喰《ぐ》いめ」

ほかの三人には、そこまでの愛情をこめずに挨拶する。「オフハム、タイスハースト、ウェルフォート」

ほかの紳士たちもぶつかり合いながらお辞儀をし、おもねるように挨拶した。〈ザ・ホークス・アイ〉のさまざまな記事にたびたび名前が載る男たちだ。たいていは劇場での傍若無人な振る舞いや、ロンドンじゅうに雑草のように出現した無数の遊園と結びつけられていた。そうした情報は情報網からもたらされることもあれば、取材に出かけてじかに知ることもあった。

「さっき、うちの父がきみを訪ねていっただろう」とマーウッドが言った。

そうなの？　アラム侯爵は率直な物言いをし、何事にも真正面からとり組むと評判の、アシュフォードに輪をかけて影響力を持つ人物だった。アラムのことがエレノアの新聞に載ることはほとんどない。慎重に品行方正な振る舞いを保っているからだ。手本とすべき生き方ではあっても、新聞で読むにはつまらなかった。読者の心理とはそういうものではないだろうか？

「結婚することを考えろと申しつけるためさ」アシュフォードは言った。「爵位の行く末とか、伯爵としての責任とか、そんなようなことだ」

無関心を装っているようなマーウッドの顔にある感情がよぎった。「父がいつものうんざりする高尚なお説教を、ぼくじゃなく、きみに垂れてくれるのはありがたいな」

「きみもぼくもどうしようもないからな」とアシュフォードは応じた。

「でも、父もきみについてはまだあきらめていない」とアシュフォードの友人は言った。またも暗い感情が顔をよぎった。薄っぺらな会話を交わしているように見せかけているが、何か深い意味があるようだ。事務所に戻ったら、M卿について書かれた古い記事を見返してみよう。彼の謎について書かれた記事を。

マーウッドはエレノアに目を向けた。その黒っぽい目で頭のてっぺんから爪先までをじろじろと見まわされるのがわかる。「こっちのぼうやは？」

「リンカーンシャーから出てきたいとこさ」とアシュフォードは答えた。

エレノアは低い声を出し、手を差し出した。「ネッド・シンクレアだ」

マーウッドは彼女をじっと見つめ、やがて噴き出した。ほかの三人もそれに加わった。一瞬、動揺のあまり、エレノアの首筋に冷たいものが這《は》った。彼女はアシュフォードに目を向けた。マーウッドと友人たちに変装を見破られた？

「おいおい、ぼうや」マーウッドが目もとをぬぐった。「まだ睾丸が降りてきてないのか?」何につけても睾丸に結びつけずにいられないなんて、この洒落者たちはいったいどうなっているの?

「もちろん、降りてきてるさ」彼女は荒っぽく言った。

アシュフォードが彼女の肩に腕をまわした。引き寄せられて身をこわばらせそうになる衝動と闘わなくてはならなかった。「この子をからかうんじゃない」と彼は言った。「今朝も胸に毛が三本生えたと自慢してたぐらいなんだから」

「三本じゃなく、五本だよ」エレノアはうなるように言った。

そのことばにまたアシュフォードも含めた一同が大笑いとなった。いやな人。わたしのことを自分の友人たちのあいだで冗談の種にしてたのしんでいるのね。〝ネッド〟としての自尊心が傷つけられ、アシュフォードのみぞおちに思いきり肘鉄をくらわせてやりたい思いをこらえなければならなかった。

マーウッドは気どった足どりでそばを通りかかった女のほうに目を向けた。「ジェニー」

ありがたいことに、劇場のマギーをよく訪ねるので、見知らぬ女たちが裸同然の格好で化粧部屋を歩きまわるのを見るのには慣れていた。それでも、そうした光景にあまり慣れている素振りを見せてはいけない。〝ネッド〟はごく薄い服しか身につけていない女性にはそれほど慣れていないはずなのだから。エレノアは目をみはり、精一杯頬を染めようとした。

「子爵様」ジェニーは挑発するような笑みを浮かべてそう言うと、深々とお辞儀をした。ドレスの前がはだけ、へそまで見通せた。

くぼんだへそだった。

マーウッドはジェニーの手をとり、そっとエレノアのほうへ引っ張った。「若いネッドはキャベツほども青臭いんだ」

ジェニーは腰を振りながらエレノアのほうへ近づいてくると、なめらかな手をエレノアの頬に走らせた。「顔にほとんどひげも生えていないのね、かわいそうな子羊ちゃん」

「経験が必要だとは思わないかい？」マーウッドはゆっくりと言った。「二階に連れていってちょっと経験させてやってくれ。ぼくのおごりだ」そう言ってエレノアにウィンクした。

「え……」本物の動揺に胸をわしづかみされる。どうしたらいい？　エレノアの男の一物がジェニーの髪の色と同様に偽物であるのがばれたら、とても気まずいことになる。沈黙を買う金も要るだろう。

アシュフォードが手を伸ばし、エレノアの顔からジェニーの手を引き離した。「それはずいぶんと気前がいいな、マーウッド。でも、息子を梅毒にして返したら、叔母に絶対に赦《ゆる》してもらえないだろうからね」

「ちょっと」ジェニーが声を張りあげた。「あたしはきれいなものよ」それから声をひそめて言った。「たぶん」

アシュフォードの指のあいだにソブリン金貨（イギリスの一スターリング・ポンドに相当する金貨）が現れ、彼はそれをジェニーの前に掲げてみせた。「時間をとらせて悪かった、ミス・ジェニー。でも、いとこからは離れていてくれよ。慎みを見せて、部屋の反対側へ行ってくれるかな」

金貨はジェニーの透けているドレスの襞のどこかに消えた。どこへ消えたのかはエレノアには見当もつかなかった。そのドレスには何かを隠せる場所などないように見えたからだ。

「賭けで幸運に恵まれますように、伯爵様」ジェニーはおもねるようにそう言うと、人ごみのなかへ消えた。

マーウッドと友人たちはがっかりしてアシュフォードとエレノアに文句を言った。「どうしておたのしみを台無しにするんだ？」とマーウッドが訊いた。

「年を食ってつまらない人間になってきたのかもな」とアシュフォードは答えた。

マーウッドは目を天に向けて言った。「ヴォクソールで東屋の丸屋根にのぼる速さを競おうと挑んできた男がよく言うよ」

「たしか、あれは同着だった」

「かろうじてさ」マーウッドが言い返した。「シャンパンのせいでブーツがすべりやすくなっていなかったら、ぼくが勝っていた」

エレノアは大喜びで今の一件をすべて頭に刻みこんだ。記事はすばらしいものになるだろう。物議をかもす記事に満ちた新聞はすぐに売れてしまって販売業者の手もとには残らないはずだ。それに備えて、前もって印刷部数を増やしておくべきかもしれない。もしくは、次号の販売部数を増やすために、今出しているものを減らしてもいいだろう。

何もかも、考えるだけでうれしくなった。

「ネッドの母親には、梅毒に感染させることなくリンカーンシャーに戻すと誓ったけど——」アシュフォードが言った。「ネッドには、ロンドンのおたのしみを存分に味わわせてやると約束したんだ。賭けのテーブルであり金をはたくことも含めてね」

「すばらしい」マーウッドも賛成した。「ぼくらもいっしょに行くよ」

「悪い影響を与える人間はひとりで充分さ」アシュフォードは笑みを浮かべて言った。

マーウッドはそれに反対せず、さかしげにうなずいた。「たしかに。青臭い人間にとって、ひと晩では受け止めきれないほどの堕落した遊びがあるからな」

「いくらでも大丈夫さ」エレノアは異を唱えた。今晩、ひとりではなく、ふたりの放蕩貴族と過ごせば、記事の題材も二倍になる。しかし、アシュフォードは黙れというような視線をくれ、マーウッドは笑い声をあげた。

「この子もきみに面倒を見てもらえてよかったな」マーウッドが言った。「そうじゃなきゃ、手かせ足かせしてリンカーンシャーに送り返さないといけなかっただろうよ」

「きみに認められて何よりだよ」アシュフォードがゆっくりと言った。

それに対してマーウッドはわざとらしく軽くお辞儀してみせた。別れの挨拶をすると、マーウッドは人ごみを縫って去っていった。そのあとに、こびへつらうとり巻きたちがつづいた。

「いっしょにいてもらってもよかったのに」マーウッドが去ると、エレノアが不満を述べた。

アシュフォードは首を振り、カード・テーブルのひとつへ先に立って向かった。「マーウッドが頂戴している評判を説明する必要はないはずだ。彼はぼくの親友のひとりだが、ぼくですら、彼は害をもたらす人間だと思っている」

「危険な男性相手に身を処すやり方は心得ているわ」彼女は言い返した。「あなたのことだってうまくあつかっているでしょう?」

彼の口の片方の端が持ち上がった。「あつかわれているとは気づかなかったよ」

「巧みにやっているからだわ」

「そうだとしても」アシュフォードはつづけた。「ぼくはきみの秘密を知っているが、マーウッドは知らない。彼が真実を知ったら、とても不愉快なやり方できみをあやつることになるかもしれない」

「そこまで邪悪な人なの? たしか、アラム侯爵の息子だったはずよ。それを考えれば、多少の徳を備えていると思うものじゃない?」

「あのリンゴは――」アシュフォードは言った。「父親という木のそばには落ちなかったんだ。それどころか、木の枝から自分を振り落とし、丘を転げていって近くにあった劇場のボックス席へ飛びこんだ。そこであやしげな評判を持つ多種多様なイチゴたちに囲まれているってわけさ」

エレノアは笑い声を太く男らしい忍び笑いに抑えようと努めた。「ああ、まったく、あなたは物書きになろうなんて思わないことね。かわいそうな隠喩《いんゆ》を最悪に残酷なやり方で台無しにしてくれたわ」

「隠喩なんてものにとっては当然の報いさ」

エレノアはふと、何かが心に引っかかっているのに気づき、アシュフォードの袖に手を置いて歩みを止めさせた。まわりの人々は濁った川さながらにまわりで渦を巻いているように思えた。

「あなたがああする必要はなかったはずよ」エレノアはつぶやいた。

アシュフォードは苛立った様子になった。「言っただろう、マーウッドは――」

「彼のことじゃない。ジェニーに対する態度よ」彼女はまわりを見まわし、声をひそめた。「彼女はお金をもらって殿方の相手をする女性だわ。でも……あなたは彼女に親切にした。貴婦人に対するのと同じように。そんなことをする男性は多くないはずよ」

「きっとみな同じさ」彼は言い返した。

「これまでに何度もこの目で見てきたもの。たいていの男性は、ああいう女性にはなんの感情もないというようなあつかいをするものだわ。人間ですらないというような」

彼の頬が陰った。「もちろん、彼女は人間だ」

「彼女のような女性をそんなふうに見る男性はほとんどいない」

「愛他主義か何かをぼくにあてはめようとしているのかい？」彼は振り払うような仕草をした。「そんなのやるだけ無駄だ」

エレノアは彼にほほ笑みかけた。「わたしの職業が新聞記者であることをお忘れかしら。生計を立てるために――」

「作り話を書いている」

「脚色はしても、話を作りはしないわ」彼女は訂正した。「それも注意深く観察した結果にもとづいて脚色してるんです。今だって、あなたが望む以上を目にしているわ。あなたが娼婦も敬意を払うべき人間だと思っていることとか」

「だとしたら、ぼくは放蕩者としては失格だな」

「でも、人としては立派よ」

アシュフォードは鼻を鳴らした。「頑張って幻滅させようとしているんだが、足りないわけだ」そう言って近くのカード・テーブルを手で示した。「そろそろ、ぼくが放蕩者だという評判がほんとうかどうか試されるときだな」

「でも、不思議だわ」エレノアは部屋のなかを見まわしながらつぶやいた。「ここには爵位を持つ貴族がみんな来ているみたい――ホールカム公爵の跡継ぎのジョナサン・ローソン以外は」そう言ってアシュフォードに目を向けた。「あなた方ふたりはとても親しい間柄でしたよね。わたしの記憶ちがいでなければ、かつては親しかったはず。イートンとケンブリッジでいっしょだったんですから。彼が海外へ行くまでは、片時も離れたことがないと言っても過言ではないくらいに」

「どうしてそんなことを知ってるんだい？」彼はぎごちなく訊いた。

「あら、わたしは新聞記者よ。知るのが仕事だわ」

「すべてを知るのが仕事というわけじゃない」彼の声が厳しくなった。

「でも、彼こそどこよりもここにいるものだと思うのに。公爵の跡継ぎになったことを祝うために」

「その出すぎた発言をつづけるつもりなら――」伯爵は歯を食いしばるようにして言った。

「今夜の冒険は今ここで終わりだ」

エレノアは目をぱちくりさせた。伯爵が怒って声を荒らげたことに当惑したのだ。彼の友人がそこにいないことも不思議だった。とはいえ、アシュフォードは約束を途中で投げ出すことはしないはずだと思った。賭場から文字どおり放り出されることはないだろう。

「わかりました」彼女はできるだけ穏やかに言った。「そのことはナポレオンほども遠いところに置いておくわ」

アシュフォードはうなずいたが、まだ警戒するような険しい顔をしていた。

エレノアは彼のあとから賭けのテーブルに歩み寄ったが、新たに得た情報はあとで検証するために頭のなかの引き出しにしまいこんだ。アシュフォード伯爵は見かけどおりの人間ではない。彼自身がそう見せかけようとしている人間でも。もしかしたら、彼自身も気づいていないのかもしれないが、ハンサムで悪ぶった見かけの下に、真に立派な心が脈打っている。きっとそこには真実の物語があるのだろう。

でも、それを記事にできる？　彼をより知るようになった今、ほんとうの彼について書けるだろうか？

おまけに、伯爵の友人のジョナサン・ローソンのことは？　今夜彼がここにいないことには何か秘密があるの？

なんのためかはわからないが、伯爵はわたしを利用しようとしている。それはたしかだ。こっちも彼を利用しているのだから、明快な取引と言えた。しかし、もはやそれも明快とは思えなくなっていた。

まったく、突然、わたしも倫理観に目覚めたってわけね。こんな不都合なときに。それは治療のしようがない病気にかかったようなものだった。

7

幸運の女神はなんとも気まぐれである。そうでなければ、われわれの目の前に、おおいなる喜びをもたらすか、最悪の悲劇をもたらすかするものを、ぶら下げてみせるはずがあるだろうか？

〈ザ・ホークス・アイ〉一八一六年五月四日

怒りが鎮まると、ダニエルは思いをめぐらした。ミス・ホークを年上の紳士たちがピケット（トランプゲームの一種）をしている静かなテーブルに連れていくべきか？　それとも、バカラやハザード、ヴァンテアンといった、複雑で度を超した賭けが行なわれているテーブルに行ったほうが記事にするにはいいのだろうか？　そばで部屋のなかを見まわしている彼女に目をやると、その目が興奮にきらめいているのがわかった。選ぶテーブルは決まった——より荒っぽいほうだ。

ジョナサンが賭場に来ていないことに彼女が気づいたことで、ダニエルはまだ動揺していた。彼女がそういうことに気づくのも当然だ。ダニエル自身、ドネガンズに足を踏み入れるたびに、友の姿を探してしまうのだから。そんなことはあり得ないとわかっていても、ジョナサンが姿を現さないかと期待してしまう。しかし、今夜もいつもと同じく、失望することになった。

ミス・ホークに対してあれほどに怒るべきではなかった。彼女はきっとこちらの態度を疑わしく思い、答えを得ようとするにちがいない。しつこく訊かれたら、ジョナサンとはなんらかの理由で仲たがいしたと言えばいい。だからこそ、元友人の名前を口に出されるだけで怒りに駆られるのだと。それでどうにかごまかせるはずだ。

「賭け事の経験は豊富かい？」とダニエルは訊いた。

「多少は」彼女の口の端に警戒するような笑みが浮かんだ。

その笑みに気を惹かれてはいけない。〝いとこ〟の唇をじっと見つめているのを人に見られたら、ろくなことにはならない。

「とりあえず、ハザードは避けよう」と彼は言った。ゲームのルールが複雑だったからだ。彼女が〝多少は〟賭け事を知っていると言っても、賭場でのはじめての晩に過剰に運試しをさせたいとは思わなかった。負けがこめば、記事に悪い影響をおよぼすことにもなりかねない。「バカラも同様だ。ヴァンテアン（トランプゲームの一種）がいいと思う」

ダニエルは彼女の背中に手をあててベーズを張ったテーブルへと導きたくなる衝動と闘っ

た。そこで先に立って歩くと、人ごみがふたつに分かれた。彼女があとについてきていることを信じるしかなかった。

カード・テーブルには男たちが群がっていた。ゲームには集中力が必要とされるはずだが、若い連中はカードが配られるたびに興奮して叫び声をあげるほうが気に入っているようだった。女たちがゲームに興じる男たちにもたれかかり、その晩の客になってくれそうな男に声援を送ったり、損をした連中に同情の声をあげたりしている。テーブルの上座に立つディーラーは無表情で、ゲームに参加し、感情をあらわにしている男たちとは好対照だった。

「ゲームに加わる前に、ほかの連中の持ち手を眺めておくべきだな」ダニエルはミス・ホークに小声で言った。

彼女は笑みを浮かべた。「手堅すぎるわ。それだと物議をかもすような記事にならない」

ダニエルは眉を上げた。そういう形で物議をかもす記事がほしいなら、その願いをかなえてやるだけのこと。

「この若い紳士が賭けるのに百ポンド融通するよ」彼はディーラーに向かって言った。

ミス・ホークの顔からやや笑みが薄れた。これまで賭けたなかで最高額とは言えないものの、彼女のような階級の女性にとっては、百ポンドは当面楽に暮らしていけるだけの金額だろう。

「ええ、どうぞ」ディーラーが答えた。「それで、あなたご自身は?」

「千ポンド」

喧騒のなか、ミス・ホークが小さく息を吸うのが聞こえた。しかし、テーブルについているほかの面々は驚いた様子もなかった。彼のような立場の人間が賭け金千ポンドからはじめるのはふつうのことだったからだ。

「こんなのはまだ序の口さ」彼は低い声でミス・ホークスに耳打ちした。

彼女は首を振った。「あなた方貴族ってサーカスのゾウくらい常軌を逸しているわ」

「サーカスのゾウはよく訓練されていると思っていたけどね」

「もううんざりだと思うまではね。うんざりすると、ゾウたちは行く手に現れるすべてを踏みつぶすのよ」彼女は彼の靴に目を落とした。「その大きな足の下でゾウ使いがつぶれていないかたしかめたほうがよさそうね」

ダニエルは顔をしかめた。足と手の大きさについては自分でもいつも気にしていたからだ。伯爵は労働者のような体を持つものではない。昔から自分は、舞踏場ではなく、農地にこそふさわしいかのように、貴族にしては体が大きすぎると感じていた。

「気をつけたほうがいい」彼はうなるように言った。「立場をわきまえない新聞記者はぼくのとり巻きたちの怒りを買うかもしれないからな」

「あなた方だってご婦人を蹴ったりはしないでしょうに」と彼女は言った。

「ここにご婦人はひとりもいないようだけどね」

ミス・ホークは一瞬みだらな素振りをしてみせた。あまりに予期せぬことに、彼は笑わずにいられなかった。

彼女を左側に来させて席につくと、チップが目の前のテーブルに積まれた。

「ゲームのルールは比較的単純だ」ディーラーがカードを切るのを見ながらダニエルは言った。「それほど頭を使わなくて済む」

「よかった」彼女はため息をついた。「頭を使うのは疲れるから」

もちろん、彼女にそんなことを言うなどばかだった。いっしょにいた時間は短くても、すでに彼女がこれまで出会った誰よりも知的な人間であることはわかっていたのだから。

「二十一という数字が鍵になるんですね」彼女は言った。「二十一《ヴァンテアン》というゲームの名前からして」

ディーラーが勢いよくカードを切るのをダニエルもミス・ホークも慎重に見守った。

「手持ちのカードの合計がディーラーのカードの合計を上まわるようにするんだ」彼は説明した。「ただし——」と付け加える。「合計は二十一点以下でなければならない。それぞれのカードの点数は、エースと絵札以外はカードに書かれている数と同じとする。ジャックとクイーンとキングはそれぞれ十点で、エースは場合によって一か十一だ」

ミス・ホークは目を丸くして彼を見つめた。「つまり、計算をしなきゃならないということ？　気を失ってしまいそう」

「倒れてきても受け止めてやらないぞ」と彼は応じた。

「気を失うなんて男らしくないものね」と彼女も言った。「ワインを顔にかけて起こしてくれればいいわ。あなたについて、あれだけのことを記事にしたんだもの、わたしの顔に飲み物をかけてやりたいとあなたが思ってもしかたないことよ」

「そんなこと、考えたこともないと言ったら嘘になるだろうね。でも、それはE・ホークが男だと思っていたときのことだ」

「今夜は男よ」

うまく男に変装してはいても、彼女を女性として意識せずにはいられなかった。

ここは男の隠れ家の只中だと自分に思い出させ、ダニエルは急いで残りのルールを説明した。まずはディーラーも含め、それぞれに伏せたまま一枚のカードが配られる。

「さあ、自分のカードを見るんだ」彼は指示した。「それで、そのカードに従って賭け金を決める」

ミス・ホークはそのことばに従い、伏せられていたカードを慎重にのぞくと、それをわずかに動かして彼にも見えるようにした。

エースだった。一にも十一にもなり得るカードだ。ダニエルのカードはダイヤの八だった。

「そうだな――」

しかし、彼女は彼の助言を手を振ってさえぎった。「もう一枚」とディーラーに言う。

「ぼくもだ」とダニエルも言った。

二枚目がまた伏せて配られた。ダニエルのカードはスペードの七だった。

ミス・ホークはカードを見せようとはしなかった。

「七十五ポンド」ダニエルがディーラーに賭ける金額を伝えた。合計十五点では強いとは言えないが、もっと悪い点数で勝ったこともある。それに、七十五ポンドなど、自分にとってどうだというのだ？ テーブルについている誰にとっても。

もうひとりも賭けた。ダニエルはミス・ホークに目をやった。おそらくは賭けずに降りるだろう。そうでなければ、彼女にとってその晩のお遊びははじまる前に終わってしまうことになる。

「ぼくも賭ける」彼女は言った。「やはり七十五ポンド」

ダニエルは彼女をじっと見つめ、「百ポンド以上は融通しないぞ」と低い声で言った。たいした金額ではなかったが、彼女に金を融通するのは基本的にまちがっている気がしたからだ。新聞記者の良心を金で買うように思えた。

「大丈夫」彼女は答えた。「借りができるのはいやだから」

「もう一枚？」とディーラーがダニエルに訊いた。

「もういい」とダニエルは答えた。

賭けに加わっていた男たちは三枚目を受けとるか、そこでやめておくかまちまちだった。

ディーラーがミス・ホークに向かって訊くと、彼女も「ぼくももういい」と答えた。

最後の一巡が配られると、ディーラーが自分の持ち手を見せた。八が一枚とジャックが一枚。

ダニエルは負けた。ゲームに残っていたほとんどの男も同様だった。ディーラーに勝つには自分たちの持ち手の点数が低すぎて、みなうなり声をあげたり、毒づいたりしている。そこでミス・ホークがカードを見せた。もちろん、一枚はエースだったが、もう一枚はハートの九だった。

彼女の勝ちをディーラーが宣言すると、彼女は謎めいた笑みを浮かべた。ダニエルは彼女をじっと見つめた。運がよかったにちがいない。

そう思っていたのだが……

次のゲームもミス・ホークが勝った。

その次も。

負けたときには、賭け金が小さかった。

ほかの誰よりも早く彼女のチップの山は大きくなっていった。ディーラーを含むテーブルの誰もが彼女をぽかんと見つめている。男たちのなかには彼女の運のよさと技を称える者もいた。不満をもらす者も何人かいたが、そうした不満に彼女は明るく応じた。さらには、ほかの面々からうまい具合に話を聞き出し、賭け事のテーブルで一番負けたときと勝ったときの金額を明かさせていた。きっと記事のさらなる題材となることだろう。

ミス・ホークはひと晩じゅう、やすやすとゲームに興じていた。

「ぼくをぺてんにかけたな」ダニエルは声をひそめて言った。

「そんな、まさか」彼女はうぬぼれた笑みを隠しきれない様子で答えた。

「賭け事には多少経験があるだけだと言っていたじゃないか」

「〝多少〟というのは相対的な言い方だから」彼女は答えた。「わたしたちにとって、ライオンは獰猛《どうもう》で巨大な動物だけど、ゾウにとってはちっちゃな猫にすぎないわ」

「よくゾウを引き合いに出すね」

「ゾウが好きなんです。賢くて穏やかな動物みたいだから。もちろん、興奮して暴れまわっていないときの話ですけど」

ダニエルはディーラーに首を絞められる前にヴァンテアンのテーブルから彼女を引き離した。人の波に逆らってテーブルからテーブルへ移動する。

部屋の隅の人目を避けられる場所まで行ってダニエルは訊いた。「ほかにどんなゲームに〝多少〟経験があるんだ?」

「そうね」ミス・ホークは考えこむように顎を軽くたたいた。「ルー、ピケット、ファロ、ハザード、バカラ」

「それだけかい?」

「ああ、ホイストもあるわ。それからポープ・ジョーン。あと、スペキュレーション。ほかには――」

「どうやら、きみには尊敬すべきお仲間がいるようだね」

「今はあなたがお仲間でしょう？」彼女は天使のようにほほ笑んだ。

ダニエルはミス・ホークをハザードのテーブルに連れていくことにした。「もう一度やってみよう。今度はときどき大きく負けたほうがいい。そうじゃないと、ここの経営者に表に放り出されることになるからね」

ふたりは連れ立って騒がしい男性たちがサイコロのゲームをしているほうへと向かった。

「運がいいだけだとしたら、どうしようもないわ」

「なぜか、きみに関しては運がいいだけとは思えないんでね」

ミス・ホークは驚いた目を向けてきた。「わたしがズルをしていると？　それってきっと決闘を申しこんでもいいような侮辱よ」

「声をひそめて」近くにいた男たちに目を向けられ、ダニエルはうなるように言った。「さもないと、きみのせいでほんとうに誰かと公園で夜明けに拳銃を向け合うことになるかもしれない」

「冗談を言っただけなのに」彼にハザードのテーブルへと引っ張っていかれながら、彼女は抗議した。

「危険な冗談だ」ダニエルは肩越しに彼女に言った。「こういう場所ではとくに」

「ここで誰かが決闘を申しこむのを見たことがあるの？」ミス・ホークは彼の顔をのぞきこむようにした。「きっとあなたも申しこまれたことがあるのね」

ふたりはゲームに加わるためにテーブルについた。男の振りをうまくつづけているミス・ホークは彼の忠告に従うことにしたようだった。つづけて二度以上勝つことがなかったからだ。負けるときには大きく負けるように気をつけている。忠告はしたものの、意に反して、彼女への称賛の思いに胸を打たれずにいられなかった。生まれながらの賭け事の天才で、鋭い頭脳も持ち合わせている彼女への。

賭場にはうんざりしつつあったのだ。いるはずもないジョナサンの姿を目で探すようになってからはとくに。しかし、彼女がそばにいる今、賭け事も新鮮に思えた。

ゲームは何時間もつづいた。途方もない金額の金や宝石や領地が賭けられるにつれ、殺気立った空気がただよいはじめた。汗とワインと香水のにおいも濃くなっている。賭けをする男たちに半裸の女たちがしがみつき、そのなかには、みんなが見ている前でとんでもない行為におよぶ者たちもいた。男たちの指が女のドレスのなかに消えたと思うと、さらに肌がむき出しにされた。

ミス・ホークは驚きを隠そうとしなかった。まわりでくり広げられている光景には、若いネッド・シンクレアなら同じように驚くはずだったからだ。賭けるゲームを変えても彼女がひるむことはなかったが、賭けのテーブルのまわりで見られる光景は、彼女の新聞にとって豊富な題材となるにちがいなかった。

さまざまな賭けに興じながら、ミス・ホークは絶えず感想をダニエルに耳打ちしていた。賭けに興じる男たちについての感想や洒落のきいたことばを聞いて、ダニエルは忍び笑いをもらさずにいられなかった。

夜のあいだ一度だけ、ダニエルはテーブルを離れ、男性用の化粧室へ行った。テーブルについているほかの連中は仕切りの陰で平気で用を足したが、彼はそれを好まなかった。戻ってくる途中で、マーウッドにばったり会った。

「きみのいとこは賢いやつにちがいないな」と友は言った。

「どうしてそう思う？」賭けのテーブルで見せたミス・ホークの技にマーウッドも気づいたのだろう。

「きみがひと晩じゅう、彼に耳打ちされては笑いっぱなしだからさ」

そうだったか？「機知に富んでいるのは血筋が為せるわざだろう」

「そうだとしたら――」マーウッドは答えた。「きみのところだけそれがすっ飛んでいるんだな」

「うちの一族の男という男が大学のボクシングの試合で優勝しているのは知ってたかい？」とダニエルは訊いた。

「きみとぼくがケンブリッジで試合したこともあったじゃないか。たしか、引き分けだったが」

ダニエルはマーウッドの腹に軽くこぶしを見舞った。「年を食ってきみの技も衰えたんじゃないのか」

「それをたしかめる方法はただひとつだ」とマーウッドが言った。

「日にちと時間を決めてくれ」ダニエルは穏やかに言った。「まともに対戦できる相手は久しぶりだ」

「どうしていつも何かをなぐるって脅してばかりいるんだい、アシュフォード？」そばに現れたミス・ホークがそう訊くと、首を振り、険しい目をマーウッドに向けた。「一族の名誉を傷つけてばかりさ、彼は」

「それに比べれば、ぼくなんか聖人君子みたいなものだな」とマーウッドも言った。

ダニエルは両手を上げた。「誇張するのはよしてくれ」

「どうして？」ミス・ホークが応じた。「女性をベッドに連れこむにはそれしか方法がないって言ってたじゃないか」

マーウッドが口を開く前に、ダニエルはミス・ホークを隅へと引っ張っていった。マーウッドは笑い声をあげてどこかへ去った。

「きみはぼくの放蕩者という評判をおとしめようとしているみたいだな」ダニエルは小声で

言った。

「その評判を守りたいと思っているとは知らなかったわ」彼女は屈託なく答えた。

「新聞記者の誹謗《ひぼう》中傷からはね」彼は通りかかった給仕からワインのはいったグラスをふたつとり、自分の飲み物を飲んでから言った。「きみをこうして同行させたのはまちがいだったんじゃないかと、まだ自問しているんだ」

ミス・ホークはグラスの縁越しにほほ笑みを向けてきた。「人生において最高の出来事はまちがいからはじまることも多いのよ」

「きみもまちがいを犯すことは多いのかい？」

「いいえ」

「だったら、まちがいからいいことがはじまるとどうしてわかる？」

「わからないわ」彼女は肩をすくめた。「でも、悪くない言いまわしでしょう？」

彼は笑ったが、自分がまた笑っていることを意識した。くそっ、これほど笑ったのはいつ以来だ？　ジョナサンが行方不明になってからは一度もないはずだ。

「賭けのゲームをそれだけたくさん、どうやって覚えたんだい？」ダニエルはまた給仕からグラスをとって訊いた。

「物書きや、役者や、芸術家たちに囲まれて育ったから。みんな賭け事が大好きだったわ。八歳になるころには、わたしは熟練した賭博師を打ち負かすほどだった。母もカードは得意だったし」彼女の表情がわずかにくもった。

ダニエルは自分のことを秘密を抱えた人間だと思っていたが、ミス・ホークも彼女なりに多くの秘密を抱えているようだ。そして自分は、その秘密をもっと知りたいと思っている。

「それは――」と彼は言いかけた。

「記者はわたしのはずなのに――」さえぎるように彼女は言った。「あなたばかり質問していますね。賭けに戻りましょう」そう言ってワインを飲み干すと、グラスをそばのテーブルに置いた。ダニエルはそれに従うしかなかった。

ふたりはさらにゲームをつづけた。ミス・ホークの精力が衰えることはなかった。異なる性を演じるのは疲れることのはずだが、教えたすべてを守って男の振りをつづけていた。テーブルについているほかの面々と冗談を交わしたり、彼らのからかいを明るく優雅に受け流したりしている。

賭場の大広間に窓はなかったが、隅で大勢の男たちが居眠りしたりつぶれたりしているところを見ると、そろそろ朝になっているはずだ。ダニエルは懐中時計をたしかめた。六時半になろうとしている。いつの間にこんなに時間が過ぎたんだ？ それほどの時間が過ぎているとはまるで気づかなかった。

ミス・ホークのせいだ。彼女のおかげでひと晩じゅうたのしく、賭けに夢中になっていられた。マーウッドといっしょのときでも、ドネガンズでの夜をこれほどにたのしんだことはなかった。

延々とつづくどんちゃん騒ぎの夜に慣れ切ってしまったせいで、夜がつまらなくなっていたのか？　それとも、彼女が特別だからか？　後者が正しい気がした。

「閉店時間です、みな様」ディーラーのひとりが宣言した。体格のよい男たちが客たちを扉へと追い立てた。

追い立てられる客に先駆けて、ダニエルはミス・ホークを玄関の間へと導いた。ふたりは朝の光のなかに足を踏み出し、その明るさに目を細めた。彼女の借りものの上着には皺が寄り、のりがはがれて口ひげは垂れ下がっている。誰かにじっくり見られて真実を知られる前に、馬車に乗せたほうがよさそうだ。

ほかの客たちが大挙して玄関から出てくる直前に、彼の馬車が賭場の前に停まった。ミス・ホークと形のよい尻が馬車に乗りこむと、ダニエルは警戒するような目を肩越しに後ろに向けた。ズボンに包まれたハート型の尻に気づいたのが自分だけならいいのだが。幸い、賭場から出てきた男たちはほとんど夢のなかにいるか、酔っ払っているか、その両方かだった。

ダニエルが馬車に乗りこむと、使用人が扉を閉めた。

「御者に命じてきみを住まいの前で下ろすよ」

あくびをしながら彼女は首を振った。「うちは男子禁制なんです。劇場に戻ってミスター・シンクレアからミス・ホークに着替えなくちゃならないわ」

ドレス姿に戻った彼女を目にできるのはありがたかった。「インペリアル劇場へ」とダニエルは御者に告げた。

すぐにも馬車は動き出し、朝の活動がはじまろうとしているロンドンの街を走り出した。

「彼らにとっては一日のはじまりなのね」ミス・ホークは窓の外へ目を向け、行商人やメイドや商店の店員が職場へと急ぐ姿を見ながらつぶやいた。「仕事に出かけるところ」そう言って彼にいたずらっぽい目をくれた。「きっとあなたにはあまり経験のないことね」

彼女はからかっただけだろうが、そのことばはダニエルの心に刺さった。「ぼくだって事務をまかせている人間と相談したり、領地管理人に手紙を書いたりしている。それにそう、議会に出席することもある。じっさいに溝を掘る労働者じゃないかもしれないが、できることはしているつもりだ」自分の耳にもそれは弁明に聞こえた。

「そのとおりね」彼女も認めた。「この世界ではそれぞれが異なる役割をはたしているんですもの。あなたは貴族として求められることをしているわけだから、とがめることはできないわ」彼女は片手を胸にあてて殊勝そうな顔をつくった。「たとえば、わたしの仕事は読者に倫理的な導きを与えることよ」

ダニエルは殊勝な顔の彼女にほほ笑みかけた。「それで、今夜は読者の反面教師となるような不品行の例を数多く見聞きしたってわけかい？」

ミス・ホークは目を天に向けた。「あそこまで堕落しているなんて。見るだけで心がしぼみ、魂が青くなるほどだった」

「そんなにひどかったかな?」ダニエルは足を伸ばした。膝の横が彼女の腿をかすめた。肋骨へと熱がのぼってくる。その瞬間、感じていたはずの疲れが一瞬で消え去った。

「ほんとうにひどかった」ミス・ホークはにやにやしながら言った。「わたしの横にいた若者は、たった一回のカード・ゲームで賞をとった競走馬を失ったのよ。彼の父親はそのことを喜ばないでしょうね」

ダニエルは首を振った。「あの若者は大ばか者さ。手持ちのカードが最悪だったのに、あんなすばらしい馬を賭けるなんて。でも、爵位を持っているからといって、必ずしも頭がいいとはかぎらないからね」

「そういうなかにはあなたも含まれるんですの、アシュフォード?」と彼女は訊いた。

「まあ、このことを記事にしたらどうかと提案したのはぼくだからね」彼は言った。「だから、頭の出来という点ではあまりいいものを持ち合わせてはいないんだろうな」

「もしくは、あなたがこれまでしてきたことのなかで、もっとも賢明なことかもしれないわ」

危険なことであるのはたしかだ。ミス・ホークに真の動機を知られたらとくに。それでも、自分の選んだ道を後悔するわけにはいかない。今はまだ絶対に。ただ、多くの理由から、彼女とのやりとりは気をつけて行なう必要がある。

「その判断が試されるのはこれからさ」と彼は言った。

ミス・ホークが気どった笑みを浮かべた。「明日の新聞で何を読まされることになるか、想像してみて」

「そんなにすぐに？」

「もちろんよ。せっかくこんなにいい題材を手に入れて、長くあたためておくのはもったいないもの。ただ——」彼女はまたあくびをしながら付け加えた。「この世紀の冒険譚《たん》にとりかかる前に濃いお茶を何杯か飲まなきゃならないでしょうけど」そう言って伸びをした。ダニエルは上着とウエストコートで隠された彼女の体の曲線が垣間見えないかと期待している自分に気がついた。彼女が胸にきつくさらしを巻いていることはわかっていたのに。

「放蕩貴族は賭場でひと晩過ごしたあとの朝をどう過ごすんですか？」と彼女は訊いた。

ダニエルは顎をこすった。ひげが伸びかけているのがわかる。どんなにきれいに剃っても、いつもほんの数時間で伸びてしまうのだ。ここまでひげが濃いのは、アシュフォード家の血筋にバイキングの血が多少混じっているからにちがいない。

「軽食をとることもある」彼は答えた。「パンと果物などのね。書斎で寝酒のウイスキーを飲むこともある。新聞が読めるだけの正気を保っていることはないな。だから、うとうとしはじめるまで暖炉の火を見つめている。それから、従者がぼくをベッドに放りこんでくれる」

「それは……すてきね」ミス・ホークの声に皮肉っぽさはなかった。「少しでもひとりきりの静かな時間が持てるなんて。わたしもそういう時間を持てるといいんだけど」

「きっと持てるはずだ」

彼女は低い忍び笑いをもらした。「ああ、伯爵様、新聞社を経営していると、暖炉の前で居眠りする暇なんてないんです。日々一分一秒、全知全能のお金を追い求めなければならないんですもの。一週間毎日働いているわ。日曜日だけが休息日よ」

「それは疲れるな」とダニエルは言った。

「でも、高揚感も得られる」彼女は顔を輝かせた。「わたしは自分以外の誰にも頼っていないし。懸命に働くことで、うちの従業員に高いお給料を払い、新聞を広く読まれるようにできる。どこかの夫のお荷物に——もっと悪く言うと、お飾りに——なるよりいいわ」彼女は身震いした。

その論理もわからないではない。ダニエル自身、誰かのお荷物やお飾りになどなりたくはなかった。しかし、ミス・ホークのことばを聞いて、心に別の波風が立った。彼女はこんなふうに目的を持ち、決意に満ちて生きている。ぼくには欠けているものだ。こんなふうに何かにつき動かされるのはどういう感じなのだろう？　火から熱が放たれるように、彼女からは精力と果敢さが発散されていた。その火の熱さがほしくてたまらなくなる。

劇場に近づくと、突然、ダニエルはその晩を終わりにしたくなくなった。コーヒー・ハウスに誘ったらどうだろう？　もしかしたら……書斎でウイスキーをいっしょに飲もうと言えば、同意してくれるのでは？　だめだ。自宅は誰にも邪魔されない個人的な場所だ。コーヒー・ハウスについては、そう、彼女の変装はそれほど長くは持たないだろう。夜を終わりにし、危険は冒さないほうがいい。

それでも、馬車が劇場に近づくと、失望に胸を射抜かれ、腹は鉄のように重くなった。

馬車が停まったときに奇妙なことが起こった。ミス・ホークがすぐさま馬車から降りず、そこにすわったまま、目をあちこち動かし、その目をときおり彼に向けたのだ。馬車のなかの空気が張りつめ、かすかに電気が走った。ダニエルは光り輝く網にとらわれた気がした。

彼が前に身を乗り出すと、ミス・ホークはびくりとした。

手を伸ばし、彼女の口ひげをはがし、上唇の上のやわらかな肌を撫《な》でる。

「きみは女性の格好のほうがいいな」と彼はつぶやくように言った。

「わたしも女性の格好のほうがいいわ」彼女は低い声で言った。

こうして顔を近づけると、ミス・ホークの目の瞳孔が広がり、唇がかすかに開いているのがわかった。ワインと葉巻のにおいに混じって、彼女の肌のにおいもした。その肌はどんな味だろう？　どうしてもたしかめずにはいられない。

われを失う直前にダニエルは理性をとり戻した。いったい何をしているのだ？　この女性はいまいましい新聞記者なんだぞ。ふたりの関係は記者と記事の題材というだけにすぎない。

いや、こっちが目的をはたすためにミス・ホークを利用しているだけのことだ。記事にされる以上にかかわることは正気の沙汰ではない。

ダニエルは身を引いた。同時にミス・ホークも自分をとり戻したようで、ふたりのあいだにできるだけ距離を置こうとするように座席に身を押しつけた。

「ぼくは……」声がかすれ、彼はせき払いをした。「次の夜の活動については伝言を送るよ」

「わかりました」彼女はうわの空で答えた。その声もかすれていた。ああ、ミス・ホークもキスしてほしがっているのか？　なおさら最悪だ。「わたし……行きます……」彼女の手が扉の取っ手にかかった。「もう……」

「ああ」と彼は言った。

馬車の扉が開き、ふたりは飛び上がった。使用人がおちついた様子でそこに立っていた。使用人がそこにいたことをありがたく思ったのか、それに腹が立ったのか、ダニエルには自分でもわからなかった。

「おやすみ」しばらくして彼は言った。

「いい朝を」とミス・ホークは答え、馬車を降りた。ダニエルは振り向いてくれるのを待ちつつ後ろ姿を見守った。しかし、彼女は振り向かなかった。しばらくして、家にたどりつくと、ダニエルは大きくため息をついたが、それが安堵《あんど》のため息なのか、彼女が帰ってしまったことへの不満のため息なのかはわからなかった。

8

心の美しさを最大限伸ばし、その人を洗練された繊細な人間にしてくれる、人生におけるもっとも大きなたのしみのひとつは、すばらしい感受性と趣味を持つ誰かと頻繁に手紙のやりとりをすることである。

〈ザ・ホークス・アイ〉一八一六年五月六日

鵞ペンを手に、エレノアは目の前の真っ白い紙を見つめていた。それでも、ことばは断固として出てこようとしなかった。ことばがあふれ出るのをさえぎっているのではないかというように、鵞ペンの先を見つめる。しかし、ペン先はとがっていてきれいで、文字を書く準備はできていた。書くのを妨害しているのは自分自身なのだ。

エレノアはため息をついて鵞ペンを下ろし、首を伸ばした。そうすることで集中できるようになるはずだ。しかし、再び鵞ペンを手にとってインクにひたし、ペン先を紙に近づけても、鵞ペンは動かなかった。インクがしたたって紙に落ちただけだ。

紙にしみがつき、自分自身への苛立ちが募った。丸めて床に放り投げてしまいたくなったが、紙は高価なので無駄にすることはできなかった。

エレノアは額をこすった。動物学の講義を受けて上流階級の若い女性が何人か気を失ったことに関する記事は、すんなりとことばになってくれなかった。ことばにしようとするたびに、何かにさえぎられてしまう。

〝何か〟というよりは〝誰か〟だ。心にまたアシュフォードの顔が浮かんだ。あの晩、最初に会ったときの完璧な姿ではなく、夜が終わりに近づいたときの、遊び尽くした、だらしないとも言える姿。てのひらでうっすら伸びた彼のひげの感触をたしかめたくて手がちくちくしたのだった。今もそうだ。

彼の声や笑い声が心のなかでこだましていた。石鹸《せっけん》と上等のウールと煙草のにおいが記憶のなかで渦を巻く。別れる間際に彼女の口ひげをとり、上唇に触れたときに、彼の目が危険な色を帯びたことが忘れられなかった。彼の手は手袋に包まれていたが、その感触は今でも覚えていて、その感覚を再現しようとするように、無意識に自分の指で唇をこすっていた。

馬車のなかで、一瞬キスされるのではないかと思った——電気を帯びた一瞬。そして、キスしてほしいと願ってしまった。

エレノアは声をもらし、閉じた目に手の付け根をあてると、椅子に背をあずけた。

こんなの受け入れがたいことだわ。ドネガンズでいっしょに過ごした晩から三日もたっているのに。三日のあいだに、最初に書いた記事は新聞に掲載された。〈ザ・ホークス・アイ〉の売り上げは伸び、その勢いを利用して次の手を考えなければならないというのに、気はそらされ、おちつかず、集中できずにいた。

彼のせいで。あのいまいましい放蕩者の伯爵。

あの晩の冒険を記事にすることには、悪魔払いのように、彼の記憶を払いのけてくれる浄化作用があると思っていた。とりついた悪魔はとりわけハンサムで、健康で、機知に富んではいたが、とりつかれたくはなかった。自分は自分だけのものでいたい。取材対象としている人間のものになるなどもってのほかだ。あのいまいましいアシュフォード伯爵のものになるなどあり得ない。

それでも、彼のことを考えずにはいられなかった。まるで虫が体にはいりこんだかのようだ。そう、彼はまさに、心の貯蔵庫にはいりこんだ、厄介でしつこいコクゾウムシだ。心の貯蔵庫のなかで小麦粉をだめにし、蜜のなかで身もだえする虫だと考えると、彼のこともそれほど魅惑的には思えなかった。

〝蜜のなかで身もだえする〟

ああ、その表現はだめだわ。

エレノアは立ち上がった。今はどうしても書けそうになかった。ほかに気をまぎらす方法を見つけなければならない。自分の事務室を出ると、大部屋に歩み入った。記者たちが机の上に身をかがめ、猛烈な勢いで記事を書いている。苛立ちが募った。記者たちの誰も、伯爵の亡霊にとりつかれていないのだ。今この瞬間、彼は何をしているのだろうと思ったりもしていない。友人たちと食事をしているのか、またイーグルにひとりでいるのか。わたしの書いた記事をおもしろいと思ってくれたのか。

じっさい、この三日間、彼からはなんの連絡もなかった。また苛立ちに襲われる。短い書きつけを送ってよこすのは、それほど大変なことなの？　ひと晩いっしょに過ごしてくれてありがとうとか、すばらしい記事だったとか？　もしくは、きみに百ポンド貸しているという苦情の手紙でもいい。

じっさいに彼からはお金を融通してもらったが、ドネガンズから支払いがあるとすれば、それはアシュフォードの住まいに届けられるはずだ。それについて知らせてくるだけの礼儀も持ち合わせていないのだろうか。もしくは、わたしの賭けの腕前についてからかってくるとか。内容はなんでもいい。

「何かご用ですか、ミス・ホーク？」〈ザ・ホークス・アイ〉の記者のひとりであるデリア・エヴァハートが訊いてきた。

エレノアは自分が考えをめぐらしながら、宙を見据えて記者たちの部屋の中央に立っていたことに気がついた。

なんとも癪に障ることだった。

「貴婦人と中国の曲芸師についての記事はどうなった?」エレノアは急場しのぎに訊いた。

「ああ、あれは――」デリアはにっこりして言った。「どうにかこうにか進んでいます」

エレノアは首を振って机の並ぶなかを進み、記者ひとりひとりに仕事の進捗状況を尋ねた。エレノアとちがって、記者はみな記事を書くことに集中し、仕事もはかどっていた。最新号について印刷工と話をするころには、三十分がたっていたが、ひらめきは訪れなかった。机に戻り、そこにしがみついて仕事をするしかない。

サルの交尾の習慣に関する講義に女性たちがどう反応したかという記事が、伯爵についての記事の半分でも気持ちを浮き立たせてくれるものならよかったのに。

「すみません」後ろから声がした。

振り返ると、お仕着せを着た男性がいた。見覚えのあるお仕着せだ。

「なんでしょうか?」とエレノアは応じた。

かつらをつけた使用人はお辞儀をし、封筒を差し出した。表には彼女の名前が書いてある。裏返すと、見覚えのある封印がされていた。鷹が鉤爪《かぎづめ》で剣をつかんでいる、アシュフォード伯爵家の紋章。

エレノアは使用人から手紙を受けとり、彼に硬貨を渡した。使用人は再度お辞儀をしたが、立ち去ろうとはしなかった。

「返事を待つつもり?」とエレノアは訊いた。

「はい」

「ちょっと待っていて」エレノアはそう言うと、自分の事務室に向かった。机につくと、手紙の封を切って読みはじめた。


二日後の深夜零時にうちの厩舎《きゅうしゃ》で会おう。ミスター・シンクレアに来てもらう必要はないが、いかがわしい評判を持つ女性らしく装ってきてくれ。

――A

なんて図々しい男なの！　この傲慢な短い書きつけには、〝よろしく〟とか、〝よければ〟といったことばはひとことも書かれていない。それにもかかわらず、エレノアは笑みを浮かべた。

また彼に会えるのだ。そう考えると、鼓動が速まる気がした。ああ、もう。またあの人のそばにいられると考えてこんなに興奮すべきじゃないのに。あの記事のおかげで新聞の売れ行きは伸びていた。それが彼と行動をともにする理由だと思わなければ。

あなたは新聞記者なのよ、ホーク、と彼女は自分に言い聞かせた。机の奥に留まっていなくては。

とはいえ、無理な話だった。彼とまたひと晩過ごし……そう……何をして過ごすのかは見当もつかなかったが、なんであれ、特別な衣装が必要だという。なんとも興味を惹かれることだ。

しかし、そうしたことは返事には書かなかった。白い紙を一枚とり出すと、こうしたためた。

ミスター・シンクレアは伺う必要がないと聞いて喜んでおります。〝いかがわしい評判〟とはどういうものか、ご説明願います。

——E・H

文字に砂をかけ、紙をたたむと、それを待っている使用人に手渡した。使用人は書きつけを受けとり、再度お辞儀をして去った。

エレノアは事務室に戻って記事にとりかかった。ストッキングだけを身につけた姿で背中にカバを背負い、凍った糖蜜のなかを進むような思いだった。その苦行を一時間ほどつづけたところで、扉をノックする音にさえぎられた。

目を上げると、そこにさっきの使用人が立っていた。彼は前に進み出て手紙を差し出してきた。またも裏には伯爵家の封印があった。

エレノアは封を切った。

いかがわしい評判とは、怪しげで、ふしだらで、芳しくない評判ということだ。
E・H、きみは物書きのわりに驚くほど語彙が少ないんだな。

――A

彼女の返事は――

あなたは上流社会の人間としては、驚くほど礼儀知らずですね。

――E・H

三十分後、また手紙が届いた。使用人は前回よりも若干困惑した表情になっている。

身持ちの悪い女のように装うんだ。礼儀としてはどうだい？

――A

いかにもあなたらしいわ。

――E・H

きみに喜んでもらうためさ。

——A

すてき。

PS　この手紙のやりとりはここまでにしなくては。あなたの使用人と御者が反乱を起こすわ。

——E・H

それ以上伯爵から手紙が来なくなってエレノアはがっかりした。彼は彼女の助言に従っただけだったのだが。エレノアは受けとった手紙を机の引き出しにそっとおさめ、鍵をかけた。つまり、二日後に身持ちの悪い女のように装って厩舎で彼と落ち合うことになったわけだ。わたしがすなおにお召しに従うと思っているのね。行くつもりはないとはっきり言ってやることもできたが、それでは単に意地を張っているだけになってしまう。目的は彼の夜遊びに同行してそれを記事にし、新聞の売り上げを伸ばすことなのだ。

エレノアはひとりほほ笑んだ。わたしに身持ちの悪い女のように装ってほしいですって？いいわ。それは彼の命令かもしれないけど、わたしはわたしなりのやり方でそれに従おう。

ホワイツで気に入りの椅子にすわっていたダニエルは、夜の向こう見ずな冒険をつづったミス・ホークの記事を再度読んだ。男に変装するくだりを読んだときには、声を出して笑ってしまわないよう、唇をきつく引き結ばなければならなかった。男と女の社会的役割についての言及には厳粛な気持ちになった。

自分のことを書かれた部分は読み飛ばした。〝放蕩貴族〟は自分でも心底うんざりしているものの象徴として書かれ、ミス・ホークの才能あるペンをもってしても、興味深くは思えなかったからだ。しかし、記事を読むのはこれで四度目だった——自分のことが書かれているという事実に惹かれたわけではなく、彼女に魅せられたからだった。彼女の能力に。文章の質の高さに。仕事を通してかがり火のように輝く鋭敏な精神のすばらしさに。

最初に記事を読んだときには、かなり警戒しながら読んだ。いったい何を書かれたのだろう？　それもどんなふうに？　〈ザ・ホークス・アイ〉は以前にも読んだことがあったが、どの記事が彼女の書いたものかは知らなかった。今度は知っている。感心しない記事だったらどうする？

まず、放蕩貴族はどこまでもどうしようもない人間としては描かれていなかった。権力と金と時間に恵まれすぎた、警戒すべき人間だとはされていない。それでも、手加減もなかった。

放蕩貴族が機知に富み、知性にあふれていることに議論の余地はない。彼がその頭脳を女優のすねや賭けのカードの次の手について考える以上に重要なことに向けたとしたら、何を成し遂げられるだろうかと記者は考えずにいられない。彼がけっして卑小とは言えない頭脳をもっと高尚な目的に向けたなら、社会全体の利益となるかもしれない。しかし、今のところ、彼の頭脳によって利益を得ているのは彼自身のみであり、その場合も、頭脳はほとんど使われていない。

ミス・ホークのことばは驚くほど胸に突き刺さった。覚悟していたほど鋭い批判のことばが並んでいるわけではなかったのだが。彼女も彼が記事を読むとわかっていて書いたためか、それほど残酷なことばを使ってはいなかった。彼の感情をおもんぱかってというよりも、今後も夜遊びに同行させてもらおうと思ってのことだろう。このミス・ホークという女性は狡猾な人間なのだから。鷹《ホーク》ではなく、狐《フォックス》と名乗るべきほどに。

しかし、なおも記事を読みつづけたのは、文章がほんとうにすばらしく、彼女がしばしば鋭敏な観察眼を見せたからだ。人間や社会について全般的に新たな目を開かせてくれた。〈ザ・ホークス・アイ〉が大衆紙に甘んじているのが惜しい気がするほどだった。彼女なら、〈タイムズ〉のような真に名高い新聞に記事を書くこともできるはずだ。

とはいえ、〈タイムズ〉は記者の性別ということになると、それほど度量は広くないだろう。ミス・ホークが大衆紙を出すようになったのは、それが唯一彼女に許された場だったからにちがいない。そうだとすれば、なんとももったいないことだ。〈タイムズ〉のほうが〈ザ・ホークス・アイ〉よりも幅広く読まれているのはたしかで、ひるがえって考えれば、ミス・ホークの記事を読んでいる人間は少ないということだ。

しかし、そうでもないかもしれない。新聞越しにあたりに目を向けると、クラブの何人かが〈ザ・ホークス・アイ〉を読んで忍び笑いをもらしていた。そのうちの誰も、放蕩貴族の正体に気づく者はいないだろうから、それはそれでかまわなかった。

ジョナサンがここにいてくれればと思わずにいられなかった。きっとダニエルについて書かれた記事を読んで笑い、男女のちがいを指摘したミス・ホークの考えに関しては、まじめに熟考してくれたことだろう。ジョナサンは内省できる人間だった。軍に行かずにケンブリッジで学究の徒になる人生を選んでいれば、すべてはちがったはずなのだ。

ダニエルは持っていた新聞に目を戻した。その日のミス・ホークとの手紙のやりとりは、あの晩以来はじめての交信だった。これまで連絡しなかったのは、彼女と距離を置く必要があったからだ。あやうくキスしそうになったのだからなおさらだ。

しかしこの数日、彼女がとくに興味を惹かれたり、おもしろいと思ったりすることはなんだろうと考え、思いついたことを彼女に話したくてたまらなくなることが何度もあった。手紙に書くか、会って話せればなおいいと思いつつ、そうした衝動を抑えつけなければならなかった。彼女を利用した目的をみずからに思い出させ、接近しすぎるのは危険だと言い聞かせて。すでに多くを見せすぎていたのだから。

それでも、ズボンに包まれた脚の形や、かすれた特徴のある笑い声を絶えず思い出さずにはいられなかった。夢にも見た。夢のなかでは、彼女の男の衣装が魔法のように消えてなくなり、その下に隠されていた女の体があらわになるのだった。

すぐそばで声がして、ダニエルははっともの思いからさめた。「悪くない記事だとは思わないか? とくに、ブルーディントン卿は〝ロンドン一放埒な男性である。彼と彼の欲望のあいだに置かれた貞淑な女性たちをお守りください〟と書かれた部分が気に入ったね」

ダニエルの椅子のそばにマーウッドが立っていた。当然ながら、彼もミス・ホークの新聞を持っている。

「おもしろい記事だ」彼はつづけた。「きみがこの〝放蕩貴族〟だと知っている人間はほかにいるのか?」

「頼むから、声をもう少し低くしてくれ」とダニエルは鋭く言った。

「それに、いとこのネッドなんて人間はいない」とマーウッドが言った。

ダニエルはあたりを見まわし、誰にも聞かれていないことをたしかめた。「いたら、叔母と叔父にはとんでもない驚きだろうよ」

「どうして?」

「息子たちの名前はジャスパー、エドマンド、ウィリアムだからさ」とダニエルは答えた。

マーウッドは首を振り、「どうして新聞記者とかかわり合うことになった?」と訊いた。「いつもの放蕩友人同士ではあるが、マーウッドにも真実を教えることはできなかった。

生活が退屈になったからかもしれないな」ダニエルは言った。「だから、そうするのがおもしろく思えたんだ」

しかし、マーウッドは眉をひそめた。「隠れた目的がある気がするぞ」

「きみはぼくを生まれたときから知ってるようなものじゃないか、マーウッド」ダニエルは言った。「ぼくが満足や利益を得られないことをするのを見たことがあるかい? 一時的なたのしみであっても」

「きみを知ってるからこそ不安なんだ」マーウッドはダニエルに指を突きつけた。「きみは何か隠している。それがなんなのか教えてくれないなら、自分で答えを探し出すしかない」

ダニエルのうなじに冷たいものが走った。マーウッドはダニエル同様、放蕩者だが、大学の成績は優秀で、常軌を逸するほど遊びに興じてはいても、鋭く明敏な知性の持ち主だった。ミス・ホークの注意をよそに向けることがダニエルのおもな目的だったが、マーウッドに真の目的を深く探られたら、それはそれで大変なことになりかねなかった。マーウッドは長く秘密を抱えていられる人間ではないからだ。誰かに秘密をもらし、その誰かが別の誰かに話して、あっという間に社交界全体がハゲタカの群れのように、差し出されたジョナサンの家族の評判をずたずたにしてしまうはずだ。

「好きにしろよ」ダニエルは興味がないというようにうんざりした顔で手を振った。「それがたのしいなら、ほこりを追いかければいいさ」

マーウッドはしばしダニエルを見つめてから首を振った。「今夜、劇場で会えるかい？謎めいたデラミア夫人の新しい芝居がかかるんだ。彼女の芝居はおもしろいものが多い」

「最初の何幕かは見るつもりだ」ダニエルは答えた。「ただ、今夜はそのあとで別のおたのしみを計画している」

「たぶん、女記者とのおたのしみだな？」友は眉を上げた。

ダニエルは新聞を手にとった。「最悪の午後を過ごせよ、マーウッド」

「もがき苦しむような一日を、アシュフォード」そう言うと、マーウッドは最新の音楽劇で人気を博した旋律を口笛で吹きながら歩み去った。マーウッドは芝居に目がないのだ。謎めいたデラミア夫人の音楽劇は、彼女の革新的な作品がはじめて舞台にかけられてからずっと、ひとつも見逃していなかった。

マーウッドが立ち去ると、ダニエルは新聞を膝に載せてぼんやりと宙を見つめた。自分と付き合いのある誰かが、放蕩貴族の正体を見抜き、どうして新聞記者に影のようにつきまとうのを許したのかと訊いてくることを予想しておくべきだった。しかし、ほとんどの人はさっきマーウッドにしたのと同じ説明で満足したことだろう。マーウッドが謎を解く能力に長けている人間であることはなんとも運が悪かった。

マーウッドのことで頭を悩ますのはあとにしなければならない。今は約束があるのだから。

クラブの外へ出ると、使用人が馬車を準備して待っていた。御者に行先を告げ、馬車が出発した。考えを集中させなければならない。ミス・ホークのことばかり考えるのはやめるのだ。マーウッドに疑いを抱かせたことを心配するのも。しかし、ダニエルがどちらもやめられずにいるなか、馬車はメイフェアへと向かっていた。

ドーセット・スクエアにあるタウンハウスの前で馬車が停まると、ダニエルは馬車を降り、玄関へつづく石段をのぼった。ノックする暇もなく、扉が開き、厳粛な顔の執事に挨拶された。

「ミス・ローソンが緑の間でお待ちです、伯爵様」と執事は抑揚のある声で言った。

帽子とステッキを執事に手渡すと、ダニエルは廊下を渡った。部屋まで案内される必要はなかった。この家では家族同様だったのだから。家のなかは最新流行の内装で、すべてがきちんと磨き上げられていたが、家族の心配と絶望が独自の気圧を持ち、家のすべてに重い圧力を加えているかのように、琺瑯《ほうろう》引きされた時計やゲインズバラの絵の上には、どんよりとした空気が垂れこめていた。ダニエルはその重い空気を押し分けるようにして前に進んだが、それが肩にずっしりと降りかかろうとするかに思われた。責任を負ったのはたしかだ。この家を――そしてここで暮らす家族を――もとの状態に戻せるのはぼくだけだ。ぼくが鍵をにぎっている。

ダニエルは緑の間の扉の前で足を止めた。ノックし、どうぞと言われてから、なかにはいった。

喪服を着た年若いブロンドの少女が、組んだ手を膝に置いて、縞《しま》模様のソファーにすわっていた。午後の陽光を浴びつつも、キャサリン・ローソンは青白かった。この三週間ほどで、喪失感と不安によって生命力が削られていくかのように、ゆっくりと頰の赤みが失われていったのだった。今は顔面蒼白《そうはく》に見える。十七歳の少女らしからぬ、老けた印象だった。ダニエルが部屋にはいっても、彼女は何もことばを発さず、彼がお辞儀をすると、ただうなずいた。

ふたりで会うのはいつも緑の間だった。家の奥にあり、ほかの部屋から離れていたからだ。立ち聞きされずに済むその部屋以外では、話ができないとでも言わんばかりだった。

キャサリンはソファーと向かい合う椅子を手振りで示した。黙ったまま小さなテーブルの上に置かれたトレイのお茶を勧めたが、ダニエルは手を上げて飲み物を断った。

ようやく彼女が口を開いた。「何か手がかりは?」

ダニエルは残念ながらと言うように首を振った。「ドネガンズにはいなかった」

キャサリンは組んでいた手をほどき、疲れた様子で目をこすった。「それってロンドンでもっとも悪名高い賭場でしょう？　きっとそこにいたはずよ」

「どう言ったらいい？　ジョナサンを探したが、賭場には来ていなかった」

「たぶん……」彼女は息を呑んだ。「たぶん、階上《うえ》に……あそこの女たちの誰かといっしょにいたのよ」

「ぼくはあそこにひと晩じゅういたんだよ」ダニエルはできるだけやさしい声を出そうとした。「きみの兄さんがいた形跡はなかった」

キャサリンは唐突に立ち上がり、半月形のテーブルに歩み寄った。テーブルの上にたたんだ新聞が置かれていた。ダニエルは突然、それがどの新聞かはっきりわかる気がした。

「あなたは気づかなかったのかもしれないわ」彼女は新聞を手にとりながら、辛辣な口調で言った。「記者のお相手をするのに忙しくて」

ああ、こうなることはわかっていたのだ。「ぼくは一度にいくつものことができる人間だ。信じてくれ、記者のことは注意をほかにそらす目的で利用したかもしれないが、だからといって、あたりに目を配らなかったわけじゃない」

キャサリンは肩を下げた。「ごめんなさい、アシュフォード」

ダニエルはそばに寄って父親のように抱きしめてやりたくなる衝動に逆らった。キャサリンは若く孤独かもしれないが、自尊心も強い女性だ。抱きしめようとしても、押しやられるのがおちだろう。彼に助けを求めてきたことも、彼女にとっては充分むずかしいことだったたはずだ。

そこでダニエルはカップにお茶を注《つ》ぎ、彼女のそばに行った。キャサリンはカップを受けとったが、お茶を飲む手は震えていた。やがてカップを脇に置いて彼を見上げた。その青い目は気味が悪いほどジョナサンの目にそっくりだったが、今その目にも、彼女の兄の目に宿っていたのと同じ暗い影が宿っていた。ただし、目を暗くしている理由は兄とは別だった。

「この大衆紙の放蕩貴族について書かれた記事を読んだら――」彼女は言った。「その人とあなたがよく似ていると気づかされたわ」

「きみは昔から賢い子だったからね」とダニエルは応じた。

「でも、どうしてこんなふうに観察させてあげたの?」

「きみとジョナサンのためさ」彼は答えた。「彼を探していることを嗅ぎつけられないためだ。放蕩者とされるぼくの行動に注意を惹きつければ、新聞記者にきみとぼくの行動を知られることはないと踏んだんだ」

キャサリンは頭を下げた。「ありがとう。あなたのやさしさにもかぎりがあるはずと思うたびに、それがまちがいで、あなたがもっとやさしい人だということがわかるわ」

「きみはやさしくされてしかるべきだ」ダニエルは穏やかに答えた。「きみもジョナサンも」

キャサリンは口をゆがめた。「この世はジョナサンにとってあまりやさしい場所ではないようだけど」

ダニエルはキャサリンの肩にそっと手を置いた。彼女がその手を払いのけなかったのは、それほど心を痛め、弱っているからだ。「悲しい経験から言って、誰よりも慈悲を受けるべき人間が受けられないことはよくあることだ」

「この世界の決まりをつくった人が誰であれ、うんと文句を言ってやらないとね」キャサリンは苦々しく言った。「戦争で故国のために戦った人間は、栄光に包まれて平和な故国に帰ってくるものだと思っていた。でも、かわいそうな兄の場合、そうはならなかった」

「ああ、残念ながら」

「ひどく不公平なことだわ」と彼女は言った。涙声になっている。

不公平などということばではまるで足りない。学校時代、ジョナサンはいつもあまり好かれていない少年たちの面倒を見てやり、いじめっ子たちから守ってやるような人間だった。とはいえ、ダニエルとちがい、ジョナサンは次男だったので、世のなかを渡っていくすべを見つけなければならなかった。そこで彼は陸軍の将校になった。輝かしい軍服を身につけたジョナサンは自信に満ちていた。平時には部下に愛されるすばらしい指揮官だった。しかし、戦争が勃発し、ジョナサンは戦地へおもむいた。

ありがたいことに、彼は戦争を生き延びた。おまけに、ほかの復員兵とちがって、五体のどこにも損傷がなかった。しかし、ジョナサンの傷は見えないところにあった。ジョナサンとは、彼が戦地へおもむく前の友情をとり戻せると思っていたのだが、それは大きなまちがいだった。ジョナサンは心ここにあらずという体《てい》で、集中力と記憶力はかぎられたものとなった。話すときも言い終えることなく、途中でことばを途切らせてしまう。たびたび癇癪を起こすようにもなった。最初は怒って言い返してくるだけだったが、やがて事態は悪化した。物を投げたり、壁にこぶしを打ちつけたりするようになったのだ。そして、手から血が流れるのを見て大笑いするのだった。

どうしていいか、誰にもわからなかった。誰よりも、ジョナサンの兄と両親は。ジョナサンは大丈夫だと言い張るばかりだった。ふつうの生活に戻るのに少々時間が必要なだけだと。ダニエルでさえ、ジョナサンには時間が必要なのだと思っていた。しかし、あの親切で人に好かれる人間はいなくなり、移り気で怒りっぽい見知らぬ人間がそこにいた。

その見知らぬ人間は、もっと荒っぽく、怪しげな連中と行動をともにするようになった。ジョナサンは社交の場に顔を出さなくなった。社交シーズン特有の催しにまるで姿を見せなくなったのだ。ホワイツやその他のクラブにも、劇場や競馬にも足を向けなくなった。評判が悪いだけでなく、まぎれもない犯罪者までが集まるごろつきの集団に加わってしまった。公爵家の次男として、そんな行動は悪評を招くばかりか、恥辱と言ってもよかった。

やがて彼は姿を消した。

キャサリンの頭越しに宙を見つめていたダニエルの心に、自責の波が押し寄せた。もっと早く何か手を打つべきだったのだ。ジョナサンにもっと懸命に手を差し伸べるべきだった。

しかし、彼といっしょにいるのがあまりに不愉快で、恐ろしかったため、ジョナサンが口をきかなくなったときに、旧友が去っていくにまかせたのだった。友情を失うのはさみしかったが、ジョナサンも自分で自分のことは決められる大人なのだからとみずからに言い聞かせて。しかし、それは怠慢にすぎなかった。ジョナサンが助けを必要としていたときに、自分がそれを与えなかったのはまぎれもない真実だ。

誰も彼を助けられなかった。キャサリン以外は。とはいえ、彼女はまだほんの少女で、兄のなかの悪魔が表に出るのを止めることはできなかった。

苦々しいことに、ダニエルは自分のことばかりに夢中で、ホールカム公爵の跡継ぎが熱病で亡くなったという知らせが届くまで、ジョナサンが姿を消していることに気づかなかったのだった。

ダニエルは葬儀に参列したが、そこにジョナサンの姿はなかった。そのこと自体、ちょっとした噂を呼ぶことだった。おそらく、ジョナサンは旅行中で、今は家族のもとへ戻ってくる途中なのだとダニエルは理由をつけた。家族とともに悲しみに暮れ、跡継ぎとしての役割を受け入れるために。

しかし、葬儀の晩、深夜零時をまわったころに、キャサリンが涙に濡れた顔でダニエルの家の玄関に現れた。そして、力を貸してほしいと懇願してきた。誰も頼れる人がいないからと言って。

ダニエルは彼女にブランデーを与え、暖炉のそばにすわらせた。しばらく時間はかかったが、最後には彼も真実を知ることになった。それはうれしい真実とは言えなかった。自分が友をどれほどひどく裏切ったのか、思い知らされることになったのだから。

「もう一カ月になるわ」今、キャサリンは顔をそむけて言った。「兄からは手紙ひとつ来ない。一度、ドルリー・レーン劇場の前で見かけたことがあったんだけど、あまりにちがう人みたいで、他人だと思ったぐらいよ」

「それはほんとうにジョナサンだったのかい？」とダニエルは訊いた。

キャサリンは手をもみしだいてうなずいた。「わたしと兄がどれほど仲がいいか、あなたも知ってるでしょう。以前は仲がよかったことは」彼女は言い直した。「わたしには兄であればそうとわかる。ほかの人にはわからなくても」

ダニエルは窓の外の裏庭に暗い目を向けた。今年の春は寒く、夏がやってくるのはまだまだ先に思えた。いつもならキャサリンが時間をかけて手入れしている植物であふれる庭も、今はむき出しの枝と枯れた草しかなかった。自分の捜索が徒労に終わっているのと同じだと思わずにいられなかった。

「くそっ」ダニエルは小声で毒づいた。こんなふうに自分が無力だと感じるのはいやでたまらなかった。あのときジョナサンを見かぎってしまった自分が、すべてをもとに戻すために何かしなければならない。

ジョナサンが行方不明であることをおおやけにし、公的機関に捜査を依頼するのは不可能だった。そんな恥をさらせば、公爵家全員の評判にとり返しのつかない瑕がついてしまう。とくにジョナサンとキャサリンの評判に。

ダニエルはジョナサンの姿を求めて街じゅうをくまなく探した。キャサリンをともなうこともあれば、ともなわないこともあった。これまでは何もかもが無駄骨に終わっていたが、今の状況が真にどれほど危険か悟ったのは、〈ザ・ホークス・アイ〉に載っている自分の記事を読むようになってからだった。ミス・ホークのような人間がジョナサンの身に降りかかった運命を嗅ぎつけたらと思うと、ダニエルはその結果を想像して身震いするしかなかった。キャサリンは絶対に結婚相手を見つけられず、彼女の人生ははじまる前に終わってしまう。そして、ジョナサンは……ジョナサンも完全に破滅することになる。爵位ですら、こうした醜聞から彼を守ることはできないだろう。

しかし、そういう状況に対し、自分の放蕩者という評判が役に立った。街のあまり芳しくない地域に出かけても、誰も疑問を呈することがなく、ジョナサンを探す絶好の隠れ蓑《みの》となってくれたのだ。自分の評判に瑕がつくのは別にかまわなかった。ミス・ホーク同様、もともといい評判など頂戴していないのだから。男であることと爵位が、評判に最悪の瑕がつくのを防いでくれていた。

「あなたが新聞記者なんかと連れ立っているなんて」キャサリンは身震いした。「波止場で出くわした人たちは卑しかったわ」

「ミス・ホークはそれほどひどくないさ」思わずそう口に出してから、うかつな自分の舌を呪った。

キャサリンの表情が険しくなった。「〝ミス・ホーク〟というの？」そう言って一歩近づいてくる。他人のゴシップは誰しも愉快に思うものだが、キャサリンもやはり興味を惹かれたらしく、顔が幾分明るくなった。「その女性について話して。男性の服を着て、とんでもなく大胆不敵な行動に出るその女性について」

「話すことは何もないさ」彼は言いよどんだ。「ぼくは新聞記者の注意をよそに向けなければならず、彼女のほうは記事を書きたいと思っていた。以上《フィニ》だ」

自分が絶えずミス・ホークのことを考えずにいられないことや、次に会うのをたのしみにしていること、さらには彼女に惹かれる気持ちがどんどん大きくなっていることを話すつもりはなかった。キャサリンに上着を探られたら、ポケットにミス・ホークからの書きつけがはいっているのが見つかるだろう。その下で心臓が大きく脈打っている胸ポケットに。

「信用できる人なの？」とキャサリンが訊いた。

「いや。でも、信用するつもりはないから」

ミス・ホークと取引するのは危険なことだ。

そして、ダニエルにとっては彼女自身も危険だった。彼女に興味を惹かれすぎている。

たった二度会っただけなのに。さらにいっしょに過ごせば、いよいよ困ったはめにおちいるかもしれない。

しかし、そもそも自分のほうから彼女に近づいたのだ。今後は正気を保っていさえすればいい。

「ミス・ホークには気をつけてね、アシュフォード」彼の心の内を読んだかのようにキャサリンが言った。「記事を読むかぎり、とても勘の鋭い人みたいだから」

「たしかに」彼は言った。「でも、ぼくはこういうお遊びは得意なんだ、キャサリン。きみよりもね」からかうような笑みとともに付け加える。「結局、こういうことにはきみよりもずっと長くさらされてきたわけだから。ぼくはうんと年寄りなのさ」じっさいにはキャサリンより十五歳年上だった。

「年寄りだってまちがいは犯すわ」とキャサリンは言い返した。「かわいそうなリア王を思い出して」

「道化やコーデリア（『リア王』に登場するリアの娘。二人の姉と違い率直な物言いが王を怒らせ、勘当されるが、後に姉たちに裏切られた王を救う）のようにきみだけはつねにほんとうのことを話してくれると信頼しているよ」彼はマントルピースの上の時計をたしかめた。「時がたつのは速いな。いくつか調べてみたい手がかりがあるんだ」

「外套をとってくるわ」キャサリンが扉へ向かおうとした。

しかし、ダニエルは彼女の腕にやさしく手を置いて止めた。「きみには危険すぎる場所だ。

ぼくがいっしょに行くとしてもね。何かわかったら、ジョナサンに接触する前にきみに知らせるよ」キャサリンがいっしょでなければ、ダニエルひとりで接触しようとしても、ジョナサンが扉を閉ざしてしまう可能性が高かった。

「気をつけて」とキャサリンがまた言った。

ダニエルは力づけるような笑みに見えるようにと思いながらほほ笑んだ。「必ず」

キャサリンは爪先立って彼の頬にキスをした。「あなたがうんと年上でほんとうに残念だわ」そう言ってため息をついた。「あなたとなら、簡単に恋に落ちられそうなのに」

ふたりの年の差のせいで、キャサリンが恋心を抱かずに済んでいるとしたら、それはありがたいことだった。キャサリンのようにやさしく穏やかな少女は自分には合わない。しかし、どんな女性なら合うのかもわからなかった。

帽子とステッキを執事から受けとったところで、ミス・ホークの笑い声と油断のならないハシバミ色の目を思い出した。自分にはまったく不釣り合いの女性だ。しかし、絶えず考えずにいられない女性でもあった。

今夜の行き先は危険だが、ミス・ホークがもたらすほどの危険はひそんでいないはずだ。

彼女とは二日後に会う予定だが、待ちきれない気がした。そしてそのことに、何にもまして不安にさせられた。

9

暗くなってからのロンドンには、この街特有の危険がひそんでいる——しかし、この街の夜の魅力は抗いがたいほどである。

〈ザ・ホークス・アイ〉一八一六年五月八日

エレノアはフードをかぶり、マントをきつく体に巻きつけて、暗くなったメイフェアの通りを急いだ。セント・ジョージ教会の前を通ると、鐘が鳴った。深夜零時まであと十五分だ。アシュフォードの家までは四百メートルもなく、容易にたどりつける距離だったが、遅れたくはなかった。しかしそこで、時間ぴったりに着こうとする自分をたしなめた。伯爵があなたを置いていくはずないじゃない……どこへ行くにしても。あなたがいっしょに行かなくてはならないのよ。それがこの冒険の目的なのだから——彼の夜遊びに同行して記事を書くこと。

それだけよとエレノアは自分に言い聞かせた。新聞の記事にするという目的がすべて。そもそもアシュフォードがこんなことを言ってきた理由がなんであれ。

それについてはまだ見当もつかなかった。真の理由を知りたくてたまらない思いではいたが、しつこく訊けば、彼が申し出をとり下げてしまうかもしれなかった。最初の〝放蕩貴族の誘いに乗る〟の記事のおかげで、〈ザ・ホークス・アイ〉がよく売れていることを考えれば、この機会を失うのは愚かなことだった。

それでも、エレノアの足を急がせ、鼓動をわずかに速めているのは記事を書きたいという思いだけではなかった。もちろん、彼でもない。もしくは、彼がよこしたいまいましい書きつけでもなく、別の何かだった。愚かしくもこの二日のあいだに何度もくり返し読み、文言を覚えてしまうほどだったのだが。

急ぎつつも、街灯を避け、メイフェアとメリルボーンに建ち並ぶ堂々たる家々が落とす影のなかを歩くように気をつけた。こんな時間に女性がひとりきりで外をうろついていれば、いかがわしい商売のためと思われてしまう。好ましくない誘いをかけられて、短靴に隠したナイフを使うはめになるよりは、まずもって声をかけられる危険を避けたほうがいい。

しかし、その試みもあまりうまくはいかなかった。

「どこへ行くんだい、別嬪《べっぴん》さん?」千鳥足で帰途についている酔っ払った紳士が呂律《ろれつ》のまわらない口で声をかけてきた。

答えないのが一番とわかっていたので、エレノアは沈黙を守った。

「おや、気どった女だな。私じゃ不足だと？」男はそう言って通りすぎようとする彼女の腕をつかんだ。

一瞬の鋭い動きで、エレノアは男の手首をきつくつかみ、膝を思いきり下腹部に入れてやった。男がうめき声をあげて歩道に倒れると、手首を放し、振り返ることもなく先へ進んだ。

声をかけられて多少動揺したものの、自分の身は自分で守った。恐怖というものは克服できるものなのだ。

男性が一番の弱点を脚のあいだにぶら下げて歩かなければならないとは、自然の造形の瑕《か》疵《し》としか思えない。アシュフォードと仲間の紳士たちがあれほど睾丸に執着していたのもわずらわしいことだった。次の記事では、その欠点について言及しなくては。

記事を書くことを考えると、少し気分がおちつき、エレノアは先を急いだ。

マンチェスター・スクエアに着くと、興奮のあまり足を止めた。残っていた不快感が消え、驚きにとって代わった。アシュフォードの家はこの富と特権の中心と言える場所にあるのだ。アシュフォードの家を見つけ、円柱が立ち並ぶ三階建ての建物を正面から見上げた。なんてことかしら。いっしょに暮らす身内もいない男性が、こんな……大邸宅を……ひとり占めしているなんて。わたしの部屋は、きっとこの邸宅の正餐室にすっぽりおさまってしまうだろう。建物を見上げるうちに、彼女との格差をまた痛感した。

とはいえ、性別と階級がこれほどにちがっても、彼といっしょに過ごす時間をもう一分たりとも待てない気がした。

そこで、自分らしくない臆病な思いを呑みこむと、エレノアは厩舎を目指して家の脇をまわった。それから足を速めて厩舎のある裏庭に達した。彼が誰かと馬車を共有しているはずはなかった。厩舎には毛並みのいい馬たちが六頭いて、そのどれもが、エレノアの知り合いのほとんどよりもすぐれた血筋を持つように見えた。

「こちらです、お嬢様」

すぐそばに若い馬番が現れて手招きし、エレノアは飛び上がった。おちつきをとり戻そうとしながら、かすかにうなずいてみせ、厩舎へ歩み寄った。つまり、わたしが来ることを知っていたわけね。アシュフォードが使用人に知らせたのだろうか――〝真夜中に娼婦のようななりの女が来るから、馬のところへ案内してくれ〟と。

そこにも上流階級の特権がある。そんな命令を発しても、誰もその理由や目的を尋ねはしないのだ。

エレノアは厩舎のなかへ足を踏み入れた。裏庭に向いたアーチ状の入口を持つ大きなレンガの建物だ。壁にはかがり火がたかれている。厩舎そのものも驚くほどすばらしい建物だったが、エレノアが注意を惹かれ、思わず大きく息を呑んだのは、アシュフォードと彼のそばに停められた馬車のほうだった。

「すごい」彼女はかすれた声をもらした。「こんなの見たことないわ」

「そうだろうね」彼は言った。「特別に注文してつくらせたものだから」

もちろんそうに決まっている。こんな馬車を持っているのは、伯爵であり、放蕩者である人間だけだ。御者台の高いその二頭立ての軽四輪馬車《フェートン》は、芸術作品と言ってよかった。車高がとても高く、開放的な美しいつくりで、思わず涙がこみあげそうになるほどだった。馬車の木製の部分は繻子《しゅす》のごとく輝き、細い真鍮《しんちゅう》の金具がかがり火の明かりを受けて光っている。座席もとても高く、御者も乗客も空を飛んでいる気分になれそうだ。このフェートンに比べれば、ほかのどんな馬車も、酔鯨ほどの上品さで通りをがたがたと走る奇怪な木材の化け物も同様だった。

驚くほどに毛並みのよい二頭のそろいの鹿毛《かげ》が、走りたくてたまらない様子でいななき、苛々と足を踏み鳴らしていた。黒い上着とワインカラーのウエストコートと、雪のように白いズボンとつやめく長いブーツを身につけたアシュフォードは、馬たちと同様に、なんとも言えずすばらしく、毛並みがよさそうに見えた。

彼の姿を目にしてエレノアの心臓が大きく鼓動を打ち出した。フェートンと並び立つ彼ほど心臓に悪いものは見たことがない。

伯爵の目は値踏みするようにエレノアのマントに向けられていた。マントで体はすっぽりと覆われ、フードもかぶっていたので、顔以外はすべて隠されている。アシュフォードが何を考えているかはわかった――身持ちの悪い女の装いをしろと言ったのに、これでは修道院から逃げ出してきた修道女ではないか。

たしかにわたしは新聞記者にすぎないけれど、多少女優めいたところもあるのよ。エレノアは頭をそらしてフードを下ろし、マントを肩からはずすと、マントの下に隠されていたものをあらわにした。

ああ、彼の顔に浮かんだ表情は死ぬまで大事にする記憶になりそう。人生でほかに何も成し遂げられなかったとしても、アシュフォード伯爵の目を子供のそれのように丸くさせたという事実は墓石に刻んでもいいぐらいだ。〝エレノア・アン・ホーク、ここに眠る。最悪の放蕩者の目を丸くさせた女性〟。

「そのドレスは……」彼はどうにかかすれた声を出した。

「またしてもインペリアル劇場のご厚意よ」エレノアは言った。「少し手を加えてもらったけど。衣装係のミスター・スウィンドンがとてもよくしてくれたの」

アシュフォードの指示は、身持ちの悪い女のように装えということだったが、女性が男性の気を惹くにはいろいろな方法がある。わかりやすい選択肢は、襟ぐりが広く開いた、薄くて軽い生地のドレスを身につけることだろう。しかし、それでは独創性に欠ける。そこでエレノアはどこまでも簡素な形のドレスを選んだ。襟が高く、袖も長い。親戚を訪ねるときに身につける昼間のドレスのようだ。

ただし、エレノアのドレスは真紅のシルクでできていた。体にぴったり沿う、光り輝くシルクのドレス。かがり火の明かりのもと、形は慎ましいものの、動くたびに生地が体に貼りつき、体の曲線がありありとわかるはずだ。

そのドレスは下にかさばる下着を身につけられない類いのものだった。下着をまったく身につけていないのではないかと訝る類いの。

節度ある女性が着るドレスではない。たとえその女性が新聞記者であったとしても。〈ザ・ホークス・アイ〉の従業員の誰かがこの姿を見たら、衝撃のあまり死んでしまうかもしれない。

今夜、従業員の誰とも出くわさなかったことはありがたかった。

万が一に備え、さらなる変装として黒いかつらもつけていた。ベッドから出てきたばかりに見えるよう、マダム・ホーテンスが手を加えてくれた、官能的な巻き毛のかつら。腕のいい化粧師はエレノアの顔におしろいをはたき、頬と唇を赤く染め、エレノアの口の左側に美しいほくろをつけてくれた。

「世界一高価な娼婦に見えるわ」化粧部屋の鏡に映ったエレノアを見て、マギーが言った。

「そう、その価値がある娼婦に」

「ありがとう」とエレノアは答えたのだった。

今、アシュフォードの顔に浮かんでいる表情を見て、再度力を貸してくれた面々に胸の内で感謝を述べた。先日の冒険以来、伯爵には〝ネッド〟として、もしくは男と女の中間のような存在として認識されているのではないかと不安に思っていたのだ。しかし、その可能性はもはやない。アシュフォードの目が腰や胸に長く留まるのを見ればなおさらだった。

「これで充分かしら？」充分だとよくわかっていながらエレノアは訊いた。

まだ彼女の体を見つめながら、アシュフォードは黙ったままうなずいた。

「ドレスの形には詳しくないんだけど——」エレノアはつづけた。「露出の多いドレスを着るのは古臭い気がしたの。あらわにするより、ほのめかすほうがいいと思って。そうは思いません？」

「そうだね」アシュフォードは彼女の胸をうっとりと見つめながらうわの空で答えた。

「女性の目のおもしろいところは——」エレノアは陽気な声でつづけた。「胸じゃなく、顔についているところよ。たいていの男性はそうじゃないと思っているようだけど。あなたが解剖学者じゃなくてよかったわ」

アシュフォードはようやくエレノアの胸から目を引き離し、視線を顔へ上げた。「くそっ、何を期待していたんだ？」と訊く。「そんなドレスで現れて、ぼくがひたすらきみの目をのぞきこむと思ったのかい？」

「あら、あなたの反応はわたしのせいだと言いたいの？」エレノアは舌を鳴らした。「あなたがそれほどに意志が弱くて、ほかの誰かに行動を制限されなくちゃならないなんて、とても悲しいことね」

「そんな悦に入った声を出さなくていい」彼は不満そうに言った。「それがえらく挑発的なドレスだってことはきみにもわかっているんだから」

「たしかにそうですけど」彼女は口調をやわらげた。「でも、だからって、どうしてそんなに腹を立てているんです？　わたしは指示に従っただけでしょう？」

「そのとおりだ」アシュフォードは渋々認めたが、怒っている理由については説明しなかった。

エレノアも訊かなかった。たまにはこうして多少相手に力をおよぼせるのも悪くない。

「それで、わたしは身持ちの悪い女の格好をしてきたわ」彼女は言った。「あなたは世界一速い馬車を持っている。今夜の計画が何か、あててみましょうか？」

いくらか怒りがやわらいだらしく、アシュフォードは秘密めかした笑みを浮かべた。「乗ればわかるさ。きみのかつらがしっかりとピンで留められているといいんだが」

そう謎めいたことばを発すると、アシュフォードは御者台にのぼった。今度は彼女がしばし彼を眺めることができた。白いズボンはすばらしい情報提供者で、伯爵が誰よりもすばらしい、引きしまった腰をしていることを教えてくれた。この人はよく運動するらしい。つくべきところについた筋肉を見ればわかる。

フェートンの御者台にこうして途方もなく優美にのぼれるのだとしたら、ほかには何にのぼれることだろう?

頬を赤くするのに紅は必要なかった。ある情景が心をよぎり、勝手に赤くなったからだ。

アシュフォードが彼女を乗せるために手を差し出した。誘惑の魔の手そのものだった。

「馬に乗れと冥府のハデス王に手を伸ばされているペルセポネになった気分なのはどうしてかしら?」彼女は疑問を口に出した。

「アフロディーテみたいな装いだけどね」手袋をはめた手がエレノアの手を包み、アシュフォードは楽々と彼女を引っ張り上げた。「そうなると、ぼくはアドニスだな」

「うぬぼれないで」エレノアは笑って彼の隣に腰を下ろした。座席にはあまり余裕がなく、脚と脚を押しつけ合うことになった。彼の体のあたたかさが伝わってくる。エレノアは身を守る盾としてマントをきつく体に巻きつけたくなる衝動に抗った。そんなことをすれば、彼をどれほど意識しているか知られてしまう。そんなことは許せない。「たぶん、あなたは醜い年寄りのヘパイストスね」

「でも、醜い年寄りのヘパイストスは金槌の使い方を心得ているからね」アシュフォードは手綱をふるった。

それから鹿毛の手綱をしっかりにぎると、馬たちは穏やかな速度で裏庭から馬場を通り抜け、やがて表の通りに出た。

馬たちは抑えた速度で歩を進めていたが、ばねのよく効いた車高の高いフェートンに乗っているど、まさに空を飛んでいる気分になった。通りの上空へと飛び上がっていけそうなほどだ。エレノアはこれほど高い乗り物に乗ったことは一度もなかった。落ちるのではないかという不安から、馬車の脇にしがみついていたい気もしないではなかったが、空を飛ぶ夢がようやく現実になったかのようなその感覚にはうっとりせずにいられなかった。

ふたりは黙ったまま暗くなった街を進んだ。ときおり通行人が足を止め、目を丸くして通り過ぎるフェートンを見上げてきた。その気持ちはわからないでもなかった。神話に登場する生き物が、あとに虹と魔法を残してオックスフォード街を飛び去っていくのを見る気分だったにちがいない。

「なんて高価なおもちゃなの」エレノアは座席の革を撫でてつぶやいた。

「高価じゃなかったら——」アシュフォードは答えた。「おもちゃになんの意味がある?」

「木槌と輪なら、それほど高くないわ」

「木槌と輪は子供のおもちゃさ」彼は言った。「ぼくは大人だ」

言われなくてもわかっているわ。男性が馬車をうまくあやつる姿には、どこかとても原始的でわくわくさせるものがあった。彼が何であっても完璧にこなせる人間に思える。エレノアは得意とするところを見せびらかす男性は好きではなかったが、アシュフォードはいばることも、気どることもまるでなく、楽々と巧みに手綱をさばいていた。それがエレノアの下腹部に渦巻く熱を生んだ。その巧みな手さばきを見れば、ほかの分野でもすぐれていることが想像できる。まったく、そこまで想像をたくましくするとは。新聞記者であることの弊害だ。

「どこへ向かっているんです?」彼女は訊いた。「また別の賭場へ?」

アシュフォードは首を振った。「同じことをくり返しても、読者にはあまりおもしろくないはずだ」

「ヴォクソール?」

彼はあくびをする振りをした。「あそこは牧師の説教くらいうんざりだよ」

エレノアはそうは思わなかった。音楽と光とダンスとボックス型の建物にあふれ、暗くなったたくさんの通路が戯れの恋を人目から隠してくれる場所。しかし、放蕩者にすれば、そんなたのしみは飽き飽きなのだろう。

「劇場?」

「今夜の芝居の最後の幕は三十分前に降りたよ」

どこへ向かっているの?こんなみだらな格好をする必要のある場所。今手にはいるなかでもっとも高価で、格式高く、人目を惹かずにいられない乗り物に乗って行きたい場所。

「乱交パーティー?」

アシュフォードは喉をつまらせたような笑い声をあげた。「きみにはぼくの個人的な生活に迫る記事を書いてもらうことになっているが、それでも、そこまでさらすのはあんまりだ。

きみの読者に何から何までを披露するつもりはないよ。もちろん——」アシュフォードは片方の眉を上げてエレノアにちらりと目をくれた。「きみが行きたいなら話は別だが」

「もちろん、行きたくありません」エレノアは即座に答えた。

「上品ぶっているのかい、ミス・ホーク？」

「わたしは処女じゃないわ」彼女は思わずそう答えていた。「男女のあいだで何をするものかはわかってる。わたし自身も経験があるから」

「それで、あまり愉快なものではないと思ったわけだ」

エレノアは自分がこんな会話を交わしているのが信じられなかった。それも、よりにもよってアシュフォードと。過去の男性経験は、なんの抑制もなく自由に話せる話題ではない。因習にとらわれない環境で生まれ育ったとはいえ、知り合いがみな、パイの店を勧め合うように過去の性的な過ちを語り合うわけではない。とくに自分はちがう。自分自身のことを明かすよりも、人の話に耳を傾けるほうがずっとよかった。

それでも、彼の何かに挑発されてしまった。もう少し大胆に、もう少し勇敢になれと。もしかしたら、放蕩者に少しずつ感化されているのかもしれない。もしくは、もっと大胆不敵になりたいという気持ちにさせる何かがこの人にあるのだ。自分自身の力の限界を試したいと思わせる何かが。

「率直に言うなら——」彼女は気どった口調で言った。「わたしの色っぽい経験は……とても愉快だったわ」はじめての経験が最悪だったことを打ち明ける必要はない。相手も童貞で、田舎からロンドンへ出てきたばかりの若い記者だった。彼は「これでいいのかな？」と訊いてばかりいた。それに対する答えはきっぱりと「ちがう」だったが。

それでも、それが初体験だった。その後、エレノアはほかに三人の男性とベッドをともにした。俳優がひとり、記者がもうひとり、それから、とても魅力的な海軍将校がひとり。結婚するつもりがなかったせいで、恋人を求める気持ちに拍車がかかった。夫が要らないからといって、どうして人生に不可欠な要素をあきらめなければならない？　しかし、当然ながら、注意は怠らなかった。妊娠や病気の感染を防ぐ方法はマギーが幅広く知っていた。おそらく、それも劇場で働く利点のひとつだろう。

「愉快というだけでは充分じゃないな」アシュフォードは言った。「もっと高いところを目指さないと。すべてを超越しているとか、このうえなくすばらしいとか、人生を変えるほどだとか」

エレノアは懐疑的な目を彼に向けた。「大ぼらに聞こえるわ」

「ほらなんて吹く意味はない」彼は答えた。「真実を語っているだけだ」

エレノアはかぶりを振った。この人はひどい妄想に駆られている。それとも……彼とベッドをともにするのは、そのことばどおり特別なことなのだろうか。

フェートンをあやつる手さばきからして、彼は真に愛の行為にすぐれた人かもしれない。

またも全身に熱が走る。

「とにかく」裸のアシュフォードを想像させる話題から離れようとエレノアは口を開いた。「愛の行為そのものにためらいはないけど、昔から乱交パーティーはひどく……気持ち悪いと思っていたの」

「それはそうだ」彼は答えた。「においも独特だしね。期待するほどたのしいものだったためしはない」

ああ、なんてこと。つまり、この人は何度か乱交パーティーに行ったことがあるのね。当然ながら、〈ザ・ホークス・アイ〉でも多少いかれた社交の集まりについて報じたことはあるが、乱交パーティーほど法外に堕落したものを記事にしたことはなかった。

この人には経験のないことなどないの？　それに、どうしてわたしの想像力はこんなにふくらんでしまうのだろう？　彼が女性と手足をからみ合わせ、版画販売店の奥の部屋で売買されている、いやらしい絵でしか見たことのない行為におよんでいる姿が見えてしまう。

「それなら、乱交パーティーはなしで」と彼女は言った。

「乱交パーティーはなし」

人生でこれほど〝乱交パーティー〟ということばを口にしたり聞いたりしたのははじめてだ。「だったら、どこへ？」

「ここだ」アシュフォードはそう言ってフェートンをハイド・パークの東の端で停めた。くさむらに若い紳士たちがあやつる六台ほどの高速の馬車が集まっている。そのうちの何人かは身持ちの悪そうな女をともなっていた。ひとりで乗っている紳士も何人かいる。やがて、芝生の上に停まっている馬車のまわりにさらに人が集まってきた——若い男たちとふしだらな女たち。みなシャンパンを飲みながら馬車を褒め……札束を振っている。賭けでもしようというように。しかし、何に賭けるのだろう?

「ようこそ」アシュフォードが言った。「はじめてのフェートンのレースへ」

10

今は誰もが速度に夢中になる時代である。船には速く航行してもらいたいと思い、田舎からの品物はもっとすばやく届けられればいいと思う。わが国から別の国へ向かう乗り物の動力として、蒸気機関を使う話もある。つねにもっと速く、もっと速く、もっと速くというわけだ。この速度への執着がどこへ向かうかは推測するしかない。冒険だろうか？　それとも大事故か？

〈ザ・ホークス・アイ〉一八一六年五月八日

エレノアはアスコットにもニューマーケットにも、エプソムで行なわれた競馬にまで行ったことがあった。障害物競走や、繫駕《けいが》競走や、騎手を乗せた馬が平らな場所で競う平場のレースも見たことがある。どれもあらかじめ決められた賞金を競う正規のレースで、即席の競争は裏道や公園で行なわれた。イギリスに住んでいて馬のレースを見ずに暮らすことは不可能だった。イギリス人は馬に夢中で、賭けに夢中で、競争に夢中だったのだから。

それでも、こんなレースははじめてだった。アシュフォードの馬車にもひけをとらない高価で美しいフェートンが集まっていた。馬車をあやつっている男たちは互いに相手を値踏みしている。何人かの馬番がたいまつを掲げ、その揺れる明かりが、集まって馬車での非公式のレースの準備をしている社交界の面々に光と影を投げかけていた。

「レースってどこまで?」とエレノアはアシュフォードに訊いた。彼のフェートンは人ごみのなかをゆっくりと進んでいた。フェートンがそばまで来ると、ささやき合っていた見物人たちはふたつに分かれた。嵐の気配が濃くなるように、興奮と期待がふくらんだ。エレノアの鼓動も大きくなった。どうなるのか見当もつかなかったからだ。

「プリムローズ・ヒルへ行って戻ってくる」とアシュトンが説明した。

約四マイルの距離だ。こんな馬車をあやつって全速力で走り、深夜で交通量もほとんどないとなると……どのぐらいで行って帰ってこられるのかはまるでわからなかった。ものすごい速度の、向こう見ずで荒々しいレースになるのはたしかだが。

「危険なレースになるから——」アシュフォードはエレノアの思いを裏づけるように言った。「きみはここに残していって戻ってくるよ」

「それで、レースを見逃せっていうの?」彼女は首を振った。「絶対にいやよ」真夜中にこんなに高く速い馬車に乗って疾走することを恐れる気持ちもあったが、一方で、そう考えると期待もふくらんだ。ほかの誰かの冒険譚を記事にするのも悪くないが、自分自身が冒険するのはそれとはまったくの別物だ。たしかに怖いけれど、わくわくすることでもある。

「アシュフォード」別のフェートンに乗った男性が呼びかけてきた。「結局、参加することにしたんだな」

「ホワイツで散々誘われるのにうんざりしたのさ、ダグヴェントリー」アシュフォードは言い返した。「今夜の賭け金は？」

「出走料として二千ポンド」

「乗った」とアシュフォードが答え、金額の大きさにエレノアは内心息を呑んだ。

「その女は？」ダヴェントリーがエレノアに目を向けて訊いた。名前は聞いたことがあるが、会ったことはない男性だった。アーガイル・ルームズで催されるようなみだらな舞踏会に頻繁に姿を現し、将来の男爵として贅沢な暮らしを送っている人間だ。〈ザ・ホークス・アイ〉ではD卿として知られ、セント・ジョーンズ・ウッドに愛人を囲っていたが、だからといって、踊り子や女優や娼婦に手を出すのもためらわなかった。エレノアの新聞では、深酒をすることと、仕立屋からの請求書の額が途方もないことを揶揄《やゆ》されていた。

エレノアはマントで体を隠したくなる衝動をこらえた。娼婦なら、売り物を見せびらかすはずだ。それは仕事の一環にすぎない。

「ルビーよ」伯爵が答える前にエレノアが言った。

「なあ、アシュフォード」ダヴェントリーがいやらしい笑みを浮かべて言った。「レースをもっと刺激的にしよう。ぼくが勝ったら、二千ポンドだけじゃなく、きみのルビーももらう」

エレノアは背筋を伸ばした。ああ、どうしたらいい？　本物の娼婦なら抗議したりはしないだろう。この役割を演じるにも、新聞のためとはいえ、かぎりはある。ダヴェントリーとベッドをともにすることまではできない。

「断る」伯爵は嚙みつくように言った。

「なあ、やれよ、アシュフォード」ナイトの称号を持ち、摂政皇太子についてまわるのを習慣としている別の男が口を出した。「女のことでそこまで出し惜しみしたことなんかないじゃないか」

そうなの？

「賭け事好きの精神はどこへ行ったんだ？」また別の男が責めるように言った。エレノアの知らない男だったが、金持ちで向こう見ずなほかの男たちと同じ種類の人間に見えた。

「その宝石には何か特別なものでもあるのか？」ダヴェントリーは眉を上下させた。「ほかの誰にも味わわせたくないような特別な技を持っているとか？」

「このご婦人は賭けの対象じゃない」アシュフォードは今や本気で怒った口調で言った。

その声を聞いてほかの男たちはいくらか顔色を失ったが、からかいに乗りすぎて、もうあとには引けない様子だった。みな声を合わせて〝ルビー〟をレースの賞品にするよう求めている。アシュフォードがほかの男たちを鞭《むち》で打つために御者台から飛び降りるのではないかと思われたそのときに、エレノアは彼のこわばった腕に手を置いた。

「いいからわたしを賭けて」とつぶやく。「そうじゃないと疑われるわ」

「疑わせておけばいい」彼は鋭く言った。

「賭けないと――」彼女は声をひそめて言った。「いつか〝ネッド〟と〝ルビー〟と記事のつながりを見抜かれてしまうかもしれない。わたしのことを誰だろうと疑うようになる。そして想像がついたら、誰もあなたを夜のお遊びに加わらせてくれなくなるわ。連載記事もそこで終わりにしなければならなくなる」

アシュフォードは声を殺して毒づいた。彼女のことばに不安を感じたようだ。エレノアが思った以上に。放蕩生活に執着するあまり、記事にされなくなると考えただけでそんなに不安になるのだろうか？

奇妙なことだった。あとでよく考えてみなくてはならない。

今はわたしを賭けるよう説得しなければ。ああ、こんなことを考えているなんて信じられないけれど。

「こう考えて」彼女はさらに言った。「わたしはあなたの馬車をあやつる能力をとても信頼しているから、進んで危険を冒すんだって」

「ぼくが本気で馬車をあやつるところをきみは見てないじゃないか」と彼は言った。

エレノアは笑みを浮かべようとした。「あなた自身を信頼しているのよ。たとえ裏づけがまったくないとしても、信頼はしてる」

「きみは牧師になろうと考えたことはないのかい?」アシュフォードは尋ねた。「これほど魂を鼓舞されることばは聞いたことがないよ」

「おことばはありがたいけど、お説教なら紙面でしているので充分よ」

そのあいだも、〝ルビー〟を求める声はどんどん大きくなっていた。アシュフォードは顎をこわばらせている。内心葛藤している顔だ。

「ほんとうにいいのかい?」しばらくして彼は低い声で訊いた。

「もちろん」ほんとうはよくなかった。それでも、ほかに選択肢があって?

アシュフォードは息を吸った。それから、声をあげている面々のほうに顔を向けた。「わかったよ。このジャッカルたちめ! 勝ったらルビーもくれてやる」

男たちは――女たちの何人かも――歓声をあげた。喜ぶには異常すぎることに思えたが、それこそが金と暇を持て余している連中なのだ。常軌を逸した者たち。

「レースをはじめようぜ」ダヴェントリーが宣言した。「参加者は位置につけ」

アシュフォードは手綱を軽くふるってフェートンをほかの五台の馬車の横につけた。エレノアは身を寄せて「勝ったほうがいいわよ」と声を殺してささやいた。

「負けたことはない」彼も声をひそめて答えた。

「何事にもはじめてはあるわ。それが今夜ということもあり得る」

襟ぐりの大きく開いたドレスを着た女性が前に進み出て、ハンカチを持った手を振り上げた。何かを待っているように見える。走りたくてたまらない馬のいななきと地面を蹴る蹄《ひづめ》の音だけが響き、静けさが広がった。

あたりの空気がさらに張りつめる。エレノアの心臓は胸よりも喉で鼓動しようと決めたのか、そこにいすわっていた。

ふいに女がハンカチを落とした。

アシュフォードは手綱をふるった。フェートンが前に飛び出す。レースがはじまったのだ。

ダニエルは前にもレースに加わったことがあった。何度も。しかし、ほかに人を乗せて走ったことはなかった。それが馬車の平衡だけでなく、心の平衡までも変えてしまった。ミス・ホークの無事を心配する気持ちが何より強かった。しかし、このいまいましいレースに勝つ必要もあった。さもなければ、彼女はダヴェントリーのベッドに連れこまれることになる。それだけは許せなかった。

ダニエルは行く手の道だけに神経を集中させ、恐ろしいほどの速さで公園から外へとフェートンを走らせた。競争相手や赤いサテンのドレスを着たミス・ホークに気をとられれば、レースに集中できなくなる。女新聞記者といっしょに何かにぶつかるか、ほかの馬車に抜かれるかだが、そのどちらの選択肢も喜ばしいものではなかった。

ダニエルは背中にうっすらと汗をかきながら、馬をあまりすぐに疲れさせず、それでも競争相手に先に行かれてあとから抜き返す必要がないよう、充分後ろとのあいだを空けるため、慎重に馬の速度を一定に保った。

疾走するフェートンの脇を建物や街灯が流れていく。心臓の鼓動が馬の蹄の音と協調していた。彼女をこのばかな冒険に連れてくるなど、いったい何を考えていたのだ？　レースがいかに危険であっても、彼女が同乗したいと言うであろうことは予測してしかるべきだったのだ。しかし、知りようもなかったのは、金に加えてミス・ホーク自身が賭けの賞品になってしまったことだった。

ベイズウォーターからエッジウエア・ロードへとフェートンは鋭く曲がった。肩越しに後ろに目を向けると、ダヴェントリーとその後ろにポールソンがついていた。ふたりとも身を低くし、全速力で馬を走らせようとしている。

ダニエルは歯を食いしばり、さらに速く馬を走らせた。夜の闇のなか、よく見えない世界が脇を通り過ぎていく。自分が暗闇に目がきくのはありがたかった。街灯や、木や、ときたま通行人が、暗闇のなかから突然現れる危険があったからだ。

オールド・メリルボーン・ロードの真ん中に、どこかの大ばか者が荷車を放置していた。

ダニエルは手綱をきつく引き、障害物を迂回《うかい》した。背後では、とっさに手綱を引いて停まろうとするか、どうにか荷車をよけようとしながら、男たちが毒づき、何頭かの馬が驚いていないていた。

ふつう、こういうときには、自分はレースや速さに夢中になって、ばかみたいににやにやしているものだった。ほんとうの興奮を感じられる、めったにない機会だったからだ。しかし、ミス・ホークを危険にさらしていると思うと、いつもと同じ高揚感は得られなかった。

ダニエルは彼女に目を向けた。きっと恐怖に目をみはり、顔からは血の気が失《う》せていることだろう。

ミス・ホークはほほ笑んでいた。満面の笑み。高揚して目を輝かせている。彼と目が合うと、笑い出した。

「もっと速く!」と蹄の音と風音に負けない声で言う。

彼自身の恐れも消え失せ、喜びと興奮にとって代わった。ああ、ぼくと同じぐらいいかれた女だ。それがこのうえなく愉快な気分をもたらした。

ダニエルとミス・ホークが猛烈な速さで通り過ぎると、何台かの辻《つじ》馬車の御者が毒づいた。ようやく馬車はリージェント・パークにはいったが、馬が疲れを見せはじめた。ダニエルが道を無視してくさむらを通ったため、フェートンはゴムまりのように跳ねた。プリムローズ・ヒルはすぐそこだったが、折り返し点に近づくあいだに、ダヴェントリーの馬車に抜かれてしまった。

ダニエルは毒づいた。ダヴェントリーは洒落者だが、最高のレースをする人間のひとりでもあった。高価なお遊びに興じる浪費生活の賜物《たまもの》だ――誰にとっても真に必要ではない技。しかし、負けるわけにはいかない。金はどうでもよかった。ミス・ホークが娼婦の役割をどこまでまっとうしようとしているにせよ、ダヴェントリーが彼女をベッドに連れこむのを許すぐらいなら、ダヴェントリーの馬車に馬車をあてて壁に激突させてやるほうがまだましだ。行く手に折り返し地点の印にしているオークの木が見えた。ダヴェントリーが木のまわりをまわっている。

「きみをもっとよく知るのがたのしみだよ、ルビー」折り返して街へと向かうダヴェントリーがすれちがいざまに呼びかけてきた。

「いやなやつ」ミス・ホークがつぶやいた。

ダニエルもまさにそう言いたい思いで手綱をふるい、馬を急がせた。馬車はオークの木をまわりこんだが、まわるときにはほとんど片側のふたつの車輪に車体が載ることになった。フェートンが大きく揺れた。馬と馬車が制御できなくなり、横倒しになって地面と低木の茂みにつっこむのではないかと不安になるほどだった。

ダニエルは大きく息をした。馬車と自分の両方を抑えなければ。

どうにか彼は両方を制御し、フェートンは平衡をとり戻して先に進んだ。

ミス・ホークがまた笑った。「すばらしいわ！」

「喜ぶのはまだ早い」ダニエルはうなるように言った。まだレースは半分で、ダヴェントリーが先行している。

馬にはあとで褒美をやろう。でも今は最大限の力を見せてもらわなければならない。そこでまた手綱をふるい、もっとも厳しい声で命令した。「ファントム！　スウェイン！　本気を出すときだぞ！」

ありがたいことに、その命令を理解したかのように馬たちはそれに従い、脚を思いきり伸ばし、首を前に倒して道を疾走しはじめた。

ミス・ホークは馬車をもっと速く進めようとでもするように、身を乗り出して座席の前につかまっている。ダニエル自身、身を低くかがめ、目は十ヤードほど前を行くダヴェントリーのフェートンに釘づけにしていた。ほかの競争相手たちは追いつけずにずっと後ろにいる。

レースの後半はあっというまだった。手に持った手綱がぴんと張り、馬たちの蹄の音が鳴り響き、馬車が大きく揺れ、耳の奥で血が奔流となって流れていることしかわからなかった。自分は鋭く速いナイフの刃になった気分だった。

「そうよ！　もっと速く！」ミス・ホークが疾走する馬車の音に負けない声を出した。

「きみは何につけてもこんなに要求が厳しいのか？」ダニエルはウィンクして呼びかけた。

「速さが重要なときだけよ」彼女もウィンクを返してきた。「時間をかけるのが重要なときもあるけど、懸命に速く馬車を走らせるのが一番というときもあるわ」

ダニエルの全身を熱が貫いた。

ついにハイド・パークが行く手に見えた。競い合う馬車が近づいてくるのを見て歓声をあげている人々の姿もある。しかし、まだダヴェントリーに先を行かれていた。自分が評判や金を失うことになっても痛くもかゆくもない。重要なのは、ミス・ホークを他人に渡さないことだ。

「ちくしょう、走れ！」ダニエルは馬に怒鳴った。

ダヴェントリーのフェートンとの距離がどんどん縮まった。一ヤード、また一ヤードと。そして一フィート、また一フィートと。しまいには二台の馬車は横並びで走っていた。

ゴールの線が見えた。勝利か敗北か。

敗北は受け入れられない。

最後にもう一度手綱を強くふるい、馬たちをうながす。勇敢な馬たちは前に飛び出し、ゴールの線を越えるまで速度を落とさなかった。その速度をゆるめるのにかなり先まで走らなければならないほどだった。馬たちの体を冷やしてやる必要がある。

「勝ったの？」ミス・ホークが息を切らして訊いた。

「わからない」ダニエルは馬車の速度を落とし、馬の首を集まった観客たちのほうへまわした。ダヴェントリーも馬をゆっくりと歩かせている。

人々が勝敗の行方を話し合い、馬が蹄を鳴らすように喧々囂々《けんけんごうごう》と意見を交換し合っていた。やがてこういう催しで裁きをつけることの多いキャルー卿が前に進み出た。親指をウエストコートのポケットにつっこみ、ダニエルとダヴェントリーに交互に目を向けた。誰もが静まり返り、最後の判断を待った。いまいましいことに、キャルーが注目を浴びていること――そして、その場の空気が張りつめていること――をたのしんでいるのは明らかだった。口を開く前にとんでもなく長い間を置いたからだ。

「勝者は……」

ダニエルも含め、誰もが息を詰めた。隣にいるミス・ホークが引かれた弓の弦のように震えているのがわかる。

キャルーがようやく告げた。「アシュフォード」

集まった人々は拍手喝采し、ダヴェントリーは毒づいた。ダニエルはほっとするあまり跳び上がりそうになったが、そこでミス・ホークの腕が巻きついてくるのがわかった。

「やったわ！」

彼女はなめらかであたたかく、その体は魅惑的な曲線を描いていた。ダニエルの血が沸き立ち、体に活力がみなぎった。

自分を抑えようと思っても抑えられなかっただろう。どうしても止められなかったはずだ。

ダニエルは彼女をきつく抱きしめ、キスをした。

11

向こう見ずな行動は若者にかぎった話ではない。少なくとも若者の場合は、愚かな行動を正当化するのに、年がいっていないことを言い訳にできる。しかし、もっと年のいった人間が無分別な、いや、軽はずみな行動をとったときには、都合のいい言い訳などなく、後悔の念と、また一からやり直したいという思いだけが残るのである。

〈ザ・ホークス・アイ〉一八一六年五月八日

驚きのあまり、エレノアはまったく動けなかった。まわりのすべてがまだぐるぐるとまわっているかのようだった。レースと、あやうく負けそうだった事実と、馬車の速さと、アシュフォードの巧みな手綱さばきが、いまだに身の内に影響をおよぼしていたのだ。全身の感覚が敏感になり、物を考えることはほとんどできなかった。ダヴェントリーが勝ち、自分は賞品として彼に奉仕しなければならないのだろうかと考えて身もだえするような時間が過ぎ、それから、自分とアシュフォードが勝ったことがわかって高揚感が全身に広がった。

体は理解していた。

彼の唇が唇に押しつけられ、がっしりとした腕が体にまわされて、たくましい体へと抱き寄せられている。彼の肩にしがみついた手からわずかに力が抜けた。心が理解できないことを体は理解していた。

そして……伯爵にキスされた。

しばしのあいだ、驚きのあまり、てこで押さえつけられたかのように身動きできなかった。

アシュフォードにキスされている。それなのに、自分はその機会を無駄にしているのだ。指が肩のたくましい筋肉に食いこむ。彼の唇は引きしまったシルクのような感触で、伸びかけたひげがかすかにちくちくした。エレノアはその感覚に身をゆだね、唇で唇を開こうとした。彼はすぐに唇を開き、キスはさらに深く、熱くなった。いっそう身を焼くように。彼の舌に舌を探られる。煙草と高級な酒と彼独得の味がした。

魅惑的で危険な味。女を酔わせ、魅了する味と感触。アシュフォードが女たらしと評判なのも不思議ではない。どんな女にももっとほしいと思わせるキス。わたしはこれを、彼がはじめて事務室にはいってきた日から待ち望んでいたのだ。

活力に満ちた熱いものに貫かれ、互いの体が震えた。どちらか一方が力を行使しているわけではなく、交互に相手に力をおよぼしていた。彼が主導権をにぎったと思うと、次の瞬間には彼女のほうが支配していた。ふたりはぎりぎりのところで魂の均衡を保ち、原始的なことばで交信していた。ことばがまわりで飛び跳ねている気がする――あなたがほしい。

彼は下にすべらせた手を彼女の腰にあてると、さらに体を引き寄せた。エレノアは筋肉質の硬い胸に自分を押しつけ、胸がやわらかくつぶされる感触をたのしんだ。指を彼の髪に差し入れ、さらに顔を引き寄せる。

冷やかしの声や口笛がどっと湧き起こり、桶《おけ》一杯の冷たい水を浴びせられたようにはっと正気をとり戻し、エレノアは身を引き離した。かすんでいた目の焦点が合う。すると、欲望の代わりに屈辱が襲ってきた。

まわりに集まった大勢の人にじっと見られていたのだ。みな彼女とアシュフォードがキスするのを見物していた。その多くが、とくにアシュフォードに向かって、次にどうすべきだとか、どのぐらい力強くすべきだとか、勝手なことを言っていた。

これまで経験したなかでもっとも情熱的なキスの真最中だった。自分は上品ぶった人間ではないが、それを人に見せびらかしたいとは思わなかった。

侮辱するようなことばを返すか、自分の殻に閉じこもるかしたかったが、そうはせず、ゆっくりと指をアシュフォードの髪から抜いて振り返り、見ていた人たちに図々しく笑ってみせ、皮肉っぽくお辞儀をした。評判の悪い世知長けた女がするような態度だ。

アシュフォードもどこかぼうっとしているようだった。自分がどこにいるのか思い出そうとするように何度かまばたきをし、やがて見物人たちを鋭い目でにらみつけた。それでも、彼女にまわした手は離そうとしなかった。それどころか、彼女の体を自分の体で隠そうとしているかに見える。人々のぶしつけな目とことばから守ろうとしているかのように。

「その女に執着した理由がわかるよ、アシュフォード」ダヴェントリーが喧騒を圧する声で言った。

「二千ポンドだ」伯爵は噛みつくように言い返した。「それから、もうひとことも口をきくな」

ほかの参加者たちもようやくゴールしたが、その多くが大変な思いをした様子だった。横腹に深いへこみのできた馬車もいくつかあり、左後ろの車輪が軸からはずれそうになっている馬車もあった。アシュフォードとエレノア自身を含む全員が風に髪や衣服を乱され、わずかに呆然としていた。エレノアが混乱しているのは、レースよりもキスのせいだったが。

誰もこの場に二千ポンドを持ってきていなかったので、約束手形が手渡された。からかいのことばが交わされ、負けた人々が自分の馬車の欠点について文句を言い、アシュフォードの途方もない運のよさは敷石の並びと星の並びがよかったせいだと口々に言った。しかし、アシュフォードはほぼずっとことばを発さなかった。手形とともに称賛とお祝いのことばを受け入れながら、怒っているようにさえ見えた。

ようやく人々が三々五々夜の闇のなかへ散り、人垣が崩れはじめた。別のたのしみを求めに行った者もいれば、レースに負けた心の傷をいやすために家に戻った者もいたことだろう。

アシュフォードは何も言わず、公園からゆっくりと馬車を出した。馬たちにはどう見ても休息が必要だった。厩舎に戻ったら、馬がたっぷり褒美をもらえるといいけれど、とエレノアは思った。しかし、まずはアシュフォードの家に戻らなければならない。

前よりもさらに静けさを増した通りを馬車は進んだ。どこかで鐘が鳴り、午前二時であることがわかった。この時間にまっとうな目的で街を歩いている人間などいない。もちろん、自分とアシュフォードも立派な目的でここにいるとは言えなかった。

フェートンに覆いはなかったが、張りつめた空気に圧迫される気がした。低く垂れこめた濃い霧が貼りついてくるかのようだ。さっき起こったことはどう考えたらいいのだろう。船が波止場にぶつかるように、互いの感情がぶつかり合ったときのことは。体はまだ活力がみなぎる感じだった。今夜はずっとわくわくしっ放しで、彼と喜びを共有できたことがうれしかったからだ。それでも、これはお互いにとって必要のない入り組んだ状況と言えた。この人は記事の題材なのだから。目的を達する手段。彼にも彼なりの目的があるらしく、互いに相手を信用していない。もともとのとり決めに肉体的な要素を付け加えたりすれば、状況があまりに面倒なことになってしまう。

アシュフォードが沈黙を破った。「なあ、ぼくは——」

エレノアも同時に口を開いていた。「たぶん、わたしたち——」

ふたりは会話の糸口を探しながら、互いに譲り合った。「お先にどうぞ」「いや、きみが先に」「ほんとうにあなたから——」

「ああ、まったく」彼はうなるように言った。「いいから言ってくれ」

エレノアはスカートの皺を手で伸ばし、せき払いをした。いったいわたしはどうしてしまったの？　あけすけすぎるとか、率直すぎるとか、一度ならず言われてきたというのに。男の世界で女が成功するには、それもしかたのないことだった。そのわたしがどうして今はひるんでいるの？　それもよりにもよってこの人に対して。この人はわたしがどんな女か知っている。

「たのしかったわ」エレノアはまっすぐ前を見つめて言った。「たのしいなんてものじゃなかった」どうしてすっかりほんとうのことを言ってしまわないの？　「これまでしたなかで最高のキスだったし」

「ぼくもそうだ」アシュフォードはまだ怒ったような重い口調で言った。わたしに怒っているの？　それとも自分自身に？

「でも、もう二度とあってはならない」

「ああ」アシュフォードは腹立たしいほどためらうことなく賛成した。「あってはならない」

「わたしには倫理観なんてないとお考えでしょうけど――」エレノアはつづけた。「あるんです。とり決めたことをお互い理性的に終えなければ、互いの利害関係の軋轢《あつれき》が大変なことになってしまうわ」

アシュフォードは彼女をじっと見つめた。「キスをキスだけで終わらせられないほど、ぼくがひどい放蕩者だというわけかい？」

「たしかに、キスのなかにはそれ以上に進展しないものもあるわ。でも、あのキスはちがう」

アシュフォードはゆっくりとうなずいた。

「だから、あれ以上突きつめるべきではないと思うの」エレノアはことばを継いだ。

「たしかに」彼も賛成した。

エレノアは彼をにらみつけたい衝動を抑えた。このことについてそこまですなおに従わなければならないわけ？ 互いに惹かれ合っているという事実をもっと追求したいと、少しくらい反対できないの？

とはいえ、どちらかに決めなければならないのはたしかで、彼はこちらの決断を尊重して同意してくれたのだ。それをありがたく思わなければならない。なぜか、うれしくはなかったが。

「決まりね」と彼女はきっぱりと言った。

「ああ」彼の声も同じように鋭かった。馬車は公園からさらに離れた。

意見が一致したのに、どうしてお互いこんなに怒った声なの？ エレノアの場合は、悪名高き放蕩者の魅力に屈した自分に腹を立てていた。あれだけ忠告され、自分でも気をつけていたのに。ゴシップ記事を書く記者ではあっても、ある程度の高潔さを持ち合わせているというのはほんとうだった。伯爵とこれ以上の関係になれば、それを保つことはできない。たとえどれほど体が彼との関係を望んでも。おまけに、彼が何か別のたくらみを抱いていて、ふたりのキスもその一部と考えていたとしても、エレノアにはわかりようもなかった。目的のために利用され、害をおよぼされることになるかもしれない。そんなことは許せなかった。ハンサムで魅力的な男性なら、これまで知り合ったなかにもいた。インペリアル劇場にもうようよいる。彼らが親密な関係を結びたいとはっきり態度で示すことも多かった。役者を恋人にしたら大変なことになるとわかっていたので、これまではほぼすべてお断りしてきたが。それだけでなく、ほかの知り合いの輪のなかにも、言い寄ってくる魅力的な男性はいた。そういう男性を拒むのは容易だった。彼らは見かけのいいタンポポの種さながらに、そよ風に乗って脇を通り過ぎていくだけだ。そのうちの誰についても、まじめにとらえることはできなかった。

でも、この伯爵は……彼にはどこか共鳴するものを感じた。惹きつけられるものがあった。とはいえ、その魅力に屈してはならない。何よりも自己防衛のために。庶民と貴族の組み合わせは最悪なのだから。

ふたりが惹かれ合うのは単に肉体だけの問題ではないという気もした。芽生えかけたそんな感情はできるだけ早く断ち切ってしまわなければならない。

それでも、そうするのを愉快とは思えなかった。

「きみをどこへ連れていけばいい？」と彼は訊いた。

エレノアは笑いそうになった。彼女自身、そのことを考えていたからだ。

「インペリアル劇場へ」彼女は答えた。「うちの大家は眠りが浅いの。外にあなたの馬車が停まって、〝ルビー〟がわたしの部屋へ戻るのを見られてしまうわ」

「劇場から家へはどうやって帰る？」伯爵はさらに訊いた。「こんな時間にひとりで外を出歩くのは危険だ」

まったく、わたしの身をそこまで心配してくれるってわけ？　そんなに思いやり深く？

「劇場で寝るわ」彼女は言った。「化粧部屋に長椅子があるから。家には朝になってから帰ることにする。わたしが新聞社の事務室に泊まることには大家も慣れているから、今夜家に帰らなくても、疑われないわ」

「居心地はあまりよさそうじゃないな」と伯爵はつぶやくように言った。

今だってそうよと彼女は胸の内で叫んだ。

「まあ、その長椅子に詰めてあるのはやわらかくした藁《わら》だけど」エレノアは快活に応じた。

「でも、もっとひどい場所で寝たこともあるから」とくに子供のころ、貧しかったときには。

伯爵はその考えが気に入った様子ではなかったが、黙って馬車をあやつる姿から、しかたなくそれを受け入れているように見えた。

インペリアル劇場までは思った以上に長い道のりだった。とくに、そばにいる男性の存在を強く意識している今は。体に押しつけられた彼の体の感触を知っている今は。引きしまった筋肉と、腰に置かれた指の長い手と、強く求めるように唇に押しつけられたやわらかい唇の感触。

エレノアはパンドラの箱を開けてしまったような気がかすかにしていた。すべての悪魔を外に出してしまい、空の箱のなかには〝希望〟という名の哀れな亡霊だけが残されているような気分。知ってしまったことを忘れることも、せずにいられなかったことをなかったことにすることもできない。あのキスは完全に同意のもとでかわされた。それがたった一度のことだとわかっているので、今こうして代償を支払っているというわけだ。

ようやくふたりは暗くなった劇場に着いた。アシュフォードは楽屋口に馬車を寄せた。入口はたったひとつのランプの揺れる炎でぼんやりと照らされている。

「鍵はあるのかい？」彼は鍵のかかった扉に目を向けて訊いた。

「舞台監督助手のキングストンが必ずいるの。彼が入れてくれるわ」

アシュフォードは短くうなずいた。手綱をにぎったまま、彼女ではなく、馬の耳のあいだをじっと見つめている。

こんな夜はどうやって終えるものなの？　ふしだらな女のような格好をし、夢ですら見たこともないほどの速さでロンドンの街を駆け抜け、プリムローズ・ヒルまでのレースをした晩は？　これまで会ったこともないような、危険なほどに魅惑的な男性と情熱的なキスをした晩は？　どうしたらいいの？

おやすみと言って別れるのは恐ろしくくだらなく、つまらない気がしたが、ほかに何も浮かばなかった。

そこでエレノアは何も言わなかった。しかし、彼女がフェートンの高い座席から降りる前に、アシュフォードはすでに馬車を降りていて手を差し伸べてきた。

そこに手をあずけると、彼の肌のあたたかさが伝わってきて全身を貫いた。ふとある考えが心をよぎり、歩道に降り立つと、衝動的に彼の手袋を引っ張った。革はてのひらの縫い目に沿ってわずかに裂けていた。妙なことだった――これほど上質の手袋がそう簡単に裂けるはずはない。

エレノアは手袋の大きさは気にしないようにしながら、それをマントのポケットに押しこみ、彼のてのひらに目を向けた。そこに顔を近づけ、薄闇のなかで目を凝らす。

「手をけがしたのね」とつぶやく。手綱をきつくにぎりしめていたせいで、赤黒いみみず腫れができている。彼女はその傷に指で触れた。

彼は肩をすくめた。「かすり傷さ」

「軟膏を塗って包帯を巻く必要があるわ」

「ウイスキーを飲めば、なんということはなくなる」

エレノアは首を振ってみせた。「なんて人」そう言って声をひそめた。「〝ぼくは何があっても傷ついたりはしない。火薬と青銅でできているんだから〟ってこと?」

「鉄さ」彼は言った。「青銅は簡単に曲がりすぎる」

エレノアは信じられないという笑い声をもらした。どこまで尊大な人なの。

「いっしょになかへはいって」彼女は言った。「手に包帯を巻いてあげる」

アシュフォードは眉を上げた。「きみは何にしてもすごい技の持ち主だけど、医術の心得まであるとは知らなかったな」

「ないわ」エレノアは認めた。傷の手当てが上手な女性もいるだろうが、自分はちがう。「でも、小説を読んだことがあるから」

今度は彼が笑う番だった。低く悲しげな笑い声。「ぼくの従者にやらせるよ。何度も傷を縫ってもらったことがある」

それはそうでしょうね。放蕩者には荒っぽい冒険のあとで手当てが必要でしょうから。

エレノアは傷を見て顔をしかめた。「こんな傷、見たことないわ。でも、あなたがフェートンのレースをするのはこれがはじめてじゃないでしょうから」

アシュフォードはしばし口を閉じた。「今回はいつもより手綱をきつくにぎっていたからね」しばらくして渋々認める。

つまり、思っていたほど冷静でも、おちついてもいなかったということね。前にもレースに参加したことはあっても、今回にはこれまでのレースとはちがう点があった。

わたしの存在。

この人はわたしのことを気にしてくれたのだ。心配してくれた。だからこそ、いつもとはちがうレースになった。

ああ、でも、この人をなぐってやりたい。そしてまたキスしてやりたい。同じ人にそのふたつの感情を同時に抱くことがあるとは思ってもみなかった。でも、この人のおかげで、今まで知らなかった自分を知ることになったのはたしかだ。

自分がまだ彼の手をにぎったままであることがゆっくりと意識にのぼってきた。てのひらで包んだその手は硬く、どっしりしていてあたたかかった。そして、きれいな男らしい手でもあった。傷ついているせいで余計にそう思えた。痛々しい赤いみみず腫れにキスしたいというばかげた衝動に襲われる。そうすれば治せるとでもいうように。

なんてこと。

それでもエレノアは彼の手を放そうとはしなかった。目を上げると、アシュフォードもつながれた手と手を見下ろしている。彼の鼻孔がふくらみ、顎がこわばった。またキスしたいと思っているのは絶対にたしかだ。

彼女自身がそう思っているのと同じように。

エレノアは手を放し、一歩下がった。

「手当てしてもらって」

「そうすると言ったはずだ」

「よかった」

ふたりはまた一瞬見つめ合った。キスの可能性を秘め、空気が濃くなったように思われたが、やがてより根本的な衝動よりも高貴な衝動がまさった。

しまいに彼女は彼に背を向け、楽屋口の扉をこぶしでたたいた。アシュフォードとふたりで待つあいだ、静寂が広がった。劇場のなかから足音が聞こえてくる。足音は扉の向こう側で止まった。

「もう今日はおしまいだよ」カリブ諸島のなまりのある声がなかから叫んだ。

「エレノア・ホークよ、ミスター・キングストン」エレノアは答えた。「劇場でひと晩、過ごさせてほしいの」

かんぬきがはずされ、鍵が音を立ててはずれたと思うと、扉が開いた。キングストンの褐色の顔が開いた隙間に現れた。彼は不安そうに彼女に目を向けたが、その目を伯爵に向けると、不安は疑いにとって代わった。

「大丈夫なのかい、ミス・ホーク？」

「取材をしていただけよ」

舞台監督助手はそれですべての説明がつくというようにうなずいた。じっさい、説明はつくはずだ。彼はエレノアのために扉を大きく開き、アシュフォードをもう一度にらんだ。

「ありがとう、ミスター・キングストン」とエレノアは言った。

「マギーの友達のためならなんでもするさ」と彼は答えた。

エレノアは劇場の楽屋口へと一歩近づき、それから伯爵のほうを振り返った。伯爵はフェートンのそばに表情の読めない顔で立っていたが、手は傷があるにもかかわらず、脇でこぶしににぎられていた。

「その……おやすみなさい」エレノアはそう言って、そのことばの陳腐さに思わず顔をしかめた。

「おやすみ」とアシュフォードは答えた。

エレノアはためらってその場で足を止めた。しかし、ほかに何ができる? そこで彼にうなずくと、劇場のなかへ歩み入った。キングストンが扉を閉め、鍵をかけた。それはエレノアにとってありがたいことだった。伯爵とのあいだに障壁がなければ、彼のあとを追い、ふたりではじめてしまったことを終わりまでしてほしいと頼むことになりそうな恐ろしい予感がしたからだ。

化粧部屋の長椅子で過ごす夜は、長く、居心地の悪いものになりそうだ。

「こんなのははじめてですね、旦那様」ストラスモアはダニエルのてのひらのみみず腫れに軟膏を塗った。硫黄のにおいのするそれを塗られた傷は、罰でも与えられているかのように痛んだ――料理人がつくった特別な治療薬が地獄そのものからできているかのように。

しかし、寝室の暖炉のそばの椅子にすわっていたダニエルは、従者に傷の手当てをしてもらうあいだ、じっと動かず、不満ももらさなかった。これも自業自得だったからだ。フェートンにミス・ホークを乗せたままレースに出るなど、信じられないほどに愚かだった。失敗を犯していたらどうなっていた？　馬車が横転したり、ほかの馬車にぶつかったりしていたら？　自分の鈍い頭がつぶれるだけでなく、彼女もけがをしていたはずだ。もっとひどいことになっていた可能性もある。

「手袋をはめていなかったんですか？」とストラスモアが訊いた。

「厚さが充分じゃなかったんだろう」とダニエルは答え、近くのテーブルの上に置かれたウイスキーのグラスに手を伸ばした。手に巻かれた包帯のせいで、グラスをつかむのはむずかしかったが、どうにかつかみ、ようやくの思いでグラスの端を唇まで持っていった。アルコールが喉から胃までを焼き、強い酒以外には手当てのできない傷につける軟膏の役割をはたしてくれた。

ストラスモアはダニエルのドレッシング・テーブルの上にひとつだけ放られた大きな革の手袋に目を向けた。もう一方はなぜかなくなっていた。しかし、残ったほうもてのひらのところが裂けていた。ダニエルが手綱をいかにきつく引いていたかがわかる。

「手袋屋に苦情の手紙を出しておきましょう」従者は鼻を鳴らした。「多少力が加わったぐらいで裂ける手袋をつくるとは、手袋屋の面目にかかわることですから」

ダニエルは笑いを押し殺した。〝多少力が加わった〟とは、ひとことでなんとも簡単に言ったものだ。今晩の出来事を言い表すにはまるで足りない。ああ、ミス・ホークに何かあったらと思うと、どれほど恐ろしかったことか。それでも……ちくしょう……それでも……


人生で最高の一夜だったと言ってもよかった。今夜ほどわくわくしたことはかつてない。レースの興奮を彼女と分かち合ったのだ――彼女が興奮していたのはたしかだ。レースのあいだも、そのあとも。

ダニエルはまたウイスキーを飲み、首をそらして天井の揺れる影を見つめた。ああ、あのキス。何を考えていたのだと自問せずにいられなかったが、その答えはすでにわかっていた。何も考えていなかったのだ。ただ、したかったから、した。それだけだ。おそらく自分はとんでもないことをしたのだろうが、それを後悔はできなかった。熱と可能性に満ちた、あれほど激しいキスをしたことを。言い争いにおいて鋭いところを見せるミス・ホークの舌が、ほかのことにおいてもすばらしいことが証明されたのだ。

彼女のキスは反応がよく、生気に満ちていて、官能的で、刺激的だった。強く求めるようでもあった。彼女は自分が何を欲し、それをどうすれば得られるかわかっている。あのミス・ホークという女性はたじろいでひるむ花ではない。大人の女性だ。彼女に経験があるのはありがたいことだった——同時に呪わしいことでもあったが。

なぜなら、また彼女にキスをしたかったからだ。したいのはキスだけではない。あのいまいましい赤いドレスのせいにすることもできた。レースの高揚感のせいにも。しかし、どちらもそれだけが真実というわけではない。はじめて会ったときから、こうなるようにすべてが積み重なってきたのだ。交わされた辛辣なことばも、皮肉っぽいまなざしや気のきいたやりとりも、すべてがあのキスへとつながっていた。

「なんですか、旦那様」ダニエルのもう一方の手にリネンの細い布を巻きつけながらストラスモアが訊いた。

「何も言っていない」

「何か……ぶつぶつとおっしゃってましたが」

「ぼくがぶつぶつ言うのはめずらしいことでもないだろうに」ダニエルは従者が巻いた包帯を調べた。「ありがとう。さあ、おまえも少し眠ったほうがいい」彼はやさしいと言ってもいい声で付け加えた。

ストラスモアはお辞儀をし、手当てに使った道具を集めると、主人の寝室から下がった。ダニエルは傷と、ウイスキーと、もの思いとともにひとり残された。

午前三時になろうとしていたが、まるで眠気を感じなかった。おちつかない思いに突き上げられていたからだ。空のグラスを手に立ち上がり、特別気に入りの酒をしまってある別のキャビネットに歩み寄る。グラスを満たすと、暖炉のそばに戻って火をのぞきこみ、熱と光が織りなす炎の形をじっと見つめた。

人生はなんとも入り組んだものになってしまっていた。ジョナサンを見つけるという目的のためにミス・ホークととり決めを結ぶことになり、なんとも不都合なことに彼女と惹かれ合ってしまったせいで、物事はかつてないほどに混乱をきわめていた。

彼女といっしょにいると、血が沸き立つのだ。まるで……まるで真に生きているというように。そんなふうになるのがいつ以来か思い出せなかった。長い冬眠から覚めてみたら、かつて灰色で生気のなかった土地が、緑あふれる生き生きとした大地に変わっていたかのようだった。今こうして彼女のことを思い出すだけでも、脈が速まり、体のなかで何かがかき立てられる気がする。自分は悪い評判を頂戴しているとはいえ、今から劇場へ戻り、ミス・ホークにキスのつづきを求めるほど下衆な男ではなかった。だからといって、そうしたくないわけではなかったが。

そんなことは不可能だ。もう一度キスすることもあり得ない。ミス・ホークを求めてはいるが、ジョナサンのことを考えれば、正気を保ち、ズボンのボタンははめたままにしておかなければならない。大衆紙の記者との関係をあまりに入り組んだものにするわけにはいかないのだ。すでに充分入り組んでいるのだから。

そう決心してはいても、血は沸き立ち、おちつかない思いはなくならなかった。また外出してもいいが、賭けも、飲酒も、どんちゃん騒ぎも、浅はかで癇に障る気がした。今はこうしてひとりきりでいるのがいい。

ダニエルはベッド脇のテーブルのそばへ行き、引き出しから本をとり出した。〝いかがわしい貴婦人〟が書いた『公爵夫人の秘密』。匿名の女性作家が書いた最新の官能小説だ。こうした本はクラブやカード・ルームで交換され、ひそかにまわし読みされていた。薄い本なので、容易にポケットからポケットへすべりこませることができるのだ。しかしダニエルは、女性も少なからずこのみだらな本を読んでいるのではないかとひそかに疑っていた。

学術的な本ではなかったが、今は哲学や科学についての知的な本を読む気分ではなかった。気をそらしてくれるものがほしかった。みだらなもの以上に気をそらしてくれるものがあるだろうか？

ダニエルは暖炉のそばに戻り、椅子に背をあずけて適当にページをくった。筋などどうでもよかったからだ。

「わたしは悦びに息を呑んだ。馬番の唇がわたしの――」

ぴしゃりと本を閉じる。一行読んだだけで、それ以上読み進めることはできなかった。馬番を思い浮かべようとして脳裏に浮かんだのは自分の顔だったからだ。そして、みだらな公爵夫人の顔はほかの誰でもない、ミス・ホークの顔だった。

うんざりするほど長い夜になりそうだ。

12

恐怖とは特異な発動機関である。恐ろしい運命が襲いかかってくるのを待つあいだ、われわれを網にからめとって動けなくしたり、われわれが行動を起こすのに拍車をかけたりする。もちろん、その両方の反応に危険はつきものだ。動けないでいると動きが鈍くなり、結局はよどみにはまってしまう。しかし、怖いと思うものへ無鉄砲にまっすぐ飛びこんでいくことで、予測できない事態におちいることもある。なんとも悲惨な事態に……

〈ザ・ホークス・アイ〉一八一六年五月十一日

夜の波止場近くの居酒屋は、女性を連れていくような場所ではなかった。とくに、十七歳にしかならない女性を。ランタンひとつの弱々しい光が〈ザ・ダブル・アンカー〉の表を照らしていた。今にも崩れそうな汚れた正面の壁や、妙な角度でぶら下がっている鎧戸《よろいど》や、ゆがんでいる汚れた窓ガラスや、何かわからないしみのついた正面のレンガが目につかなくていいのかもしれないが。ダニエルは居酒屋の壁を流れ落ちる黒い液体がなんなのか調べたいとは思わなかった。

ダニエルとキャサリンは彼が所有しているうちでもっとも地味な馬車のなかにすわり、ザ・ダブル・アンカーの正面をじっと見つめていた。ひとりだったら、歩いてここへ来ただろう。馬車は人目を惹きすぎるからだ。しかし、キャサリンを同行するのは、厄介ではあってもやむを得ないことだった。いつも後悔するのだが。それでも、ジョナサンが溺愛する末の妹であるキャサリンは、彼女の兄が話し合いに応じるかもしれない唯一の存在だった。

ジョナサンがダニエルの顔をひと目見れば、すぐさま逃げ出し、ロンドンのさらに深い地下へともぐってしまうのはまちがいなかった。そうなれば、すでに薄れつつあるジョナサンを見つける可能性が完全に失われてしまうことだろう。

だからといって、キャサリンのような無垢《むく》な女性をザ・ダブル・アンカーのような肥溜《こえだ》めに連れてきたくはなかった。心底いやでたまらなかった。

「準備はいいかい？」と彼は訊いた。

キャサリンは深々と息を吸ってうなずき、さえない色のマントをきつく体に巻きつけた。ダニエルの指示で、ふたりとももっとも地味で安い衣服を身につけていた。とはいえ、長年上流階級の人間としてしつけられてきた事実がすっかり隠せるわけではない。何を着ようとも、下層階級の人々のあいだでは目立ってしまうことだろう。貴族であるがゆえの障害だ。けっして多くない障害のひとつ。

やはりダニエルの指示で、今夜は馬車の後ろに使用人は乗っていなかった。それもまた人目を惹いてしまうからだ。そこで彼は自分で扉を開けて馬車から降りた。それからキャサリンに手を貸した。妙な考えが心をよぎった。手にとったキャサリンの手は、ミス・ホークの手よりもさらに小さく、華奢《きゃしゃ》だった。キャサリンはとても強く勇敢な女性だが、まだとても細く、繊細だった。とくにミス・ホークに比べれば。

ダニエルはその考えを払いのけようと首を振った。今はあの女新聞記者のことを思い浮かべているべきときではない。三日前のフェートンのレース以来、起きているあいだ——寝て夢を見ているあいだも——ずっと彼女のことが頭から離れないのだが。今はジョナサンを見つけることと、彼を探しているあいだ、キャサリンの身を守ることに注意を集中させなければならない。

それでも、自分がわざと見せている、もっとけしからぬ行動について〈ザ・ホークス・アイ〉が記事にしてくれていなければ、こうして旧友を探すことはできていなかっただろう。自分の一方の行動により明るい光があてられることで、こちらの活動はさらに濃い影のなかに隠される。ミス・ホークの注意をジョナサン探しからそらしておくことにもなり、それについてはありがたく思わずにいられなかった。

外のカモメの鳴き声が、居酒屋のなかでかき鳴らされているフィドルの甲高い音と入り交じって聞こえた。汚い歩道の上にジンの瓶を抱えた男がうつぶせに寝そべっている。その酔っ払いが居酒屋の入口をなかばふさいでいたので、ダニエルはブーツを履いた足で男を脇に押しのけた。酩酊《めいてい》している酔っ払いはそれに気づきもせず、抗議の声もあげなかった。一度いびきをかいただけでまた深い眠りに落ちた。

ダニエルは手をノブに置いた。上着には拳銃を隠し、ブーツにはナイフをひそめてある。そうした武器以外に、こぶしを使うこともできた。こういう場所に——とくにキャサリンを連れて——武器も持たずに歩み入るなど愚の骨頂だった。

キャサリンとともにこういう場所を訪れるのははじめてではなかった。毎度それが最後になるようにと祈らずにいられなかったが。今夜はいつもとちがう結果に終わるだろうか？

ダニエルは扉を押し開けた。フィドルの音はやまなかったが、彼とキャサリンがなかに足を踏み入れると、弦を弾く弓使いにわずかな乱れが生じた。十人あまりの男たちが、エールのジョッキからふたりのほうへ顔をめぐらした。目立たないようにしようと思ってもこんなものだ。それについてはどうしようもない。

ダニエルとキャサリンはいくつもの傷だらけのテーブルとそのまわりに群れている男たちのあいだを縫うようにゆっくり進んだ。その居酒屋は、ジョナサンの捜索をはじめてから目にした何十もの居酒屋と変わらなかった。低い天井にすすけた木の梁を渡した、汚く、狭苦しく、暑い場所。その建物は建築されたというよりは、キノコのように生えたといった感じだった。今夜そのキノコには、酔っ払いや、ごろつきや、波止場の労働者や、船乗りが集っていた。隅ではサイコロのゲームが行なわれている。ある船乗りの膝には娼婦が乗り、うわの空でその男の髪をいじっていた。

ダニエルはバーカウンターまで達することに注意を向けながら、キャサリンからも目を離さなかった。勇敢な少女は顎を高く上げている。ひるむ様子はなかったが、賢くも、誰とも目を合わせようとしなかった。こういう男たちの場合、目を合わせれば、誘ったのも同然となる。

キャサリンとともにようやくバーカウンターに達すると、はげかけた痩身の男が疑うような目を向けてきた。

「何かご用で？」と居酒屋の主人は訊いた。

「情報がほしい」ダニエルは答えた。「それも内密に」

「そういうものは安くありませんぜ」

「たしかにな」ダニエルはひびのはいったバーカウンターに硬貨をすべらせた。「人を探している」

「人ならここにはたくさんいるんでね」居酒屋の主人は硬貨をしまいこみながらにやにやと笑った。

それは疑わしかった。店のなかは人でなしで一杯に見えたからだ。

キャサリンはマントの襞のなかから兄の小さな肖像画をとり出し、それを居酒屋の主人に見せた。「この人よ」

主人は目を細めて小さな肖像画を見つめた。数年前、ジョナサンが戦地へおもむく前に描かれたもので、未来へ思いを馳《は》せ、興奮を隠しきれない顔をしている。自分の未来がじっさいにはどうなるかも知らずに。

「今はだいぶ変わっているはずだ」ダニエルが付け加えた。「おそらくはやせているだろう。生活の厳しさが顔に表れているかもしれない」

しばらくして、居酒屋の主人は首を振った。「いいや。どれほどいかがわしい連中と付き合おうとも、上流階級の人間がここへ来ることはない。来たことはありませんよ」彼はダニエルとキャサリンに目を向けて付け加えた。「今はじめて来たってわけだ」

確信を持って訪ねてきたわけではなかったが、ダニエルの腹に失望が鉛のようにたまった。薄汚い場所を訪れるたびに、これが最後で、ここで旧友が見つかりますようにと祈ってきた。しかし、今夜もまた無駄足だったようだ。

それでも、希望を捨てるわけにはいかない。キャサリンのために。

ダニエルはもう一枚硬貨をカウンターにすべらせた。「これはぼくらが訊いてまわってることを黙っていてもらうためのものだ」

硬貨はすぐさま消えた。「もちろんでさあ」

居酒屋の主人が沈黙を守るかどうかは疑わしかった。噂は通貨に等しく、みなそれを交換する。それでも、あらかじめ注意して、探しまわっている痕跡を消す努力をしないわけにもいかなかった。自分が探されているという噂をジョナサンが聞けば、さらに深い闇のなかへ身を隠すことだろう。そうなれば、ほんとうに見つけられなくなってしまう。キャサリンが手を差し伸べ、ジョナサンに訴えかければ、もしかしたら、彼を家に連れ戻すこともできるかもしれないのに。

「こういう場所にたむろするのが好きな上流階級の人間を探しているなら、五ブロック先にある〈レディ・アン〉を訪ねてみるといいかもしれませんぜ」居酒屋の主人はそう助言すると、ダニエルに期待するような目を向けた。

ダニエルはもう一枚硬貨をやった。バーカウンターから離れると、がっくりと肩を落としたキャサリンに片腕をまわし、扉へと導いた。

キャサリンが小さな悲鳴をあげた。ダニエルが振り返ると、客のひとりが分厚い手でキャサリンの手首をつかんでいた。彼女はその手から手を引き抜こうともがいている。

「いくらだ？」と男は訊いた。「こんないい女はこれまで味見したことねえな」

「おまえには――」ダニエルが答えた。「これだ」そう言ってこぶしをくり出し、男の顔に沈めた。

酔っ払いは即座につかんだ手首を放し、床に倒れ、意識を失った。

「ほかのやつらも彼女に目を向けただけで同じようにしてやるぞ」ダニエルはひややかに

言った。

みな、すぐさま自分の飲み物に夢中になった。その後、扉までは驚くほどすんなり進めた。数分でダニエルとキャサリンは馬車に戻り、レディ・アンという堂々たる名前のついた居酒屋へ向かった。名前の立派さにそぐわない店であるのはまちがいなかったが。

「望みはなくさないわ」キャサリンが静かに言った。「でも、否定のことばを聞かされるたびに、少しずつ命が失われていく気がする」

ダニエルは手を伸ばし、彼女の手をとった。「見つかるさ。約束する――」

キャサリンは笑い声をあげた。彼女の年の少女にしては成熟した苦々しい笑い声だった。

「できない約束はしないで」

「だったら、最期の息をするそのときまで、彼を探しつづけるよ」

キャサリンはわずかにうなずき、彼の手をにぎりしめた。「ありがとう。そこまではとうていお願いできないような約束だわ」

「ジョナサンに対しては当然のことだ。きみに対しても」

「またあなたの記事を読んだわ」キャサリンはかすかな笑みを浮かべて言った。「その、放蕩貴族についての記事をね。あのフェートンのレースの記事」

ダニエルはそっと彼女の手を放して座席に背をあずけた。「ああ、そう、ぼくの不品行な冒険のね」

ダニエル自身もその記事は読んだ。記事が出たせいで、レースに参加していた人間のなかには、放蕩貴族の素性と、ルビーが新聞記者であることに気づいた者がいるかもしれない。願わくは、みなたのしみを追い求めるのに夢中で、それに気づかないか、気づいても気にしなかったならいいのだが。

自分でじかに経験したことにもかかわらず、レースを描写したミス・ホークの記事はすばらしく、読んでいて興奮を覚えた。記事を読んでいるあいだ、ほんのしばらく、レースの結果はどうなるだろうと、じっさいにはらはらしたほどだ。あのミス・ホークという女性は、新聞記者としての仕事をよくわかっている。

キスをした今、心のなかで彼女を〝ミス・ホーク〟と呼んでいていいのかと思わずにもいられなかったが。エレノアと名前を呼ぶよりも、ひややかでそっけなく思えたからだ。彼女についての夢想がどんどん礼儀を保ったものと言えなくなってきていることからして、彼女のことは〝エレノア〟として考えるべきだった。その夢想が官能的なものであることはまちがいない。彼女の赤いドレスをはぎとり……熟れた口を味わい……口以上のものを味わう……。

ダニエルは首を振った。キャサリンがすぐそばにいるときにそんなみだらな夢想をしてはならない。

エレノアはキスのことは記事にしなかった。それを省いたことは意外でもあり、当然な気もした。もっと刺激的な記事を書こうと思う記者なら、喜んで記事に含めただろう。彼女はとくに秘密主義なのか、それとも、自分の評判を危険にさらすのを好まないのか。

いずれにしても、キスのことが記事にされなかったのはありがたかった。おかげでふたりだけの秘密にできる。ふたりだけの……特別なものに。大勢の騒々しい見物人がいたのはたしかだが、それでも、あのキスはふたりだけのものだ。

「ジョナサンはフェートンのレースが大好きだったわ」キャサリンがつぶやき、ダニエルのもの思いを破った。「それについてわたしは知らないことになっていたけど、兄があの速い馬車でレースをしに出かけるときは必ずそうとわかったものよ」彼女の声に笑いが混じった。

「ぼくのことを負かしてやるといつも言っていたものさ」とダニエルは言った。

「兄があなたに勝ったことはあったの？」

「ない。でも、戦争のために国を出る直前に、戻ってきたら負かしてやると言っていた」ダニエルの胸に物悲しさが重くのしかかった。結局、約束のレースが行なわれることはなかった。おそらくこれからもないだろう。

「わたしには馬車のあやつり方を教えてくれるって言っていたわ」キャサリンが悲しみに声を暗くして付け加えた。

ダニエルはぼくが教えようかと言いそうになったが、ジョナサンがもはやこの世にいないとはっきりわかるまでは、キャサリンに馬車のあやつり方を教えるのは友の特権だ。

「まだ教えるつもりでいるさ」ダニエルはそう言わずにいられなかった。

「そうね」とキャサリンも言った。そのことばには疑うような響きがあったが。ダニエル同様、キャサリンも希望を失いつつあるのだ。そうして希望を失いかけていること自体が心をむしばんでいないと言ったら嘘になる。

レースのときも、集まった人々のなかにジョナサンがいないかと探したものだ。しかし、いたとしても、きっと姿形が変わりすぎていて自分には彼だとわからなかったにちがいない。

キャサリンは気をとり直したようにまた笑みを浮かべてみせた。「賭場に、フェートンのレース。次はどんな不品行な冒険にその新聞記者を連れていくの？」

「まだ決めていない」エレノアを連れていく遊びの場所ならいくらでもあった。それでも、ある質問に心をさいなまれていた——ほんとうに連れていきたいのはどこだ？ そして、彼女にはどう思ってもらいたい？ なんとも悩ましい考えだった。彼女にはよく思ってほしかった。そう思われるのが自分にとって重要だったからだ。

そんなふうに変わったのはいつだろう？ キスしてからか？ ちがう——もっと前だ。いつしか彼女に敬意を払うようになり、彼女にも尊敬してほしいと思うようになった。以前は相手が誰であっても、そんなことはまるで気にならなかったのに。

不安になるような考えをそれ以上突きつめる前に、馬車が停まった。ダニエルは窓からレディ・アンという名の居酒屋に目を向けた。ザ・ダブル・アンカーとさほど変わらない、みじめな人々が集うみじめな建物だった。

ダニエルはため息を押し殺した。ジョナサンがなかにいるかもしれない。もしくは、もっと最悪なことに、いないかもしれない。なかにはいってまたこの不快な手順をくり返すしか、それを知る方法はない。

ひとつなぐさめとなったのは、またエレノアに会えるという思いだった。友を探すわびしい無駄足の穴埋めにはならないかもしれないが、彼女はすっぽりと闇に包まれた世界に射す一条の光だった。

エレノアは昼食のパイを抱え、店から戻るところだった。すると、見慣れた馬車が事務所の前に停まっていた。すぐさま心臓が軍隊の帰営ラッパ並みに高鳴り、紙に包まれたパイが手からすべり落ちそうになった。頭では、伯爵にはまた会えるとわかっていた。前日、すぐに会おうと書きつけも送ってきていたのだから。それでも、彼の馬車を目にし、すぐそばに彼がいるとわかって体の内側から湧き起こった興奮には、心の準備ができていなかった。

不安と興奮がせめぎ合い、エレノアは足を止めた。行く手をさえぎられた人が毒づくのも気にならなかった。

ただのキスよ。みんなキスなどいつでもしていて、そのせいで世界がぐるぐるとまわり、軸をはずれて飛んでいってしまうことはない。

それでも、自分の世界はそうなってしまった。アシュフォードといっしょに賭場で過ごした晩のあとも気がそぞろだったとしたら、この数日は病院に長期入院したほうがいいほどだった。気がつけば宙を見つめ、唇に指をあてて彼の唇の感触を思い出していたのだから。航路をはずれて姿を消していく船のようで、考えをまとめることもできなかった。食事をとることも不可能だった。今手に持っているマトンのパイは、胃が絶えずもんどり打っているせいで食欲のない自分に、どうにか栄養をとらせようとする意思表示にすぎなかった。

それはとんでもなく心乱されることだった。自分は冷静な頭脳の持ち主と自負していたのだから、なおさらだ。その冷静な頭脳は荷物をまとめて旅に出てしまい、どこへ行き、いつ戻ってくるのかもまるでわからなかった。あとを追っていって連れ戻すことができたらいいのだが。今はできるかぎり冷静沈着さを保つしかできなかった。

踵を返して反対の方向へ逃げ出したいと思う臆病な気持ちもあった。伯爵があきらめて家に帰るまで、どこかに隠れていたいという気持ち。見つめ合ったときに彼の目に何が見えるだろうと考えると、妙に怖かったからだ。キスを返したせいで、見くびられてしまっただろうか？　もちろん、そんなことを考えるのはばかばかしいことだった。男性が女性にキスをして、そのキスに女性が応えることを期待しないとすれば、その男性はキスを望まない相手に自分の気持ちを押しつけようとする愚かな無骨者だ。

アシュフォードは愚かな無骨者ではない。

「ちょっと、道を空けてくださいよ、お嬢さん」

魚を山と積んだ荷車を引いている男がすばやく脇を通り、エレノアは片側に飛びのいた。その声もにおいも不快ではあったが、そのおかげで恍惚《こうこつ》からはっとさめた。

自分がこういうことから簡単に逃げ出すようでは、〈ザ・ホークス・アイ〉が成功をおさめることはなかったはずだ。恐れや、疑いや、その他の障害が現れるたびに、自分は真正面からそれにとり組んできた。不安などくそくらえだ。じっとしていて成し遂げられることなど何ひとつないのだから。

エレノアには自分のすべきことがわかっていた。もう二度とああいうことがあってはならないと彼に言ってやるのだ。連載記事をつづけるつもりならとくに。エレノアはつづけるつもりだった。フェートンのレースの記事を載せてから、新聞の売り上げはさらに伸びていた。それでも、彼がまたキスをしようとしてきたら、その誘惑に抗えるかどうか、確信は持てなかった。抗いたいかどうかも定かではない。

勇気を振りしぼって馬車に近づき、彼と対決しなければ、それもすべて単なる憶測で終わる。そこでエレノアはパイを近くにいた物乞いにくれてやり、馬車へと近づいた。

そばへ行くと、御者が呼びかけてきた。「旦那様はなかですぜ、お嬢さん」そう言って〈ザ・ホークス・アイ〉がはいっている建物を指差した。

エレノアは礼を言うようにうなずき、建物のなかへはいった。なかへはいると、記者たちが土曜日にもかかわらず、忙しく記事を書いている机の長い列が見渡せた。記者たちはみな、エレノアの事務室にちらちらと視線を向けている。事務室の扉は閉じていた。昼食のパイを買いに出たときには扉は開けておいたはずだ。

鼓動がまた速くなる。

エレノアが自分の事務室へと歩を進めるのを記者たちが黙ったまま目で追っていた。彼女は自分に視線が集まるのを意識した。絞首台へ向かっているかのようだった。もしくは、褒美をもらいに行こうとしているのか。

事務室の扉の前でエレノアはためらった。ノックすべき？　ここはわたしの事務室よ。

大きく息を吸うと、彼女は扉を開けた。

「そこはわたしの席よ」と声を発する。

アシュフォードはじっさい、彼女の机についていた。机の上に広げてあった最新の記事の原稿を眺めていたようだ。指を組み合わせ、その上に顎を載せて原稿を読んでいる。沈思黙考の鑑といった体だ。

おまけに驚くほどすばらしい外見をしている——エレノアは動揺しつつ胸の内でつぶやいた。ハヤブサさながらにくっきりと彫りが深く、ハンサムだ。もちろん、装いにも非の打ちどころがない。帽子とステッキが部屋の隅の脇卓にうまく載せてあるのにぼんやりと気づく。黒っぽい髪はかすかに湿って巻いている。風呂にはいってまだ一時間とたっていないかのように。
エレノアが部屋にはいっていくとアシュフォードは目を上げた。エレノアはスカートと髪に手を走らせたい衝動に抗った。心のなか同様、外見も乱れた姿であるのはまちがいなかったからだ。彼に比べたら、自分は穴に棲むむさくるしい生物で、茂みの下から顔を出し、太陽のまぶしさに目をしばたたいているように見えることだろう。彼は目もくらむほどすばらしかった。

目がすぐさま彼の口へ行き、エレノアは無理やり視線を彼の目に戻した。

「ほかにすわるところがなかったのでね」とアシュフォードは言った。

「ふだんはお客様など迎えないから」エレノアは答えた。「ここは仕事場で、お客様をお迎えする応接間じゃないのよ」

「きみと、きみのところの従業員のもてなしのすばらしさを見れば、それは明らかだね」彼はそう言って机から立った。引きしまった背の高い体が狭い事務室を占めるかのようだ。

「誰もお茶一杯どうぞと言ってくれなかった。きみもそうだが」

「今も言ったとおり、ここは仕事場ですから。お茶や優美なもてなしをお望みなら、ここから半マイル以内にすてきな場所はいくらでもあるわ。どの店もきっとあなたがお客になったら喜ぶでしょう」

「でも、ぼくはここでお客になるほうがいい」と彼は言った。

「だから、今それをすばらしく実践なさっているわけね」

つまり、キスの話題は出さないということね。こちらも彼のことでずっと頭が一杯だったことを言うつもりはなかった。甘い物好きがボンボンをほしがるように、熱烈に彼の口を自分の口に感じたいと思ったことも。そういうことは一切話さないのだ。

エレノアはもう一歩事務室のなかに歩を進めた。扉はわざと開けたままにしておいた。

「ここで何をしているんです?」

「ああ、またもすばらしいもてなしだ」とアシュフォードは言った。

「まあ、わたしの仕事場にあなたがいらっしゃるのははじめてじゃないけれど」エレノアは胸の前で腕を組んだ。「何週間か前に、ここへ踏みこんでいらしたわけだから」

「踏みこんだりはしなかったさ」彼は言い返した。「ゆっくり歩み入っただけだ」

「あなたはゆっくり歩み入ったりしないわ。大股ではいってくるか、忍び入るかよ」

「ぼくの歩き方について、そこまで時間をかけて別表現を考えてくれているとは知らなかったよ」

エレノアの顔が熱くなった。彼についてはとてもたくさんの表現を考えていたからだ。そのほとんどが褒め称えることばだった。自分にこれほどたくさんの語彙がなければよかったのにと思わずにいられないほどに。

「わたしは物書きよ」彼女は答えた。「多種多様なことばを知っているのが物書きの売りですもの。お金よりもことばの面で豊かなの」

アシュフォードは机をまわりこみ、端に腰をかけて片足をもう一方の足の上に載せた。

「たしかに、ことばが金だったら、きみはぼくを百度でも買えるだろうな」

「あなたを買って――」エレノアは言わずにいられなかった。「わたしがどうするというの？」

彼の目が危険な色を帯び、体がこわばった。エレノアは自分が重大な失敗を犯してしまったのだろうかと思った。こういう方向には会話を持っていかないつもりだったのに、自分を止められない気がした。

話をそらす方法を探していると、机の片側に大きな箱が載っているのに気がついた。非常に大きな箱で、今まで気づかずにいたのが不思議なくらいだった。しかし、彼には思考を乱されがちで、これまでは彼の姿しか見えていなかったのだ。

「それは何？」と彼女は訊いた。

「ぼくがここにいる理由さ」

「自分でお持ちになるのではなく、届けさせてもよかったのに」エレノアは指摘した。「伯爵が用事を言いつけられる少年の役割を演じることはあまり多くないと思うわ」

彼の頬におかしなほどに魅力的な赤みが差した。「ああ、まあね」彼はせき払いをした。

「ぼくの従者は不器用なので、だめにされたくなかったんだ」

アシュフォードが雇っている使用人たちは、きっと過剰なほどに気を遣い、慎重で、自分たちの責務をはたすことに誇りを持っているはずだ。伯爵が不器用な従者を雇うはずがない。

「これは誰に？」とエレノアは訊いた。

アシュフォードは眉根を寄せた。「もちろん、きみにさ」

彼女は眉を上げた。「贈り物？」

「ぼくらのとり決めの一部だ」彼は答えた。「必要経費といったところかな」

「その〝必要経費〟とやらを拝見したいわ」エレノアはそう言って箱に手を伸ばしたが、アシュフォードが手の届かないところに箱を押しやった。

「〝必要経費〟には多少の代償が必要だ」と彼は言った。

エレノアは腰に手をあてた。「それが何か、聞くのがちょっと怖いわ」

「代償はこうだ。〈ザ・ホークス・アイ〉について教えてもらいたい。そう、ミス・エレノア・ホーク、きみはぼくについてすべてを知っているようだから――」彼の笑みはエレノアを骨の髄まで不安にさせて溶かした。「今度はぼくがきみの秘密を暴く番だ」

13

印刷されたすべてのページの陰には、余白をはるかに超えた物語がある。親愛なる読者諸兄、考えてみてほしい。今諸兄が手に持ち、たのしみのために読んでいる物が、努力と、冒険と、希望を求めて旅をする旅人に匹敵するような旅路を経たものであるということを。いかなる読み物についても、その価値を認めていただきたい。それには多くの人間の夢がこめられているのだから。

〈ザ・ホークス・アイ〉一八一六年五月十一日

エレノアは個人的な秘密を明かすことにはためらいがあったが、新聞社の経営については、何を訊かれても答える自信があった。ほかのもっと個人的な話題を掘り下げるよりも、仕事について話すほうが容易だった。

それでも、アシュフォードが新聞社に興味を抱くなど、奇妙な気がした。

「新聞事業が伯爵様の興味を惹くものだとは知らなかったわ」彼女はそっけなく言った。

「十年以上前に総鉄製の印刷機を発明したのはスタンホープ伯爵だ」とアシュフォードは指摘した。

そのことを彼が知っていた事実に一瞬虚をつかれた。それでもエレノアはどうにか気をとり直した。「ええ、そう。じっさい、うちの印刷機もスタンホープ製よ」

「見てみたいな」

エレノアは顔をしかめてみせた。「やっぱりどうしてかしらと思うわ」

「なんとなく興味を惹かれるだけさ」彼はすぐさま軽い口調で答えた。「金持ちの気まぐれってやつだ」

エレノアにはそれがまったくの真実というわけではない気がした。できすぎた答えがひどく無頓着に返ってきたからだ。ほかの目的を隠しているかのように。でも、ほかの目的っていったい何かしら？　自分でも新聞社を立ち上げようと思っているとか？　まさか。だったら、何？

彼の要望を拒む理由はあまりなかった。結局、〈ザ・ホークス・アイ〉の経営ということになれば、隠すものも、恥じるものも何もなかったからだ。それは自分が成し遂げたことのなかで何よりも誇らしいものだった。それをどうして見せてはいけない？　自分で築き上げたものを見せてやるのだ。

彼に見てもらいたいという思いもあった。自分の成し遂げたことを。

あたかも……彼の意見が重要だとでもいうように。

たしかにそうだという事実——とても重要だという事実——に心を揺さぶられる。これまでの人生では、たいてい自分で自分の道をつくってきた。心の声やまわりの異議には耳をふさいで。さもなければ、自分は何者でもなくなり、人生という冷たく感情のない機械に呑みこまれることになる。エレノアはそれに逆らい、頭を高く掲げて、誰かに「あんたにはそんなことはできない。なんてばかげた考えだ——女が新聞社を経営するなど」と言われるたびに、耳をふさいできたのだった。

ありとあらゆる障害を乗り越えて前進し、それを成し遂げてきた。

自分が苦労して成し遂げたものをアシュフォードに否定されたらどうする？　どうやってそれに耐えたらいい？

そういうことには昔から耐えてきたはず。それに、ほかの誰よりも彼には、否定されたり、おとしめられたりしないのではないかと思えた。このすべてが自分にとってどれほど大事なものか、わかってくれている気がしたのだ。

「でしたら、こちらへどうぞ」エレノアは事務室の扉を手で示した。しかし、彼は礼儀を守り、身振りで先にどうぞとうながした。

エレノアは事務所の大部屋に歩み出た。後ろに彼がつづいた。記者たちは仕事をつづけていたが、注意がこちらに向いているのはわかった。

「記事はすべてここで書いているの」エレノアは机と人と紙がひしめき合う広い部屋を示して言った。「十人の常勤の記者と、余白を埋める日勤の臨時雇いがいるわ」

「編集者は?」アシュフォードはあたりを見まわして訊いた。

「横に立っていますけど」

彼は彼女に目を向けた。愉快そうでもあり、腹立たしそうでもある驚きが顔に表れた。

「きみが全部引き受けているのかい?」

エレノアは肩をすくめ、「ほかに雇う余裕はないから」と答えた。「それに、記事の見直しをするのをほかの誰かに託そうとも思わないし」

「それはずいぶんと……」

エレノアは予想されることばを待った。支配的。男性的。

「……めずらしいな」と彼は言った。

「〈ザ・ホークス・アイ〉はわたしの会社だから。母親が病気の子供の世話をするように、会社の面倒を見ようとしているだけよ。おむつを替えるのも、数多くあるわたしの責任のひとつというわけ」

「この新聞社がきみの会社というのは――」彼は言った。「つまり、誰かから受け継いだということかい?」

「そうじゃないわ」エレノアは腰に手をあてた。「五年前につぶれそうだった小さな三流紙を買いとって、それを〈ザ・ホークス・アイ〉に変えたの。訊かれる前に言っておくけど、完全に自己資金よ――それと友人からの借金。全部、二年以内に利子をつけて返したけど」

「友人？　家族じゃなく？」

「わたしには父も兄もいないわ。結婚したこともない。銀行口座にはいっているお金はすべてわたしが自分で稼いだものよ。目的を達成するために何年も貯金したり、引き出したりしながら」

「貯金？」意味がわからないというようにアシュフォードはそのことばを発し、自虐的な笑みの形に口の端を上げた。

エレノアは彼に首を振ってみせた。「買いたいものがあるときにわたしたち庶民がしなければならないことよ」

「ぼくにはまったく理解できないな」それでも、彼の目には敬意と言ってもいいような光が宿っていた。

「あなたは想像力の限界を伸ばさないといけないわね、アシュフォード」

「ああ、やってるさ」アシュフォードはため息をついた。けだるい態度を装ってはいるが、記者たちが忙しく働いている大部屋に向けたまなざしは、物憂い無関心なものというよりずっと鋭かった。「だったら……このすべてをきみがひとりで築き上げたわけだ」

「ええ」

アシュフォードはそれに対しては何も反応しなかったが、わずかに眉根を寄せた。彼女がひとりで成し遂げた仕事の大きさを把握しようとするかのように。エレノアは彼の反応を待った。何かけなすようなことを言う気かしら？　女なのにそんな野心を抱いたことをばかにする？　ほかの人たちはそうだった。

冷たい不安に胃をつかまれる。見くびるようなことを言われたとしても、どうにか乗り越えられるだろうが、それが険しい岩場となるのはまちがいない。

「なるほど」彼はそうひとことだけ言った。

褒めことばではなかったが――褒めことばなどほしくない気がした。飾り気のないことばでただ受け入れてもらうほうが、大仰に認められるよりもいい。自分の業績にお世辞以上の価値があると認めてもらえたようで。

「そんなことをするなんて女らしくないと非難しないの？　ばかにしたりは？」

「ぼくはしないさ」

「どうして？」と彼女は訊いた。

「そこが裕福な男の風変わりなところだと思ってくれればいい」彼は肩をすくめて言った。「もっと並外れた考え方だってできる。誰もぼくに異を唱えたりはしないからね。ぼくには力がありすぎるんだ」

エレノアは机の並びに沿って歩き出した。アシュフォードはその横に並んだ。「カリギュラが自分の馬を執政官にしたように」

「カリギュラは神を自認していたからね」

「あなたはちがうの？」と彼女は訊いた。

アシュフォードはにやりと笑ってみせた。「男はほとんどみなそう自認している」

「だから、あなたたち男性って妄想に走りがちなのね」

「結婚したことのない女性のわりに――」彼は言った。「きみは男について、それなりの考えを持っているんだね」

「とても観察眼が鋭いのよ」彼女は答えた。「それに、夫がいないからといって、親密になった男性がいないということじゃないし」

「どんなふうに親密になったんだい？」アシュフォードは片方の眉を上げて訊いた。

「情報源を明らかにはできないわ」と彼女は答えた。ふたりは大部屋の端に達し、今は厚い木製の扉の前に立っていた。エレノアはノブに手を置いた。「でも、〈ザ・ホークス・アイ〉がここまで成功している理由の一部はお見せできる」

「ぜひ」

エレノアはノブをまわし、扉を開けた。即座に騒音に包まれる。金属が触れ合う音や、槌を振り下ろすような音。ふたりは記者室の二倍の広さがある、ふたつめの部屋に足を踏み入れた。何台も印刷機が並び、エプロンをつけた男たちが忙しそうに機械に紙を差し入れている。頭上には印刷された紙が干されており、木の枝から異国の植物が垂れ下がっているように見えた。

「ここよ——」エレノアは部屋を示すように腕を広げて言った。「印刷を外注しているほかのもっと小さな新聞社とちがって、うちは印刷も自分のところでやって経費を削減し、発行部数を増やしているの」

「騒音がすごいな」伯爵が機械の音に負けない声で言った。

「しかたない代償だから、喜んで支払っているわ。最初のころは外部に印刷を委託していたんだけど、経費を見直してみたら、自社の印刷機に投資するほうが会社を大きく飛躍させられると気づいたの」エレノアは大きな鋳鉄製の機械に顎をしゃくった。それぞれの印刷機には印刷工がふたりつき、次から次へと紙面を生み出している。「これはスタンホープ製よ。さっきも言ったとおり」エレノアはアシュフォードを前へと導き、ふたりの印刷工が新聞の次の号の紙面をすばやく生み出す様子を眺めた。

「印刷工の仕事については何かで読んだことがあるが——」アシュフォードは機械のぶつかるような音に負けない声を出した。「この目で見たのははじめてだ。危険そうに見える」

「初心者が操作すれば危険かもしれない。でも、初心者は雇わないから」

アシュフォードは訊いた。「一時間に何枚刷れるんだい？」

そのことに彼が興味を抱いた事実にエレノアは驚いた。「四百八十枚よ。木と金属できた旧式の機械の倍の速さなの。スタンホープ製の印刷機の操作は古いものに比べたらずいぶんと楽になったし」

アシュフォードは手を後ろに組み、わずかに気を惹かれたようなぼんやりした顔で印刷工を眺めた。印刷機が印刷する様子に飽きたのだろうかとエレノアは思った。この印刷機を発明したのは伯爵だが、たいていの貴族は――とくに放蕩者と評判の貴族は――ふつう新しい産業の時代が生み出した、こういうすばらしい発明品を格別に称賛したりはしないものだ。

さほど関心を惹かれた様子ではないものの、アシュフォードは機械がどう動くのか、また、熟練工になるにはどうしたらいいかなどの質問を印刷工たちにしていた。質問したいわけでも、それほど答えを聞きたいわけでもないという口調ながら、彼の質問は的を射ていた。質問のしかたも驚くほど丁重だ。

エレノアはいつもは印刷機を眺めているのが好きだったが、今はアシュフォードにすっかり気をとられていた。物憂い態度にもかかわらず、アシュフォードの目は洞察力にあふれた鋭いものだった。印刷工と話す彼の顔には敬意のようなものすら浮かんでいる。貴族が労働者を見下すような尊大なところはみじんもなかった。

印刷工たちはもちろん、印刷の仕事に関心を持っているわけだが、アシュフォードも多少興味を抱いているようだ。彼自身はそうは思っていないらしいが。

そのことが忍び足の猫のようにじわじわと心にはいりこんできた。それは彼に惹かれるという気持ちを超えていた。もちろん、伯爵は魅力的な男性で、根本的な意味で惹かれずにいられなかったが、それだけではなかった。ほかにも惹かれずにいられないものがあった。彼のことばを聞くたびに、胃がしめつけられ、心臓が飛び上がり、血管がどくどく言う何か。今のように彼が近くにいるときや、多少ならず自分をあざけるような、自覚と知性にあふれたあの笑みを向けてくるときには。

まったく。どうしてこの人はこんなに人好きのする人じゃなきゃいけないの？　放蕩貴族とはこうあるものという型になぜはまっていられないの？　魅力的だとは思っていたが、こういう人間とは思っていなかった。知的好奇心にあふれ、生活のために働く人々に敬意を示す人。

彼の質問が尽きると、エレノアはアシュフォードを連れて印刷機の並びから離れた。「蒸気で動くケーニヒの印刷機を買うためにお金をためているところなの」彼女は説明した。「〈ザ・タイムズ〉はもう持っているわ。全体の工程がもっと短くなるのよ」

「そうなると、ああいう人たちは——」アシュフォードは印刷工たちに顎をしゃくった。「仕事を失うのでは？」

まったく、うちの従業員のことを心配するなんて。

「みんな新しい機械をあつかうための訓練を受けることになるわ」エレノアは言った。「工程は短くなっても、印刷工を辞めさせることはしない」

「そうか」彼はそう聞いてじっさいにほっとしたように見えたが、すぐに自分が関心を見せすぎたことに気づいた。「もちろん、そんなことはぼくにはどうでもいいことだが」

「もちろん、そうね」エレノアは半信半疑で応じた。

「あそこでは何をしているんだい？　ずいぶんと忙しそうで、こっちの頭まで痛くなるよ」

アシュフォードは部屋の片側に顎をしゃくった。そこではエプロンをした別の男たちが大きなトレイのまわりに集まっていた。

「組み版工――植字工よ」彼女は説明した。「記事の原稿の印字を組んでいるの」

植字工たちが大きな箱から金属の文字をとり出して植字盆に並べ、それを棒組み盤に移していた。「棒組み盤が一杯になると……すべてをひもでひとつに結ぶの」

「それで、文字が落ちることなく動かせるというわけか」アシュフォードは推測した。

「そのとおり。そこから校正刷りをつくり、それが校正係へと送られ、まちがいがないかどうかをたしかめる」

アシュフォードは驚いた顔をつくった。「きみが校正刷りの見直しをほかの誰かにまかせていると？」

それに応え、エレノアは荒っぽい手振りをしてみせてから言った。「じつは校正係も最初はわたしだったの。ただ、わたしの役割が増えすぎて、別に雇わざるを得なくなったのよ」

「それはなんともひどい打撃だっただろうな」

「どうにか気をとり直したわ」エレノアは別の従業員を身振りで示した。「あっちの殿方は組みつけ工よ。組み字の束を印刷機にとりつける形に構成するの」

組みつけ工が組み字の束を平らな組みつけ石の上に並べるのをふたりは見守った。

「きちんと組みつけをするには、眼力が必要よ」エレノアはつづけて言った。「一ページの大きさと使う紙を考慮に入れて、一枚の紙に同時に何ページもが印刷できるようにするの。そうすれば、もちろん、お金の節約になるから。この工程では、ページの向きが正しい方向を向いていて、きちんと順番どおりになっているかどうかもたしかめなければならないわ」

騒音のほとんどは木槌をふるって金属片をページの空いているところにたたきこんでいるひとりの男性によって発せられていた。彼は組み字のでこぼこを直し、表面が平らになるようにもしていた。

「ここは印刷前の最後の工程よ」エレノアは組み字を結びつけたひもをとり除いている男たちを身振りで示して言った。男たちは楔《くさび》を使ってすべてを動かないようにしていた。「組み字も、金属の盤も、追加された組み字も、枠も、楔で留める。「あれが型よ。あの型が印刷機にかけられるの。印刷したら、紙を乾かす」エレノアは頭上に干されている印刷された紙を手で示した。「乾いたら、折りたたみ機に入れる。仕上がった新聞は束ねられ、新聞販売業者に送られるわ」

エレノアは手を腰にあてた。「とてもおおまかだけど、これで新聞社のしくみについてはおわかりになったはずよ」

アシュフォードは小さく優美なお辞儀をした。「なんとも……ためになる経験だったよ。癪なことだが」彼は付け加えた。

「あなたのように無気力な人間には荷の重い仕事に思えたでしょうね」エレノアはそっけなく言った。

「もう少し静かな場所はないかな？」彼は騒音に負けない声を出した。

「どうして？　質問には答えたはずよ」

「悔しいことに、心の目を開かせられる経験だったが――」彼は答えた。「すべてを知ったわけじゃない」

「ほかに何があると？」

アシュフォードは身をかがめ、そうして近くに寄ることでエレノアの感覚を満たすと、声をひそめて言った。「きみの秘密さ」


エレノアがすぐさま印刷室を出てすばやく自分の事務室へ向かったのも、ダニエルには意外ではなかった。つまるところ、従業員で一杯の騒がしい部屋で自分の秘密を打ち明けたいと思う人間はいないものだ。

そもそも自分はどうしてここへ来たのだったか？　そう、贈り物をしたかったのだ。しかし、別のことにつき動かされてしまった。彼女についてもっと知りたいという思い。それは出会ってから募りつづけている思いだった。贈り物の箱を届けて、箱を開けた彼女の反応を目にしたら、その場を去るつもりでいたのに、彼女の職場に足を踏み入れたとたん、より大きな思いに駆られてしまった。彼女を知りたいという思いに。

とはいえ、自分を守る必要もあった。無関心という鎧をまとうのだ。ほんとうは関心があるのに、関心などないと彼女と自分をだませるように。

その事実を知られることはないはずだが、彼女は鋭敏すぎて何事も見逃さないかもしれない。彼自身、自分の気持ちに気づいたときにはかなりの恐怖に駆られた。ジョナサンとマーウッドをのぞけば、これまで誰かと親しくなることはなかった。人と距離を置いているほうが容易で安全だったからだ。

しかし、彼女に関しては自分を止められない気がした。磁石のように引きつけられ、物理的法則同様、それを拒むことはできない気が。

それでも、どうにかして自分を抑えていた。

今、ダニエルは彼女のすぐあとにつづいて小さな事務室にはいった。彼女は扉を閉めたが、ブラインドは閉めなかった。箱はまだ机の上に載っている。エレノアは警戒するようにその箱に目を向けてから椅子にすわった。小さな部屋にはほかに椅子がなかったため、ダニエルは立ったままでいた。後ろで手を組み、ゆったりと立つ。

「秘密なんてないわ」と彼女は言った。

「誰にでも秘密はある」ダニエルは言い返した。「誰よりもきみにはそれがわかってしかるべきだ」

「秘密はあっても、新聞に載せる価値のあるものばかりじゃないわ」

「きみの新聞に載っているものに興味はない。でも、新聞の編集者かつ所有者である人間には多少興味がある」

「どうしてかわからない」彼女は鋭く言った。

「貴族の特異性のせいだと思ってくれ」自分で認めるのも気まずいことは明かしたくなかった。

エレノアは訝るように目を細めた。「そんなの信じないわ。うちの従業員と話をしていたときには、単なる好奇心以上のものがあったもの。きっと、今こうして話してくれている以上の理由があるのよ」

ダニエルは黙りこんだ。言うべきか？　とんでもなく危険なことだが、言ってみる価値はあると彼は気づいた。「だったら、真実には真実で」

「いいわ」

「理由は――」彼は率直に言った。「フェートンのレースのあとでしたようなキスをこれまでしたことがなかったからだ。それで、あんなキスができる女性のことをすべて知りたいと思った」

彼が正直に言ったことで、彼女は虚をつかれたようだった。「そう。でも、よく知らない人にキスしてまわる習慣はないのよ」と小声で言う。

「そうであってほしいね」彼は応じた。「そうでなかったら、記事を書いたり、編集したり、校正したりする時間はないはずだ。きみのキスを求めてこのあたりに男たちが列を成すだろうからね」

「そうなったら、がっかりさせて追い返すだけよ」

「でも、五分ごとに立ち上がっては、きみの関心を惹こうとする若い連中を追い払わなければならないとしたら、どんなに大変か考えてみればいい。それに、きみはごまかそうとしている」ダニエルは付け加えた。

エレノアは胸の前で腕を組んだ。「答える義理はないもの」とむっつりと言う。

「ぼくはほんとうのことを言った。今度はきみがほんとうのことを言う番だ」

「それを断ったら？」

ダニエルは背筋を伸ばし、袖から紙くずを払った。「そうしたら、〝放蕩貴族の誘いに乗る〟の連載記事は二回で終了だ。今後いっさい記事は載らない」

彼女は口を引き結んだ。「脅してくるんじゃないかと思っていたのよ」

「取引さ」彼は訂正した。「脅すというのは下品なことばだ」

「正確なことばを選ぶのが仕事なので」彼女は言った。「〝脅し〟と言わせてもらうわ」

「まあ、いい」彼は息を吐いた。「ぼくが持つほんの少しの名誉を引き出そうってわけだな。きみは言いたくないことを言う必要はない」

「ありがとう」エレノアは辛辣な口調で答えた。

「でも、ここに何がはいっているか知りたかったら――」ダニエルは大きな箱にてのひらを載せて言った。「ほんの少しだけきみを知る手がかりを教えてくれてもいいんじゃないかな」

「自分の望みをかなえるのに、本気で贈り物を引っこめるおつもり？」と彼女は訊いた。

「もちろんさ」彼はゆったりと答えた。「気づかなかったかい、ミス・ホーク？　ぼくは倫理観や道徳心の足りない人間なんだ」

「気づいていたわ」彼女はぼやくように言った。「そういうものがビリングズゲートの市場でタラといっしょに売ってないのは残念ね」

「道徳心ってのは魚のにおいより最悪だしね」彼は言い返した。

「同じぐらい腐りやすいし」エレノアは彼をにらんだ。ダニエルは彼女の記者としての好奇心をあてつかのま拒まれるかもしれないと思ったが、にしていた。

賭けは勝利に終わった。少ししてエレノアはこう言ったのだ。「何を知りたいの？」

すべてさ。〈ザ・ホークス・アイ〉の内部を見てまわり、彼女の高揚した情熱的な目を通して大衆紙の新聞づくりを間近で見たことで、彼女について可能なかぎりすべてを知りたいという思いに火がついたのだった。何が彼女のような女性を駆り立てるのだろう？　そうやって駆り立てられ、意を決してことにあたっているエレノアがうらやましかった。うらやましく、すばらしいと思った。

そんな考えはできるかぎりかき消そうとしたのだが、彼女を駆り立てるものや、彼女が大切にしているものを目にすればするほど、内なる自己防衛の壁にそうした感情がぶつかってきた。長年、何事にも関心を持たず、飽き飽きしながらも気晴らしに興じて、自己防衛の壁の陰に身を隠してきたのに、精力と活力に満ちあふれたひとりの女性のせいで、その自己防衛の壁が崩れはじめていた。

「ちょっと待っていてくれ」ダニエルは唐突に小さな部屋からほかの記者たちのいる大部屋へ歩み出た。誰もすわっていない椅子を見つけると、それをつかみ、まわりの人々から不思議そうに見られながら、エレノアの事務室に運びこんだ。

椅子を彼女の机の前に置くと、事務室の扉を閉めた。それから椅子にすわって言った。

「こうやって客になるほうが楽だからね」

「お客をもてなすことなんて、これまでなかったから」と彼女は答えた。

「今日からすればいいさ。さて、何を知りたいのか訊いていたね」

「無理にそう訊かせられた感じだけど」彼女は反抗的な口調で言った。

「ぼくは望むものは手に入れる人間だ」彼は言った。「貴族の特権ってやつさ」

「アメリカで暮らす人は、まともな考えの持ち主なのかもしれないわね。向こうには貴族がいないそうだから」

「でも、大金持ちはいる」ダニエルは指摘した。「それに、爵位がなくても、ぼくはいまいましいほどの金持ちだ」

エレノアは不機嫌そうな目を向けてきた。「絶えずそのことを思い出させてくれるなんて無神経ね」

「おそらく、ロンドンの労働者たちと親しくしてきたせいでそうなったんだな」

「わたしは約束事を守る人間なんです、伯爵様」彼女は辛辣な声で言った。「この箱の中身を見せてもらうのと交換条件にうちの新聞社を見せてまわったわ。それなのに、あなたは見てまわったあとに約束事を変えた」

ダニエルはほほ笑んだ。「約束事というのは絶えず変わるものだからね」

「だったら、それは約束ではなく、提案にすぎないわ」

「それが誰かを支配するということだから」

「わが国の政治体制では――」彼女は厳しい声で言った。「あなたが支配するほうですものね。いつも必ず」

「まったく――」彼は異を唱えた。相当にたのしい気分になっていた。「ぼくのことをボルジアほども最低の人間であるかのように言うんだね」

「ボルジア家の人間といえば毒殺者たちよ」彼女は顎を指でたたいた。「たぶん、まともな考えの持ち主だったのね」

「きみは必要以上に問題を複雑にしているよ。簡単な質問に答えてくれればいいんだ。そうすれば、ぼくが持ってきたものを見ることができる」ダニエルは誘うように箱を軽くたたいた。

エレノアはため息をつき、天井を見上げた。「何が知りたいの？」

そうやって言い負かすのは、ほろ苦い勝利と言えた。彼女となら、一日じゅうことばのやりとりをしていてもいいと思えたからだ。しかし、自分自身の好奇心が強すぎてそれ以上待てなかった。これから訊こうとしていることは、彼女の秘密だけでなく、自分の秘密をも明らかにするものだった。エレノアに強く惹かれ、彼女の過去や内面についてすべてを知りたいと思っていることが自分の秘密だった。

「どうして新聞記者になったんだい？」とダニエルは訊いた。

しばらく彼女は何も言わなかった。自己防衛の気持ちが強すぎて、その程度のことも明らかにできないのだろうか？　しかし、それが彼女を知る手がかりになる気がして、その手がかりがほしいと思った。

しばらくして、エレノアは答えた。「父のせいよ」

「新聞記者になるように勧められたと？　父親が娘にそんなことを勧めるのはめずらしいな」

「父は酔っ払いだったの」彼女は抑揚のない声で言った。「グラブ街の三文文士で、物書きの仕事をするよりも、酒に溺れていることのほうがずっと多かった。わたしはかなり若いころに、食べていこうと思ったら、父に代わって自分がその仕事をしなければならないと悟ったの」

ダニエルは彼女をじっと見つめた。「きみが……お父さんの代わりに文章を？」

エレノアは目を天井から机の上に移し、指でしみとり紙についたインクの丸いしみをなぞった。「十五歳のころからよ。父はひどく酔っ払っているか、アルコール中毒による興奮状態におちいって頭がぼんやりしているかで、じっさいにその文章を自分が書いたと信じていたわ。でも、ある日、床で寝ていて目が覚めたときに、父が書くはずだった書評をわたしが書いているのを見て真実を知ったの。それからはすっかりまかせてくれるようになった。それによって飲む時間が増やせたから」

さっきは彼女が新聞社を受け継いだのではなく、買ったのだと知って驚いたが、今は完全に度肝を抜かれ、ダニエルは椅子から動けなかった。「それで、お母さんは？」

エレノアの口の端にかすかなやさしい笑みが浮かんだ。「親切で、あたたかい人だった。賭け事のやり方を教えてくれたのも母よ。でも……あまり母性の強い人ではなかった。わたしが九歳のときに家を出ていったの。わたしは家のことをやるために学校をやめなければならなかったけど、学校の教師が本を貸してくれたわ。それからはずっと父とふたりきりだった」

「大酒飲みの物書きの父親か」彼女のために突然怒りに駆られた自分にぎょっとする。

エレノアの笑みがゆがんだ。「父はできるだけのことをしてくれたわ。ジンがあれほど好きだったわりには。病気のようなものだったのよ。自分ではどうすることもできなかった」

それでも、怒りはおさまらなかった。エレノアには面倒を見てくれる人間が必要だったのに、誰もいなかったのだ。そのあいだ自分はどこにいた？　学校へ行き、卒業後はヨーロッパ大陸へ巡遊旅行に出かけた。どんちゃん騒ぎをし、次のおたのしみのことしか頭になかった。もちろん、エレノアのことなど知る由もなかったわけだが、自責の念の鋭い刃を肋骨に突き立てられる気がした。

「幼い娘を育てなければならなかったんだから――」ダニエルはうなるような声を発していた。言わずにいられない感じだった。「自分でどうにか立ち直るべきだったんだ」

予期せぬ強い怒りに駆られ、ダニエルは幼いエレノアが酔っ払った父親の世話をする光景を思い描かずにいられなかった。ほかにも働いている子供はいる。この世の残酷な真実だ。花売りの少女や通りの掃除人にはいつも余分に硬貨をやっていた。彼女がほんの少女のころには、誰がエレノアの望みをかなえてやっていたのだ？　誰が彼女の面倒を見ていた？　彼女自身だ。

「今もまだ酔っ払いなのかい？」と彼は訊いた。そうだとしたら、そいつを探し出して……そう、どうしてやるかははっきりわからなかったが、酔っ払いのミスター・ホークがエレノアにしたことに対して、誰かが報いを受けさせてやらなければならない。

「クロス・ボーンズで眠っているわ」とエレノアは答えた。

貧民のための墓地だ。

「もう十年以上も前から」彼女はつづけた。「残念でしかたないわ。あと何年か待っていてくれたら、きちんと葬ってやれたのに」

その声には抑揚がなかったが、目には苦痛の色が浮かんでいた。ダニエルは机越しに手を伸ばして彼女の指と指をからませたいという思いに駆られた。しかし、そんなことをしても喜ばれないはずだ。いずれにしても、今は。それでも、彼女がまとっている鎧の下に、無防備で傷ついた心があることはわかった。守り、大切にしてやりたい心。

大切にする？　キャサリンとジョナサンと、たまにマーウッドの心以外、自分以外の誰かの心を気にすることなどあっただろうか？

それでも、ひとりぼっちの年若いエレノアがまわりのすべての人に見捨てられ、生き延びるためにもがいていたと考えると胸が痛んだ。彼女の怖いもの知らずの大胆な人格は経験によって鍛えられたものなのだ。彼女はつぶされることなく、すべてに耐えて生き延びてきた。

〈ザ・ホークス・アイ〉を思えば、成功したと言ってもいい。

「でも、しばらくはその余裕もなかったから」エレノアはやや明るい声になってつづけた。自分を鼓舞しているのだ。「父が亡くなったあとも、自分の名前で物書きの仕事をしていたの。仕事さえちゃんとすれば、物書きの性別などあまり気にしない新聞社もあったから。わたしは仕事をきちんとはたしながら、新聞記者や編集者としてのはしごをのぼっていった。そうして別の新聞社を経営している人の助手になったの」

「ずいぶんとがんばったんだな」無関心を装ったその声は自分自身の耳にもうつろに響いた。

「でも、誰かのために働くのはもういやだと思ったの」彼女は言った。「自分の思いどおりの人生がほしくなった。だから、お金をためたわ。それで、この場所を買った——さっきも言ったように友人の力を借りてね。ここは以前、女性向けの礼儀作法を説く恐ろしい新聞を発行していたところだった。わたしがそれを変えたのよ」彼女は自慢げに付け加えた。

エレノアが自己満足にひたっているのはたしかだった。彼女が成し遂げたことの半分もできたなら、自分もうぬぼれていたことだろう。それも彼女は女性が前に出ることを好まない世界で、女性であるという不利な条件のもとで成し遂げたのだ。

「単なる大衆紙の記事以上のものを書こうと思ったことはないのかい？」とダニエルは訊いた。

悦に入ったような表情が消え、しかめ面がとって代わった。「〈ザ・ホークス・アイ〉は単なる大衆紙じゃないわ」彼女は噛みつくように言った。「長年の辛い労働と犠牲の賜物よ」

「それはもちろん、そうさ」彼は彼女をじっと見つめた。「でも、きみの記事を読んだんだが、きみはA卿のような人間について記事を書く以上のことができる気がするよ。きみの書く記事はとてもすばらしい。ここでの仕事以上のことができるはずだ。この新聞はとるに足りない大衆紙ではなく、真に重要なものになれる」

今や彼女のしかめ面は恐ろしいほどになっていた。「なんて尊大で侮辱的なことを言うの。わたしのことをこれだけ話して聞かせたのに。〈ザ・ホークス・アイ〉にわたしがどれだけ心血を注いできたかも。それなのに、〝ここでの仕事以上のことができる〟ですって？」

「たぶん、ことばの使い方をまちがえたんだな」ダニエルは非を認めた。

「たぶん、そうね」彼女はぴしゃりと言った。「わたしは願っていたとおりのところにいて、望んでいたとおりのことをやっているわ。人々にたのしみを提供している。人生の教訓もね。それによって人々が日々の暮らしからの解放感を得られるのだとしたら、努力が報われていると思うわ」エレノアは立ち上がった。「お行儀についての教本や、女主人公が最後に必ず死んでしまう倫理的な小説なんかを書くよりもずっといいわ」

彼女の熱く激しい怒りは目に見えるほどに明らかだった。

ダニエルも立ち上がった。「気を悪くさせようと思って言ったわけじゃないことに対して簡単に腹を立てるのは理性的じゃないな」

「そうね」彼女は辛辣な声で言った。「腹を立てたわたしが悪いのは明らかよ。わたしが感情に走る人間で理性的でないのがいけないの」

「まさしくそうだ」彼はきっぱりと言った。「ぼくはきみを褒めているんだから」

エレノアは扉を差し示した。「理性を欠いたわたしは、今すぐお帰りくださいと言うわ」

「エレノア」

彼女の目が燃え立った。「キスをしたからって、わたしを名前で呼んでいいとは言っていないわ」彼女は大きく息を吸った。「さようなら、アシュフォード伯爵」熱い怒りは冷え、氷そのものになった。

ボクシングの技を磨いて過ごすことが多かったダニエルは、戦略的撤退の有効性をよく理解していた。今こそ、そのときだ。そこでステッキをつかみ、帽子をかぶると、きびきびとお辞儀をして事務室をあとにした。

どうしてすべてがこれほどひどく計画からそれてしまったのか考え、彼女が箱を開けなかったことに気づいたのは、馬車に乗りこんでからだった。箱を開けたときに彼女の顔に浮かぶ表情を見たいと思っていたのに。

今は、今後も彼女の顔を見ることがあるだろうかと思わずにいられなかった。

14

シルクをうまく使う以上に、女性を誘惑する確実な方法があるだろうか?

〈ザ・ホークス・アイ〉一八一六年五月十一日

ああ、まったく。

エレノアは何かを投げつけたくてたまらなかった。なんでもいい。しかし、事務室には積まれた紙しかなく、それを壁に放ってもあまり満足できそうになかった。机を蹴ることも考えたが、ブーツがあまり頑丈ではなかったので、おそらくは自分が痛い思いをするだけのことだろう。

そこで事務室の扉を閉め、悪態を吐くことをみずからに許した。かなりひどい悪態を大量に吐く。

どうしてわたしはこんなにひどく怒っているの? アシュフォードが述べた意見は、これまでにも耳にしてきたものばかりなのに。わたしの仕事や〈ザ・ホークス・アイ〉は、社会の役に立たないものとみなされている。忌み嫌われることも多い。わたしのことは多少褒めてくれても。〃きみは軽佻浮薄《けいちょうふはく》なものに才能を無駄遣いしている。どうしてもっと現実的なものを書こうとしないんだい？　もっと実のあるものを？〃

伯爵に言ったことばは真実だった。わたしは自分の仕事におおいに誇りを持っている。この新聞が伝えることに。人々にひとときのおたのしみを提供するのは悪いことではない。ほとんどの人の現実の生活が厳しくままならないことが多い今の時代にはとくに。忙しい母親につかのまの息抜きを与え、銀行員の日々の倦怠をやわらげることができるのだとしたら、それの何がいけないというのだろう？

そんな議論は過去にも数えきれないほどしてきた。相手が男であれ、女であれ、ほとんどの人に、自分のしていることの理由や目的を理解してもらおうとは思わなかった。

それなのに、なぜか、アシュフォードはちがうと期待していたのだ。最初はそうは思えなかったが、この仕事や自分に関して、彼の考えが変わったような気がしたのだった。それがうれしかった。誰かに自分を理解してもらえたことが。自分の野心や愛情をつき動かすものを。

それはなんとも言えず心地よかった。

しかし、彼については思いちがいをしていたのだ。彼もほかの人と同じだった。わたしが骨身を削ってやってきたことをとるに足りないことと片づけた。わたし自身がすばらしいと思っていることよりも〝ましな〟ことがわたしにはできると言う。注意と精力を傾けるべき対象をわたしが自分で判断できないとでもいうように。

鋭い失望感が腹のあたりで渦を巻いた。アシュフォードはほかの人とはちがうと思った自分を呪わずにいられない。彼は柄にもなく、新聞のしくみについて多少なりと関心のあるところを見せてくれた。ほかにそんな関心を見せた男性はいない。若いころに苦労した自分のために怒りに駆られてもくれた。それほどの同情を示してくれたのはマギーだけだったが、マギーはアシュフォード以外でエレノアが過去について話して聞かせた唯一の人間だった。もちろん、若いころの話を男性に話して聞かせたことはこれまでなかった。アシュフォードに明かすよう強要されたのだと自分に言い訳もできたが、そうでないことは自分でわかっていた。あんなふうに自分について明かすことを自分で選んだのだ。そうしたいと望んでいたから。

彼に特別な存在になってもらいたかったのだ。彼の考えが自分にとって重要だったから。それはまちがいだったが。

視線がまだ机の上に載っている大きな紙の箱に落ちた。その箱の中身を知りたくて、子供のころの話をしたのだった。それなのに今は、中身を見たいとも思わなかった。

いいえ、そうではない。まだ中身がなんなのか知りたくてうずうずしてはいる。それでも、それを開けないまま返したいという思いもあった。

指がぴくぴくする。

「もうっ」彼女はつぶやき、箱を開けた。

中身を包んでいる薄紙をはがすと、エレノアは鋭く息を呑んだ。

ドレスだった。見たこともないほどすばらしいドレスだ。深い海のように輝く濃いサファイア色のシルクで、深い襟ぐりと短い袖は真珠と輝くビーズで飾られている。エレノアはドレスをそっと箱から持ち上げた。肩からは銀糸で刺繡がほどこされた、透けるように薄いケープが垂れている。それを着て歩けば、ケープが魔法の霧さながらに後ろにたなびき、空に浮かんでいるように見えることだろう。

エレノアはそっとそれを体にあててみた。いまいましいことに、寸法はぴったりだった。アシュフォードはどうやって知ったのだろう？　きっとインペリアル劇場まで行ってわたしの寸法を聞いたのだ。なんて人。

箱には別のものもはいっていてエレノアはまた息を呑んだ。そっとドレスを脇に置き、箱のなかに手を突っこんでそれをとり出す。

仮面だった。

白いシルクでできた、顔の半分を隠すその仮面は、小さな真珠と銀の刺繡で飾られていた。銀と青のリボンは仮面をつけて頭の後ろで結ぶためのもので、仮面は身もとを隠しながらも目を強調する形になっていた。

こんなものに身を包んだら、信じられないほどすばらしく見えるだろう。エレノアはうぬぼれの強い人間ではなかったが――多少はうぬぼれたところもあるかもしれないが――それだけは絶対にたしかだった。サファイア色のシルクはブロンドの髪とハシバミ色の目を美しく見せてくれるはずだ。

エレノアは目を閉じた。怒りの感情と欲望が戦場でまみえた旧敵同士のようにせめぎ合う。

このドレスはどうしてもほしい。

これを受け入れることなどとうていできない。

少し前のアシュフォードとの言い争いがなかったとしても、このドレスをもらうわけにはいかない。彼にもそれはわかっていたはずだ。それでも、これをくれた。

いったいあの人は何を考えていたの?

気が変わる前に急いでエレノアは腰を下ろし、書きつけをしたため、封をした。ドレスと仮面を箱に戻すと、扉を開け、新聞社の雑用係のピーターを呼んだ。

「これと――」彼女は書きつけを掲げた。「それを――」そう言って箱を顎で示した。「マンチェスター・スクエアのアシュフォード伯爵のところへ持っていって。返事を待ってくれと言われても、待たないでね」

「伯爵様に〝いやだ〟と言うんですか?」ピーターは心もとない顔になった。

「ただ届けて立ち去ればいいのよ。玄関の石段の上に置いてきてくれてもかまわないわ」エレノアは机のところに戻って腰を下ろし、編集の必要な記事を手にとった。ピーターが動こうとしなかったので、「行って！」とぴしゃりと言った。

少年は息を呑んだが、箱を抱えると、急いでエレノアの事務室を出ていった。ピーターが出ていくやいなや、エレノアは記事を下ろし、両手を組んで頭を載せた。絶対にたしかとは言えないが、〝放蕩貴族の誘いに乗る〟の連載記事がこれで終わりになる可能性はとても高かった。怒りに満ちた鬱々とした思いに心を侵される。〈ザ・ホークス・アイ〉に利益をもたらす連載記事を中止することで、新聞の勢いがどれほどそがれるか考えると残念だった。しかし、アシュフォードとあれほど苦々しく別れることになったのはさらに最悪だった。それも、そもそもあってはならないことについて言い争った末のこと。

もう二度と彼には会わないだろうと思うと、新たな悲しみの波に襲われた。

エレノアはそれを押し戻して顔を上げ、また記事を手にとった。自分の個人的な感情がどうあれ、しなければならない仕事はあるのだ。感情にひたるのは、ふんだんにお金を持っている人がすることだ。

三十分後、ピーターが息を切らしながら事務室の入口に現れた。「言われたとおりに置いてきて、誰かに止められる前に走って逃げました」

エレノアは机の一番上の引き出しの鍵を開け、小袋をとり出した。その袋から硬貨を一枚出すと、ピーターに手渡した。「ありがとう」

ピーターは次の用事を聞きに、前髪を引っ張りながら駆けていった。伯爵の家に驚くようなドレスと仮面を投げ捨ててくるほどめずらしい用事はほかにないだろうが。

終わった。伯爵との関係も。それは……つづいているあいだはおもしろく、利益を生むものだったけれど。

でも、伯爵を恋しく思ったりはしない。特別気のきいた反論をしてくるときにきらきらと輝く目も。見つめてくるときに称賛の念を浮かべた顔も。背が高くがっしりとした体も、罪深い口も。いいえ、何にしても、けっして恋しく思ったりはしない。

見慣れたお仕着せに身を包んだ使用人が記者たちの大部屋にはいってきて、彼女の事務室へ向かって長い通路を進んできた。脇には箱を抱えている。

ああ、いやだ。

「読まないわよ」使用人が近づいてきて封筒を差し出すと、エレノアは言った。

「読んでいただくまでは帰ってくるなと言われております」と使用人は答えた。

「だったら、あなたがご主人のところに戻ることはないわね。わたしはその手紙を読まないんだから」

「かしこまりました」使用人は彼女の事務室の隅に身を寄せて立った。箱と書きつけは持ったままでいる。

エレノアは彼を無視することにした。事務室に出入りする従業員たちが隅に立つ使用人に気づいて向けてくる好奇の目も。ほとんどの新聞社にはお仕着せを着た使用人はいなかった。〈ザ・ホークス・アイ〉も例外ではない。おそらく、しまいにあきらめるまで、その使用人はそこに立ったままになるだろう。

使用人はほとんど身動きせずに何時間も立ったままでいた。目を前方に向け、主人の命令を待つときに使用人がみなそうするように、遠くの目に見えない何かを見つめている。褒めてしかるべきだった。名前がなんであれ、この若者はすばらしい使用人だ。何人かの女性記者の目も惹いていた。彼女たちを責めるわけにもいかない。使用人はハンサムで背が高く、お仕着せに包まれた体格も悪くなかった。ふくらはぎの形もいい。

しかし、彼が『千一夜物語』から抜け出してきたような見かけであったとしても関係なかった。さらなる苛立ちと――後悔をもたらす、神経に障る存在であることに変わりはない。エレノアは使用人の存在を気にすることを拒み、丸一日働いた。六つほどの記事を編集し、見せかけだけの礼儀正しさを糾弾する記事を書いた。日が沈みかけるとランプがともされたが、使用人はまだ待っていた。

八時近くになり、そろそろ家に帰る時間だった。

エレノアは立ち上がり、外套に手を伸ばした。「ひと晩じゅうここに立っているつもり?」

「ええ。一瞬でもここを離れたら、伯爵家に戻っても仕事はないと言われていますから」

伯爵をののしることばが頭を満たした。こうなるとわかっていたのね。わたしが使用人に同情するはずと踏んでいたのだ。

いまいましい手紙を読む以外にどんな選択肢がある？　エレノアは使用人の手からそれを奪いとって封を開けた。


ドレスを受けとる必要はない。一時的にあずかると考えてくれればいい。ただし、これから三日以内に行なう次の外出にドレスと仮面が必要になる。

――A

まだこの関係をつづけるつもりでいるの？　あんなふうに事務室から追い出されたあとでも？

おかしくなってしまったのか、それとも、まだ明らかになっていない理由で連載記事を書かせる必要があるのか。

それとも、わたしにまた会いたいとか？

記事を書かせる必要があるというのが可能性としてはもっとも高い。今日あんなことがあった以上、わたしといっしょにいたくてたまらないということはないだろう。

「お返事もお待ちしております」と使用人が言った。

「それはそうでしょうね」

エレノアは机の奥にすわると、紙を一枚とり出し、鵞ペンにインクをつけた。
なんて書けばいいの？　〝くたばれ〟と書くのがいい考えに思えた。〝使用人に対するみたいに命令しないで〟でもいい。〝あなたに関するいまいましい記事は別の誰かに書いてもらって。これまでの苦労を否定されてわたしは傷ついたので〟でも。
そのどれも書かなかった。

日時を指定して。インペリアル劇場で会いましょう。

——E・H

結局、経営しなければならない新聞社があるのだから。彼にまた会いたいということではない。これっぽっちも。

ダニエルには肌の表面を粟立《あわだ》たせる感覚がなんなのかわからなかった。ぴんと張りつめるような不快な感覚。馬車に乗ってインペリアル劇場へ向かいながら、自分の感じているものが緊張だと気づくまでしばらくかかった。神経がぴりぴりするほどの緊張。賭け金を最高に上げて賭けをしているときですら、不安を感じることは一度もなかった。しかし、こうしてエレノアに会いに行こうとしている今、心乱されるほどはっきりと、この感覚が不安であることがわかった。

そう、彼女には会いたかったが、会ってどうなるかは予測がつかなかった。最後はいやな別れ方をし、その後の手紙のやりとりもけっしてあたたかいものではなかったのだから。今夜の彼女はどんな気分でいるのだろう？　彼女の怒りは熱く激しかった。そしてその怒りの矛先は自分に向けられていた。とんでもなく激しい怒りの矛先が。

ダニエルはステッキの頭をにぎり、通り過ぎる街並みに目を向けた。夜の街は一見静かに思える。しかし、見かけは眠っていても、その裏には命が沸き立っている場所があるのだ。今夜はエレノアとそうして沸き立つ釜のなかへ飛びこむことになる。

彼女にどう思われるかがどうして問題なのだ？　自分に対して腹を立てているからといって、どうして気にしなくてはならない？

なぜなら、それは問題だからだ。大きな問題。

そう気づいただけで頭から冷水をかけられた気分だった。劇場に近づくにつれ、すでに張りつめていた神経がさらにきつく張る気がした。

今夜いっしょに出かけることに彼女が賛成してきたことも驚きだった。ドレスに関して自分がやり方をまちがえたことで、きっと彼女のほうから提携関係を終わりにしてくるだろうと思っていたのだ。しかし、経営者としての思惑が個人的な感情をいくぶん上まわったのだろう。あのドレスは今夜が過ぎたら戻されることになる。婦人服仕立屋のマダム・クロチルドが生み出したこのうえなくすばらしいドレスが返品されることなどめったにない。ドレスが戻されれば、きっとマダムは驚き、侮辱されたと感じるだろう。感情を害したとしても、多額の補償をすれば、気をとり直すかもしれないが。

いずれにしても、あのドレスに身を包んだエレノアが見たくてたまらなかった。生地を選び、装飾品を指示するときには、髪や目の色を念頭に置いておいた。ダニエル自身の装いも彼女を引き立たせる色と生地にした——フロックコートとウエストコートと膝丈のズボンという古めかしい宮廷用の装い。三角帽子までかぶっていた。ただし、かつらをつけるまではしなかった。かつらがないせいで、多少効果が薄れたかもしれないが、彼にもそれなりの自尊心はあった。かつらは祖父の時代のものだ。

ダニエルは顔を半分隠している仮面の位置を直した。仮面は身もとを隠すためのものだが、完全にわからなくすることはできないだろう。エレノアに会うことに対する張りつめた期待のあまり、血管を流れる血が速くなっている今はとくに。自分が何者か、もはや思い出せないくらいだった。見慣れた景色のように自分のことを知っているつもりでいたのに——ここに崖があり、あそこにこぶだらけの木がある——今や、その景色がひとりでに模様替えをするように変わりつつあり、ダニエルは途方に暮れていた。自分自身に対して。以前は平らだった場所に岩だらけの山ができ、乾いた平原だった場所には新しくできた川が轟々《ごうごう》と流れている。仮面のせいで、自分を自分と思えない、そんな感覚はさらに強くなっていた。

ようやく馬車が劇場の前に停まった。しかし、そこにエレノアはいなかった。その代わり、黒っぽい髪の女性が楽屋口の前で待っていた。凛とした顔に険しい表情を浮かべている。使用人が馬車から飛び降りて扉を開く前に、その女性が近づいてきて馬車の窓へと身をかがめた。

「あなたのしていることは危険なお遊びだわ、伯爵様」と厳しい声で言う。

ダニエルは礼儀という鎧を身にまとった。「紹介を受けたことがあるかな？」

「あなたのことは知っているのよ、アシュフォード伯爵」女は答えた。「あなたのほうはわたしを知らないでしょうけど」

女優ではない。インペリアル劇場の女優ならほとんど知っていた。舞台に出ているのを見たこともない。衣装係か？　いや、女性の指にはインクのしみがあった。物書きだ。つまり……

「きみは劇作家だね、デラミア夫人」アシュフォードはなるほどというように言った。

女性の眉が持ち上がった。「わたしは世間に知られた人間じゃないわ」

「ああ、でも、きみの作品は知られている。ぼくの友人のなかで、きみの新しい音楽劇を絶対に見逃さない人間がいる」

彼女は得意がりたいという衝動に抗っているように見え、さらに表情を険しくした。「エレノアはわたしがあなたとこうして話しているのを知らないんですけど、あなたに警告しておきたいと思って。あなたのせいで彼女に害がおよぶことになったら、ターナーの『復讐者の悲劇』が春のお祭りに思えるようなことをしてやるわ」

今度は眉を上げるのは彼の番だった。「ぼくを脅すつもりかい？」

彼女は敵意に満ちたかすかな笑みを浮かべた。「庶民が貴族に危害をおよぼすなんて、あなたには思いもよらないことかもしれないわね。そんな罪に問われたら、牢獄《ろうごく》に入れられてしまうでしょうから。でも、エレノアはわたしの一番大事な友人なの。大事に思っている人を守るためにわたしがどれだけ独創的でひたむきな手を使うか、思い知ることになるわ」

「あっぱれな覚悟だね」ダニエルは答えた。率直に発せられた彼女の台詞は悪くなかった。「これだけは言えるが、エレノアを傷つけたり、彼女に害をおよぼしたりといったことは、ぼくの思惑とは遠くかけ離れている」

「そう、でも、思惑と行動がだいぶかけ離れることもおおいにあり得るから」彼女は窓枠に寄りかかって答えた。「ご自分のお遊びに同行するよう彼女を招いたのには、何か隠された目的があるはずよ。そのぐらいはエレノアとわたしにもわかる」何かが気にかかっている顔だったが、彼女はそれを声に出すまいとするように唇を噛んだ。

エレノアはキスのことをデラミア夫人に教えたのだろうか？　ふたりがほんとうに〝一番大事な友人〟同士だとしたら、その可能性は高かった。

ダニエルはできるだけ高慢な声を出して言った。「無礼を働く思惑は――」

「これも思惑がどうのということじゃなく、結果がどうなるかが問題なのよ。あなたは貴族だわ。誰よりも信用ならない連中のひとり」彼女はひとりつぶやくように言った。

「エレノアとぼくのあいだのことはふたりだけの問題だ」と彼は言った。もっと辛辣なことばを使ってもよかったが、相手が女性であることに敬意を払わなければならなかった。たとえ彼女のほうは彼の階級に敬意を払ってくれなくても。

「いいえ、そうじゃないわ、伯爵様。彼女はこの世にひとりぼっちなのよ。わたしもそうだけど。だから、わたしたちは自分の家族をつくらなければならないんです。エレノアとわたしは血縁という面倒くさいもの抜きに姉妹になれた。だから、最後にもう一度だけ言いますけど、彼女が望まないことをされたり、傷ついたりするようなことになったら、あなたのことを探し出して心の底から後悔させてやりますから」

「きみの言いたいことはわかったよ」ダニエルはひややかに言った。なんと尊大な女だ！見上げた根性だと言ってもいいぐらいに。

デラミア夫人は肩越しに後ろを見た。「こうしてお話ししたことは内緒にしておいてください。彼女は自分が守ってもらわなければならない存在にみなされたと感じると、癇癪を起こすことがあるので」

そのことばに彼が答える前に、楽屋口の扉が開き、エレノアがマントを腕に抱えて出てきた。

何を言って、何を言うまいと思っていたにしろ、そのことばは潮が引くように消え去り、ダニエルは岸辺に打ち上げられた魚のようになった。

まちがっていなかった。ドレスの色も形も彼女の美しさを引き立たせている。それもなんとも言えずすばらしく。シルクが体の曲線を美しく包んでいた。〝ネッド〟を思い出させるものはすっかり消え、あの身持ちの悪い〝ルビー〟ですらない。そう、もっとずっと優美で、堂々としていると同時に官能的だった。歩くたびに肩につけられた薄いケープがドレスのサファイア色のさざなみのなかでなびいている。またかつらをつけることはせず、髪は繊細な形に巻かれてまとめられ、そのブロンドの波のなかで真珠がきらめいていた。顔の半分を隠す仮面が目に生き生きとした光を与えている。長く白い手袋をはめていたが、手袋と袖のあいだに三日月型に見える部分とドレスの低い襟ぐりがあらわにしている部分を見れば、彼女の肌がサテンのようになめらかであることはわかった。そこに触れたくてたまらなくなるほどに。

それでも、彼女が馬車へと近づいてくるあいだ、ダニエルはじっと動かずにいた。エレノアは背筋をまっすぐ伸ばし、顎を上げて肩を怒らせている。

まだぼくを赦していないのだ。

デラミア夫人は後ろに下がり、使用人が馬車の扉を開けた。使用人は乗るのに手を貸そうとしたが、エレノアは差し出された手をとらなかった。ダニエルをじっと見つめて歩道に立ったままでいる。

「ふたりで何を話していたの？」と彼女は警戒するように訊いた。

「今夜、伯爵様が何をするつもりでいるか聞いていたの」とデラミア夫人が答えた。

「仮面舞踏会へ行くのさ」ダニエルも話を合わせた。「ある貴族の家で開かれる。内密に招待された人間だけのね」

「あなたたち上流階級の人間らしい夜のおたのしみね」劇作家が息をひそめて言った。

「貴族に生まれた特権を享受できる、内密に招待された客だけの仮面舞踏会に出られなかったら、なんのために上流階級の人間でいるのかわからないだろう？」彼はエレノアに目を戻した。「今晩のおたのしみはきっときみのお眼鏡にもかなうはずだ」

「そういうおたのしみを記事にしたら、読者は喜ぶと思うわ」と彼女は答えた。期待していたほど熱のこもった口振りではなかったが、今はそれで我慢するしかない。

「起きて待ってましょうか、シンデレラ？」デラミア夫人が訊いた。

「今夜はいいわ、魔法使いのおばあさん」エレノアは友人の手をにぎり、ゆがんだ笑みを交わした。「今夜は自分の運命については自分でどうにかするから」

そう言うと、使用人の手を借りて馬車に乗りこんだ。シルクをさらさら言わせてダニエルと向き合う席に腰を下ろした彼女は、石鹸とスパイスのにおいがした。ああ、危険な女だ。うっとりするほど美しく、魅惑的だが、いつでもこちらをずたずたに引き裂いてやろうと爪を出している。

中国の知恵の輪のように複雑な女でもあった。それを解くには時間と忍耐と知性が必要だ。これまではこういう複雑なものは避けるのがふつうだった。女性の連れとなればとくに。今、ダニエルは彼女のもつれた部分やあいまいな部分にどうしようもなく惹きつけられていた。彼女のことがわからないのと同じだけ、自分のこともわからなかった。

使用人が扉を閉め、後ろの台にのぼった。そのあいだデラミア夫人はダニエルに意味ありげなまなざしを向けてきた。彼はひややかな目を返したが、劇作家が友人を守ろうとする姿には尊敬の念を抱かずにいられなかった。

「よい夕べを、エレノア」デラミア夫人は女王のように手を振って言った。

「おやすみ、マギー」エレノアは小さな笑い声をあげた。

しかし、その笑い声も馬車が動き出すなり消えた。ふたりきりになると、お互いから身を守ってくれる人も物も何もなかった。

15

正体を隠すことには危険な力がある。誰よりも穏やかで理性的な人間が、常識にしばられずに済むと信じ、自分の行動の結果に責任を持つことなく、不品行を働きたいという衝動に駆られてしまうのだ。ああ、読者諸兄、それはなんとも危険な幻想である。

〈ザ・ホークス・アイ〉一八一六年五月十五日

馬車のなかに広がる沈黙は、ダニエルがこれまで経験したどんな沈黙よりも気まずいものだった。そのなかには、レディ・ジェーン・レイノルズと肉体的悦びを堪能する夜を過ごしたあとに、彼女をジョーンと呼んでしまったときの沈黙も含まれる。その際は——当然ながら——顔に平手打ちを頂戴し、その後は長いあいだ、どこで会っても、レディ・〝ジェーン〟にはわざとらしく沈黙されることになった。

そのときには少しばかり自分を愚かに感じたが、こんな胸がしめつけられるような痛みは感じなかった。大きなまちがいを犯してしまったが、どうやってそれをとり繕っていいのかわからないという、妙に張りつめた思い。そして、どうにかしてそれをとり繕いたいと思っていた。

エレノアは膝の上で手を組み、窓の外に目を向けたままでいた。はおったマントがまるで繭がかいこを守るように彼女を包んでいる。あとになったら、彼女は蝶《ちょう》のようにその繭から飛び出し、マーウッドの仮面舞踏会に参加しているみんなの目をくらませることだろう。しかし今は、自分のなかに引きこもり、よそよそしく見える。あまりにひややかなその態度に、冷たい空気のなかで自分の息が白くならないのが不思議なほどだった。

「ぼくの扮装《ふんそう》については何も言ってくれないんだね」会話のきっかけとしては褒められたものではなかったが、この沈黙を破るために何かせずにいられなかった。

エレノアは彼にちらりと目を向けたが、表情ひとつ変えずにまた窓の外に視線を戻した。

「古風ね。着ている人と同様に」

「そう言われてもしかたないだろうな」とダニエルは言った。

「もっと悪いこともね」彼女は付け加えた。「でも、ほかの誰かさんとちがって、わたしは不親切な意見は胸にしまっておけるから」

「エレノア――」

「わたしのことをそんなふうに呼んでいいとは言ってないわ」彼女は目に怒りを燃え立たせて彼をにらんだ。

「あんなふうにキスし合ったことを考えれば——」ダニエルは応じた。「〝ミス・ホーク〟に戻るのは退歩に思えるよ。きみがどう思っているにしろ、ぼくらが進歩的な人間であることはまちがいないからね」

「あなたにそんな親しい呼び方を許すのは公平じゃない気がするわ。わたしのほうはそれを許されていないのに」

彼は両手を広げた。「ぼくの友人たちみんなと同じ呼び名を使えばいい」

「それじゃ足りないわ」エレノアは顎をつんと上げた。「あなたがわたしを名前で呼ぶなら、わたしも同じ名誉に浴すことを要求するわ」

「つまり、ぼくをダニエルと呼びたいと？　誰からもその名前では呼ばれないんだが」

「だったら、わたしだけね。特権よ」

ダニエルは顔をしかめた。単なる名前だが、それを使うことには特別な親しさがあった。もっとも親しい人間だけに許された呼び名。誰からもダニエルと呼ばれないのは偶然ではない。エレノアが言ったように、彼女が唯一の人間となる。それはテーブルの下で手をつなぎ合うように、ふたりをつなぐ秘密になるだろう。

悪くない。

「いいさ」彼はしかたないという口調で言った。「だったら、ダニエルでいい。ただし、ふたりきりのときだけだ。そうじゃないと関係を疑われるからね」

「ダニエル」彼女がくり返した。その瞬間、ダニエルは彼女に名前を呼ばれることにこれまで知らなかった喜びを感じた。それを発するときの彼女の唇の形と、子音を発音するときにわずかにかすれる声は喜ばしいものだった。

「エレノア」と彼は答えた。馬車のなかは暗く、彼女は仮面をつけていたが、名前を呼ばれて頰がかすかに赤くなったように見えた。

しかし、そのやりとりがふたりのあいだの張りつめた空気をやわらげてくれるかと思ったが、そうはならなかった。別の種類の張りつめた沈黙が広がった。猫によって誰かの足もとに運ばれた、死にかけたネズミにでもなったように、神経が張りつめる。

エレノアはレディ・ジェーン・レイノルズほども寛容ではないようだ。レディ・ジェーンは何週間か罰として口をきいてくれなかったが、その後またベッドに招いてくれるようになったからだ。そうやって再度手に入れたものはさほど貴重とは思えなかった。恋人ならほかにいくらでも見つけられたからだ。しかし、エレノアの好意を失うと考えると、心がちくりと痛んだ。いや、ちくりとではない。かなり痛んだ。

ああ、謝らなければならないのか。大人になってからはじめてかもしれない。ジョナサンのことをあれほどひどく見誤っていたことについて、キャサリンに赦しを乞うたことはあったが。

あれもめったにない最悪の経験だった。

「あのとき言ったことだが――」ダニエルはうなるようなしわがれ声で言いかけた。「きみの事務室で」

「覚えているわ」エレノアは辛辣な口調で応じた。「記憶に刻みこまれたもの。酸をかけられたようにね。〝きみはA卿のような人間について記事を書く以上のことができる気がするよ〟と言われたことは。それに、うちの新聞のことを〝とるに足りない大衆紙〟と言ったわ」

ダニエルは顔をしかめた。ほんとうにそんなことを言ったのか？　言ったにちがいない。彼女はすばらしい記憶力の持ち主で、そんな侮辱のことばを自分でつくり出したりはしないはずだ。

「きみがぼくを忌み嫌うのは当然のことだ」と彼は言った。

「あら、そう？」彼女は明るく訊いた。「お赦しをありがとう。さしたる理由もなくあなたを嫌っているんじゃないかと心配だったけれど、ちゃんと理由があるとわかってよかったわ」

ダニエルは表情を暗くした。「ぼくを赦してくれるつもりはまったくないのかい？」

「ほかの人たちだったら赦すでしょうね」エレノアは答えた。「でも、わたしはほかの人とはちがうから」

「ああ、まったくちがう。ほかの連中よりずっといい」

エレノアは何も言わず、唇をきつく引き結んで彼を見つめた。軽々しい褒めことばなど彼女には通用しないとわかってしかるべきだったのだ。

「そう?」彼女は首を傾けた。「〝単なる大衆紙〟の記事を書いていても?」

ダニエルはなぐられたかのように顎をこすった。「たしかにひどいことばの選び方だったな」

「わたしが気分を害したのはことばのせいじゃないわ」彼女は言い返した。「その裏に隠された考え方よ」

「それも後悔しているよ」

「そう?」エレノアはじっと彼を見つめた。「ご自分の目的をはたすために、当たり障りのないことだけ言って、わたしに記事を書かせておこうとしているんじゃないかしら。ええ、そう――」彼が否定する前に彼女は言った。「そもそもあなたがわたしに接触してきたのは、何か秘密の理由があってのことだというのはわかっているの。でも、なぜあなたがわたしを利用しようとしているのかということより、新聞の発行部数を上げるほうがわたしにとっては重要だから」

「その理由を教えるつもりはない」彼は暗い口調で言った。

「お好きなように」彼女は軽くいなした。「でも、わたしがすんなり受け入れなかったことは覚えておいて。あなたのその……これって謝罪なの?」

ダニエルは歯を食いしばった。自分が悪かったと認めるのは不愉快で、慣れない経験だった。昔から特権に恵まれ、人に拒まれたり、自分の行動やことばを非難されたりすることはほとんどなかった。ほかの人がどう思おうと気にしなくていいだけの力もあった。肯定されようが否定されようがかまわなかった。自分のしたことを恥じるべきかどうか考えることもなかった。

それでも、彼女の場合は——彼女の場合はとくに——ちがった。

「そうだ」しばらくしてダニエルはうなるように答えた。

「だったら、ちゃんと言って」エレノアは言った。

「その……」ダニエルは息を整えようとした。新たな領域へと足を踏み出すのだ。エレノアのために。「謝るよ」

エレノアは両手を広げてすぐさまそれを受け入れることはなかったが、撥ねつけもしなかった。それはありがたいことだった。こちらは彼女を傷つけたのだから。それもひどく。

ダニエルはつづけた。「きみにとって大きな意味があるとわかっていることをおとしめてしまった。じっさい、きみの生涯の仕事と言っていいものを……」彼は必死でことばを探した。「ぼくが賭場で大金を賭けたり、フェートンのレースをしたり、仮面舞踏会に行ったりといったばかばかしいことをしてまわっているのはなぜだと思う?」

「お金持ちで退屈しているからよ」と彼女は答えた。

すぐさま正しい答えを返され、心が痛んだ。「ほかの貴族のなかには、何かに情熱を抱いている人間もいる。野心をね。そういう連中は政治にかかわったり、科学の進歩のために資金を提供したりしている。それ以外のさまざまな関心事に積極的にかかわっている人間もいる。ただ、ぼくは……」ダニエルはきつくにぎりしめた手に視線を落とした。「……ぼくはそういうものを見つけたことがない。動機もなければ、目的もない。飢えは感じるんだが、それを満たすものを見つけることができないんだ」

彼は陰鬱に笑った。「たぶん、恵まれすぎているのが問題なんだな。あり余るほどの金を持っているのに、さほど責任はない。きみもぼくのことを空っぽな人間だと思っているはずだ」

「わたしが思うに——」エレノアは驚くほどやさしい声で言った。「あなたはまだ自分を探している途中なのよ。だからって空っぽな人間とは言えないわ。正しい情熱に満たされるのを待っている強い器よ。自分に目的がないことに心を悩ませない人間だとしたら、そのほうが心配だわ」

ダニエルは苛々と手を振った。「きみの同情を買おうとしているわけじゃない。同情などほしくないし、同情してもらう資格もない。ただ、説明したいだけなんだ。ぼくには何かに深い関心を抱いた経験がほとんどないということをね。ほかの誰かの夢や野心については、無神経なことしか言えないのもたしかだ。でも、あんなことを言ったのはそのせいじゃない。

た。
ことも
なかった。彼女は警戒するように、ためらいながらも……興味津々で彼を見つめてい
に転げ落ちて闇のなかに姿を消したりはしなかった。エレノアに穴のなかへ突き落とされる
突然地面が割れて穴が開き、そこに呑みこまれるかのようだった。それでも、ダニエルは穴
「くそっ、きみのせいさ」彼は低い声で言ったが、そのことばに思いがけず自分が動揺した。
「わたしの新聞を利用しようと思っているから」
とくにきみに対しては」

さらなることばが口からこぼれ落ちた。ダニエルにはそれを止めることができなかった。言わずにはいられないというように。数週間前、はじめて彼女の事務室に足を踏み入れたときからはじまった自己変革をつづけるために。

「ぼくはいまいましいことに、きみをやっかんだんだ」気がつけば、そう口に出していた。

「きみを尊敬してもいる。そんなふうに思う相手などほとんどいないのに。でも、きみが持っているものや、築き上げたものを見て、ぼくは……」

ぼくはどうしたのだ？　その感情は自分でもはっきりとはわからなかった。ただ、その感情はことばにされたがっていた。現実になりたがっていた。

「……ぼくはきみを尊敬せずにいられなかった。それで……そのせいで……」ダニエルは荒っぽくため息をついた。そうした秘めた感情をことばにしているのが信じられなかった。

しかし、せずにもいられなかった。彼女に対して。そして自分自身に対して。

「自分が恥ずかしくなったんだ」怒っている口調になる。「与えられた特権を無駄にしている自分がね。だから、そう、謝るよ。自分が乗っている土台が揺るがされた気がしたんだ。きみのせいで自分を……」ダニエルはことばを発するまいとするように顎をこわばらせた。

「なあに?」沈黙がつづき、エレノアはやさしくささやいた。「わたしのせいで自分をどう感じたの?」

ダニエルは歯を食いしばるようにして言った。「小さく感じた」

エレノアは身をそらした。そのことばはむき出しで傷ついたまま宙に浮かんでいた。ダニエルは自分がすべてを口に出したことが信じられなかった。自分が心の奥底にひそんでいた思いを認めたことが理解できなかった。イギリスで、もっとも裕福で強大な権力を持つ貴族のひとりである自分という人間の芯の部分が、壊れて空っぽであることを。自分は望むものをなんでも買える。誰にでも、なんでもさせることができる。肉体的にもとても強い。それでも……

自分の内なる弱さのせいで、真に称賛する数少ない人間の名誉を傷つけてしまった。そして、それが恥ずかしかった。

ダニエルは告白するあいだ、彼女をじっと見つめていた。少しずつ彼女の怒りは引いていった。表情がやわらぎ、仮面の下の目に理解するような光が宿った。

エレノアはとても貴重な贈り物をもらったかのようにダニエルを見つめていた。たしかにそれはそうだった。これまでダニエルは、女性たちに宝石や装身具を無造作に贈ってきたが、その誰に対しても、壊れた空っぽの心といった弱い部分を見せたことはなかった。

それをエレノアはそっと受け止めてくれた。目の穏やかさと、唇に浮かんだかすかなやさしい笑みからそれがわかった。

「あなたには小さいところは何もないわ」彼女は静かに言った。「わたしが知っているなかでは誰よりも大きな人よ」

「嘘だ」と彼は言った。

エレノアは首を振った。「ほんとうよ。ご自分のこと、過小評価しすぎだわ」

「生まれてはじめて――」彼は答えた。「心底自分に正直になっているんだ。きみにはひどいことをした。すまない」とまた謝る。「残酷で心ないことを言った。後悔するようなことを。そんなつもりではなかったが、まちがいを犯してしまった」

ダニエルはばかにされるのを待った。もしくは、身のほどを知らされるような辛辣なことばを浴びせられるのを。エレノアは柔和な女性ではなく、自分は彼女を傷つけたのだから。自分の意見を彼女が重く受けとめているのはたしかで、自分はおろそかにできない重大な責任を負っていることになる。

エレノアは誇り高い人間でもある。彼女にばっさり切り捨てられるとしても驚くにはあたらない。

「赦すわ」と彼女は静かに言った。

ダニエルは眉を上げた。「記事を書くために、ぼくに恩を売っておきたいからかい？」

「あなたがまちがいを犯し、それを認めたからよ」彼女は答えた。「あなたが本心を述べてくれたと思うから。それに、〈ザ・ホークス・アイ〉の放蕩貴族の記事をつづけたいのは山々だけど、あなたが真に悔い改めない人間だと思ったら、記事はおしまいにするでしょうね。わたしは自分自身と仕事をとても大事に思っているから、わたしのことを同じように大事に思ってくれない人といっしょに過ごすわけにはいかないのよ」

「賢明だな」と彼は言った。

「いつもそうとはかぎらないけれどね」エレノアはほほ笑んだ。「それに――」彼女は言いにくそうに静かに付け加えた。「わたしも……過剰に反応したかもしれないし」

ダニエルは眉を上げた。「そうなのかい？　欠点のないエレノア・ホークがまちがいを認めると？」

「自分のこと、欠点がないなんて言ったことないわ」彼女は鋭く言い返した。「ほかのみんなと同じく、わたしだって誤ることはあるし、まちがいも犯すもの。仕事や、わたしにとって重要なことについては少し過敏だし」そこで苛立って怒っているような声になる。「わたしたちは標的にされやすいのよ。わたしたちみたいな大衆紙の記者は。三文文士とか、他人の弱みにつけこむ者とか、三流作家とか。なんでもいいから侮辱のことばを言ってみて。一度は耳にしたことがあるから。あんな新聞を読むのはばかだけだとか、記者たち自身が愚か者だとか、才能などみじんもないとか。それにそう、女性が道徳的じゃないものを書こうとするなどあり得ないというわけ。そのせいで何倍も侮辱されるわ」

エレノアは震える息を吸った。「長々と講釈を垂れてごめんなさい。でも、わたしにとってはそこが心に痛い点なの」

「わかるよ」ダニエルは言った。「そこまでの侮辱を受けるのがどういうものか、考えたこともなかった。でも——」彼は皮肉っぽく口をゆがめて付け加えた。「ぼくはきみの新聞から詮索される側だったわけだからね。まあ、それがどうということもないが」

「わたしは仕事をあきらめるつもりはないわ」エレノアは言った。「摂政皇太子ご自身に辞めろと言われてもね」

「彼の意見など誰も聞きはしないさ」

「皇太子をご存じなの？」エレノアは目を丸くした。

「保守党の連中とは距離を置くようにしている。ぼくにもぼくの基準があるのでね」

「よかった」彼女は笑った。「だったら、わたしはシェークスピアや、ジョンソン博士や、ミス・オースティンに批判されても辞めないわ。ほかの誰もわたしの仕事に価値を見出してくれなくても、わたし自身は価値があると思っているから。それに、同じように感じてくれている千人を超える読者もいるし」エレノアはしばらく黙りこんだ。ダニエルも同様だった。どちらも次にどうしていいかわからない気がしたのだ。

やがてエレノアが手を伸ばしてきて、彼の片手をとった。

「ありがとう」と小声で言う。「その……正直に言ってくれて」

彼がそれ以上を望んでいないのはわかっているようだった。心の奥底を明かしたばかりで、ごく単純ななぐさめ以上は受け入れられないと。

ダニエルはうなずいてにぎられた手に力をこめることしかできなかった。何とはわからない熱い感情に喉をしめつけられる。

馬車が停まり、ダニエルは窓の外へ目を向けた。目的地に到着していた。

「きみの読者は仮面舞踏会の内情を知る心の準備はできているかな?」と彼は訊いた。

「読者ができていなくても——」エレノアは笑みを浮かべて言った。「わたしはできているわ」

使用人が扉を開けた。

ダニエルはエレノアに腕を差し出した。「だったら、もっとも教育的な夕べを約束してくれるものへと突き進んでいこうか」

彼女に腕をからめられ、ダニエルはこれからの数時間を異常なほどの興奮とともにたのしみにしている自分に気がついた。彼女のような女性とともに――自分が真に惹かれる相手とともに――こんなとんでもない場所へはいっていくのははじめてだったからだ。

馬車から降りてダニエルの腕に手を置くと、エレノアの全身に滝のように興奮が流れた。心の奥には、まだ先日彼から言われたことに傷ついている部分もあった。その傷が治るにはさらに時間がかかり、彼からもっと誠実な態度を見せてもらう必要があるだろう。彼が心の内を明かしてくれたことが胸にずしりと響いてもいた。すっかり心を開き、自分をさらけ出してくれたことが。心に抱く真実をわたしだけに明かしてくれた。これほどの重要人物に、ほんのわずかでも自信に欠けたところがあるとは驚きだった。しかし、それは真実で、彼はわたしにそのことを明かしてくれたのだ。

ダニエルがそうしたことをほかの誰にも話したことがないのはたしかで、わたしは特権を与えてもらったのだ。

エレノアにとって彼は記事の題材以上の存在だった。もっとずっと大事な存在。そしてどうやら、彼女もダニエルにとって目的を達する手段以上の存在のようだ。ふたりは……〝友人〟ということばでは互いの関係をすべて言い表すことはできない。ふたりのあいだにいまだ存在する不確かなものを表現できていないからだ。それでも、今のふたりの関係を定義しようとすれば、〝友人〟ということばが一番近かった。

不品行きわまりない場で彼とひと晩過ごすことにわくわくしていることも否定できなかった。こうした仮面舞踏会のような催しについて記事を書いたり、噂を聞いたりしたことはあったが、じっさいに参加したことはなかった。今、はじめて参加しようとしているのだ。それも彼といっしょに。ダニエルがそばにいなければ、この半分も刺激的ではないだろう。ダニエル。彼が名前で呼ぶことを許してくれるとは信じられなかったが、許された今、そう呼ぶのは何よりも正しい気がした。ふたりなら、エレノアとダニエルになれる。ミス・ホークとアシュフォード伯爵ではなく。それはふたりだけの秘密だ。

とはいえ、ふたりがこうして親密になった理由を忘れることはできなかった。今夜ここにいるのは、金持ちの遊びの世界をのぞき見て、読者に伝えるためだ。すべてをよく注意して観察しなければならない。

目の前にそびえる家は、誰あろう、マーウッド卿の家だった。ダニエルの家に匹敵するほど巨大で威厳があり、マウント街でも目立つ大きな建物だ。家の前には馬車が何台も停まっており、凝ったつくりのドレスに身を包んだ仮面姿の人々が馬車から降りて家のなかへはいるのに列を成している。邸宅の正面の背の高い窓は開いていて、たのしい時間を約束するような笑い声や音楽が、通りまで響いてきた。

なかへはいるのを待つあいだ、エレノアは列に並んだ仮面姿の客たちの衣装をしげしげと眺めた。客たちはみな途方もない褒めことばをかけ合い、芝居がかった身振りをしては笑い合ったり、すでにいちゃつき合ったりしていた。

　ダニエル以外には聞こえないように声をひそめてエレノアは言った。「クレオパトラが三人、シーザーがふたり、中世の騎士が四人いるわ。エリザベス女王とアフロディーテとバッカスもいる。それに、猫と宮廷人を混ぜたような人も。あなたがた上流階級の人たちってほかの誰かの振りをするのが好きなのね」

　ダニエルは皮肉っぽい笑みを浮かべた。「つねづね自分たちの一挙手一投足に世間の注目を集めているからね。ぼくらを非難できるかい？」

「きっとみんな、自分自身から逃げ出す機会を必要としているのね」エレノアはつぶやくように言った。

　ダニエルは首を振った。「それについて考えすぎてはだめだ。自分を解放する機会としてそのままとらえればいい」

　彼自身は馬車のなかで自分を解放し、自分について誰にも明かしたことのない真実を語ってくれたわけだ。

「どういうこと？」エレノアはささやいた。

「自由さ」ダニエルは小声で答えた。「仮面が何がしかの人物になれる機会をくれるんだ」

「あなたたちはそもそもすでに何がしかの人物だと思うけど」エレノアは指摘した。「世のなかにはそこまで注目されない人間もいるのよ」

「ああ、でも、きみはきみ自身についてそうは思っていない」彼はやさしく責めるように言った。「きみが仕事をする姿を見たことがあるからね。ぼくにはわかるんだ」

ぼくにはわかる――そう断言されると怖い気がするほどだった。

「今夜のきみは――」彼はつづけた。「何十人もの従業員の生活に責任を負う必要はない。記事の構成や内容を心配する必要もない。記者としてのきみ自身のこともね。今夜は考える必要はないんだ。ただ純粋にそこにいればいい」

そのことばを彼は彼自身にも言い聞かせているにちがいない。馬車のなかで言っていたことを考えれば、それは明らかだった。心の内奥を見せたので、今度は感覚と経験を重んじる番というわけだ。

「おもしろそうね」彼女は認めた。

自分を解放できる？　自分の人生は一分一秒にいたるまで、必要に迫られて厳しく制御されている。経営する会社があり、自分を頼りにする従業員たちがいる。今夜も目にしたすべてを記録するという義務を負っているわけだが、ダニエルが言うようにこの機会をとらえて、責任という桟橋に自分を係留している縄を切ってみてもいいのかもしれない。望みどおりの人間になり、ほしいものを手に入れて、あとは野となれ山となれ、だ。

さらなる高揚感の波が襲ってくる。今夜は何が起こってもおかしくない。嵐の只中へ船出して、風と雨を受けながら大笑いできる。彼がそばにいてくれれば。

エレノアはダニエルにひそかに目を向けた。彼は自分の衣装について意見を求めていた。それに対して鋭いことばを返したものの、その衣装に身を包んだ彼は圧倒されるほどにすばらしかった。前世紀の紳士の装いには男らしさが足りないと考える人も、彼をひと目見れば、その体にぴったりしたシルクを着た男性がどれほど男らしく見えるか気づかされることだろう。短いズボンによって長く引きしまった太腿が強調され、ストッキングを穿いたふくらはぎはすばらしい形をしていた。フロックコートは広い肩をぴたりと包み、長い裾が細い腰を際立たせている一方、刺繍のはいったウエストコートが上半身のたくましさを強調している。ひげは剃らなかったらしく、すっきりした輪郭の顔に、黒っぽい伸びかけのひげが、海賊のような雰囲気を与えていた。つけている仮面はいたずらっぽい青い目と皮肉っぽい口もとに注意を惹きつけた。

もう一度味わいたくてたまらないあの口に。

まったく、女性の自制心をここまで働かせなくするなんて、健全な男性とは言えない。彼は武器のように規制されてしかるべきだ。

彼女の内心の思いを読みとったかのように、ダニエルは身を寄せて小声で言った。「そのドレスを着たきみ以上にすばらしいものはこれまで目にしたことがないよ」

「遊び人の心のこもらないお世辞ね」エレノアはただちに言い返した。

「ほんとうのことを言っているだけさ」と彼は応じた。

誰かに大きな手で体をにぎられたかのように肺から息が押し出された。体の隅々まで熱が走る。

この人はとんでもない人だわ。

エレノアが答えを考えつく前に、ふたりは玄関に達し、使用人がダニエルが持っていた招待状を受けとって家のなかへと手振りで招き入れた。別の使用人がマントを受けとり、ふたりを二階へ案内した。

ダンスフロアと思《おぼ》しきところへつづく階段をのぼりながら、エレノアは家のなかの数かぎりないものに圧倒された。とても貴重な飾りや、美術品や、家具で一杯の巨大な邸宅そのものが驚くべきものだった。銀の枝つき燭台《しょくだい》にともされた蠟燭《ろうそく》の明かりが、飲み物や菓子をトレイに載せて運ぶ使用人たちに影を投げかけている。

ようやくふたりは舞踏場に着いた。部屋の入口で足を止め、舞踏場の様子を眺める。明るくなりすぎてまわりがよく見えすぎるのを防ぐため、大きなシャンデリアの半分の蠟燭には火がつけられていなかった。それでも、部屋のなかの様子は見てとれた。鉢植えの木にはいくつか小さなランタンがぶら下がっていて、部屋に妖精の国のような印象を与えていた。つややかな白いシルクの布が中央部分にふくらみを持たせて天井につけられ、さらに魅惑的な雰囲気を高めている。大きな部屋の片隅では、仮面をつけた音楽家たちが、部屋のなかにしつらえられた漆を塗った東洋風の東屋《あずまや》のなかで演奏していた。

客たちが踊ったり歩きまわったりするせいで、舞踏場のなかはさまざまな色で満ちていた。宝石が輝き、シルクがつやめく。鈴を鳴らすような女性たちの笑い声と、男性たちの太い忍び笑いが銀とブロンズのように調和している。シャンパンのグラスが音高く触れ合わされ、トレイを持った給仕が歩きまわり、牡蠣や、おいしそうなつまみや、砂糖衣のケーキなどを客に差し出していた。

「ここで何か食べたら――」エレノアはダニエルに言った。「冥府《めいふ》のようなこの王国に、永遠にとらわれてしまう気がするわ」

「でも、とらわれるには願ってもない場所だ」ダニエルはトレイのひとつから牡蠣をとると、彼女から目を離さずに首をそらし、牡蠣を喉へと流しこんだ。

エレノアは体が液体になってしまった気がした。心臓は雷ほども大きく鼓動している。唇をなめ、ダニエルは言った。「牡蠣のようなものはほかにないな。まあ、あるにはあるが、トレイに載せて差し出されることはない」

エレノアの頬が熱くなった。新たに知るこの妙な世界でも生き延びることはできそうだ。生き延びるだけでなく、それをたのしむこともできる。「給仕がソーセージの皿を持って歩きまわっていると想像してみて」

「きっととんでもない乱痴気騒ぎが勃発するな」

「もう勃発しかけているわ」エレノアは舞踏場の暗い隅を顎で示した。

情熱的に抱擁し合い、ほかの客の目も気にせずにキスをしている男女がいた。エレノアはそちらを凝視したいという思いを必死で抑えなければならなかった。賭場で目にしたキスや愛撫とちがって――高級娼婦と客のあいだで起きていることではなく――これは上流階級の人間同士がしていることだ。この舞踏場へと足を踏み入れた瞬間、たしなみといった制約は忘れ去られてしまうものらしい。

エレノアの全身に脈打つ熱が広がった。ローマの兵士の手が中国の王女のスカートのなかへ消えるのを見たときにはとくに。そのふたりは社交界においてもっとも地位が高く、誰よりも尊敬されている人々かもしれないが、この集まりでは、もっとも根源的な欲望にふけってもいいのだ。

「この場に決まりはあるの？」エレノアはダニエルに耳打ちした。

「ひとつだけ」ダニエルは声をひそめて答えた。その息はエレノアの頬にあたたかく感じられ、煙草のにおいがした。「何にも従わないことだ」

「手綱を放すと口に出すのは、じっさいにそうするより容易だわ」

「きみをあやつる唯一の手綱はきみ自身さ」

客たちの正体を暴きたいという思いもあった。そうすれば、ますますきらめくような記事になることだろう。しかし、この舞踏会の参加者に自由を与えてやりたいという思いもあった。もちろん、彼らが何をしていたかは書くが、彼らの正体を明らかにするのは避けるつもりだった。

とはいえ、全身黒ずくめの装いをした男性の正体はすぐにわかった。この舞踏会の主催者であるマーウッド卿だ。その背の高さと髪の色からまちがいなかった。舞踏場の真ん中で荒っぽいカントリーダンスを主導している。ふつうカドリールは慎ましやかに動くものだが、このダンスは男女が体を触れ合わせることがずっと多かった。男性がダンスの相手を持ち上げ、スカートがめくれるほどに振りまわしている。女性たちは脚を相手の腰に巻きつけてまわっていた。

「こんなダンス、はじめて見たわ」エレノアはつぶやくように言った。

「〝王の愛妾《あいしょう》〟と呼ばれるダンスさ」ダニエルが答えた。「たしか、この家の主《あるじ》が創作したダンスだ」

「才能あふれる人なのね、マーウ——その、この家のご主人は」

「ダンスに加わってみるかい？」

なんとも大胆な誘いだった。放蕩者からだとしても、衝撃的なほどに。彼からここまで大胆な誘いを受けるのははじめてだ。キス以上を求めているの？　わたしもそうなの？

ダンスを眺めながら、自分とダニエルがそこで踊っている姿を想像してみる。脚を彼の腰に巻きつけて。そう考えただけで興奮し、同時に怖くなった。想像を実行に移したくてたまらない思いになったせいで怖かったのだ。しかし、自分を見失うことはできない。夜はまだはじまったばかりなのだから。

「もう少し見てまわりましょう」とエレノアは言った。

「仰せのままに」ダニエルは大きな手を胸にあて、昔風のお辞儀をした。

舞踏場からはいくつか廊下が延びていて、ダニエルはそのひとつへと彼女を導いた。その廊下に面した部屋のひとつの扉が開いていて、なかをのぞくことができた。男女がひとつのテーブルに集まっており、そこにはいくつものジョッキが並んでいた。水差しを抱えた使用人たちが何人か控えていて、空いたジョッキに中身を注ぎ足している。見物人が励ましの声をあげていた。

「競争？」と彼女はささやいた。

「一杯につき百ポンド賭けるんだ」とダニエルは答えた。

「カテリーナ・ディ・メディチが勝っているようだわ」

たしかにカテリーナ・ディ・メディチに扮した女性が競争相手の二倍も速くジョッキを空にし、お代わりを要求していた。ヘンリー八世の扮装をした男がテーブルからよろよろと立ち、うめき声とともに床にくずおれた。ほかの何人かもうんざりした顔で、どうにかジョッキを空にしようともがいている。しかし、カテリーナ・ディ・メディチはちがった。最後の競争相手たちが床に倒れるか、化粧室へと走るまで飲みつづけていた。

さらなる叫び声と笑い声があがった。手から手へと金が渡される。メディチ家出身のフランス王妃は握手を求められたり、背中を軽くたたかれたりしていたが、鯨も驚くほどにエールを鯨飲したばかりとは思えないほどに澄んだ目をしていた。

エレノアは女性に拍手を送り、ダニエルとともに先へ進んだ。

ふいにダニエルは片手でエレノアを守るようにして壁に押しつけた。どうしてそうされたのか、エレノアにはわからなかったが、やがて木と木がぶつかる音が廊下に響き渡り、その奇妙な音の出どころが見えた。月の女神ダイアナと悪魔がフェンシングをしているのだ。それもビリヤードのキューで。

キューで戦うふたりはすばやく突いたり引いたりしながら、笑い声をあげ、互いを途方もなく汚い呼び名で呼び合っていた。ふたりはふたりだけの戦いのために角の向こうへ姿を消した。

ダニエルはすぐには腕を離そうとしなかった。体をエレノアの体に押しつけたままでいる。はじめての感触だったが、ふたりの体はぞくぞくするほど完璧にぴったりと合っていた。硬く引きしまった彼の体が、彼女のやわらかい体にきつく押しつけられている。

ダニエルは彼女の顔の両脇に手をついて彼女を見下ろした。仮面をつけてはいても、欲望が顔にありありと表れている。目が暗くなり、鼻孔が広がった。

「きみがフェンシングに巻きこまれたらいけないと思って」そうつぶやくことばはベルベットのようになめらかだった。

「ダイアナが優勢に見えたわ」エレノアは身動きひとつしていなかったのだが、階段を何階分ものぼったように息を切らしていた。

「悪魔を甘く見てはいけない。型《フォーム》は悪くなかったから」

ダニエルの体形《フォーム》はこのうえなくすばらしかった。彼の目が彼女の唇に向けられる。爪先立って唇に唇を押しつけたいという思いに駆られたが、その瞬間を長引かせたいという思いもあった。解放を待って。

そこでエレノアは言った。「ビリヤードのキューを壊されてもこの家の主は気にしないの？」

ダニエルがようやく一歩下がると、エレノアは押しつけられていた彼の体の感触がすぐさま恋しくなった。

ふたりは迷路のような廊下を歩きつづけた。「こういう集まりのときは壊してくれとばかりにあおるほどさ」ダニエルは答えた。「破壊なくして創造はないという考えの持ち主だからね」

「きっとウィリアム・ブレイクを読んでいるのね」

「ブレイク、バイロン、それにもちろん、〝いかがわしい貴婦人〟の作品も」

ああ、そうね、匿名で官能小説を書く悪名高き貴婦人。彼女の正体は出版社以外には完全に秘密にされていて、出版社はその正体を明かして金の卵を産むガチョウを殺すつもりは毛頭ないようだった。そのため、それはイギリス随一の秘密となっていた。エレノアも大胆不敵で勇敢なその貴婦人のことは称賛せずにいられなかった。それに、その誰とは知れぬ女性がみだらな場面を描く能力にすぐれていることもたしかだ。

ふたりは賭け事の部屋を見つけた。客たちはドネガンズにいるのと変わらないほど途方もない額を賭けている。エレノアとダニエルはヴァンテアンのゲームに何度か加わった。賭けているあいだ、彼女は別の類いのお遊びにも興じることをみずから許した。彼がカードでとくにいい手を出したときに、それを祝って彼の腕に触れたり、顎に指を走らせたりしたのだ。それに対してダニエルのほうは、自分のてのひらと彼女のてのひらを合わせたり、巻き毛をもてあそんだりした。つかのま触れ合ったり、肌と肌をかすめるようにしたりすることで、興奮がどんどん募った。

これだけでは物足りないと思うほどに。

何度か賭けに勝つと、ふたりは賭け事の部屋をあとにした。アーチ型の天井の大広間では、ふたりの紳士が値がつけられないほど高価なタペストリーをよじのぼっており、まわりで人々がはやしたてていた。

そんな破天荒な振る舞いを目にするのはエレノアにとってははじめてのことだった。

「仮面をつけるとこうなるのね」エレノアはその光景を見ながら声をひそめて言った。

「そろそろきみも見ているだけはおしまいにして——」彼女をそこから引き離して舞踏場へ

と連れ出しながら彼は言った。「自分ではじめるべきだ」

この数週間の出来事と今夜のことがエレノアの頭のなかを駆けめぐった。今のふたりなら、なんでもできそうな気がした。「何を考えているの？」とあえぐようにして言う。

ダニエルは舞踏場へまた足を踏み入れた。ワルツの調べと思しきものがはじまろうとしていて、ダンスフロアには男女の踊り手が集まりつつあった。ダンスそのものは禁断の香りを失っていたが――つまるところ、ワルツは〈オールマックス〉でも踊られていたわけだから――踊り手たちは礼儀作法で決められている以上に身を寄せ合って立ち、互いのあいだにある程度の隙間をあけるのではなく、体を密着させていた。

ダニエルに指と指をからみ合わされ、エレノアの全身に電流が渦巻いた。彼は謎めいた笑みを浮かべ、指をからませた手を引っ張ってそっと彼女をダンスフロアに導いた。まるでベッドに誘いこむような仕草だった。

「ワルツは踊れるかい？」彼は熱く親しげな声で言った。処女かどうか訊くような声だ。

「踊れるわ」とエレノアは答えた。肉体的なことについてそっけなく認めるような声で。ダニエルは顎をこわばらせた。

片手を組み合わせ、もう一方の手をダニエルは彼女の腰に、エレノアは彼の肩に置いてふたりは踊る体勢を整えた。体と体はぴったりと合っていた。廊下にいたときと同じように。今度は何十人もの人々の目の前だったが。

またぞくぞくする感覚が全身に走った。自分にも経験はあるかもしれないが、こんなふうではなかった。互いに対して、そして見ている人たちに対して、互いに求めるものを大胆かつあからさまに示して見せているのだから。

音楽がはじまり、ふたりは動きはじめた。

ダニエルが頭を下げて耳打ちしてきた。「きみは今や記事に書かれるほうにいる」

16

ダンス以上に象徴的な行動はない。

〈ザ・ホークス・アイ〉一八一六年五月十五日

わかってしかるべきだった。期待してしかるべきだったのだ。ダニエルのように、フェートンのレースであんな手綱さばきを見せ、流れるような男らしい上品な物腰を持つ男性がすばらしい踊り手であろうということは。彼のように社会的地位の高い男性はみなそうだが、彼にもダンスの教師はいたのだろう。手をとられてダンスフロアに導かれつつ、これから経験することは喜ばしいことにちがいないと心の準備はできていた。ワルツならこれまでほかの男性と何度か踊ったことがあった。からかうようなリズムと、目がまわるような回転と、腰に押しあてられた男性の手——そのほぼすべてがなかなか心地よいものだった。

しかし、ワルツの最初の調べが舞踏場に流れ、ダニエルに導かれてステップを踏みはじめると、〝なかなか心地よい〟などということばではまるで足りなくなった。

彼とのワルツについては、誘惑されているとしか言いようがなかった。くるりとまわったり、横に揺れたりするたびに、体と体が共鳴し合うのがわかる。腰に置かれた手は、肌と肌のあいだに布があるにもかかわらず、焼けつくように感じられた。組み合わせた彼の指は、長く、表現豊かで、惑わすようでもあった。この指がほかに、どんなふうにどこへ触れてくるのだろう？　エレノアは知りたくてたまらなかった。

思いきって彼を見上げてみる。その場に彼女しか存在しないかのように見つめ返してくる彼の目は燃え立っていた。それが見るべき唯一のものとでもいうように。彼にとって自分が唯一のものではなく、すべてであると思わせる目だった。

「わたしのこと、そんなふうに見るべきじゃないわ」踊りながらエレノアは小声で言った。まわりで部屋がぐるぐるとまわるようだった。

「そんなふうって？」ダニエルの声はなめらかだった。

「わたしが下着姿でいるのを想像しているような目で」

「ぼくが想像しているのは、もっと身につけているもののの少ないきみだ」

全身に熱が走り、胸と脚のあいだに集まった。これまで人目のあるところでここまで興奮したことはなかった。驚くべきことで、ぞくぞくするものも感じた。

「きみはすばらしい想像力の持ち主だから――」彼はワルツに合わせて彼女をくるりとまわしながらつづけた。「きっと服を着ていないぼくを思い描いたこともあるはずだ。裸のぼくを想像してくれたことがあるといいな」

〝裸〟ということばがエレノアの全身にまた電気を走らせた。気どったところのない、むき出しのことば。

「そんなことを考えるなんて、うぬぼれすぎよ」エレノアはどうにか軽蔑するような声を出した。

「ぼくはうぬぼれに生き、うぬぼれを呼吸しているからね」ダニエルはうっすらと笑みを浮かべて言った。「きっときみも気づいているだろうが、ぼくは上流階級の人間だし、ほかにもうぬぼれる要素は色々ある」

「その色々にはかなりあれこれ含まれるにちがいないわね」と彼女は言った。

「ぼくらは互いにとって社会階級を象徴する存在以上になったはずだ」もっと真剣な声で彼は言った。腰にあてられている手に力が加わる。

「わたしにとってあなたはもう〝あの高慢な伯爵〟じゃないわ」エレノアも正直に言った。

「ぼくはもうずっと前から、きみのことを〝あの女記者〟とは思っていないよ。今のきみはエレノアだ」

まるで誘惑のことばのように名前を呼ばれ、エレノアはつまずきそうになった。

「そしてあなたはダニエルだわ」彼女は今ここで、仮面をつけたダンスのさなかで、彼の名前を大胆に親しげに口にすることをみずからに許した。自分だけが真の彼を知っているというように。

「だったら、白状してくれ――裸のぼくを想像したことがあると」巧みにダンスフロアでリードをとりながら、ダニエルはなおも言った。それは質問ではなかった。

エレノアは否定できなかった。彼の肩の筋肉に日があたったらどんな感じだろうとか、腹の形をなぞったらどうだろうとか、うっとり考えて過ごすことも多かったからだ。彼もほかの男性同様、多少は腹が出ているのだろうか？　それとも、彼の腹は平らで硬いのだろうか？　今、ドレス越しにその体を感じることができた。腹は出ていない。体には少しの脂肪もついていなかった。すべてが引きしまった男らしさであふれている。ありとあらゆる場所が。

裸の腹を思い浮かべれば、その心の目をさらに下へと動かし……特別な部分を思い描かずにいるのは不可能だった。今、その部分は彼女の腹にあたっていた。太く、曲がっていて、興奮しているのがはっきりわかる。

「わたしは新聞記者よ」ステップに意識を集中させようとしながら彼女は答えた。「想像力がどこへ向かおうと、自分でもどうすることもできないわ」少し心の平衡をとらなければ。エレノアは何気ない口調をつくった。「誰であっても、裸だとどんな感じか想像してしまうかもしれない」

「でも、きみが思い描くのはぼくだ。ぼくがきみを思い描くように」

エレノアは彼から目を離せなかった。心臓が重々しく鼓動し、口のなかが渇いた。ふたりはターンをくり返したが、頭がくらくらしているのはダンスのステップのせいではなかった。ダニエルは彼女をきつく抱き寄せていて、踊りながら、体はぴたりとくっついたままだった。

「わたし……」マギーの警告が頭のなかで鳴り響いた。〝気をつけるのよ、いい？ 彼みたいな男性はよく知ってるわ。毒蛇ほどにも信用できない人間よ〟

でも、やめるわけにはいかない。ここでやめるのは、小舟が滝に落ちるのを止めるくらい不可能なこと。そこにはみずからを解放するすばらしい落下が待ちかまえているのだから。でも、落ちた底には何があるの？ 澄んだ水？ それともたたきつけられる岩？

このダンスをつづけていたら、このまま進んでいったら、わたしはどうなるの？ 彼にすっかり魅せられ、とりこにさせられる自分の姿が容易に目に浮かんだ。完全に自分を見失ってしまう姿。ふたりでいるのがとびきりすばらしいことだとわかっているのだから。その味を知ってしまったら、体が彼を求めてやまなくなる。

「ちょっと休憩したいわ」エレノアはダニエルから体を離し、ダンスフロアから急いで抜け出して化粧室を探した。彼から離れておちつきをとり戻す時間が必要だったからだ。何もかもがあまりに速く進み、抑えがきかなくなりつつあった。多少でも正気をとり戻さなければならない。

エレノアは薄暗い照明の廊下を渡った。ほかの女性たちが向かっている方向を見て、そのあたりに化粧室があるとあたりをつけていた場所があった。舞踏場を離れると、音楽が遠くなった。戻ってくる何人かの女性たちとすれちがう。

男らしい足音が背後で聞こえた。ダニエルだ。あとをついてきたのだ。

「ちょっとひとりになりたいの」エレノアは肩越しに言った。

返ってきた声はダニエルのものではなかった。「でも、そうしたら、きみは逃げてしまうかもしれない」

はっと振り返ったエレノアは腕をつかまれた。インドの王子の扮装をした背の高い男が目の前に立っていた。

「手を放して」エレノアは凍るような声を出した。

「そうしたら、やっぱりきみは逃げてしまうと思うよ」その見知らぬ男は答えた。誘うような笑みを浮かべているつもりにちがいないが、みだらなものにしか見えなかった。

「わたしも同じことを言うけど――」怒りに全身を貫かれ、エレノアは歯噛みして言った。「あなたに関心を寄せられたくないの。放して。今すぐ」

男は彼女を引き寄せた。息も服も鼻をつくほどのワインのにおいがした。「さあ、きれいな青いお嬢さん、あの宮廷人と踊っているのを見たよ。内気な振りをするんじゃない」

「こうされても内気だと言うつもり?」エレノアはそう言って男を蹴った。足は下腹部までは届かなかったが、太腿に思いきりあたった。

男は痛みによろめき、唐突に彼女を放した。エレノアは体勢を崩してあとずさったが、腕をつかんできた男の背後に危険な敵意をみなぎらせた人影が現れたのに気づき、はっと背筋を伸ばした。その人物は男の襟をつかみ、男が喉を絞められたような声をもらすほどきつくしめつけた。

「このご婦人がはじめたことを――」現れた人物は怒りに満ちた荒々しい声で言った。「ぼくが終わらせる」

ダニエルだ。

エレノアをつかまえようとした男が息を呑んだ。「彼女のほうから頼んできたんだ――」

「そんなはずはない」ダニエルは噛みつくように言い、こぶしをかまえ、男の顔面に見舞った。

男はダニエルにつかまれたままぐったりとなった。ダニエルが襟を放すと、男は床にくずおれた。

しばらくのあいだ、廊下で聞こえる物音は、かすかな音楽の調べとダニエルとエレノアの激しい息遣いだけとなった。ふたりはうつぶせに倒れている男を見下ろしていた。

「この人のこと、どうしたらいい？」とエレノアは訊いた。

ダニエルはまわりに目を向けて閉じた扉を顎で示した。「あそこに入れておこう。足を持ってくれ」

扉を開けると、そこは小さな応接間だった。エレノアは見知らぬ男の足を持ち、ダニエルは脇の下を抱えた。ふたりは意識を失った男を持ち上げると、使われていない部屋に運びこんだ。

男をソファーの上にそっと寝かせることはせず、暗黙の了解で床に放り出した。男の体はどさりと愉快な音を立てた。それでも、エレノアの手の震えは止まらなかった。

「この部屋に絨毯《じゅうたん》が敷きつめられていて残念だわ」彼女は男をにらみつけながら小声で言った。「何をしているの？」

ダニエルは机の引き出しをあさり、鵞ペンとインク壺《つぼ》を見つけると、それらを伸びている男のところへ持ってきた。「持っていてくれ」そう言ってインク壺をエレノアの手に押しつけた。

エレノアがはじめは当惑し、やがて満足感に包まれながら見守るなか、ダニエルは鵞ペンの先をインクにひたし、男の額に文字を書きはじめた。

〝私は無力な女性を襲う人間です〟

怒りと恐怖はまだ熱く体のなかをめぐっていた。そうした力をおよぼされていることに抗おうとして、エレノアはわざと浮ついた口調で言った。「〝無力な〟ということばには異議を申し立てるわ」

ダニエルは気分を推し量ろうとするように彼女に目を向けた。声にはまだ刺《とげ》があったが、彼女の軽い口調に合わせるように言った。「ぼくの手並みも認めてくれよ」

ふたりは一歩下がり、男を見下ろした。インクを肌から洗い落とすには少々時間がかかるだろう。肌にしみついたインクがなかなか落ちないことはよく知っていた。この男にもっと制裁を加えてやりたい思いもあったが、男がしばらくのあいだ自分の行動を悔いることになるのはまちがいなかった。

エレノアはダニエルのほうを振り向いた。この人はわたしを——守りに来てくれたのだ。同じことをしてくれる男性がどれだけいる？　きっといない。わたしは自立し、自信にあふれた現代的な女性なのだから、古臭い騎士道精神を見せられてうっとりしたくはない。それでも、そうせずにはいられなかった。この人はわたしを守ってくれた。

「まだひとりになる時間が必要かい？」彼は心配するようにやさしい声で訊いた。「ぼくがほかの場所へ連れていってあげられるよ。どこか安全な場所へ」

「新鮮な空気が吸いたいわ」とエレノアは答えた。

ダニエルが差し出した腕を彼女はとった。手の下に感じられる腕はたくましくしっかりしていて、乱れた神経をおちつかせてくれた。

部屋を出ると、扉は開けたままにしておいた。恥ずかしい格好で気を失っている男を誰かが見つけてくれるように。

ふたりは舞踏場の端をまわったが、そこにも熱い抱擁を交わしている男女がいた。ようやく長く広いバルコニーへと開かれた高いフレンチドアまで達すると、バルコニーは暗闇に包まれた庭に面していた。その庭にもさらに男女が隠れているのはまちがいない。バルコニーにもひと組だけ先客がいた。互いに寄り添って立つ男女が、誰にでもわかる口説き文句をつぶやいている。

ダニエルはエレノアをバルコニーの明るいところから暗がりへと導いた。バルコニーの端まで来て足を止めると、エレノアは彼の腕から手を離した。両手で石づくりの手すりをつかみ、夜の空気を深々と吸いこむ。五月でかなり涼しい夕べだったが、冷たい空気が心地よく、気持ちをなだめてくれた。あやういところで危機を脱したことへの怒りと恐怖がゆっくりと消えていく。

エレノアは目を閉じて顔をあおむけ、男をうまく片づけてくれたときのダニエルの顔に浮かんでいた憤怒の表情を思い出した。彼にしてはなんとも野蛮な行動だった。すでに見知らぬ男につかまれた腕は、彼女が自分で振り払っていたのだから。それでも、ダニエルがあの下衆な男をなぐってくれたことに、心の奥底でぞくぞくするものを感じなかったと言ったら嘘になる。

後ろに立つたくましい体のあたたかさに包まれたと思うと、腕が伸びてきて、彼女の手の横に手が置かれた。

「あの男を殺してやりたかった」重く響く声で発せられたそのことばに、エレノアは全身が震える気がした。

「わたしもよ。でも、しばり首になる危険を冒す価値もない男だわ」彼女は目を開け、生垣や木々の黒い輪郭に目を凝らした。暗がりにいる誰かが忍び笑いをもらしている。

「でも、きみには、人を殺してもかまわないと思うだけの価値がある」と彼は言った。

エレノアは夜の闇に目を凝らしつづけていたが、彼のことばは大砲の号砲以上に強く心に響いた。なんて返したらいい？　これまで誰にも守られたことがないのもそうだが、自分のために人を殺してもかまわないなどと言われたのもはじめてだった。

ああ、この人にどうして抗える？

暗闇のなか、ついさっき危険から逃れたばかりで、エレノアは自分をとり繕うことができなかった。これまでずっと自分を守るために張りめぐらしてきた何層もの防壁が粉々に崩れ、霞のように夜の闇のなかへ吹き飛んでしまった。今は自分について真実しか話せない。

「あなたのせいで漂流している気分よ」と告白する。

「きみはぼくをつなぎ留めてくれた」と彼は応じた。

「わたし……」自分自身にすら認めたくもない秘密を口に出してしまいそうになる。「……怖いの」

「ぼくが？」信じられないという声だ。

「わたし自身が。わたしたちが」

しばらくダニエルは黙りこんだ。正直に言ったことで、気分を害してしまったの？

やがて彼は言った。「どちらにとっても未知の領域だからね。どちらに得ということもない」

「これからどうなるの？」

「それを……」ダニエルが身を寄せてきた。身を寄せられても怖い感じはしなかった。「ふたりでいっしょに探索するのさ」

「わたしがそれを望まなかったら？」エレノアはそう訊かなくてはならない気がした。

彼はすぐさまあとずさった。彼女の体が不満の声をあげた。体以外も。「そうだとしたら、ここで終わりにする。きみが決めるんだ」

エレノアは息を吸い、ゆっくりと吐いた。ここが転換点になる。現実に何かを失う前に歩み去ることもできる。

とはいえ、それは無理だった。自分のすべてが彼を求めていた。

「わたしが決めるとしたら……」エレノアはまた息を吸った。世界は変わりつつあり、変化を引き起こしているのは自分だ。「答えはイエスよ」

つかのま、すべてが動きを止め、静まり返った。やがてダニエルがまた近づいてきて背中に体を押しつけた。エレノアのなかで何かが砕け、きらきら輝くかけらになった。

うなじに彼の唇を感じる。

全身に炎が走った。「こういうことって必ず負け戦《いくさ》になるのね？」

「負けて勝つのさ」彼は彼女の腕に手を走らせた。触れたところに繊細な炎を走らせながら、その手が肩に達した。ダニエルは彼女を振り向かせた。大きな手で頭を包むと、唇と唇を重ねる。

前にキスしてから永遠に時間がたった気もするが、ついさっきだったような気もした。しかし、芳醇《ほうじゅん》な味わいを持つシルクのような唇に唇を愛撫され、時間は意味を失った。すぐさま彼女は口を開き、舌と舌をからみ合わせた。彼の濃厚な香りが鼻腔《びこう》を満たす。エレノアはたくましい胸に手を押しつけ、てのひらに激しい鼓動を感じた。キスが深まると、指が曲がり、彼にしがみつく格好になった。バルコニーの手すりに背中を押しつけられても、気にもならず、彼の味わいと感触にひたすら溺れていた。

熱い情熱に満ちたキスだった。明らかに欲望に駆られた唇の奪い方。腰に押しつけられた感触から、彼がどれほど興奮しているかもわかった。欲望に駆られている度合はエレノアも同じだった。彼に自分の体をこすりつけ、互いの反応から力と喜びを分かち合う。ダニエルが胸の奥でうなり声を発し、エレノアはかすかな声をもらしてそれに応じた。体は炎に包まれている。

「きみがほしい」彼が荒々しく言った。「今すぐに」

「ダニエル――」

彼はうなったが、身動きをやめた。「ここでやめるかい？」

「あなたの馬車を呼ぶのにどのぐらい時間がかかるか訊こうとしていたの」

「一分もかからないさ」

「呼んで」

ダニエルは一歩離れた。バルコニーの隅へはほんのわずかな明かりしか達していなかったが、ズボンをふくらませている興奮の証《あかし》の輪郭ははっきりわかった。エレノアの心臓の鼓動は大きくなり、脚のあいだのうずきが募った。

彼は首を振り、皮肉っぽくほほ笑んだ。「使用人であるかのようにぼくに命令してくるのはきみだけだよ」

「でも、従ってくれるわよね」エレノアは喉を鳴らすように言った。

彼のまぶたが伏せられた。「喜んで。命令を下すのがぼくの番になるまではね」

彼女は眉を上げた。「命令されて何かをするのは得意じゃないの」

「だったら、争うしかないな」ダニエルは手を差し出した。「おいで。ぼくのベッドで裸にするまでは放さないからね」

そのことばを聞いてまた熱波が全身を駆け抜けた。

彼の指に指をからませる。ダンスフロアに導かれたのは彼に共鳴したからだったが、それもこの瞬間への前触れにすぎなかったのだ。ふたりはともに望むものへと、止めようもなく、着実に突き進んでいた。

「そのあとは放すの?」とエレノアは訊いた。

「もちろん放さないさ」ダニエルは彼女を引き寄せてまた獣のような飢えを感じさせるキスをした。洗練された上品な伯爵の姿はそこにはなかった。今の彼は原始的な情熱につき動かされる男にすぎなかった。

「急いで」エレノアは身を引き離してささやいた。待つのはいやだった。これから自分がしようとしていることの意味を考えたくもない。ほしいのは今このときだけ。その結果がどうなろうとどうでもいい。


ダニエルはつねに使用人には給金をはずむようにしていた。給金をはずめばそれだけ、使用人たちがより有能ぶりを発揮してくれると思っていたからだ。

その考えはまちがっていなかった。ありがたいことに。馬車は満足いく早さでマーウッドの家の前に現れた。ダニエルとエレノアを乗せるために使用人が扉を開けた。一分もしないうちに、馬車は彼の家へと向かっていた。エレノアはダニエルと向かい合う座席にすわっていた。髪からはいくつかピンがはずれ、ほつれた巻き毛が背中や仮面をつけた顔のまわりに落ちている。彼自身の衣装はきつく、身動きしづらく思えた。

「そこにいたら遠いわ」エレノアが自分の横の座席を撫でて言った。

ダニエルは手をぎゅっとにぎりしめた。「こうする必要があるんだ」これまでになく太い声になる。

「わたしにまたキスしたくないの?」エレノアは誘うようにかすかな笑みを浮かべた。ふだんから大胆な女性であるのはたしかだが、この大胆さはこれまでにないもので、その威力に、床へと打ち倒されそうになる。

「自分の名前すら思い出せないほどなんだ」ダニエルはあえぐように言った。「きみにキスしたくてたまらないよ。でも、一度はじめてしまったら、止めることはできない。きみと愛を交わすまではね。ふたりのはじめてのときを馬車のなかで迎えたくないんだ」彼女に手を伸ばしたい思いから気をそらそうと、指が反射的に広がっては閉じた。「このときをずっと待っていたんだから」

「そうなの?」彼女の声には驚きがあらわだった。

「ぼくがどれだけ忍耐力を駆使していたか、きみにはわからないだろうな」これまでも、いっしょにいるときはいつも肉体的欲求が刺激され、欲望の紘がどんどんきつく引きしぼられていっていたのだ。「時間をかけたいんだ。ひと晩じゅう。一インチも余すところなくきみを知りたい」

エレノアの笑みが薄れ、目がみはられた。「ああ」

ふたりは彼の家へ戻るまで、何も言わず、互いに触れ合うこともなかった。馬車のなかの空気は熱と期待でぎらつくように思われた。信じがたいほどの意志の力で、ダニエルは彼女に手を伸ばさずにいたが、彼女の感触を前以上に知った今、体の要求は激しくなっていた。

馬車はようやく家に着き、石段の前に寄せた。

「今回は厩舎じゃないの？」とエレノアが訊いた。

「人目を忍ぶことはない」彼は答えた。「玄関からはいるんだ。いっしょに」

そう言って馬車を降り、彼女を助け下ろした。エレノアは彼の横に立って家を見つめた。浮かれていた表情が警戒するものに変わる。

彼女が突然警戒する顔になったことを訝りながら、ダニエルはなかへ導いた。執事も使用人たちも、彼とエレノアにお辞儀をした。ダニエルは帽子とマントと仮面をとり、彼女のマントも脱がせた。妙なことに、仮面のリボンをほどいてそばに控えている執事に渡す彼女の指は、かすかに震えているようだった。

エレノアはダニエルに目を向け、その目をそらした。仮面をとった彼の姿を目にすることが――そして、仮面とともに自分の防御もはがされたことが――親密すぎるとでもいうように。

「書斎にワインを頼む」ダニエルが執事に命令した。

「かしこまりました」執事はひそやかに姿を消した。

アーチ型の玄関の間を、円を描くようにゆっくりと歩くエレノアからダニエルは目を離さなかった。「思っていたよりもずっと大きい家ね」と彼女はささやいた。

ダニエルは肩をすくめた。「部屋の半分は使っていない。住んでいるのはぼくだけだからね」

「貴族の住まいに足を踏み入れるのは今夜がはじめてよ。最初はマーウッド家で、今度はあなたの家。記事にしたことはあっても、はいったことはなかったの。ようやくその経験ができたけど、奇妙な感じだわ」

「貴族の家は隙間風がはいって寒いことが多いよ」彼は言った。「あまり住み心地のいい場所じゃない」

「でも、人を感心させるつくりになっている」

「きみは感心したかい？」彼は半分冗談で訊いた。

エレノアはようやく彼に目を向けた。「ほんとうのことを知りたい？　あなたとわたし……わたしたちはまるでちがう世界の人間よ。前々からそれはわかっていた。でも、こういうものを目にすると――」エレノアは玄関の間の高いアーチ型の天井や、大理石の床や、らせんを描く巨大な階段の上に吊り下げられた第二代アシュフォード伯爵の肖像画を手で示した。「それがずっと現実味を帯びて感じられるわ」

「きみはぼくのことを知っている」ダニエルは彼女に一歩近づいた。「じっさい、ぼくらはそれほどちがわないはずだ」

「たぶん、ある点ではそれほどちがわないんでしょうけど」エレノアはわずかにあとずさって認めた。「でも、ほかの点では……」そう言ってスカートの前に手を走らせた。それも自分を守ろうとする仕草だった。「ちょっと怖い気もするわ」

「ぼくを怖がらないでくれ」彼女が自分を怖がっていると思うといやでたまらなかった。

「ちがうわ。あなたのことが怖いわけじゃない」

ダニエルのなかで何かがゆるんだ。「こういうのをきみが目にしたら……」彼は壮麗な玄関の間や、王政復古の時代から一族に代々受け継がれてきた椅子や、頭上に輝く巨大なシャンデリアを身振りで示した。「怖いという以上の何かを感じてくれると思ったんだが」

「わたし……」エレノアはぎごちなく笑った。「あなたにばかだと思われるわ」

「あり得ない」

「だってわたし……興奮もしているんですもの」彼をちらりと見た目には欲望がまだ燃え立っていた。

細やかにことを進めなくては。ベッドをともにしたほかの女性たちに対しても、できるだけ彼女たちが悦びを得られるようにし、その意思を尊重してきた。気の進まない恋人とベッドをともにするほど興醒めなことはないからだ。しかし、そうした女性たちに対しても、エレノアに対するほどの強い欲望は感じなかった。気が変わって彼女たちがベッドをともにすることなく去ったとしても、肉体が多少苦痛を覚えることはあっても、耐えられないことではなかった。もしエレノアにこのまま去られたら、生涯彼女を失ったことを悔やんで過ごすことになるだろう。

ダニエルは必死で欲望を抑えこもうとした。彼女が望まないことを強いたり、説得してさせようとしたりしてはならない。それでも、自分は彼女を欲し、必要としていた。

彼女にそばにいてほしい。幸せにしたい。望むものをなんでも与えたい。

今夜はここで終わりにするわけにはいかない。夜明けまで話をするだけで終わったとしてもかまわない。とにかく彼女と離れることはできない。

「夜、家にひとりでいるときに放蕩貴族が何をするか、見せてあげるよ」ダニエルは家の奥にある書斎のほうへと腕を差し出した。

エレノアをともない、ダニエルは祖先の肖像画や、チッペンデール様式のテーブルや、青と白の中国元朝時代の花瓶が並ぶ廊下を進んだ。エレノアは鋭い目をあちこちに走らせ、値踏みしたり分析したりと、絶えず頭を働かせている様子だった。今も一世紀前につくられた銀の燭台に目を向けながら、ふたりを隔てる社会的な溝の深さを推し量っているのだろうか?

とはいえ、さっきはふたりのあいだのちがいに興奮しているとも言っていた。彼女には贅沢な思いをさせ、気まぐれや望みをなんでもかなえてやれる。そうしたいと心から思っているのだから。彼女の人生には放埓なところが少なすぎる。それを自分が与えてやれたなら、と思わずにいられなかった。

書斎に着くと、すでに暖炉には火が入れられていた。暖炉のそばのテーブルにはふたつの空のグラスとワインのデキャンタが置かれている。そのそばに、ふたりのためにふたつの肘かけ椅子も用意されていた。

エレノアはなかに足を踏み入れ、棚に数多く並べられている本に目を注いだ。ゆっくりと顔に笑みが広がる。

「きっと先祖代々受け継がれてきたものね」そう言って何冊かの本の背表紙に指を走らせた。

ダニエルは背筋を伸ばした。「自分で買ったものも多い」

エレノアは棚から一冊抜いて題名が書かれているページを開いた。「ジョセフ・バンクスの『エンデバー』誌だわ。発行年は去年」眉が上がる。「つまり、放蕩貴族が家でするのはこれってこと？　読書？」

「ときどきね」ダニエルは隅にあるチェス盤を顎で示した。「たまにひとりでチェスもする」

彼女はチェス盤のところへ歩いていって駒を調べた。「わたしにはチェスの知識はないわ。でも、カードを渡してくれれば……」

「その結果がどうなるかはもう知ってるさ」ダニエルは彼女のあとを追いながらそっけなく顔をしかめた。「今夜は大金を巻き上げられるつもりはない」

「放蕩貴族が悪の巣穴に引きこもるときには、ほかに何をするの？」エレノアはチェス盤から離れながら訊き、机に目を向けた。机の上には書きかけのものも含めた書類や手紙が散らばっていた。彼女の顔に笑みが広がる。「詩を書いているとか？　女性の胸を賛美する詩節を書かない人間は放蕩者を名乗れないと聞いたことがあるわ」

突然ふと思いついたことがあり、ダニエルも顔に笑みを浮かべた。「ぼくよりもきみのほうがいい詩を書けるんじゃないかい？」

エレノアは腰に手をあてた。「つまるところ、わたしは物書きですもの」

「いいだろう、うぬぼれたお嬢さん」ダニエルは胸の前で腕を組んだ。「勝負しよう」

「詩を書いて？」エレノアは信じられないというように彼をじっと見つめた。

「詩よりもいいものがある。五行戯詩《リムリック》を書くんだ。下品であれば下品なほどいい」

「それで、何を賭けるの？」と彼女は訊いた。

「ひとりがリムリックを思いついたら、もう一方は……」どうする？「何か思いきったことをする」

「何かばかげたこと？」エレノアは首を振った。「今夜はばかなことをしたい気分じゃないわ。それに、お金を賭けるわけにもいかない。あなたは巨万の富のクロイソスだけど、わたしは大樽《おおだる》で暮らす貧しいディオゲネスですもの」

「だったら、何を賭けたいんだい？」

エレノアは顎をたたいた。やがてその表情がいたずらっぽいものに変わった。「わかった。負けたほうは着ているものを一枚ずつ脱いでいくのよ」

それは悪くない賭けだった。「ただし――」ダニエルは付け加えた。「敗者の服をはぐのは勝者とする」

エレノアは含みのある笑みを浮かべて紙とペンを持った。「裸になる覚悟をしておいてね、伯爵様」

17

ことばの代わりに、扇や、手袋や、まなざしや、目くばせで相手を誘う人は多いが、誘惑にもっとも有効なものがなんであるか、ちゃんとわかっている人はほとんどいない――それは、ことばそのものである。

〈ザ・ホークス・アイ〉一八一六年五月十五日

ダニエルとエレノアは暖炉の前の椅子にそれぞれ腰を下ろした。ダニエルはワインをふたつのグラスに注いだが、手は震えず、そうしていっしょにいて興奮していることをエレノアに知られずにすんで内心ほっとしていた。グラスを受けとってひと口飲む彼女に、暖炉の火が金色の光と影を投げかけ、彼女はよりすばらしく見えた。暖炉のそばにいっしょに腰を下ろした女性はエレノアがはじめてではなかったが、彼女がここにいる今、ほかの女性のことは思い出せなかった。今夜がどういうなりゆきになろうと、今後ほかの女性のことを思い出すことはない気がした。

「どうやってはじめるの？」とエレノアが訊いた。

「リムリックを考えるんだ」とダニエルは答えた。

彼女は目を天に向けた。「それは決めたじゃない」

「決まりをつくれとぼくに言っているなら――」彼は言った。「きみは完全に運に見放されることになるぞ。ぼくは決まりを破る人間で、つくる人間じゃないんだから」

「わたしも同じよ」エレノアは椅子に背をあずけて言った。「でも、わたしとあなただったら、きっとこの知恵比べに使える決まりを思いつけるわ」そう言って考えこむように天井を見上げたが、やがてぱちんと指を鳴らした。「相手より先にリムリックをつくったほうが相手のどの服を脱がせるか決めるの」

なんとも愉快な決まりだった。「じゃあ、そういうことで」

エレノアはグラスの縁越しにほほ笑みかけてきた。緊張がゆるんだようで、ゆったりと過ごしている。彼女らしさをとり戻したようだ。「すんなり決まりを受け入れたわね。前にこの遊びをしたことがあるのかしら」

「今夜がはじめてさ」

彼女は低くかすれた笑い声をあげた。「そう。ようやくあなたにとってはじめてのことを見つけたってわけね」

「きみのおかげでぼくの人生もだいぶ独創的なものになってきたようだよ」ダニエルはそう

認めたが、正直に言いすぎた気がしてワインをひと口飲んだ。おちつかない思いでいたのは彼女だけではなかったのだ。エレノアはまつげを伏せ、まつげ越しに見つめてきた。「あなたのおかげでわたしの人生もそうよ。でも、ねえ、時間を無駄にしているわ。そろそろ知恵比べの時間よ」

ふたりは考えをめぐらして黙りこんだ。火花が散るほどに頭が回転する。そもそもどうしてこんな知恵比べをしようなどと思い立ったのだろう？　そう、彼女に気を楽にしてもらいたかったからだ。服を脱がせるなどという決まりがほんとうに採用されるとは思ってもいなかったが。自分にも多少はことばをあつかう才能があるはずだったが、こんなに——エレノアの服をはぐなどという——高い賭け金を目の前にして、頭は腹立たしいほどに真っ白だった。

沈黙を破ったのはエレノアだった。立ち上がると、グラスを掲げ、牧師のごとくおごそかに詩節を披露した。

サリー出身のきれいな若い女は
いつも急いで着替えをする。
急ぐあまり、下着を忘れたせいで、
風にスカートを腰までまくられ、

毛だらけのお尻があらわになっちゃった。

ダニエルの胸の奥深くから笑いが湧き起こった。「知恵比べはぼくにとって厳しいものになりそうだな」ほかの何にもまして。

「わたしが一ポイント獲得ね」とエレノアは言い、彼に手振りで示した。「立って。最初の賞金をもらうわ」

鵞ペンを使わなくても、文章をつくるという行為が彼女の気分をほぐしたようだった。より自信に満ち、屈託ない様子になっている。そうあってほしいと心から願っていたとおりに。

ダニエルはグラスを脇に置いた。「最初の?」立ち上がりながら眉を上げる。「つまり、次もあるということか」

エレノアはいたずらっぽくほほ笑んだ。胸の真ん中を射抜くような笑みだった。「あら、当然でしょう、伯爵様」

彼が立つと、彼女はゆっくりとそのまわりを歩いた。考えこむように顎を撫でながら、頭のてっぺんから爪先までをじろじろと眺める。そうやって眺められることに耐えるあいだ、ダニエルの心臓は激しく鼓動していた。そう、夜がふけるにつれ、彼女がより大胆になってきているのはまちがいない。

「まずは何がいいかしら?」と彼女はつぶやいた。

「靴だな」とダニエルは言った。

エレノアは鼻を鳴らすような音を立てた。「つまらなすぎるわ。いつかはあなたの足を見てもいいけど、今興味を惹かれるのは足じゃない。そう――」彼女は一歩下がって彼をじっと見つめながらつづけた。「まずは上着ね」

ダニエルは命令に従った。命令されるのをたのしんでいる自分もいた。いつもは命令することに慣れすぎていたからだ。袖をゆるめ、肩からシルクのフロックコートをはずそうとしたが、彼女が背後に来てびくりとする。彼女の手がゆっくりと腕を撫でた。

触れられて、ダニエルの体は即座に反応してこわばった。

エレノアは撫でる手をさらに上へ動かし、肩で止めると、そこの筋肉に指を走らせた。撫でられたすべての部分に火がついたが、ダニエルは動くまいとした。彼女は肩にそって上着の襟へと手を動かし、指で襟をつかんで上着を引っ張った。

「従者にやってもらうときはこんなふうじゃないな」彼は荒い息で言った。

「そうでしょうね。でなかったら、従者を首にするか、給金をはずむかしなければならないもの」

エレノアが上着を引っ張り、ダニエルがそれに協力して、ふたりは力を合わせてゆっくりと上着をはいだ。まだ脱がされた最初の服だったが、上着がはぎとられて脇に置かれると、ダニエルはひどくむき出しにされた気がした。シャツとウエストコート姿で立っている――

そのことだけで、体が燃え立った。

再度前に立つと、エレノアは彼をじっと見つめた。腕や肩や胴体に注がれるまなざしは熱かった。目だけでさらに服をはいでいるかのように。

「なんとも芳しい遊びを考え出したわね」と彼女は小声で言った。

「食べ物も芳しいほうが好きだからね。遊びもそうであってなぜいけない？」

エレノアは無遠慮な目をくれた。「あなたにとっては熱くなりすぎる遊びかもしれないわよ。舌をやけどするほどに」

くそっ。その舌で彼女を味わいたいものだ。しかし、ダニエルはぴんと張りつめた自制心の手綱をきつく引いた。これは彼女のためにしていることだ。彼女の気持ちを楽にし、喜ばせるために。

「どのぐらいたつんだい？」彼は危険をはらんだやさしい声で訊いた。「きみが最後に汗をかいてから」

「ずいぶんとたつわ」しばらくして彼女は答えた。

ダニエルの根幹にある原始的な部分が満足のうなり声をもらした。彼女が未経験の処女でないことはわかっていた――じっさい、それをありがたいと思っていた――が、だからといって、彼女がほかの男といっしょにいる姿を想像するのはたのしくなかった。エレノアと恋人同士になるなら、彼女に自分以外の男をすべて忘れさせなければならない。突然ことばが頭に浮かび、ダニエルはそれを口に出した。

グラブ街の物書きの女性は
新聞をたくさん売っている。
彼女にはすてきな愛の交歓が入用だ。
だから成功を祈らずにいられない、
その偉業に挑もうとする恋人の。

甘い笑いを引き出せたことが最初の褒美となった。それから彼女は考えこんだ。「〝すてきな愛の交歓〟ですって？　どこへ行ったら、そんなものが見つかるの？」

「ぼくにいくつか考えはある」ダニエルは答えた。「でもまずは、賞金をいただかなければ。じっとしていて」

互いの距離を縮めると、彼はボディスのなかですばやく上下する胸をじっと見つめた。それから、彼女の片手をとり、腕を撫でて、その強くなめらかな感触をたしかめた。

ダニエルはゆっくりと手袋をはずしはじめた。指を一本ずつ軽く引っ張り、腕を包むサテンをゆるめる。それから、長手袋のてっぺんに手を伸ばし、肘の上を軽く撫でると、少しずつ下ろして肌を露出させた。

それを見ていたエレノアの呼吸がどんどん速まるのがわかる。やがてようやく片方の手袋がはずされ、彼女の左腕がすっかりあらわになった。ダニエルは最後に一度、むき出しの肘から手首までを撫で、てのひらに模様を描いた。それから、もう一方の手袋にとりかかった。もう一方の手袋も床に落ちるころには、ダニエルもエレノアもあえぐような息遣いになっていた。彼のウエストコートもズボンも、猛々《たけだけ》しい興奮の証を隠す役には立っていなかった。これほどに硬くなるのははじめてだった。それも上着と手袋をとっただけなのに。

彼は彼女に一歩近づいた。キスをし、もっと彼女を感じずにいられなかったからだ。しかし、彼がまた動く前に、彼女が息を切らしながら言った。

湖水地方から来た世慣れた不埒な青年は
イングランド一の悪名高き遊び人。
ロンドンからキルケニーまで
数多いる恋人のせいで、
いつか彼の一物はお菓子のようにひからびる。

ダニエルははっとした。もちろん、彼の領地が湖水地方のバッセンスウエイト湖の近くにあることを彼女は知っているはずだ。彼のことについても、上流階級全体についても、彼女が知らないことなどひとつもないのだから。

やがて彼は笑い声をあげた。「ちゃんと糖衣をかければ、ぼくのケーキがひからびることはないさ」

エレノアは口の端を上げた。「砂糖は高くつくもの」

「いいものはみなそうだ」と彼は応じた。

「高くつくと言えば――」彼女は言った。「賞金をもらわないと」そう言ってまた彼をじっくり見つめ出した。目が服から服へと移る。そんなふうに見られると、すでに自分が裸になっている気分だった。全身で欲望が脈打つ。

エレノアは彼の上半身に手をすべらせた。触れられてダニエルは声をもらした。雌馬のにおいを嗅いだ種馬なみに身がこわばり、ぶるぶると震える。理性が霧散し、動物になった気がした。欲望と渇望のみに支配される。

エレノアの手はウエストコートのボタンの脇を過ぎてさらに上にのぼった。その手が古風なクラヴァットの襞へと達する。エレノアは上着を脱がせたときと同様にゆっくりと時間をかけてそれをほどいた。指が顎の下をかすめ、しまいにむき出しになった首の肌に触れた。

クラヴァットは床へと落ち、放り出されたほかの服に加わった。

「これを見たくてたまらなかったの」エレノアはささやき、そっと指先で彼の喉のくぼみに触れた。

ああ、殺されてしまいそうだ。

かすれた声で彼は言った。

遊び人と記者が決闘をした。
どちらもばかではなかったので、
ことばとことばを闘わせ、
ことばの剣を交えて、
やがてはともにベッドにはいる。

「ダニエル――」

「ぼくの番だ」彼は膝をついた。「ぼくの肩に両手を置いてくれ」

それに疑問を呈することなく、エレノアは指示に従った。ダニエルは彼女のスカートの下に手を伸ばした。ドレスの生地がこすれる音がし、つややかな生地がちらちらと光った。彼はストッキングの上端とその上のシルクのような肌に手で触れた。太腿のあたたかい肌を撫でると、彼女がその感触に身を震わせるのがわかって誇らしくなった。

ガーターを避け、ストッキングを穿いた脚の感触をたしかめながら、太腿、膝、ふくらはぎへと手をすべらせる。強くしなやかな脚。手はさらに下のすねへと降りた。

「ぼくに寄りかかって」と彼は低い声で言った。彼女がそれに従うと、足を片方上げさせ、上靴のリボンをほどいた。ほっそりした靴は床に落ち、ダニエルはしばしシルクに包まれた足を手で持っていた。女性の足がとくに官能的だと思ったことはこれまでなかったが、エレノアにこうして触れていると、彼女が信頼して心を開き、正直になってくれている気がして、全身が燃え上がるような熱に満たされた。

ダニエルはもう一方の靴も同じように脱がせ、それを脇に置いた。彼女の喉の奥からうめくような声がもれた。ダニエルは膝をついたまま、ドレスのシルク越しに彼女の腹から太腿の付け根まで顔をすりつけた。うめくようなくぐもった声がはっきりした声に変わった。エレノアは彼の髪を指で梳いた。

「ダニエル」息を切らすような声。「ああ、キスして」

彼は時間を無駄にせず、すぐさま立ち上がって彼女を引き寄せると、口を大きく開いて濃厚なキスをした。エレノアは彼にしがみつき、すっかり体をあずけてきた。ダニエルはその情熱が発するほんのわずかな火花で爆発してしまう火薬になった気分だった。

「あそこに」エレノアはソファーへ目を向けながら、あえぐように言った。

すぐさま愛を交わしたくて焼けつくような思いに駆られながらも、ダニエルは首を振った。

「きみをベッドに連れていきたいと言ったはずだ。ベッドできみをぼくのものにする」

エレノアはがっかりした顔になった。「遠いの？」

「ぼくは脚が長いからね」

ダニエルは彼女を腕に抱き上げ、扉へと向かった。肩で扉を押し開けて廊下を渡り、しっかりした足どりで階段をのぼった。いずれにしても今夜は急ぐつもりはない。耐えきれないほどの悦びを互いに与え合うのだ。

エレノアは何を望むにしても、それを与えられることになる。踊り場に着き、すばやく寝室へ向かいながら、ダニエルは自分に誓った。すべて彼女のものだ——とくにぼく自身が。

頭では、すべてが変わってしまうとエレノアにはわかっていた。取材の対象と愛を交わしたいとそれしか望んでいないのに、どうやって記者としての客観性を保つ振りができる？ そしてダニエルの言動からして、彼もまったく同じことを望んでいるのがわかる。

しかし、彼の腕に抱かれて寝室にはいると、自分でもまだ信じられないことではあったが、物事が変わってしまうのを気にすることができなかった。彼がほしくてたまらず、彼のほうも自分を望んでくれている。今この瞬間、それ以外に重要なことは何もなかった。

これはほんとうに起こっていること？ ダニエルと恋人同士になろうとしているなんて。数週間前に事務所に怒鳴りこんできた、あのハンサムで、誇り高い伯爵と。しかし、今の彼はあのときよりはるかに大事な存在になっていた。引きしまったたくましい体のこの人がわたしを望んでくれている。あまりにすばらしく、信じがたいことで、自分の想像のなかのことにちがいないと思うほどだった。でも、ちがう。これはほんとうのこと。その思いに全身が共鳴する。

暖炉の火だけに照らされた彼の大きな寝室については、つかのまの印象しか得られなかった。どっしりとした黒っぽい家具、ペルシャ絨毯、暖炉の上の風景画。すぐにそっと天蓋つきの大きなベッドの上に下ろされ、部屋のなかの様子は頭から消えた。気にすべきなのはベッドの足もとに立ち、すばやく残りの衣服を脱いでいる彼だけだ。

「急がないで」エレノアはそう言って肘で体を支えて身を起こした。「この瞬間を待ち望んでいたのはあなただけじゃないのよ」

ダニエルが動きを止めた。「ぼくだけじゃない」とつぶやく。

自分の思いや望みを大胆に告白してしまったが、今ここは、報いを恐れずに真実を語れる時と場所のはずだ。しかも相手はこれほどに信頼する唯一の人。信頼して体だけでなく、心もあずけられる人。エレノアは彼のまなざしを受け止めた。ダニエルは彼女のことばに従って、ボタンをひとつずつゆっくりとはずしてウエストコートを脱ぎ、絨毯の上に放った。暖炉の火が彼を後ろから照らしている。上質なリネンのシャツを着た体の輪郭がくっきりと見えた。ダニエルは急がずにシャツのひもを引っ張って襟を開け、胸の上のほうの筋肉をあらわにした。胸は黒っぽい毛で覆われていた。その毛が下のほうへつながっていると思うと、エレノアの口に唾が湧いた。ずっと下までつながっているの？

それを知るのに長く待つ必要はなかった。ダニエルはシャツの裾をつかむと、頭から脱いだ。その動きに従って筋肉が盛り上がってからまた伸びた。それから、ああ、彼は上半身裸になった。

「あなたって貴族らしい、やわな体じゃないのね」エレノアはかすれた声で言った。

ダニエルは腰に手をあてて眉を上げた。「シャツを脱いだ貴族を何度も見たことがあると?」その声にかすかに嫉妬の響きがある気がして、エレノアはうれしくなった。

「いいえ。でも、想像はできるわ。お酒を飲んだり、ご馳走《ちそう》を食べたり、お遊びに興じたりしてばかりでは、あまり強靭な肉体はつくれないでしょうから」その瞬間、ことばを口にできたことに自分でも驚いた。

片手を平らな腹にあて――ああ、そう、胸の毛はズボンのウエストバンドの下まで一直線につながっている――ダニエルは言った。「うちの一族は痛風に苦しめられてきたから、ぼくは痛風には悩まされまいと思ってね。フェンシングやボクシング、それから乗馬に水泳もしている」彼のまなざしがわずかに暗くなった。「体を動けるようにしておけるものならなんでもやる」

何かから逃れるためとでもいうようだった。おそらくは彼自身から。理由はなんであれ、そうして体を動かすことで、肉体に魔法をかけたようだ。彫って削ったような体で、大英博物館で目にしたどの彫像よりもすばらしい体形だった。腰のあたりで山形にズボンのなかへと消えていくきれいな筋肉の曲線にはとくにうっとりせずにいられなかった。何かを示すような曲線。

シャツとウエストコートを脱いだ彼の興奮の証は、ズボンを大きくふくらませていた。彼に触れたくて手がうずうずしたが、エレノアは忍耐力を駆使した。

「つづけてくれていいわ」そう言って彼への欲望を軽く見せようとするように、そっけなく手を振った。あくまで、ごまかしでしかなかったが。

ダニエルはまた礼儀正しくお辞儀をしたが、シャツを脱いでするそれは、いつもとはまるでちがう、獣のような動きに見えた。彼の筋肉の動きを見ていると、賛辞を受ける多神教徒の女王になった気分だった。

ダニエルは靴を脱ぎ、長靴下を脱いだ。残るはズボンと下着だけとなった。

彼の手がズボンのボタンにかかると、エレノアの心臓は糸の切れたタコのように舞い上がった。本能のまま相手をいたぶろうとするように、ダニエルは時間をかけてボタンをひとつずつはずした。ズボンを脱ぎ、薄い下着姿になると、全裸も同然だった。薄い生地は透けるようで、たかぶったものの美しい形がはっきりとわかったからだ。ひもを引っ張って結び目をほどくと、彼は下着をはぎとった。

そして彼女の前にほんとうに全裸で立った。

ああ、なんてこと。なんて美しい人。引きしまっていて、硬くて、官能的で。

「放蕩生活の結果がこれなら——」エレノアはどうにかことばを押し出した。「あなたのような生活を送るよう推奨するわ」

「もうおしゃべりはたくさんだ」彼がベッドの端に膝をつき、近づいてくる。狼が獲物に忍び寄るような仕草だった。「今度はきみの番だ」

しかし、まだ誘惑ごっこはできる。エレノアは肘で体を支えて背をそらした。胸が持ち上がり、ドレスの襟ぐりがさらに下がった。やがてゆっくりと腹這いになり、彼に背を向けた。

「このドレス、脱がされたがっているわ」

彼のやり方は彼女の思惑とはちがった。すぐにドレスの留め金をはずしにはかからず、手を脚に走らせて尻の曲線を撫で、腰のところに置いたのだ。

エレノアの背筋に悦びの震えが走った。自分にこれほど時間をかけ、単純な動作で悦びを与えてくれた男性ははじめてだった。シルクとシルクがこすれる音がする——ドレスと下に敷いている上掛けがこすれる音。エレノアは熱と激しい感覚に溺れた。

しばらくして、ダニエルは留め金をひとつひとつはずしはじめた。

そうしながら、ドレスの背中を開けて徐々に肌をあらわにしていく。彼の息が肌を撫で、むき出しの背中を唇でなぞられてエレノアは身震いした。

「耐えられなくなりそうだ」と彼はつぶやいた。

エレノアも同じ意見だった。まだはじめたばかりなのに、すでに溶けた蠟のようにめろめろになっていた。

エレノアはあおむけになると、ダニエルから離れて立ち上がった。彼と目を合わせたまま、肉欲の塊になった気分でドレスを体からはぎとろうとする。

これほど大胆なことをするのははじめてだった。それでも、彼に対しては心からそれでいいと思えた。完全に自分を解放すること。事務的で現実的な外見の下にひそむ、官能的な生き物を表に出すこと。

ダニエルはベッドの横に膝をつき、彼女の体からドレスをはがすのに手を貸した。その手は体に留まり、撫でたり愛撫したりしている。撫でられて全身にまわった炎がさらに激しさを増した。ようやくドレスが体からはがされ、ダニエルはシルクや真珠を気にかけることなくドレスを脇に放った。目をみはるほど高価な芸術作品のようなドレスを、ふたりのあいだにある単なる障害物としてあつかったのだ。

エレノアは下着姿になった。

コルセットのレースをほどきにかかると、ダニエルに手を払いのけられた。彼が器用な長い指でレースをほどくあいだ、エレノアはじっと身動きせずにいた。

あっという間にコルセットがはぎとられ、ゴミのように脇に放られた。エレノアはシュミーズとズロースとストッキングとガーター姿になった。

「これほどすばやくコルセットがはずされたのははじめてよ」彼女は皮肉っぽく言った。

「楽器やフェンシングの練習をする男性もいるけど、あなたはそれとは別の技を磨いているようね」腹が立ったことに、自分の声から嫉妬の響きを消し去ることはできなかった。

ダニエルは謎めいた笑みを浮かべただけだった。「何もかもこの瞬間のための練習だったと考えてくれ」

「あなたって口先だけの悪党だわ」

「きみの半分もことばを知らないけどね」彼は彼女のシュミーズの襟ぐりを指でなぞり、感覚に火をつけながら言った。「悦びは知っている。女性の体についても」

「あなたにはそれ以上の知識があるわ」彼女は息を呑んだ。

ダニエルは身を寄せ、唇で唇をかすめるようにしてささやいた。「きみを知っている」

指でシュミーズの襟ぐりをくり返しなぞられ、エレノアはゆっくりと目を閉じた。たしかにこの人はわたしを知っている。ほかの誰よりも。そう考えると、わくわくすると同時に少しばかり怖い気もした。

それでも、指がさらに下へ降り、胸の頂きのまわりで円を描くように動くと、そうした考えも不安も飛び散った。

悦びと親密さに息ができなくなる。

彼は長く濃厚なキスをした。エレノアは彼のほうに身を寄せ、薄い下着だけに隔てられた体と体が押しつけ合わされる感覚にひたった。

突然、肌にひんやりとした空気を感じ、目を開けてみると、シュミーズがはぎとられていた。ズロースもすぐさまそのあとにつづいた。これも遊び人の魔法のひとつね。エレノアはストッキングとガーター姿になった。

期待を高まらせる彼女をダニエルはしばらくじっと見つめていた。そのまなざしで彼女のありとあらゆる部分をとらえようとするように。「ああ」彼はくぐもった声をもらした。

エレノアは見つめられるままになっていた。力と興奮が輝かしい波となって全身に押し寄せてくる。その瞬間、渇望もあらわな目で見つめられ、自分がこの世でもっとも望ましい女になった気がした。誰よりも力を持つ女。

「それを脱いでくれ」彼はストッキングに目を向けてうなるように言った。

大胆で自由な女になった気分で、エレノアは片足をマットレスに置いた。彼に目を向けたまま、わざとゆっくりとガーターをはずし、ストッキングを少しずつ下ろした。片足がむき出しになる。それから、もう一方も同じようにした。そうして時間をかけたことも、彼のたかぶったものがぴくりと動き、顎がこわばっているのがわかって報われた。

「きみのせいでおかしくなりそうだ」ダニエルはかすれた声を出した。

この欲望の海に溺れているのが自分ひとりでないことがわかったのはうれしかった。

エレノアは誘うように「それを証明して」と言った。

18

詩は実体験の代わりにはならない。

〈ザ・ホークス・アイ〉一八一六年五月十五日

エレノアは彼に引っ張られるままベッドにはいった。ふたりは裸の手足をからめ、互いの全身を探り合いながらシルクの上掛けの上に寝そべった。互いを知り、発見しようとしたのだ。ダニエルはあますところなく彼女の体に触れた。

それから、ひとつひとつピンを髪からはずし、巻き毛を肩へと下ろさせた。指でひと束つかんでこすり合わせ、唇へと持っていく。

エレノアは麻痺《まひ》したようになっていた。波間をただよいながら、ダニエルによってつなぎ留められているような気分だった――肌に感じる彼のてのひらのざらついた感触に。ダニエルは首から鎖骨へ、手首の内側へと欲望に満ちた熱い唇を這わせながら、称賛のことばや約束をささやいていた。どこにキスされても反応せずにいられなかった。伸びかけたひげのざらついた感触が肌に心地よかった。

彼の腕をつかみ、その引きしまったたくましさにうっとりする。互いの体はおもしろいほどに対照的だったが、ひとつの目的によってからみ合っていた——できるかぎり体を寄せ合い、ともに悦びを得たいという目的。

ベッドに向き合って横たわりながら、ダニエルは大きな手で彼女の胸を包み、また頂きを撫でた。胸の頂きを軽くつねられてエレノアは身もだえした。やがて指は胸のあいだから腹へと降り、しまいに脚のあいだの濡れてうずいている場所を見つけた。

最初は軽くなぞるような触れ方で、彼女がもっとも気に入るやり方を試しているようだった。彼の直感にまちがいはなかった。まるで心や体のなかにはいりこまれているかのようで、その愛撫は耐えがたいほどの悦びをもたらした。感じやすいつぼみに軽く触れ、エレノアがそれに反応すると、そこに力を加えた。指が襞をこすり、入口をなぞる。一本の指がなかにはいってくると、エレノアは息を呑んでベッドから腰を浮かせた。そのあいだずっと口は彼の口にふさがれていた。ダニエルは手と口を巧みに使い、彼女の全身に鋭い感覚をもたらした。熱く輝く波のように興奮が高まる

やがてその波にエレノアは押し流された。解放が訪れ、声をあげて身をそらす。それでも彼は愛撫の手を止めず、エレノアは再度頂点へとのぼりつめて解放を迎えた。ダニエルは彼女の奥深くにある、輝かしい悦びをもたらす場所を押した。

ついにエレノアは疲れはててぐったりと倒れこんだ。うっすらと全身に汗をかきながら。

「ああ」どうにか声をもらす力を見つける。「あなたってなんて賢い人なの」

ダニエルはいたずらっぽい笑みを浮かべた。「ようやくきみに賢いと思ってもらえた」

「ある点ではってことよ」エレノアはからかうようにほほ笑んだ。「文章を書くのはまだわたしのほうが上手だわ」

「きみの鵞ペンに挑もうとは思わないさ。ぼくはね。でも――」彼は茶目っ気のある官能的な目で付け加えた。「きみにはほかに挑みたいものがある」

「え?」エレノアは眉を上げた。

「きみはあとどのぐらい悦びに耐えられるかな?」彼は挑むように言った。

彼女はダニエルを引き寄せてキスをした。熟成したウイスキーのように濃厚で甘美な味わいだった。ちょっとぴりっとしたところもあり、エレノアの食欲はさらに増した。

ダニエルはなめらかで引きしまった体を動かした。彼の体が動く感触はとてもすばらしかった。とくに上にのしかかってこようとするときは。彼は肩の筋肉を動かして腕で自分の体を支えた。顔は渇望のせいでこわばっている。

ダニエルはエレノアの脚のあいだに身を置いた。ようやくその場所にやってきた。今この瞬間があり得ないことに思えたが、そこに来てほしいとずっと思っていたのだ。そうやって互いの目を見つめ合うのは驚くほどに親密だった。エレノアは自分がもんどりうって崖から落ちていく感覚にとらわれたが、そうして落ちていくのを止めることはできず、自分が止めたいと思っているのかどうかもわからなかった。

彼のたかぶったものの先端が入口を丸くなぞった。その親密さにまた体に震えが走る。それははじめて知る、意味深い恋人同士のことばだった。彼がほしいという思いがさらに募る。そうして触れ合ったことで湿り気も増した。ダニエルはエレノアの顔を両手ではさみ、目を見つめながらなかにはいり、きつい鞘《さや》を完全に満たした。

「ああ」彼はうなるような声をもらした。

エレノアはその感覚に沈みこんだ。「そうよ」

ふたりはしばらくじっと互いを感じ合った。彼が彼女の奥深くにはいっている感覚。彼女が彼を包む感覚。つながった感覚。

驚きであり、必然だった。

ふたりはこうなる運命だったのだから。単に体を重ねるだけでなく、こんなふうにつながり合う運命。完璧で絶対的に。

ダニエルが腰を動かしはじめると、エレノアはすべての思考回路を失った。彼は長く深く突いてきた。完璧なやり方で何度も。

あえぐふたりの息が混じり合い、彼の背中が汗ばんだ。彼がなかにいる感覚が全身に広がる。エレノアは脚を彼の腰に巻きつけ、できるかぎり自分をささげようとした。

「ダニエル……」声がもれる。「もっと。すべてを」

「ああ、全部を」さらに強く激しく突かれる。ダニエルは何も惜しまなかった。エレノアはそのすべてを受け入れ、悦びの頂点へと舞い上がっていった。これまで経験したことのない悦び。それは今まで経験した何にもまして輝かしく、激しかった。

何がこんなふうに感じさせるの？ 恋人としての彼の技にちがいない。女性の求めるものをわかっていて、それをどう満たせばいいか心得ているのだ。

しかし、それは体だけのことではなかった。心もつながっていた。

体が燃え、心がうずく。そのとき、恍惚として頭に霞がかかるなかで、エレノアは理解した。これは単なる肉体的な感覚ではない。

ばかね。好意以上のものを感じずに彼と愛を交わせると思うなど。

今ならもっとよくわかる。

彼にとってわたしは征服した女のひとりにすぎないのかしら？ 何も約束は交わしていない。ことばに出しては。互いに同意していないものを彼に求めるわけにはいかない。

もっと慎重にならなければ。自分の心を守らなければならない。

でも、もう遅い。あまりに遅すぎる。名づけるのが怖い感情が心にあふれていた。名前をつけるのを避けたからといって、それがおよぼす力が弱まるわけではなく、彼にさらなる力を与えずにすむわけでもない。

エレノアは身を引き離したかったが、その悦びは耐えがたいほどにすばらしかった。悦びにひたるあまり、体の求めに逆らうのは無理だった。満たし方を彼がよくわかっている渇望。ダニエルは腰の角度を変え、彼女のもっとも感じやすい部分に自分をこすりつけた。その瞬間、エレノアはまた頂点に達した。

そのすぐあとで彼は身を離し、みずからを引き出した。直後に彼も解放を迎え、熱いものを彼女の腹にまき散らした。首をそらして深い悦びと満足の原始的な声を出す彼の体は、どこもかしこもこわばっていた。

やがてふたりは荒い息をしながらぐったりと横たわった。ダニエルはまだ彼女に覆いかぶさったままだった。まるで守ろうとするかのように体で体を覆っている。しばらくして彼はあおむけに転がった。エレノアはゆっくりと目をつむった。シーツの端で彼が腹を拭いてくれているのがわかる。

それから、貴重だが容易に失われてしまうものであるかのように抱き寄せられた。エレノアは顔をたくましい首に寄せた。そうやって抱きしめられていないと、感覚の波にとらわれ、どこかへさらわれていってしまいそうだった。

「きみはとても美しい」ダニエルは荒っぽく言った。「あまりに完璧だ」

それが彼とまたこうできるという意味なら、不滅の魂をあきらめてもいいとエレノアは思った。肉体的な行為が終わったあとも悦びはつづいていた。ことばを発することができないくらいに。彼とともに生み出した輝きのなかに、より深く沈みこむことしかできなかった。眠気が全身に広がり、眠りに落ちそうになる。しかし、疲労感が忍び寄り、体が重く感じられながらも、心の端にはほかの感覚も宿っていた。恐れや悲しみが。うとうとしかけたときに、記事に何を書いても、すべてが前とちがってしまったという事実を変えることはできないと悟った。

ダニエルは生まれてはじめて目覚めたいと強く思った。しかし、体がそれを許さなかった。四肢からは力が抜け、まぶたは重かった。じっさい、ひと晩じゅう愛を交わすことのみがもたらす疲労感に全身を包まれていた。

まだ目を閉じながらも、ひとりほほ笑まずにもいられなかった。エレノアとふたり、これまでの放蕩生活でも知り得なかったような悦びを互いに与え合い、徹底的にたのしんだのだ。相手が彼女だったので、なおさらよかったのだろう。それは単に体と体を重ね合わせるだけでなく、心と心を重ねる行為でもあった。

最初の行為のあと、さらに二度愛を交わした。それぞれちがうときに相手を起こし、刺激したのだ。彼女とのこの経験は一分一秒も逃したくなかった。宝を守る竜のごとく、誰にも渡すまいとしっかり抱きしめていたかった。

エレノアをベッドに連れこむことが途方もないことであるのはわかっていた。しかし、その悦びが肉体的なものを超えて何かほかのものに達するとまでは思っていなかったのだ。何かもっと深く、もっと驚くべきものに。エレノアは機知と決意と勇敢さに富んでいて、自分はそれをいつくしみたいとしか思わなかった。彼女をいつくしむだけ。

まさかこれは……いや、そんなことは信じられない。こんな感情を自分が抱けるはずはない。少なくとも、自分では信じられなかった。恋など経験したことはないのだから。そういう感情のことは、威圧されつつも警戒の目で見ていた。はじめて虎を見た探検家さながらに。

ダニエルははっと目を開けた。首をめぐらすと、ベッドの反対側はひんやりしていて空っぽだった。

エレノアの姿はどこにも見あたらなかった。肘をついて身を起こすと、ドレスもなくなっていた。しかし、彼の衣服の山の上に紙切れが一枚載っていた。

ダニエルは勢いよくベッドから出ると、その紙のところへ行った。彼女が書いた書きつけだった。

ドレスを使わせてくれてありがとう。今日の夜までにきれいにしてお返しします。

——E・H

失望感が雪崩《なだれ》のように押し寄せてきた。そう、もちろん、また彼女の体をたのしみたい思いもあったが、それ以上を求めていたからだ。彼女の隣で目覚め、彼女の冗談を耳にし、彼女の肌の上で朝の光が躍るのを目にしたいと思っていたのだ。日の光のなかにいる彼女を存分に知りたかった——起きたばかりで腫れている目や、もつれた髪、夜の冒険のときとはちがう美しい現実を。空想ではない真実を。

　これまでは、ベッドをともにするのは決まった相手でなくてもかまわなかった。エレノアはちがう。彼女は……ああ、くそっ、昨晩のことはどこか特別だと思っていたのだ。それなのに、彼女の書きつけはよそよそしく、他人行儀だ。昨日の晩のことがなかったかのように、あのドレスのことをまだ気にしているなど。

　階段を降りていく足音が聞こえた気がした。使用人であるはずはない。みな影のように音もなく動くよう訓練されている。エレノアにちがいない。まだこの家を出てはいないのだ。ローブをはおって部屋を出たが、廊下に彼女の姿はなかった。踊り場にも。

あそこだ。玄関の間へと階段を半分降りかけている。玄関の扉へ向かっているのだ。ドレスには皺が寄り、髪は下ろしている。急いで服を着たのだろう。そのことが彼の怒りに油を注いだ。

あとを追う彼の足音が聞こえたのか、エレノアが階段の途中で振り向き、目をみはった。

ダニエルはそばへ行き、彼女の一段上の段に立った。

「いったいどういうつもりだ?」と彼女の腕をつかんで訊く。「泥棒のようにこっそり逃げ出すのか？」

怒りのことばを聞いてエレノアは驚いたようだった。彼が怒るとは思っていなかったのだ。彼女は顎を上げて言った。「わたし――」

「お邪魔かしら？」階下《した》から若い女性の声が聞こえてきた。ダニエルもエレノアもはっと玄関の間を振り向いた。黄色の応接間の入口に現れたのはキャサリンだった。


ダニエルは鋭い刃を突きつけられてためらった。急いで二階へ戻って着替えれば、エレノアに逃げられる危険を冒すことになる。しかし、シルクのローブ姿でキャサリンと会話することは、自分のような者にとっても、不適切きわまりないことだった。

どうとでもなれ。エレノアに逃げられるぐらいなら不適切きわまりないほうがましだ。

キャサリンは、エレノアとダニエルを見比べていた。最初は驚きの表情だったが、やがてその顔に理解の色が濃くなった。まだ若くとも、世のなかのことがわかっている女性なのだ。

一方、エレノアも刺すような目でキャサリンとダニエルを見比べている。

ちくしょう。何もかも制御不能になりつつあった。目の奥がずきずきと痛む。

ダニエルはどうにか気をおちつかせ、エレノアの腕を放した。「どうぞ」そう言って先に階段を降りて黄色の応接間へ向かうよう手で示した。

エレノアはためらうように彼を見て、その目を黄色の応接間へ向けた。引きずって連れていかれるのだろうかと疑うように。しかし、彼は礼儀正しくじっと待っていた。しばらくして彼女は階段を降りはじめた。

部屋にはいると、彼は扉を閉めた。こうなったら、多少不適切だろうとなんだというのだ？

キャサリンが訪ねてきた理由はすでにわかっていた。エレノアと夜の冒険を重ねているのはジョナサンの捜索から注意をそらすためだったが、もうどうしようもなかった。すべてを打ち明けるしかない。「まだちょっと早いんじゃないかな。彼が姿を現すとしても、もっと遅い時間のはずだ」

キャサリンはかすかに当惑したような目を床に向けた。「わたし……街をうろついている少年たちにお金を払って兄を探してもらっていたの」

「そうか」状況がちがえば――ほかのときだったら――自尊心が少々痛んだかもしれなかった。ジョナサンを見つけるのに、自分だけをあてにしてくれていたわけではないとわかって。しかし、明らかに昨晩のものとわかるドレスを着て、自分とキャサリンを見比べているエレノアがそばにいる今、何もかもどうでもいいように思われた。

「こちらがあの女性記者なの？」とキャサリンが訊いた。

エレノアは彼からキャサリンに視線を移し、その目をまた彼に戻した。そこに問うような色が浮かんだ。

「わたしは新聞記者だけど――」彼女は答えた。「あなたはどなた?」

ダニエルが口を開く前にキャサリンが礼儀正しく会釈した。「キャサリン・ローソンです」

「ホールカム公爵の娘さんね」エレノアが即座に言った。

くそっ。もちろん、社交界について博識なエレノアなら、キャサリンが誰かわかるはずだ。ぼくと血のつながりはなく、ぼくとキャサリンの兄との友情のみでつながっている関係だということも。

さらに疑問の色がエレノアの目にあふれた。それでも彼女はお辞儀をした。「わたしの礼儀に関する理解はひどく時代遅れですけど、まだよそのお宅を訪問するのにふさわしい時間じゃないのはたしかだわ」

「その……ええ」キャサリンも認めた。

「着る物についても、自分がとくにしゃれているとは思わないけれど――」エレノアはつづけた。「見場よりも機能性のほうがわたしには重要だから。そのドレスは……パリで新しく発表されたものかしら?」そう言ってキャサリンの見るからにみすぼらしい衣服に目を向けた。

エレノアの変わらぬ洞察力が呪わしかった。彼女について称賛すべき点のひとつだが、今はその鋭い観察眼が多少くもってくれないかと思わずにいられなかった。

キャサリンはためらいを浮かべた目をダニエルに向けた。

ダニエルは息を殺して毒づいた。どうしたらいい？　エレノアから真の目的を隠したままでいるのか？　すでに少しばかり明かしてしまっており、エレノアなら自分でさらに調べることだろう。彼女が真実をよそで聞かされるより、自分から話したほうがずっといいはずだ。くそっ。容易な決断ではなかった。しかしそこで、はっと気づいたことがあった。自分はエレノアを信用している。真実を話そうと思うだけ信用しているのだ。

ダニエルは憂鬱な気分でこれからしなければならないことを考えた。しかし、これは自分だけの秘密ではない。

「彼女に話さなければならないわ」彼の心の内を読んだかのようにキャサリンが言った。「そうじゃないと、彼女が新聞に何を載せることになるか、わかりようがないもの」

「〝彼女〟はここにいますけどね」エレノアが腰に手をあてて口をはさんだ。「それに、正直に話してくれるかどうかによって、記事ももちろん影響を受けるわ」

それでも、ダニエルは躊躇せずにいられなかった。こんな重要な決断をしなければならないことなど、かつてなかったからだ。

「話してさしあげて、伯爵様」キャサリンが言った。その疲れきった声は十七という年齢にしてはずっと老けて聞こえた。彼女は椅子のひとつに腰を下ろした。「もう自分ひとりの胸に抱えているには重すぎる秘密だから」

ほかに選択肢はないようだった。キャサリンも許してくれている。そして、自分に正直になるとすれば、自分も重荷を背負うのに疲れてしまっていた。つねにつきまとって離れない重荷。少なくともそれを口に出すことで、空気弁を開くようにいくらか圧力を弱めることができるかもしれない。

そこで、息を吸うと、ダニエルは辛い真実をエレノアに明かした。戦争から戻ってきたジョナサンが人を拒絶し、堕ちていったことを。しまいに姿を消し、彼の家族はそれについて、ジョナサンの兄が亡くなったあともどうすることもできないでいること。

「立派な人々だわ」エレノアは声を殺して言った。「もちろん、知っているのは表面的なことだけだけど。暗い一面については何も知らない」

キャサリンは赤くなった。「問題に直面したときに、うちの家族があまり役に立たないのはまちがいないわ」

「深く心を悩ませている息子は問題とは言えないわ」エレノアは言った。「彼を救うのは家族の義務よ」

ダニエルが言った。「ホールカム公爵は義務となると、あまり豊かな想像力の持ち主じゃないんだ。たとえそれが跡取り息子のことであってもね」

ダニエルは、自分とキャサリンがジョナサンを探しまわっていることについて詳細を語った。これまで実りがないことについても。そもそも記事を書かないかとエレノアに接近した真の理由についても明かした――自分が旧友を探していることを彼女に気づかれずに行動できるよう、彼女の気をそらす手段だったと。

心が浄化される気がした。中世の治療法のひとつだ。もしくは血抜きのようなもの。心の平衡を保つ試み。この数カ月の暗闇と不安がビロードの絨毯の上で吐き出されたのだ。

話し終えると、力を使いはたし、ぐったりした気分になった。キャサリンも兄の話を改めて聞かされることが肉体的な痛みをもたらしたかのように、青ざめ、疲れきった顔でいる。ダニエルはそばへ行って彼女の手をとり、力づけるようににぎった。とはいえ、自分自身も確信は持てずにいたのだが。

「それが――」彼はかすれた声を出した。「すべてさ。ジョナサンが落ちぶれて姿を消したことが世間にばれたら、とんでもない騒動になってしまう。公爵家でも評判を落とす限界というものはある。去年、ソーフォート公爵の息子が娼館を住まいとし、アヘン窟に頻繁に出入りしていることが世に知られたときに、彼の身に何が起こったか覚えているかい？ 彼も家族も社交界から疎外された。彼の妹たちは結婚相手を見つけられず、弟たちはヨーロッパへ逃げ出した」

「覚えているわ」エレノアの目から内心の思いは読みとれなかったが、その目がキャサリンに向けられると、同情するようにまなざしがやわらかくなった。「ほんとうにお気の毒だわ、レディ・キャサリン。あなたとあなたのご家族が耐えていらっしゃるすべてについて」真情がことばにも目にもあふれていた。

「ありがとう」キャサリンはハンカチをとり出して目を拭いた。疲れすぎて涙も出ないという様子ではあったが。

「復員兵の健康については議会で充分に議論されていないものね」エレノアは暗い口振りで言った。「復員兵たちはひどい恐怖にさらされたというのに。人間が変わってしまうほどの。それなのに、すべてを忘れて夢から覚めただけとでもいうように、ふつうの暮らしに戻れると思われているんですもの」

「そうよ」キャサリンはため息をついた。「たぶん、うちの兄は目覚めてさらなる悪夢にさらされたんだと思うの。兄をその暗闇から引き戻せればとわたしは――わたしたちは――思っているわ。手遅れになる前に」

「見つかるわ」エレノアはきっぱりと言った。それから、キャサリンのそばに寄るかに見えたが、そうせずにダニエルにちらりと目を向け、部屋の反対側に留まった。「あなたが力になれば、きっとお兄様ももとの彼に戻れる」

「そう期待しているわ」とキャサリンも言った。

「あなたはとても若いのにうんと勇敢なのね」エレノアはあたたかみのある声で言った。

「選択の余地はあまりなかったから」年若い少女は答えた。

「選択の余地はあったはずよ」エレノアはきっぱりした声で言った。「たいていの少女は――たいていの人は――そんな重荷を背負わされようとしたら、隠れるか、つぶされるかするでしょうけど、あなたの行動は称賛に価するわ」

まだ疲れきった様子ながら、キャサリンはエレノアに褒められてうれしそうにほほ笑んだ。

エレノアはやさしさと同情を見せつづけていた。

しかし、ダニエルへと向けた表情は、真夜中の暗闇ほども見通せないものだった。

「行かなくちゃ」エレノアは言った。「遅れてしまったけど、仕事があるの」

「わたしたちも行かなくては」キャサリンもそう言ってダニエルの手を放した。「お金を払って雇った少年のひとりが、ジョナサンの人相書きに近い人が今朝早くワッピングに現れたと言ってきたの。今は足を引きずっているそうだけど、髪の色は同じだったって」

エレノアは応接間の扉へとすばやく部屋を横切った。ダニエルが彼女に追いついた。手を彼女の手とからめ、低い声で彼は訊いた。「何をするつもりだ？」

彼女を信頼して何よりも大事に守ってきた秘密を明かしたばかりだったが、彼女がそれをどうするつもりなのかは見当もつかなかった。昨晩のことで彼女にも変化があったのだろうか？　今はどうだろう？　隠されてきた真実をようやく知り、〈ザ・ホークス・アイ〉に放蕩貴族の記事を書かないかと持ちかけられた理由を知った今。

とはいえ、昨晩のことについて話している暇はなかった。ほかの何についても。

真実を隠していたことで怒っているのか？　ジョナサンが失踪したという秘密を彼女が守ってくれると信じていいのだろうか？　彼女の目がよそよそしく見えて感じるこの胸の痛

みはなんなのだろう？

　くそっ、恋人の気持ちなど、これまではあまり考えたこともなかった。互いを利用してたのしみ合うだけで、別れるときも、事務的な関係の相手とたもとを分かつときと同じように、なんの感情も湧かないのがつねだった。

　それなのに今、エレノアが何を考え、どう感じているか知らずにはいられない気がした。互いのあいだに形づくられつつあった絆は――もう失われてしまったのか？

　何もかもがぐちゃぐちゃだった。

「わからない」エレノアはひとことだけ答え、彼の手から手を引き抜いた。ダニエルは再度手をつかもうとはしなかった。残ってくれるかどうか、それは彼女自身が決めることだ。そして行ってしまうなら……やはりそれも彼女が決めることだ。そのせいで自分の心が痛んでも。彼女は二度と戻ってこないかもしれない。

　エレノアが応接間から出ていくのをダニエルは見守るしかできなかった。エレノアは玄関の間へ行き、扉から外へ出た。そして朝の光に包まれると、姿を消した。

　ダニエルは部屋のなかを行ったり来たりしているキャサリンに目を戻した。彼女は足を止め、彼の顔に目を向けた。その目に新たな悲しみがあふれる。「愛って最悪のものなのね？」とつぶやく。

　ダニエルはびくりとした。「誰が愛なんて話をした？　それに、きみが愛の何を知っているというんだ？」最悪の状況に置かれたことへの怒りのせいでことばに刺が含まれる。「きみはほんの子供じゃないか」

キャサリンは悲しげな笑みを浮かべた。「ジョナサンが戦争から戻ってきたときに子供時代には別れを告げたわ。それに、愛がたいていの場合、心に痛みをもたらすものだとわかるぐらいには、愛について知っているのよ」

ダニエルは額をこすった。これは愛なのか？　誰かを愛した経験はなかった。自分がむき出しになったようで心が痛み、今まで経験したことがないほどに不安だった。手負いの獣が傷をなめるように、ただひたすら世間から身を隠していたかった。もっとも喜ばしく、われを失わせるようなナイフによってもたらされた傷。

しかし、ジョナサンがそこにいるかもしれないのだ。エレノアに対する思いがなんであれ、自分には友とキャサリンに対する義理がある。心がふたつに引き裂かれる思いだった。はじめての感覚。今日何が起こるにしても、今朝エレノアに感じた思いは長いあいだ心に響きつづけることになるだろう。

19

一般に、他人との関係においては正直さが何よりも重要とされている。結局、真実を知りたいと思わない人がいるだろうか？　それでも、完全な透明性を求められ、じっさいに真実を明かした場合、それに対する反応はとんでもなくまちまちである。

〈ザ・ホークス・アイ〉一八一六年五月十八日

エレノアはインペリアル劇場のベルベット張りのボックス席のひとつにすわり、手すりに腕を載せていた。劇団の役者たちがマギーの最新の芝居――扉がたくさん登場し、それを開け閉めする芝居――のリハーサルを行なうのに目を向けてはいたが、見ているわけではなかった。役者たちは手に台本を持ってポーズをとり、台詞を読みあげていた。マギー自身は舞台の袖にいて、全体の指揮をとっているのは舞台監督のコートランドだった。役者たちをチェスの駒のように動かしている。それでも、マギーは必ずリハーサルを見学した。自分の作品をほかの誰かにすっかりまかせてしまうことができないのだと告白されたこともあった。

エレノアにはその気持ちがよく理解できた。

今もマギーは前に進み出て、芝居の一部について身振り手振りで指示している。コートランドは首を振ったが、マギーはそれを無視して女優のひとりの立ち位置を変えた。コートランドはその女優をもとに戻した。気の毒な女優は、あちこち動かされながら、劇作家と舞台監督がおもちゃを奪い合うように彼女について言い争うあいだ、途方に暮れた顔でいた。楽団は事が解決してじっさいに演奏できるようになるときに備えて楽器をかまえている。

エレノアの唇にごくかすかに笑みが浮かんだ。心はためらいと不安でよじれるようだったが。二日前にダニエルについての最新の記事を書き、それが最新号の〈ザ・ホークス・アイ〉として今日発行された。彼は記事を読むだろう。ロンドンじゅうの人々も。ドレスは返した。そのお返しに、彼は地味だがすばらしいつくりの鵞ペン削りを送ってくれた。

生まれてはじめて、記事について正しい判断をしただろうかと不安に駆られずにいられなかった。

自分を責めさいなんでいる疑念はそれだけではなかった。それはイバラが肌の下にはいりこむような責め苦で、新聞社から逃げ出し、ある程度気をそらしてくれるものがある場所へと行かずにいられなくなった。そこでここへ、劇場へ来たのだ。それでも、舞台上で劇的な場面がくり広げられているにもかかわらず、頭のなかはダニエルのことで一杯だった。彼とのあいだにあったことで。

あの晩、彼は勇敢にも自分について多くを明かしてくれた。心を開き、むき出しの自分を見せてくれた。深い信頼の証だ。舞踏会ではわたしを守ってくれた。それから、彼の家ではわたしが居心地よくいられるようにあれこれ考えてくれた。

ようやく愛を交わすことになったのだが、それはこれまでのどんな経験をも凌駕《りょうが》するものだった。肉体的にこのうえない感覚を与えられただけでなく、彼だったからこその経験だった。彼がわたしを理解し、どうにかして悦びを与えようと骨を折ってくれたからだ。

記者と取材対象とのあいだの一線を引き戻しがたく踏み越えてしまった。すでに何日か前のことだが、あの晩、客観性を保つ望みは絶たれたのだった。

とくに行方不明の友人、ジョナサン・ローソンのことを聞かされてからは。ダニエルが尊敬を集める力ある家族のもっとも暗い秘密を信頼して明かしてくれてからは。

はじめから隠された目的があるにちがいないとは思っていたのだ。理由がなければ、あんなふうにみずからをさらし、観察の対象になろうという人がいるはずはない。

利用されたことに怒りを覚えようとしてもできなかった。ダニエルの立場だったら、自分も同じことをしただろうと思うからだ。なんと言っても最初は、互いのあいだになんのつながりも、絆もなく、単に利用し合っていただけなのだから。

それが何もかも変わってしまった。今は互いにもっとずっと大きな存在になった。彼のことを考えると――絶えず考えてしまうのだが――必ず心臓の鼓動が大きくなり、全身に電気が走る。説明できない幸福感と暗い憂鬱の波間でたゆたっている感じだった。

これはなんなの？　この感情をどう説明したらいい？

舞台上のマギーとコートランドの言い争いは、怒鳴り合いになっていた。空っぽの劇場の壁にふたりの声が反響している。役者たちはいくつかの集団に分かれてそれを見守っていた。劇作家と舞台監督のこうした対決にはかなり慣れっこになっている様子ではあったが。年のいっている女優は台本の陰であくびをしている。それでも、マギーとコートランドのあいだにはいろうという愚かな者はいなかった。役者たちも楽団もあきらめた様子で待っていた。

ダニエルとかかわることについて、マギーには忠告されていた。それに対して自分は何も起こるはずがないと軽くいなした。ダニエルの魅力に屈することなく、無関心でいつづけると言って。単に人を惹きつける力や、軽薄なお世辞や、放蕩者の魅力といったものにすぎなかったら、安全なはずだった。しかし、いまいましいことに、そこにはそれをはるかに超えるものがあった。

彼が真情を告白してくれたことには、驚きつつも惹かれずにいられなかった。

彼は真の自分を見せてくれた。強さと名誉を備えた男性だが、自信のなさも併せ持っているということを。

表面上は無関心を装ってはいたものの、彼が新聞社の仕事に関心を寄せているのはわかっていた。新聞社の設備を見せて歩いたときに、敬意と称賛の思いを抱いているのを隠せなかったからだ。エレノアが新聞のために山ほどの仕事をこなしていることや、新聞社を自力で立ち上げたことを、すばらしいと思っているようでもあった。ほかの男性なら――とくに彼のような社会的立場の男性なら――女性の仕事についてそんなふうに感じるものだろうか？

これからどうしたらいいのだろう？　あの記事はすぐにも彼の目に触れるだろう。何を書いたか知られてしまう。でも、それがどうだというの？

エレノアは手すりに額を載せ、目を閉じた。

わたしは彼と恋に落ちてしまったの？　あれだけ気をつけていたのに？　彼のような立場の男性と自分みたいな立場の女性のあいだの恋は最悪の結末に終わるとわかっているのに？　新聞記者として、エレノアはすべてを問わずにいられなかった。検証せずにいられなかった。

恋をするとはどういう感じなのだろう？　それはわからなかった。それでも、ダニエルのことを考えると、胸がどきどきした。彼と離れていると、世界は灰色でうんざりする場所に思えた。船が海流に乗るように、絶えず心は彼へとただよっていった。彼のいない人生を考えると、何もかもがどんよりとつまらなく思えた。

これが恋ではないとしたら、なんなのかはわからない。

困ったことだった。まったくもって困ったこと。神の思し召しで彼が同じ思いを抱いてくれたとしても、どうすることもできないはずだ。伯爵と、名もなく、血筋も知れぬ女との恋。ふつうは知り合うことすらない男女。しかし、記事を通してダニエルと知り合うことになってしまった。互いに心のもっとも奥に秘めた秘密とほんとうの姿を知ってしまった。しばらく恋人同士としてたのしむことはできるかもしれないが、それ以上にはなり得ない。彼は伯爵なのだから。わたしは単に庶民というだけでなく、仕事を持った女だ。ふたりに未来はない。貴族と、彼らと付き合った、高貴な血筋を持たない女たちの話は記事で読んで――記事に書いて――きた。庶民の女にとっていい結果に終わることはけっしてなかった。穢れた女との烙印《らくいん》を押され、恋人のみならず、友人や家族にまで見放されるのがおちだった。たったひとり、屈辱とともにとり残されるのだ。

そう考えると、心のなかの獣が歯をむいた。否定されるのが好きではないのだ。でも、ほかにどんな選択肢がある？

エレノアはまた彼の友人について考えてみた。ダニエルは落ちぶれて行方不明になったジョナサン・ローソンを見つけるためにすべてをかけている。戦争で恐怖を味わい、自分に負けた男性。行方不明の友を探せば、悪い噂に身をさらすことになると考え、レディ・キャサリンの懇願を聞き入れないこともできたはずだ。しかしダニエルはそうしなかった。その事実がエレノアの胸の痛みをさらに大きくした。

ひとつだけわかったことがある。こうして劇場にいて、もの思いにふけっていても、混乱と疑念が募るばかりだということ。何かしなければ。動かなければ。行動を起こさなければ。でもどうやって？　それはわからなかった。はじめて足を踏み入れる領域だった。

長年、外の世界を観察し、自分がその一部となることなく、他人の行動を記事にしてきた。そこへダニエルが現れ、すべてが変わってしまった。今や自分も外の世界の一員だった。隠れることも、後戻りすることもできない。

そして、しなければならないことがひとつだけあった。


ダニエルはこれまで新聞の威力に敬意を払ったことはなかった。結局、それはインクと紙にすぎず、自分の社会的立場にはほとんど影響がなかったからだ。それも貴族の特権だった。新聞になんと書かれようと――さほど――気にならなかった。しかし、最新号の〈ザ・ホークス・アイ〉を手にして心配したのは自分の評判ではなかった。

それはキャサリンとジョナサンの評判だった。

自分は彼らのもっとも大きな秘密をエレノアに明かした。キャサリンにうながされたのはたしかだが、被害は――それがどういうものになるにしても――およぼされてしまった。真実を明かしてしまったのだ。

残念なことに、キャサリンといっしょに出かけたワッピングでも実りは得られなかった。

ジョナサンがそこにいたのだとしても、ふたりが訪ねていったときにはまた姿を消してしまっていた。居酒屋や安い下宿などをつぶさに調べてまわったが、無駄足だった。その日は失望に次ぐ失望の一日となり、ダニエルの心はふたつに裂かれていた。ジョナサンを見つけたいという思いと、エレノアにまた会いたいという思いに。しかし、キャサリンの動揺が激しく、彼女をひとりにしてはおけなかった。彼女の気持ちをおちつかせたころには、エレノアに会いに行くには遅すぎる時間になっていたのだった。

今、書斎で暖炉のそばにすわる膝の上には、〈ザ・ホークス・アイ〉の最新号が載っている。読まないままに。

ふたりのあいだにあれだけのことがあって、ほんとうに心底彼女を信頼できるだろうか？　彼女にふたりの……関係……をなんと呼ぶのか訊いてみたらどうだろう？

起きているあいだずっとエレノアのことばかり考えて過ごした。自分にとって彼女はどんな存在だろうと。そして自分は彼女にとってどんな存在なのだろうと。社会的立場や、義務や、正直さという障害の多い浅瀬をどうしたら航行できるか。

彼女を信じたのがまちがいだったのかどうか、たしかめる方法はひとつしかない。

そこでダニエルは新聞を手にとり、読みはじめた。部屋のなかで聞こえる音は、窓ガラスにあたる雨音と、暖炉の火格子の奥ではぜる火の音だけだった。それと、最新の〝放蕩貴族の誘いに乗る〟を読みつつページをめくる音。

長々と詳細に仮面舞踏会について伝える記事。その途方もない夕べの詳細をつづる記事に思わず笑みが浮かびそうになる。たしかに途方もなかった。彼女の鋭い観察眼はダニエルが忘れてしまったか、気づきもしなかった詳細までをとらえていた。クレオパトラだらけだったことや、いやらしいダンスのステップにいたるまで。荒っぽい開放的な雰囲気が、何とはっきり名づけられてはいないものの、表現豊かなことばでとらえられていた。

しかし、あやうく襲われかけたことについては、自分に害をおよぼそうとした男への怒りと軽蔑を隠そうともせず、冷たく鋭いことばで言及していた。その記事を読みながら、ダニエルは新聞をにぎりしめていた。彼自身の怒りも、燃え盛る炎のせいでぐつぐついう鍋のようにまた沸き立っていた。あいつのことはあまりにも簡単に放免してやった。もう一度会うことがあったら、完膚なきまでにたたきのめしてやる。息をするのが苦痛になるほどに。エレノアには誰にも害をおよぼさせない。それでも試みる愚かな輩《やから》がいたら、一生後悔させてやる。

嘘をついていたことで、自分自身が彼女を傷つけてしまっただろうか？　そうだとしたら、精一杯のつぐないをしなければならない。

ダニエルは記事を読みつづけた。襲われた一件のあとも、仮面舞踏会に関する記述が少しばかりつづいた。

そして、記事がしめくくられた。ふたりで分かち合ったキスのことは何も書かれていなかった。当然だ。そんなことを認めたら、彼女の評判に瑕をつけることになる。もちろん、愛を交わしたことも書かれていなかった。

それに……ジョナサンについても何も書かれていなかった。キャサリンについても。もしくは、ホールカム公爵についても。その悲しくわびしい話は完全に省かれていた。

ダニエルは公爵家の秘密について言及している記事はないかと新聞全体に目を通した。なかった。何よりも暗く大きな秘密のことなど耳にしたこともないというようだった。あのときの会話も、明かされた事実も、何もなかったかのようだ。

ダニエルはゆっくりと新聞を下ろした。新聞は麻痺したようになっている指から離れ、床に落ちていった。

エレノアは沈黙を守ってくれたのだ。信頼できる、高潔な人間だと証明して見せてくれた。つかのまでも彼女を疑った自分が恥ずかしくなる。疑う理由など何もなかったのに。

またあの感情に胸を満たされる——キャサリンが即座に名づけた、自分は恐れずにいられなかった感情。とはいえ、その感情はたしかに存在し、そのせいで自分を大きくも小さくも感じた。そして何よりも力がみなぎる気がした。血管のなかを可能性が音を立てて流れるかのようだった。

ああ、ほんとうだろうか？　彼女を愛していると？

今度はそのことばに恐怖は感じなかった。驚くほど正しいことばに思えたからだ。彫像を支える台のように、自分をより強く、より安定させてくれるもの。

エレノアを愛している。そう思うと、心を揺さぶられると同時に、騎士の持つ槍《やり》で貫かれてその場に釘づけにされたような気もした。しかし、それは心地よい傷だった。痛むよりもいやしてくれる傷。

心の奥底でささやく声がする。彼女がおまえを望んでくれなかったらどうするのだ？　彼女は家からこっそり帰ろうとしていたではないか。今朝は仮面舞踏会用のドレスを手紙もつけずに返してきた。ダニエルは彼女のにおいがしないかとドレスを顔の前に持ち上げて息を吸ったのだった。

何もかも幻想だったとしたら？　一方通行の思いだったら？　ああ、それに耐えられるだろうか？

ダニエルは勢いよく立ち上がった。エレノアに会わなければ。話をしなければ。が、彼女に……何を話せばいいかはわからなかった。それでも、彼女に会わなければという思いは、それ自体が命を持つかのように燃え立っていた。

送った鵞ペン削りについても何も言ってきていない。でも、返してもこなかった。それは悪くない兆しと言える。どんな可能性でもあるならば、手に入れなければ。

呼び鈴を鳴らすと、執事が現れた。

顔に焦る気持ちが出ていたにちがいない。執事はこう訊いてきた。「馬車ですか、旦那様？」

「馬番に言って、ウィンターに鞍《くら》をつけさせてくれ」彼は命じた。「いや、デイムにしよう。あの雌馬が一番速い」

「かしこまりました」執事はお辞儀をして出ていった。

急いで階上《うえ》へ行くと、ロンドンの街中を全速力で馬を走らせるための格好に着替えた。一時間もしないうちにエレノアに会うことになるが、それでも充分早いとは言えなかった。彼女に会い、そばにいたい。その思いが血をたぎらせた。

なんと言えばいい？　少なくとも、秘密を守ってくれたことに感謝は告げられる。疑っていたことを謝ることもできる。それから……ああ……何を言えばいいのだ？　思いのたけを述べる？　そうだな。いや、だめだ。

見せてやることはできる。事務室の扉を閉め、ブラインドを下ろして、彼女を抱き寄せるのだ。

馬の準備ができたとエディンガーが告げに来た。すぐにもダニエルは外に出て馬に乗っていた。馬は走りたくてうずうずしていた。乗り手と同じぐらいに。横腹に軽く踵で触れるだけで雌馬は走り出した。しかし、どれほど速く馬がロンドンの通りを駆け、馬車や荷車やほかの馬たちを抜き去っても、充分速いとは思えなかった。自分の心臓が大きく鼓動し、エレノアが待っていてくれる今は。

エレノアは待っていてくれなかった。

〈ザ・ホークス・アイ〉の建物に着き、馬を見ていてくれと近くにいた掃除人に硬貨を放ると、ダニエルは新聞社の事務所にはいっていった。机が並ぶなかを通ってエレノアの事務室の閉じた扉へと向かう。新聞社にはこれまでも何度か来ていたが、今回も記者たちから凝視されることになった。ダニエルは記者たちの目は無視して、エレノアの事務室の扉の前で足を止めると、大きく息を吸った。彼女はこの扉の向こう側にいる。彼女には言いたいことが山ほどあるのだ。

手をぐっとにぎり、また開く。

彼女に出会う前は、一瞬たりともためらいを感じたことなどなかった。今、自分の人生はためらうことばかりだ。それでも、それを隠そうとは思わなかった。

ダニエルはノックした。

応答はなかった。

またノックする。やはり応答はない。

「エレノア――ミス・ホーク」彼は扉越しに声をかけた。「ぼくだ。アシュフォード卿だ」聞き耳を立てている記者たちのために付け加える。

それでも応答はなかった。ダニエルはそばでじっと自分を見つめてくる記者たちに顔をしかめてみせた。きっと恐ろしい形相になっていたにちがいない。そうでなければ、記者たちの顔に浮かんだ警戒と驚愕の表情の説明がつかない。ひとりの若者が——最初にここを訪ねてきたときに見た顔だ——ことばを発しようと口を開けたり閉じたりして喉を動かした。しかし、若者の口からはなんの音も発せられなかった。

ダニエルはそれ以上待てなかった。エレノアの事務室の扉に注意を戻すと、震える手をノブに置き、扉を開けた。部屋に足を踏み入れると、言いたいことばが競うように外へ出てこようとした。

みぞおちに一撃くらったような失望感に打たれる。エレノアは机にいなかった。事務室のどこにもいない。

ダニエルは記者たちの部屋に戻った。「ミス・ホークはどこだ?」とさっきの若者に向かって訊く。「印刷機のところか?」

若者は何度も試みたあげくにようやく声を見つけた。「もう一時間もお留守です」と急いで言う。

「どこにいる?」

記者は青くなって唾を呑みこんだ。「取材です」

「なんの取材だ?」

「それは聞いていません」若者は額に皺を寄せた。「変装が必要とかなんとか言っていた気がしますが」

すぐさま彼女の居場所はわかった。〝ネッド〟から〝ルビー〟にいたるまで、すべての変装を行なった場所。仮面をつけたサイレーンへの変身を完成させたのもそこだった。

ダニエルは新聞社の事務所を出て馬を見ていてくれた掃除人の少年から馬を受けとると、もう一枚硬貨を放ってインペリアル劇場へと向かった。

劇場に着くころには、待ちきれない思いに胸が焦がれていた。心のなかでエレノアは目印のかがり火のように輝いている。

楽屋口の扉をノックすると、そこの守衛が疑うような目で見てきた。ダニエルはその男に金を渡した——扉を開けさせる確実な方法だ。

劇場のなかにはいり、階段を何階分かのぼると、舞台の袖に出た。すぐさま大混乱に巻きこまれる。踊り子たちが舞台へ出ては戻ってくる。彼に値踏みするような、誘うような目をくれる踊り子もいた。バリトンの歌い手がピアノのそばで歌の練習をしている。汚い服を着た作業員たちが舞台装置にハンマーをふるっている。舞台の上にいる役者たちは、やや太った男の指示のもと、台詞の読み合わせをして大混乱に拍車をかけていた。その一方で、カリブ諸島のアクセントで話す肌の色の黒い男が紙の束を手に、耳を傾ける者みんなに向かって叫んでいた。

ホワイツの平穏で洗練された雰囲気とまるでちがうのはたしかだ。

ダニエルはエレノアのブロンドの髪が見えないかとそこにいる人々に目を走らせた。見えなかった。またも失望のナイフに突き刺される。自分は戦争に行くこともなく、降伏とはどういうものか学ぶこともなかったのだった。

彼は貴族だった。劇場の舞台裏ならよく知っている。服を脱ぎかけた女優たちや踊り子たちであふれ返った小さな部屋がたくさんあり、衣装や小道具の部屋がある。エレノアがいてもおかしくない場所はいくらでもあった。

ダニエルは彼女を見つけようと振り返った。

そこで顔を突き合わせることになったのは——背の高い女性ではなかったので、突き合わせたのは彼女の顔と自分の胸だったが——デラミア夫人だった。

劇作家は気圧された様子も、感心した様子もなかった。それどころか、軽蔑するような顔をしている。彼女は手を腰にあて、彼をにらみつけた。

「彼女はここにはいません」と前触れなしに言う。〝伯爵様〟とつけることもなかった。

「どこへ行ったと?」彼も率直に訊いた。

「彼女があなたに教えていないのなら——」デラミア夫人は答えた。「わたしが教えなくてはならない理由もないですわね」

「話がしたいだけなんだ」

「あなたが何を話そうと話すまいと、わたしには関係ないわ」彼女はひややかな目で彼を眺めまわした。「あなたのような人間がどういう手を使うのかはよくわかっているんです。甘い約束をしても、すべては灰になるってわけ」

「きみはぼくのことなんて何も知らないじゃないか」ダニエルは歯嚙みするように言った。

「あなたがわたしの友人の顔に貼りつけた表情なら知ってるわ」と彼女は言い返した。

この女性とこうして言い争っているのでなければ、その意味をよく考える時間もあっただろう。彼女も自分と同じ思いでいてくれるとわかったはずだ。

しかし、劇作家は強情そうな目で見上げてきた。「知らなかったとでも言いたそうですね」

ダニエルは歯を食いしばった。「彼女に会わなければわからない――わかりようがないさ」

「どうしてわたしが彼女の秘密をもらさなければならないの？」デラミア夫人は胸の前で腕を組んで顎を上げた。はっきりした顔立ちと豊かな黒髪の凜とした女性だったが、こちらがビーバー帽をかぶった悪魔か何かのように見つめてくるその顔は険しく、黒っぽい目は嚙みつくようだった。

「自分の居場所をぼくに教えるなと彼女が言ったのかい？」

一瞬、その嚙みつくような目がそらされた。「はっきりそう言われたわけじゃないわ」

「彼女の居場所を教えてくれても害はないはずだ」

「教えませんけどね」彼女は鋭く言い返してきた。「さっきも言ったけど、あなたのような人間のことはよくわかっているんです、伯爵様。わたしたちのような人間——とくに女は、貴族にとっては利用するだけ利用して捨てていい存在ってわけ。おたのしみのためにエレノアを利用して、飽きたらお菓子の包み紙さながらにぽいと捨てるなんて——そうはさせないわ」

ダニエルは声をやさしくした。「彼女に飽きたなんて誰が言った?」

しばし劇作家の険しい表情が消えた。彼を興味深そうに見つめてくる。その目はエレノアのまなざしと同じく洞察力に満ちていた。ダニエルの声や顔や態度の何かに心を動かされたにちがいなかった。

役者たちや裏方たちが渦を巻く川のようにふたりのまわりに集まってきていたが、顔を突き合わせるダニエルも劇作家もそれには気づかなかった。

「あなたたち上流階級の人間は必ずそうだもの」しばらくしてデラミア夫人は言った。「あなたたちにとって、わたしたち庶民の女はおもちゃにすぎないのよ」

「過去にきみをもてあそんだ男が誰であれ——」ダニエルは言った。「覚えておいてほしい。ぼくはそいつとはちがう。エレノアを傷つけるつもりはない。今も、これからも」

そのことばにも彼女はたじろいだようだったが、また気をとり直し、数フィートの距離で対峙《たいじ》する彼をにらみつけた。「つもりがないからって、そうしないとはかぎらないわ」

「彼女を守るためなら、できることはなんでもする」彼は誓った。「ぼくにはかなりの権力もあるしね」

　劇作家は動揺する様子を見せ、内心せめぎ合うものがあるかのように唇をきつく引き結んだ。

「懇願してほしいのかい？」とダニエルは訊き、帽子を頭からとると、懇願するように両手を広げた。「だったら、そうするよ。彼女の居場所をどうか教えてほしい。彼女なしでは――」彼は必死でことばを見つけようとした。「ぼくは殻にすぎない。きれいだがもろい殻さ。それを彼女に伝えなければならない。結果がどうなろうと、それを彼女に知ってもらわなきゃならないんだ」

　自分も含め、相手が誰であっても、エレノアに対する感情をそこまではっきりことばにしたのははじめてだった。それを口に出したことで、かすかに身震いせずにいられなかった。これまでボクシングやフェンシングの試合や、フェートンのレースや、決闘を耐え抜いてきたが、恐怖を感じたことは一度もなかった。しかし、これはちがう。

　苦痛を覚えるほど長く、デラミア夫人は何も言わずに彼をじっと見つめていた。心を決めようとしているのだ。彼を値踏みし、判断しようとしている。彼が自分の芝居の登場人物で、まだどういう人間にするか決めかねているとでもいうように。

　しばらくして彼女は言った。「衣装係のところへ行ってみすぼらしい服を手に入れていたわ。それから出ていきました。セント・ジャイルズに行くと言って」

ロンドンでも最悪のスラム街だ。「それで、行かせたと?」ダニエルは怒って訊いた。「ひとりで?」

「エレノアがどういう人間かはわかっているでしょう。説得してやめさせられる人じゃないわ。でも、拳銃は持たせた」

ダニエルは額をこすった。いったいどうしてエレノアがそんな危ない場所へ? 事務所にいた若い記者は取材に行ったと言っていた。しかし、〈ザ・ホークス・アイ〉に載せるのは、セント・ジャイルズのような荒っぽい地域で見つかる話ではなく、上流階級の逸話のはずだ。セント・ジャイルズは日中でもできれば避けて通りたい界隈だ。もちろん、そこで暮らす家族もいるが、その地域はジンを飲ませる酒場や低俗な連中が集まることで悪名高い場所だった。

ジョナサンが見つかるかもしれない場所でもある。

そうとわかって体の奥が揺さぶられた。ああ、エレノアはジョナサンを探しに行ったのだ。ひとりで。

20

秘密を守るということが徐々にその価値を失っているように思えるのは残念である。今日《こんにち》、多くの人が、沈黙という長く実を結ぶ果実をたのしもうとせずに、その時々に収穫される噂——噂はあまりに多く飛び交い、すぐさま消え去ってしまう——に飛びつくように思われる。沈黙こそが無数の魂を豊かにするものであるのに。

〈ザ・ホークス・アイ〉一八一六年五月十八日

ロンドン東部はエレノアがよく知っている地域ではなかった。〈ザ・ホークス・アイ〉はメイフェアやメリルボーンで暮らす上流階級の人々の醜聞を記事にはしても、ホワイトチャペルやベスナル・グリーンの貧しい労働者たちのことは紙面に載せていないからだ。ほかの新聞のなかには、この地域の犯罪の多い界隈について下世話な詳細を伝えるものもあるが、エレノアはほかの誰かが苦痛を受けた詳細について記事にしたいとは思わなかったので、彼女自身も含め、〈ザ・ホークス・アイ〉の記者は誰もロンドンの東のはずれへは足を踏み入れたことがなかった。

太陽が真上にのぼったばかりで、エレノアは太陽を背に歩いていた。建物はどんどんみすぼらしくなっていき、その間隔も狭くなっていった。どの建物も今にも崩れてしまいそうに見える。裸足《はだし》の子供たちやすりきれた服を着た人々が通りを行きかっている。曲がりくねった道には、悲しく怒りに満ちた毒気が張りついていた。変装のおかげで誰もエレノアに小銭を恵んでほしいとはたのまなかった。それでも、エレノアはマギーの拳銃を入れてあるポケットに軽く手を載せていた。昼日中にもかかわらず、セント・ジャイルズには夕方のような暗さが垂れこめており、エレノアは危険を冒すつもりはなかった。

どこからはじめたらいい？ジンを飲ませる酒場が一番可能性が高そうだった。そこで、〈セブン・ダイアルズ〉のほうへ向かい、その界隈のさらに奥へと進んだ。通りは汚れで覆われ、人も犬も、何か使えるものはないかとゴミをあさっている。エレノアは拳銃をつかむ手に力を加えた。

ジョナサン・ローソンの肖像画は一度見たことがあったので、だいたいの見た目はわかっていた。妹にも似ているはずだ。明るい色の髪と上品さが。どれほど身をおとしめても、物腰と発音のせいで、みすぼらしい人々のなかで浮いているはずだ。事務所には取材に出かけると言ってきた。それが彼を探す隠れ蓑になってくれるはず。裕福な人々が貧しい人々を見て驚いたり嘲笑したりするために、貧民窟を見てまわるのを好むという話があった。かつて病院で心を病んだ人々を見てまわる人がいたのと同様だ。そうした新しい現象について記事を書くというのを名目にできるはずだ。

ジョナサン・ローソンを見つけたら、どうしたらいい？　見ず知らずの自分が家族のもとへ帰るよう彼を説得できるものだろうか？　その可能性は低かったが、やってみないわけにもいかなかった。彼と彼の妹のために。そして、ダニエルのために。

ロンドンでもっとも悪名高い界隈を歩きながらも、心臓が大きく鼓動しているのは、危険にさらされる可能性があるからではなかった。ダニエルのせいだった。

今ごろは新聞の最新号を読み、わたしが記事にしたことを目にしているはずだ。身震いするような興奮と疑念に胸をわしづかみにされる。最悪の醜聞はわざと記事にしなかった。彼と彼の友人を守るために。それは彼への思いをおおやけに発表したも同然だった。

ダニエルにまた会うとしたら、なんと言えばいい？　自分のことや、今抱いている感情についてどう説明すればいい？　その思いが報われるものなのかどうかわからなかった――鵞ペン削りが自分にとってうれしい贈り物だと彼が知っていたのはたしかだったが。じっさい、彼がそばにいる気分を味わいたいがためだけに、必要もないのに鵞ペンを十本あまりも削ったのだった。

建物の横の壁に、鍬《くわ》の上に止まったカラスが足でジョッキをつかんでいる絵が描かれていた。〝ジン――一ペニー〟とその絵の下に書いてある。汚れた窓からなかは見通せなかったが、かすれた笑い声は聞こえてきた。ジンを飲ませる酒場についてはあれこれ読んだことがあるので、何が待ちかまえているかは想像できた。

すでに質問は用意してあった。セント・ジャイルズに上流階級の人間が来ているというのはほんとうなの？　どんな様子？　女なの、男なの？　若いの、年寄りなの？　それに対する答えから、ジョナサン・ローソンがこのあたりにいるかどうかわかるかもしれない。

エレノアは深呼吸したが、汚れた空気を思いきり吸いこむことになり、それを後悔した。拳銃を入れたほうのポケットの上に片手を置き、もう一方の手は手帳と鉛筆を入れているポケットにかけた。

これまででもっとも愚かなことをしようとしているのだろうか？

いいえ。伯爵と恋に落ちたことのほうがよっぽど愚かなことよ。

気をおちつけると、エレノアはなかにはいろうと身がまえた。

敷石を踏む馬の蹄の音がして、集中が途切れた。とんでもない速さで誰かが馬を駆っている。この道の状態と行き来する人々の数からして、無謀なことだ。人々も驚いた様子で、驚愕の声を発している。

エレノアは酒場の扉から振り返り、そちらへ目を向けた。誰かに釘を打たれたかのように足が動かなくなる。

ダニエル。人ごみの向こうからまっすぐこちらへ向かってくる。生死にかかわる目的のために危険な旅をしている人間のように見える。巧みに馬をあやつって通りにひしめく荷車や通行人を避けながら、通りの一方からもう一方の側へ目を走らせ、やがてその目を彼女に据えた。そのまなざしの強さに、エレノアはどんな力をもってしても、この場所から自分を動かすことは不可能だと感じた。

ダニエルは目の前まで来て馬を停めた。馬は蹄で地面を蹴り、荒い鼻息を吐いた。ダニエルも長い距離をかなりの速度で走ってきたかのように息を切らしている。たしかにそれはそうだろう。きっとまずはインペリアル劇場に行き、マギーにわたしの居場所を尋ねたはずだから。そこからここまでは短い距離ではない。それでも、今彼はここにいた。

エレノアは彼を見上げた。彼は川床に沈むエメラルドでも見るように見下ろしてきた。しばらくのあいだ、どちらもことばを発しなかった。すばらしい馬に乗った裕福な人間が現れたことで、見物人が集まり出していた。誰も彼に近づこうとする者はいなかったが。

ダニエルは手袋をはめた手を伸ばした。

「乗るんだ」と太い声で言う。

「ジョナサンは――」

ダニエルは手を伸ばしたままでいた。「ここは前に調べたことがあるが、彼がいた形跡はなかった。別の日にまた調べればいい」

エレノアは差し出された指の長い大きな手をじっと見つめた。彼女の体をくまなく探り、愛撫した手。心の奥底へと伸ばされ、きつく心をわしづかみにした手。その手は彼女のために地獄のようなレースをした男性のものだった。まなざしの熱さで火をつけてくれる男性の。

この数日、彼に触れたくてたまらなかった。もう二度と触れられないかもしれないと思うと心が痛んだものだ。しかしようやく、またわたしのものになる。でも、どのぐらいのあいだ？　そして、彼はわたしに何を望んでいるの？

エレノアはゆっくりと差し出された手をとった。軽々と彼の前に引き寄せられ、思わず息を呑む。鞍に横向きにすわった彼女を、後ろから引きしまったたしかな体が支えてくれた。

「つかまっていてくれ」ダニエルは命令した。

エレノアは馬のたてがみをつかんだ。馬はそれを気にする様子もなく、前に飛び出した。疑問への答えは得られないまま、ふたりはセント・ジャイルズをあとにし、西へ、メイフェアへと向かった。


「あんなことをするなど、とんでもなく愚かなことだ」ダニエルが怒鳴った。彼の家へ馬で向かうあいだ、ふたりはまったくことばを交わさなかった。しかし、彼が気を張りつめているのはわかった。静かに怒りをたぎらせていたのだ。

家に着くと、すぐさま書斎に導かれた。部屋にはいって扉を閉め、鍵をかけるやいなや、ダニエルは影のように暗い顔で振り向いた。

「拳銃を持っていたわ」とエレノアは答えた。

「一発発射したら――」彼は言った。「もうそれで自分の身を守るすべはなくなる」

「これもあるわ」エレノアはそう言って頭の横をたたいた。

ダニエルは鼻を鳴らした。「五人の荒くれ男に襲いかかられたら、逃れるすべを考えることなどできやしないさ」

「でも、襲われたわけじゃない」彼女は指摘した。

「襲われたかもしれない」

ふたりはほんの数インチの距離で向かい合っていた。ダニエルが扉に背をつけている。部屋にはいるやいなや、彼が感情を爆発させたのだ。抑えきれないほどに怒り狂っている。

エレノアは彼に眉をひそめてみせた。「怒る必要はないわ」

「きみは殺されていたかもしれないんだぞ。もっと悪いことも起こりえた――なんのためにこんなことを？」彼は訊いた。

エレノアは静かに答えた。「あなたのお友達のためよ。あなたのため」ほうら、言ってしまった。

そのことばを聞いてダニエルは驚いたように沈黙した。顎がこわばり、目はじっと目を見つめてくる。

エレノアの喉のところまで鼓動がのぼってきた。自分の心は注意深く隠すのがつねだったので、そんなことばを誰かに向かって発したのははじめてだった。この世はぎざぎざの鋭い切っ先で無防備な心をずたずたにするものだとわかっていたのだから。だからこそ、新聞への野心と、たまに肉体的な悦びを味わうだけで満足し、それで充分だと自分に言い聞かせてきたのだ。

充分だったのだ。アシュフォード伯爵が独善的で途方もない計画を胸に事務所へ乗りこんでくるまでは。

ダニエルは水のなかを歩くかのようにゆっくりと動いた。手を持ち上げて彼女の顔のそばで止める。触れてもいいかと許しを求めるかのように。

息が速くなり、エレノアは小さくうなずいた。

ダニエルはそっと彼女の頭を手で包んだ。その表情はやさしく、やわらかくなり、畏怖に満ちているようにすら見えた。そのことにいっそう心を揺さぶられる。この人は誇り高い男性だ。それなのに、第三者の目で心の内をのぞいてみれば、わたしの率直な告白に恐れおののいているのがわかる。

「きみのせいで死にそうだよ」彼は荒い息で言った。

エレノアは彼の手首をつかんだ。触れた部分は大きく脈打っていた。「それはお互い様」とそっけなく言う。「こんなのうまくいきっこないわ」

伯爵と庶民の女。恋人同士以上にはなり得ないふたり。それも、いっときの恋人同士以上には。いずれは彼も責任をはたさねばならず、貴族の娘をめとることになる。もしくは、少なくともかなりの財産の持ち主を。エレノアは高貴な生まれでもなければ、金持ちでもなかった。これからもそうなることはない。

彼がわたしのものになることは永遠にない。お互いにそのつもりがあろうとなかろうと。ほんの数年前、オペラの踊り子と恋に落ちた若い男爵がいた——たしかフレミングという名前だった。ふたりは社交界の決まりを破って結婚した。その後、男爵が上流階級のいくつかの家に渋々招かれることはあったかもしれないが、妻はけっして招かれなかった。フレミング卿の家族は彼女に会うことも拒んだ。ほかのほとんどの人と同じように。最初の一年か二年はふたりとも社交界から疎外される状況に勇敢に立ち向かっていたが、やがて結局、男爵の社交界での立場が地に堕ちたことがふたりを隔ててしまった。妻は今、田舎の家で暮らし、夫はロンドンで新しい愛人とともに暮らしている。

フレミング卿とオペラの踊り子も最初は愛し合っていたのだが、それだけでは自分たちを守れなかった。情事を持つ以上の関係になろうとすれば、自分とダニエルもきっと同じ運命をたどることになる。

だったら、情事を持つだけにすればいい。何もないよりはまし。

エレノアの口の端が甘苦い笑みの形に持ち上がった。「でも、こうしていられるあいだは、お互いすばらしいひとときを持てるわ」それがどれだけのあいだにせよ。

ふたりは黙りこんだ。どうにもならない状況ではあるが、こうなるしかなかったのだとエレノアは気づいた。これこそがふたりで分かち合えること。

低くうなるような声をもらし、ダニエルが唇を寄せてきた。エレノアも渇望のままに口を開けてキスを返し、与えては奪った。最後にキスをしてから何日かたっており、長く水のなかにいて、空気を吸いに水面にのぼってきたような感じだった。エレノアは久しぶりにようやくほんとうの息を吸うかのように、口づけたままあえいだ。彼は彼女をきつく抱きしめた。エレノアは腕を彼の体にまわし、そのたくましさと、渇望に身を震わせている様子にひたった。もっとほしいという思いが大火のように全身を駆けめぐる。

それでも、その思いに屈するわけにはいかなかった。今はまだ。

エレノアは身を引き離してささやいた。「彼を見つける手助けがしたいの」

「きみが背負うべき重荷じゃない」ダニエルは低い声で言った。

「あなたは長すぎるぐらい長く、その重荷を背負ってきたわ。力にならせて」エレノアはかすかな笑みを浮かべた。「わたしは今は醜聞についての記事を書いているけど、これまでありとあらゆる類いの記事を書いてはしごをのぼってきた人間よ。誰かを探すのにどうしたらいいか、多少の心得はあるわ」

ダニエルは手を彼女の腰にまわして荒っぽく息を吐いた。「危険だ」

エレノアは皮肉っぽい笑みを浮かべた。「セント・ジャイルズの酒場に行って人殺しに囲まれていても、そうと気づかなかったわ」

彼の緊張が多少ほどけた。「いつものお仲間より一段上というわけだ。物書きとか、役者とかより」

「放蕩者の伯爵とかね」エレノアは彼をきつく抱きしめた。なんて人。刻一刻と心にはいりこんでくる。こうなるとわかっていたら、あの最初の日、彼を事務室からすぐさま追い出して、とり決めなんて絶対にしなかったのに。

しかし、そうしていたら、こうはならなかった。今ダニエルを失うぐらいなら、あとで辛い思いをするほうがいい。

エレノアは言った。「力を合わせればいいわ。あなたとわたしで」

しばらくダニエルは何も言わなかったが、やがて口を開いた。「新聞記者としてきみは驚くべき倫理観を示してくれた」

エレノアは静かに笑った。「きっとあなたというすばらしいお手本の影響を受けたのよ」

「ぼくは何においても品行方正の鑑だからね」

「貞節な女記者を誘惑するとなればとくにね」と彼女は言った。

ダニエルは眉を上げた。「双方にその気がある場合は誘惑とは言わない」

「評判の悪い男性の言い草だわ」

「誰かがだまされているというなら」彼は付け加えた。「お互いがだまされているのさ」

エレノアはふんというように笑みを浮かべ、さらに身をすり寄せた。「あら、わたしがあなたを挑発したと?」

「おやおや、それは自分でもわかっているはずだ」彼が浮かべた笑みに、気が遠くなりそうになる。白い歯を見せた官能的な笑み。

「罵倒合戦に突入したわね」エレノアは首を振った。「頭が働かない人間の最後の逃げ場よ」

「今は誰が罵倒しているんだ?」ダニエルはにやりとした。

いつか訪れるであろう悲しみを思い、エレノアの心は痛んだ。彼のいない人生がどうなるか、想像もできなかったからだ。想像したくもなかった。たとえいつか必ずそうなるとしても。

「ジョナサンは見つかるわ」エレノアはできるだけ確信をこめた声で言った。

しかし、ダニエルは心もとない顔をしていた。「彼がまだ生きているのかどうかすら、確信を持てなくなっているよ。キャサリンとぼくはずっと探してきたのに、何も見つからないんだから。あちこちでささいな手がかりはあっても、彼は幽霊のように姿を消してしまう」

エレノアは抱擁を解いて歩き出した――彼から離れたくはなかったのだが、動いているときのほうが頭がうまく働くからだ。

「ほかに手がかりはないの?」と訊く。「彼の居場所に関してこれといった手がかりは?」

ダニエルは暖炉のそばに寄り、炎をじっと見つめた。「手がかりが見つかるたびにたしかめたが、みな空振りに終わった」

彼の友人の居場所について考えるほうが、近い将来に待つ失恋について思い悩むよりも気が楽だった。「昔の習慣は？　以前よくしていたことは？」

「全部調べたさ。クラブも、かつての仲間たちも」ダニエルは彼女のほうへ顔を向けた。「ジョナサンは人であれ物であれ、かつて好きだったものやたのしんだものすべてから、自分を切り離したんだ」

これまでの人生のほとんどを次男として過ごしてきたジョナサン・ローソンはやさしい人間だという評判を得ていた。エレノアもそれは知っていた。貴族としてめずらしいほどに慈善に時間とお金を割いていたことも。いい人すぎると冗談の種にされることもあった。それでも、若い男性が好むもの——快活な仲間や女性——は好んだはずだ。とくに女性は。「何もかも？」と彼女は訊いた。

ダニエルは考えこむように眉を下げた。「ひとつ可能性はある……ほとんどないと言っていいほど低い可能性だが、ひとつだけ希望は持っているんだ」そう言って机の片隅に載っている上等の木の箱のところへ近寄った。箱のふたを開けると、なかにはいっていたものをとり出して彼女のほうに掲げてみせた。

想像していたものとはちがった。

「両切り葉巻ね」エレノアはそう言って机のところへ歩み寄った。ダニエルから葉巻を手渡されると、値踏みするようににおいを嗅いだ。土とスパイスの濃厚な香りが鼻腔をくすぐる。ダニエルの服によくしみついているにおいだ。キスの香りでもある。その記憶がよみがえり、熱が全身に広がった。

「これはぼくが特別に調合させた煙草だ」彼は説明した。「チャーチ街の店で手に入れた。その店は顧客それぞれの好みに合わせて葉巻や両切り葉巻を特別に調合してくれる。ロンドンでもっとも高級な煙草屋さ。ジョナサンの父親もいつもそこで両切り葉巻を買っている」

「ジョナサンもそのチャーチ街の店で煙草を買っているの？」

「彼は父親と同じ調合のものを吸っている――というか、それを吸いはじめたのは戦争から戻ってきてからだ」ダニエルは言った。「キャサリンによれば、姿を消す前は中毒のようになっていたらしい。葉巻がなくなると荒れて怒りっぽくなったそうだ。物を壊したりしてね。誰かが急いで煙草屋へ行って何十本か両切り葉巻を買ってこなくてはならなかった」

エレノアは頭を働かせながら唇を軽くたたいた。「戦争に行く前はちがう種類の両切り葉巻を吸っていたの？」

「ああ。キングズ街の店で手に入れたやつをね。でも、戦争から戻ってきて、好みが変わってしまった。それがどうしたと？」

エレノアはダニエルに手渡された両切り葉巻を持ち上げてみせた。「これのにおいを嗅いだら、すぐさまあなたのにおいを思い出したわ。あなたのことで頭が一杯になった」頬が熱くなる。親密な時間を分かち合った仲ではあったが、自分自身を誰かにさらけ出すのはまだ慣れない感じだった。本能的に警戒してはいても、彼のことは信頼できるとわかっていたのだが。「これを持っていたら、においを嗅ぐだけで——いいえ、もっといいのは、火をつけるだけで——あなたがそばにいる気分になれる」

彼はそのことばに辛辣なことばを返そうとはせず、喜んだ顔になった。「だったら、その葉巻は持っていてくれ」

「そうするわ」エレノアは答えた。「でも、ジョナサンが煙草の調合を父親と同じものに変えたという事実は重要な気がする。彼が子供のころも父親はその葉巻を吸っていたんじゃないかしら。つまり、彼の家のにおいだったのよ。やすらぎと安全を約束するにおい。恐怖の記憶に打ちのめされる前のね。心配事などない少年だったころの」

「だから、戻ってきて吸う葉巻を変えた」ダニエルはしめくくった。「失われた時代をとり戻そうとするように。失われた自分を」

エレノアはうなずいた。「葉巻が切れると怒り狂ったとしても不思議はないわね。いわばそれはかつての自分へとつながるものだったからよ」

ダニエルは額をこすった。「くそっ——彼がどんどん堕ちていくのはわかっていたんだが、なくしたものにしがみつこうとしていたとは知らなかった」そう言って窓の外へ目を向けた。窓からは淡い陽光がカーテンを透かして射し、ペルシャ絨毯の上に光を投げかけていた。

「彼が生きているとしたら、見つけなければならない。だから、その葉巻を買う人間が現れたら、必ず知らせてくれとその煙草屋には言ってあるんだ」

「これまで運には恵まれた？」

「いや、まだ」ダニエルは庭に向いた窓のところへ行った。例年になく寒い気候のせいで、庭の花は咲き乱れているとは言えなかった。

彼はつづけた。「このことを思いついたのはだいぶ前のことなんだが、知らせはもたらされなかった。だから、作戦を変えた。それでも、まだ可能性はあるかもしれない。その可能性も刻一刻と小さくなっている気はするけどね」

エレノアは彼のそばに寄った。彼の背中を手でさすり、できるだけなぐさめようとする。

「あなたのせいじゃないわ、ダニエル」

彼の笑みは自責の念に満ちていた。「姿を消す前にジョナサンに会ったんだ。何かがおかしいことはわかった。目が……変わっていた。うつろだったよ。なんの感情も宿っていなかった。そこにまだ生気があったときには、彼は荒れ狂っていた。やけになっていた。それなのに、ぼくは……気づかない振りをしたんだ。もしくはまぬがれようとした。〝彼も大人なんだから〟と自分に言い聞かせてね。〝彼の人生は彼が自分でどうにかしなくてはならないものだ〟と。でも、ぼくは利己的な自分の言い訳をしていただけなんだ。ほんとうは……」声がかすれ、ダニエルはせき払いをした。話しはじめても、前と変わらぬかすれた声だったが。「……彼に手を差し伸べるのがぼくにとって都合のいいことじゃなかったんだ。たのしみの邪魔になったから。それは自分以外の誰かについて本気で考えなければならないということだった。だから、ぼくは彼に手を差し伸べなかった」

ダニエルは暗い目をエレノアに向けた。「何かできたかもしれないのに、ぼくは自分の満足を追い求めるのに夢中だった。ジョナサンはぼくのもとを離れていき、ぼくは彼が堕ちていくにまかせた」

声に——目と、こわばった姿勢にも——心の痛みと罪悪感はあらわで、それがエレノアの心に深く突き刺さった。彼が傷ついている姿は彼女の心にも痛みをもたらした。もともと他人の不幸を喜ぶ人間ではなかったが、ダニエルの苦悩が今自分に与えているような影響を誰かから受けたことはこれまでなかった。マギーが苦しんでいれば、それは心に突き刺さるかもしれないが、程度がちがう。マギーは親友ではあったが、心をわしづかみにされているわけではなかったからだ。

なんて言ってあげられる？　どうやってなぐさめたらいい？　一時しのぎのなぐさめを口にするわけにはいかない。どちらも信じないような陳腐ななぐさめなどは。彼はそれ以上のなぐさめを得てしかるべきだ。

「過去にどんな罪を犯したとしても——」エレノアは彼の肩に顔を寄せてささやいた。「今重要なのはその償いをすることよ。まちがいを正す意志と望みを持つこと」

「そうだろうね」あまり納得した声ではなかった。

「ねえ」エレノアはかすかな笑みを浮かべて言った「あなたはジョナサンが行方不明になっていることを知られまいと、わたしの事務室に乗りこんできて、自分の人生のもっとも暗い片隅をのぞく機会をわたしに与えようと言ってきたのよ。それってほんとうにいいことをしようと思う人間の行動だわ」

ダニエルは彼女の笑みに応じるようにかすかな笑みを浮かべてみせた。「もしくは、かなり精神が乱れた人間の行動だな」

「それでどうなったか、ご覧なさいな」

「見たさ」ダニエルは彼女の体に腕を巻きつけた。目に熱いものが満ち、さっきまでの痛みは追い払われた。「この目で見て、そのすばらしさに驚いている」

腹のあたりで小鳥が羽を勢いよくばたつかせ、大きく舞い上がる気がした。「驚いているのはあなただけじゃないわ」エレノアは小さく首を振った。「一カ月前に、わたしが放蕩貴族に心を奪われることになると誰かに言われていたら、頭がくらくらするほど笑ったことでしょうね」

「そうかい？」ダニエルはほつれ毛を彼女の耳にかけた。

「今はすっかり奪われて、もうとりもどすことはできそうにないわ」

彼のまなざしが暗くなり、エレノアはきつく抱きしめられた。

ゆっくりと彼は頭を下げ、唇と唇を触れ合わせた。

約束に満ちたシルクのようなキス。舌と舌がからみ合う。あの煙草の味と彼自身の味がして、アヘンのような効果をおよぼした。エレノアはしなやかに応じつつ、強く求めた。骨がサテンのリボンとなって体に巻きつく気がする一方、全身にはかりしれない力がみなぎる気もした。このいけない放蕩者の伯爵はわたしにとってどんな存在になったのだろう？　他人に見せているよりもずっと深い感情を持つこの人は？　この気高い放蕩者は？

すべて。

ダニエルは自分のものと示すように彼女をきつく抱きしめた。エレノアは誰かのものになりたいとは思わなかったものの、これほど完全に自分のものにしたいと思われることには――彼の体がどんどん硬くこわばっていくことからもそれは明らかだ――心の底からわくわくするものを感じた。片手で彼女の手を包み、もう一方の手を腰にあて、腰と腰を押しつけるようにして立つ彼の興奮の証が、長く、硬くなっているのがわかる。あのセント・ジャイルズの狭く危険な道を、蹄の音も高く馬を駆ってきたときの彼の姿が心に浮かぶ。一心不乱にわたしのもとへやってきた彼。そして、ああ、そのせいで風に飛ばされた落ち葉のように頭のなかがぐるぐるとまわったのだった。

エレノアは顔を離し、ひげの伸びかけた彼の顎に唇をこすりつけた。かわいそうな人――ひげを剃ってもほんの数時間でまた伸びてくるのね。それでも、自分のやわらかい口や頬に伸びかけたひげがざらざらと感じられるのもいやではなかった。彼の祖先にカリブ海を制覇していた海賊がいたのかもしれないと容易に想像することもできた。ダニエルはあとほんのひと押しで上品な貴族から危険な海賊へと変身するように見えた。猛々しい祖先の血が血管に流れ、その荒々しい時代に戻りたがっているかのように。

鋭い直感で彼女の思いを察してか、彼は顔を動かし、ひげの伸びかけた顎を彼女の首から下へとこすりつけた。鎖骨やドレスの襟ぐりの上であらわになっている肌にキスの雨を降らせ、ひげをこすりつける。エレノアはまだみすぼらしいドレス姿で、その生地は薄く、すりきれていたため、服越しにも彼の感触はわかった。

キスされた肌は感じやすく繊細になっていて、ざらざらするひげの感触に身の内で炎が高まり、胸や脚のあいだに集まった。この人はどうしてわたしのことをこんなによくわかっているの？　わたしが何を求め、何を望んでいるかを。それでも、わかってくれていることがうれしかった。

感覚と欲望のせいで頭に霞がかかり、窓辺から机へと導かれたことには気づかなかった。ダニエルはキスしながら彼女を抱き上げて机の端に腰かけさせ、自分は彼女の脚のあいだに身を置いた。さらに体を押しつけてくる。

彼の指が借りたドレスの留め金を引っ張るのがわかり、ようやく彼女は霞のなかから浮かび上がった。「ここで？」と訊き、書斎のなかを見まわす。

「どこでもさ」ダニエルは低い声で答えた。「どこであろうと。きみのことは何度自分のものにしてもしたりない」

ふたりのあいだには熱く激しく燃えるものがあった。エレノアは一六六六年の大火について書かれたものを読んだことがあった。そのとき炎に包まれたロンドンがどんな感じだったかわかる気がした。あとに残されるのは火のくすぶる廃墟《はいきょ》ばかりだ。それでも、この火に喜んで身をまかせ、灰になって風に飛ばされてもかまわない気がした。

そして大火と同じように、この火もいずれ消さなければならない。さもなければ、炎によって身を滅ぼされ、焦げて無になってしまう。とはいえ、あきらめるつもりもなかった。この先にどんな破滅が待っていても。

「ダニエル」彼女はささやいた。

「鋭い鷹の目を持つぼくの恋人」彼は彼女の肌に口を寄せながら答えた。「肉食の鳥」

エレノアは甘苦い彼の口に口を押しつけてほほ笑んだ。「どうしてそれが褒めことばに聞こえるのかしら?」

「褒めことばだからさ」

ひんやりした空気が肌を撫で、ことばと唇に気を惹かれているあいだに、すりきれたドレスの背中の留め金をさらにはずされているのがわかった。襟ぐりがいっそう低くなり、シュミーズのてっぺんと感じやすい肌があらわになった。

ダニエルの口が肌をいたぶり、味わいながらそれを追った。放蕩者の賢い指がドレスを引っ張り、さらに襟ぐりを下げた。胸があらわになるまで。胸の頂きはとがってより感じやすくなっており、愛撫される準備はできていた。

「ああ、きれいだ」ダニエルはかすれ声で言った。頭を下げると、片方の胸の頂きを唇ではさみ、軽く引っ張った。

その巧みな口によって激しい感覚に全身を貫かれる。エレノアは彼の頭を抱えた。ダニエルは腰に押しつけた腰を揺らした。彼女のことが完璧にわかっているのだ。

彼はもう一方の胸に唇を移しながら、スカートを持ち上げた。エレノアは彼の肩を指で引っかき、彼は悦びに身を震わせてそれに応えた。昼日中に書斎で愛を交わすなど、途方もないことに思えたが、しっくりくるような気もした。どこであれ、彼がいるところならどこでも、いっしょにいるのにぴったりな場所なのだ。ふたりで過ごす時間はかぎられていると いう暗い思いから、得られるものはなんでも手に入れるつもりでいた。行く手に待っている ひとりきりの寒々とした時間に、それを宝物のようにきつく抱きしめるために。

エレノアは彼のすねに踵をからませ、体と体をさらに密着させた。背をそらして胸にキスをされ、なぶられるうちに、熱と渇望が高まった。彼は彼女自身と同じぐらい彼女の体を熟知していて、抗しがたい力をおよぼしていた。

ダニエルの手がストッキングの上へ動き、ガーターを越えた。ストッキングやガーターはエレノア自身のもので、ドレスより上等のものだった。彼の手に下着の開口部を探られると、思考が粉々に飛び散った。やがて手が彼女に触れた。再確認するように軽くなぞる。そのえもいわれぬ感覚にエレノアは身を震わせた。

自分の欲望の強さを彼に知られ、恥ずかしくなるほどだった――濡れて準備ができ、彼を待っている。しかしそこで、彼の欲望の証がズボンを押し上げていたのを思い出し、互いに隠すものは何もないのだと悟った。熱い指の感触から、彼のほうも可能なかぎりすばらしい形での行為を望んでいるのだとわかる。

彼と過ごすあいだ、刻一刻とエレノアは堕ちつづけていた。後戻りできないほどに。自分で自分を止めることもできなかった。止めたいとも思わなかった。これが――彼が――望むすべてだったからだ。得られるうちは得たいすべて。

「そう」ダニエルが親密なやり方で愛撫を深めると、エレノアはかすれた声を出した。「そうよ」悦びのつぼみを丸く撫でられ、また息がもれる。彼は彼女の首に口を寄せ、もう一方の手は胸に置いていた。愛撫の手がさらに激しくなる。おかしくなりそうなほどに恍惚感が高まり、エレノアはわれを失った。むき出しの欲望が募って待ちきれなくなる。ふたりはまだ服を脱いでもいなかったが、この悦びのために特別につくられた体だとでもいうように、彼の愛撫によって体には火がついていた。

感覚が高まり、全身が焼かれる気がした。彼が指をなかへすべりこませたときに、その感覚が爆発した。

頂点に達してエレノアは声をあげた。輝かしい解放にすっぽりと包まれる。ダニエルは指をわずかに曲げて彼女の奥深くへと突き入れ、エレノアをさらなる頂点へと導き、はかない永遠のあいだ、そこに留めておいてくれた。

しばらくしてエレノアは机の上に倒れこんだ。ペンや紙が散らばったが、ダニエルは気にもしていないようだった。焼けつくようなまなざしを彼女に向け、驚くほど満足した表情でいる。彼が指をなめると、さらなる熱がエレノアの全身に走った。

「ぼくが望むのはきみの味だけだ」彼はつぶやくようにそう言うと、意味ありげになかば伏せた目をくれた。「それに、もっと味わうつもりでいる。もっとね。死ぬまでずっと口に残るように」

ああ、自分を失ってしまいそう。失った自分が二度と見つからなくても気にもならないけれど。

21

もっともすばらしい贈り物は、何よりもはかないものである。クリスマスのオレンジ、春一番のサンザシの花、愛する人のキス。どれもみな、ひと息のあいだにも過ぎ去ってしまうものだ。だからこそ、そうした贈り物をしっかりと受け止め、きつく抱きしめなければならない。やがてそれらは手からすべり落ち、思い出の国へと去っていってしまうのだから。

〈ザ・ホークス・アイ〉一八一六年五月十八日

不老不死を約束されても、空を飛ぶ能力を与えられても、この瞬間をあきらめることはないだろうとダニエルは思った。エレノアは満足そうに目を伏せて机の上に身を倒している。唇には彼女の味が残っていた。その姿も味もこのうえない贈り物ではあったが、不要なものだと気づいた。すでによくわかっているのだから。

ダニエルは身をかがめて彼女にキスをした。エレノアは同じ激しさでキスを返してきた。どの味もすばらしかった。彼女だけを味わって生きていけるほどに。焦れるように貪欲にキスしてくる様子から、彼女も同じように感じているのはまちがいない。

ダニエルは彼女の太腿をつかんだままでいた。てのひらに感じる肌と筋肉は、こわばってはゆるむのをくり返している。彼女の腕が肩にまわされ、引き寄せられる。エレノアは何も隠そうとせず、大胆に自分を開いていた。

「きみのなかにはいりたくておかしくなりそうだ」ダニエルは口づけたまま言った
「わたしもそうしてほしい」

ああ、ほんの数言で彼女は世界の形を変えてしまう。

ダニエルはズロースのリボンをほどき、その薄い下着を床に落とした。それから、一歩下がって彼女の全身を眺める特権をみずからに許した。エレノアのつぎはぎだらけのスカートは腹までまくり上げられ、脚と、むき出しの下腹部と、午後の陽射しを浴びてやわらかい金色とピンク色に輝くきれいな秘部があらわになっていた。ぼくを求めてやまない彼女が。

「待ちぼうけだわ」彼女がなかば抗議するようにつぶやいた。

「きみを見たいんだ」

「だったら見て」エレノアは肘で体を支え、恥ずかしがる様子もなく、たのしそうに身をそらした。そうして永遠の力をもって彼を見つめながら、膝を開き、さらに自身をむき出しにした。目の前にご馳走を広げられ、ダニエルの口に唾が湧いた。

彼は膝をついた。

彼女が小さく息を呑むのがわかり、彼はうれしくなった。自分のほうも彼女を驚かせるとわかるのは悪くない。まだ知りたいことは山ほどあった。探索したいことは。太腿に置いた両手から、期待のあまり小さく脈打つような震えが彼女の体に走るのが伝わってきた。その震えが彼自身の体にも響いた。

ダニエルは身をかがめ、秘められた特別な場所へ口を近づけた。エレノアは身をこわばらせた。彼の全身もこわばり、硬くなった。興奮の証は痛いほどになっている。それでも、彼女にこの親密なキスを贈るあいだ、あともう少しは待てるはずだ。

舌が彼女に触れるやいなや、酔わせるような悦びが全身を駆け抜けた。指に残った味もすばらしかったが、直接味わう彼女もさらによかった。舌で襞をなぞるように愛撫すると、エレノアは息を呑んだ。彼女のなかに身を沈めたいという思いを募らせつつも、ダニエルはゆっくり事を進めるようみずからに強いた。

彼女の一番奥の部分を知ることになった。崇拝すべきこの美しい場所を。彼女の精髄そのものを。

唇と舌で彼女をなぞり、愛撫すると、その部分が生き生きと反応してくるのがわかった。エレノアは身をよじり、彼をもっときつく抱き寄せようと手を上げた。待ち望んでいた合図だ。

ダニエルはさらに大胆に深く舌を差し入れた。それから、〝真珠〟のまわりを舌でなぞり、唇ではさんで吸った。エレノアは声をもらし、さらに彼をきつく抱きしめた。

「そうよ」とかすれた声で言う。

ああ、ことばを発することなどできないと彼は思った。

また舌をなかに突き入れ、引き出してはまた入れる。指で硬いつぼみを丸く撫で、こすりつづけながら、舌で彼女を愛撫した。ああ、以前はすべてがなんと浅はかだったことだろう。今は肉体の悦びの魔力と、どこまでも深い感情がわかる。エレノアがもらす声がとても甘いのは、それが彼女の声だからだ。身をこわばらせて悦びを味わう彼女の。エレノアは頂点に達し、彼の名を呼んだ。

自分の名前がこれほどすばらしく聞こえたことはかつてなかった。

何時間も、何週間も、こうしていてもいいほどだった。していたいとさえ思った。何年でも。しかし、エレノアが肩を引っ張って彼を立たせた。

机の上に美しく寝そべった彼女を見下ろしながら、じっさいに足ががくがくするのがわかった。紙や鵞ペンや本がまわりに散らばるなか、彼女は身を激しく震わせていた。何がどう散らばろうとどうでもいい。重要なのは彼女だけだ。

「さあ」エレノアは息を切らして命令した。

ダニエルはズボンのボタンをはずした。うなるような声をもらしながらズボンのなかに手を入れ、たかぶったものを外に出す。あまりにきつく押しこめられていたせいで、その解放感はすばらしかった。興奮のあまり、自分で触れるだけでも爆発しそうだったが、どうにかこらえなければならなかった。一瞬一瞬がどこまでも貴重だった。

「激しいご婦人だな」すねにからみついてきた踵にまた引き寄せられ、彼はうなるように言った。

ダニエルは震える指でみずからを導いた。自分の先が彼女に触れると声がもれた。そこで動きを止め、期待の高まるこの瞬間の悦びを味わい、伏せた目で見つめてくる彼女の姿を味わった。その目は宝石のように輝いている。

ダニエルは彼女のなかに身を沈めた。互いにため息がもれた。ああ、この世の何もかもがすばらしい。なんという心地よさ。きつく、なめらかで、熱い。

また動きを止め、彼女を深々と貫き、きつくしめつけられた最初の瞬間にひたる。しかし、本能が勝った。動かなければ。ダニエルは身を引いた。なめらかに引っ張られる感覚。驚くほどの悦びが興奮の証から背筋へと走り、全身にくまなく行きわたった。

また彼女のなかに自分を戻す。そしてまた出す。もう一度。ゆっくりと突くたびに目の後ろに白い光が走った。ダニエルは動物のようにあえぎながら彼女に覆いかぶさった。

「もっと」エレノアが求めた。「もっと、もっと……」

言われたとおりにすると、そのことばはうめき声のようになった。ダニエルは速度を速めて腰を動かし、彼女とつながることに没頭した。激しさのあまり、机が揺れはじめるほどだった。紙が床に落ちるのも、インク壺が転がるのも、ほとんど気にならなかった。今重要なのは彼女だけ、自分たちだけだった。体と心がつながる場所。

エレノアは背をそらし、指を彼の尻に食いこませて彼の名を叫んだ。指にさらに力が加わり、彼女の解放の波が伝わってくる。それが彼を絶頂へとのぼりつめさせた。ダニエルは自分を引き出して彼女の腹の上に種をまき散らすだけの正気は保っていた。

絶頂を迎えたせいでぐったりした気分だったが、タイタン以上の力を得たような気もした。

ダニエルはシャツの端で彼女の腹を拭いた。それから、そっとやさしくドレスを直してやった。むき出しだった部分をスカートで覆うと、自分の服も直した。全身に圧倒的な疲労感が広がったが、どうにか身を起こして彼女を抱き上げた。暖炉のそばの椅子まで運ぶと、椅子に腰を下ろして彼女を膝に載せた。

そうしてしばらく暖炉の火を見つめてすわっていた。彼女のうなじや額に貼りついた、汗で濡れた髪をけだるい気分でもてあそぶ。エレノアは彼の肩に顔を寄せ、乱れたクラヴァットの襞をなぞっていた。

つまり、これが愛というものか。

慣れない恐ろしい感覚だった。驚くような、すばらしい感覚。

ダニエルは目を閉じ、彼女をきつく抱きしめた。これほどの贈り物を与えられたことが驚きだった。

「セント・ジャイルズで正確には何をするつもりだったんだい？」書斎で早めの夕食をとりながら、ダニエルが訊いた。エレノアはまだみすぼらしいドレス姿で、ドレスにはさらに皺が寄っていた。書斎にはテーブルがしつらえられ、正餐室からふたつの椅子が運びこまれていた。ふたりは向かい合って腰を下ろし、ローストチキンとアスパラガスの簡素な食事をとっていた。テーブルの中央に置かれたカットガラスのボウルには、輝くオレンジが盛られ、太陽の小さな模型のように見えた。

ありあまるほどのご馳走は彼女にはふさわしくない。最高のものである必要はあるが、贅沢さと過剰さはエレノアに似合わなかった。うまく調理された、単純で体に必要なよい食べ物を望むはずだ。だからこそ、彼女のためにこの食事を用意させたのだった。

ダニエルはエレノアのグラスにワインのお代わりを注いだ。その音は、暖炉の火がはぜる音とともに、家庭的であたたかな雰囲気をもたらした。「きみはジョナサン・ローソンを知らないはずだ。くそっ、ぼくでさえ、会っても彼とわからないかもしれない」

エレノアはワインをひと口飲み、グラスを下ろした。髪はもつれ、睡眠不足のせいで目の下にはうっすらと影ができていたが、薄れゆく日の光と暖炉の火の明かりのなか、彼女は罪の贖《あがな》いになるほどに美しかった。

「前に肖像画を見たことがあるの。それに、きっと妹さんに似ているところもあるだろうと思って。彼があの界隈にいるかどうかたしかめる、すばらしい計画も立てていたしね」

ダニエルは首を振った。「きみにとってろくなことにならなかっただろうよ。ジョナサンは人を警戒するようになっているはずだ。疑うように。彼が信用する人間はおそらく妹だけだろう」

「だから、わたしの力が必要なのよ。あなたが彼女といっしょにジョナサンを探していることを感づかれないために」

それは否定できず、この問題については妥協せざるを得ないようだった。

「どうやって進める?」エレノアは訊いた。「わたしたちの捜索を」

ダニエルの胸にあたたかいものが広がった。「これまで〝わたしたち〟ということばにはあまり注意を払ってこなかったな」

「わたしの場合はそれを使う理由がなかったわ」エレノアは静かにやさしくほほ笑んだ。

「でも、心地よいことばで、すてきな響きがあるわね」

彼女とこれほど離れてすわっているのはなんとも辛いことだった。そのすばらしい感触を知った今、触れずにいることはできなかった。彼女が現実であってほしいと思い、それをたしかめずにいられない感じだった。そこでダニエルはテーブルをまわりこむように椅子を動かし、エレノアの手をとった。指先に自分の唇をなぞらせる。

「〝わたしたち《ウィ》〟」彼は指に向かってくり返した。

エレノアは口をかすかに開けた。息が速くなる。

「そう」ダニエルは彼女の手首からてのひらまでを親指でこすって言った。「辞書に載っているなかで何よりもすごいことばというわけではないし、たった二文字だ。でも、それがすべてを変える」

彼女の頰に官能的なきれいな赤みが差した。世知長けた女性かもしれないが、率直なことばにまだ心動かされることはあるようだ。何もかも慣れないことだった——正直に話すことや、思ったことをなんの目論見《もくろみ》もなくそのまま口に出すこと。彼女といると、すっかり素のままの自分になれるからだ。自分を守るためにうんざりした顔をする必要も、ほんとうの自分を隠すために皮肉っぽい人間を装う必要もない。

「そして〝わたしたち〟はジョナサンを見つけるのよ」エレノアはきっぱりと言った。「それについて考えてみると——」とつづける。「あなたのためにわたしができる一番のことは、記事を書きつづけることだわ。そうすれば、誰もあなたが彼を探していることに注意を向けない。ただ——」彼女は苦々しい声になって付け加えた。「あなたの放蕩ぶりを読者に吹聴《ふいちょう》しつづけるのは気が進まないけど」

ダニエルはにやりとした。「きみにもそのうちほんとうのことがわかるよ。これからは放蕩者としての行動はきみのためにとっておくさ」

「それはありがたいわ」彼女は目をきらめかせ、にっこりして言った。「次の冒険はどこにするの？　何がわたしたちを待っているの？」

ダニエルは顎を撫でた。「ぼくが〝放蕩貴族〟であることは大勢に知られているようだから、みんな連れの女性について疑うようになるだろう」そう口に出すと心が痛んだ。彼女といっしょに過ごす時間が何よりもたのしい時間になっていたからだ。それでも、記事とジョナサンのために、いっしょに過ごす時間は――少なくともおおやけには――短くする必要があった。

エレノアは失望して額に皺を寄せた。「その場に居合わせなければ、放蕩貴族の記事は書けないわ」彼女は抗議したが、そのことばの裏には別の意味もこめられている気がした。

「こういうのはどうかな。ぼくが毎晩最後にきみのところへ行って、その晩の行動を報告する」

「でも、あなたにはわたしのように物事をつぶさに観察する目がないわ」

彼女が謙虚さを装ったりせず、自分の能力に自信を持っているのは悪くなかった。「きみが肩に乗っているかのように、できるかぎりよく観察するさ」

「小さな天使のように肩に乗るのね」彼女はそれを思い浮かべる顔で言った。

「悪魔さ」彼は言い直した。

「わたしが居合わせないからって、誘惑に屈してはだめよ」エレノアは警告するように指を突きつけた。

ダニエルは眉を上げた。「その鋭い声からして、嫉妬しているのかい？」
「あなたって妄想癖があるのね」エレノアはそう言ったが、やがて考えこむような顔になった。おそらく、ダニエル同様、嫉妬というのは彼女にとっても慣れない感情なのだ。そう考えると、なぜかうれしくなった。これまではいつも、女性に執着され、所有物だとはっきり示される前に自ら身を引き離してきた。鉄の檻《おり》にとらわれる気分になったからだ。しかし、エレノアに対してはそんなふうには感じなかった。彼女に自分のものと示されるのに反対したいとは思わなかった。逆にそうされたいと思うほどだった。

くそっ、ぼくは変わってしまった。

一カ月前なら、その事実を不安に思ったかもしれないが、今は不安にはならなかった。

「きっときみの新聞記者としての能力が、ぼくの乏しい報告からすばらしい記事を生み出してくれるはずだ」と彼は言った。

エレノアは目を天に向けた。「お世辞は税取立人と年輩の女性にとっておいて。自分の能力は自分でよくわかっているから」

「同じにはならないな」ダニエルはやさしく言った。「出かけてもきみがいっしょじゃなくては」

エレノアはまた頬を染めたが、やがて静かに毒づいた。「まったく、あなたがそんなにすばらしいのは公平じゃないわ」

「きみを悩ませるために生きているからね」と彼は言った。

「だったら、長くよい人生を送ることでしょうね」

「きみのその毒気のある舌を味わわせてくれ」ダニエルは身を寄せて彼女にキスをした。エレノアはワインと香草の味がした。彼女自身の甘さと隠されたスパイスの味。ふたりは互いをむさぼるようにキスを深めた。これを――彼女を――知らずに今までの年月をどうやって過ごしてきたのだろう？　灰やほこりの色ばかりの、浅い沼のような人生だった。今世界はさまざまな色に満ちている。色が氾濫《はんらん》していると言ってもいい。それでも充分ではなかった。充分だと思えることはない。こうして人目を忍ぶ時間に生き、それをありがたく思うすべを学ぶことになる。とはいえ、彼女への渇望は容易に満たされることはないとわかっていた。たとえいつか満たされることがあったとしても。

最後に残っていた記者と印刷工がようやく家路についた。遅い時間だったが、エレノアはひとり事務所に残っていた。今週はずっとそうだった。編集作業を必要とする記事をすべて革の紙ばさみに――ダニエルから贈られたふたつめの贈り物で、片側には彼女のイニシャルが浮き彫りになっていた――入れると、エレノアは事務室に鍵をかけた。

事務所の外に出ると、ひんやりとした空気に息が白くなった。そこからマンチェスター・スクエアに歩いて向かうのは、今や習慣となっていた。ダニエルが馬車を迎えにやると言うのは必ず断った。多少慎みは保たなければならないからだ。彼が辻馬車の料金を払うというのも固辞した。そうなると、歩くしかない。見慣れた巨大な家が目の前に現れるまで。自分の狭い住まいとは好対照の家。

裏口からはいったほうがいい？　それとも正面玄関？　その問いがいつも挑むように心に浮かんだ。秘密や秘め事について噂されることがあまりに多いため、自分のしていることが恥ずかしいことのような気がした。いずれにしても、独身女性として、悪名高き独身貴族の家に玄関から堂々とはいるわけにはいかない。その時間は通行人がまだ多く、姿を見られたら、まちがった――じっさいは合っているのだが――想像をされることだろう。

使用人の通用口からはいるしかない。使用人は彼女が来るとわかっていた。エレノアが裏口をノックすると、バラ色の頰のメイドが小さな応接間へと案内してくれた。テーブルの上ではサラダとロースト・ラムとじゃがいもが待っていた。ひとりで食事をするのかと、いつものように失望にちくりと刺されたが、そんなことはどうでもいいことだと自分に言い聞かせた。すべてを手に入れることはできず、手に入れようと思うべきではないものだから。

食事を終えると、テーブルから立ち、書斎へ行ってダニエルがしつらえてくれた机に向かった。彼の存在の残響を感じながらその部屋にいるのは悪くなかった。彼がそばにいるのを感じながら、ゆったりと机に向かう。しかし、彼の机を見ると今でも顔を赤らめずにはいられなかった。

時計が一度鳴った。午前一時だ。彼が出かけてからもう何時間もたつはずだ。エレノアはようやくその日の仕事を終え、よく伸びをすると、大きな家のなかを歩き、階段をのぼって二階の彼の寝室へ向かった。いつものように、遅い時間にもかかわらず、風呂の用意ができていた。長い一日の疲れから、あたたかい湯のなかで眠りに落ちてしまうことも何度かあった。しかし、これから何があるかわかっているため、いつも期待で肌の裏がちくちくした。

エレノアは簡素な綿のネグリジェに身を包んだ。衣装ダンスの隅に突っこんでおいた自分のネグリジェだった。ダニエルはシルクのガウンを買うと言ってくれたが、それは断った。頑固で、おそらくは理にかなわない態度だったかもしれないが、自分の家のように彼の家を使い、彼の家で食事をとることで、自立心を損ねられる気がしていたのだ。

もちろん、そんなことはないのだが。これからもそうはならない。

毎晩、そうした鬱々とした考えは頭からも心からも追い払っていた。今ふたりが分かち合っているものがなんであれ、それはそれで充分なのだ。どちらもそれ以上は望んでいない。

エレノアは彼の大きなベッドにはいった。慣れ親しむようになりすぎた贅沢だった。なんらかの神の恵みか、エレノアはうとうとしはじめた。

目を覚ましたのは、何時間もたってから、彼の大きな裸体がベッドにすべりこんできたときだった。ふたりともことばを発しなかった。挨拶のことばですら。一日離れていたことで互いへの渇望が募るあまり、ことばなど必要なかったのだ。手や口での愛撫や、ことばなき要求に体は張りつめ、うっすらと汗をかいた。うなるような声とため息がもれる。今夜はすばやく激しい愛の交歓となった。同じ激しさで与え奪いながら、ふたりはベッドの支柱を揺らした。たった一本火のついた蠟燭のほの暗い明かりのもと、ふたりは互いに〝いかがわしい貴婦人〟が拍手喝采しそうなことをし合った。

エレノアにとってこれほど大胆で開放的になったのははじめてのことだった。彼の体は――官能的なその肉体は――すばらしく、彼女はそれを貪欲に奪おうとした。彼のすべてを。彼が自分に対してそうするのと同じように。体と体を結び合わせ、相手の体を自分のものにしつつも、欲望は留まることを知らなかった。

何時間もたち、互いに疲れはててはじめて、ふたりは官能的なささやきや悦びのつぶやき以上のことばを交わした。

「今夜のことを話して」いつものようにエレノアが彼の引きしまった体を撫でながらうながした。欲望を満たしたせいで汗に濡れ、上掛けの上に裸体を伸ばしたダニエルの姿はすばらしい絵画のようだった。

「きみがいないからひどくつまらなかったよ」答えはいつも同じだった。彼の目は輝いていたが、まぶたは重そうだった。

「わたしがいっしょだったと想像して――」エレノアは彼の胸の硬い毛を指でなぞりながら言った。「話して聞かせて」

ダニエルは語り出した。今晩は個人的な集まりがあった。昨日の晩は劇場へ行った。そして一昨日の晩は紳士のパーティーで、女性は女優と娼婦のみが参加していた――彼女たちに誘われてもけっしてそれに乗ることはなかったとダニエルは請け合った。エレノアはそのことばを信じたが、シルクに身を包み、香水をまとった女たちが華やかな温室の花のように彼にもたれかかる情景が頭に浮かび、嫉妬を感じずにはいられなかった。

「それで、ジョナサンについては?」エレノアは訊いた。「何か手がかりは?」

ダニエルは口を引き結び、首を振った。「どんどん収穫はなくなっていくよ。彼の居場所についての手がかりは尽きようとしている。徐々に少なくなってきているんだ」

「今日またセント・ジャイルズへ行ってきたのよ」

「ひとりでかい?」と彼は訊いた。いつも過剰に守ってくれようとする。

「印刷工のヘンリーをいっしょに連れていったわ」

ダニエルはそれを聞いて多少ほっとした様子だったが、それも多少でしかなかった。

「前と同じ変装をして行ってみたの。みんなにも、ヘンリーにさえも、貴族がスラム街を見てまわる話を取材していると言い訳したわ」そう言ってエレノアは首を振った。「残念ながら、成果はなかった。でも、あそこに住む何人かの人から、手がかりが見つかったら連絡するという約束をとりつけたわ」

ダニエルは暖炉の火をじっと見つめた。「このことを考えると心が冷たくなるよ。彼が口ンドンとイギリスから去って二度と見つからないか、もしくは、もう生きていないのかもしれないと思うとね」

エレノアはダニエルの胸に顔を寄せ、頬に心臓の規則的な鼓動を感じながら、ため息をついた。「キャサリンはどう思っているの？」

「彼女には不安に思っていることを打ち明けたことはないんだ。彼女は希望を捨ててはいないが、いつか兄が見つかるという思いは失いつつあるんじゃないかと思う」

「かわいそうに」エレノアは小声で言った。キャサリン・ローソンはその若く薄い肩に、なんと多くのものを背負っていることだろう。家族という重荷と、揺らがない楽観主義。その楽観主義でさえ、厳しい現実の前に薄れつつあるのだ。

エレノアはダニエルに身をすり寄せ、彼の体の熱とたくましさと現実感にひたろうとした。すべてがあまりにすばやく過ぎ去っていく。この世はなんとはかないものだろう。つかのまであっても、手にはいったものにはきつくしがみつかなければならない。

「明日の晩は――」彼はつづけた。「ヴォクソールへ行く」

「あそこは牧師のお説教くらいうんざりだと言ってなかった？」

「ほかにも行く連中がいて、ぼくにも来てほしいと言っているんだ」

ふとひらめいたことがあった。

「あなたひとりで行くことにはならないわ」肘をついて身を起こし、彼を見下ろしながら彼女は言った。「もう一度あなたといっしょに世間に顔を出したいの」

ダニエルは警戒するような顔になった。「いっしょのところを人に見られないほうがいいということで意見が一致したはずだ」

「でも、またあなたといっしょに出かけたいのよ」エレノアは彼の唇に指を走らせた。「あなたはヴォクソールへ行く。わたしもそこにいるの」

22

ヴォクソール・ガーデンズにおける多種多様なたのしみについては、ほかにも無数の記事において盛んに書き立てられてきた。園内にあふれる光と音楽、量は少ないものの驚くような食べ物、打ち上げ花火、飾り立てられた通路を闊歩《かつぽ》する人々など。通路のなかには悪名高い〝暗がりの小道〟も含まれる。じっさい、記者が見たところ、ヴォクソール・ガーデンズは流行だったり、流行遅れだったりを何度もくり返してきた。ただ、読者諸兄にこれだけは知っておいてほしいのだが、この手の遊興公園はまたおおいに評価されている。入場料を払いさえすれば、夜の冒険が約束されているのだから……

〈ザ・ホークス・アイ〉一八一六年五月二十六日

ヴォクソールの東屋や通路に黄昏時の紫色の帳《とばり》が降り、客たちをぼんやりした薄闇に包んだ。エレノアは少しでも暖をとろうとシルクのマントをきつく体に巻きつけた。通路にも木々のあいだにも湿った冷たい空気が垂れこめている。この時期にしては寒すぎるほどだったが、それでも誰も家にいようとは思わないようだった。園内には気晴らしを求める人々が大勢いて、エレノアとマギーもその一部だった。

そしてダニエルも。食事用のボックス席や噴水が立ち並ぶあのどこかにいるはずだが、彼は近づいてこようとはせず、エレノアは今夜まだ彼の姿を目にしていなかった。姿は見えないながら、彼がここにいると思うと、どんなに大掛かりな見せ物を目にするよりも心が躍った。

口笛が聞こえ、ゆっくりと公園のなかを歩いていたエレノアとマギーは足を止めた。まわりの人々もみな同様に動きを止めて待った。遊興公園のさまざまな場所に控えていた使用人たちがマッチに火をつけた。木々や円柱にくくりつけられた、いくつもの色とりどりのランプが同時にともされ、すぐにも公園に光が満ちた。エレノアは突然のまばゆい光に、目を覆わずにいられなかった。その驚くべき演出に人々は拍手喝采を送った。

「芝居がかった見せ物ね」マギーが不機嫌そうに言った。

「そう言いながら、みんなといっしょに拍手していたじゃない」エレノアがにっこりして言った。

「芝居で生計を立てているからよ」友は言い返してきた。「演出については評価できるわ。こんなわかりやすいものでもね」そう言いながらも、笑みを浮かべ、エレノアと腕を組んだ。

ふたりは並木の小道を歩きながら、ロンドンでも最高のパレードや見せ物と思われるものを見物した。寒い気候などものともせず、女性たちは襟ぐりが深く開いた、布地の薄い夜用のドレスを身につけ、男性たちは慣習に従って帽子もかぶらず、脇に帽子を抱えていた。誰もがほかの誰かを眺めている。この街や国において、人の姿を見たり、人に姿を見られたりしようと思う場所があるとすれば、それはヴォクソール・ガーデンズなのだ。

ランプの点灯のために止まっていた音楽が、装飾をほどこした東屋からまた聞こえてきた。楽団が美しい旋律を奏で、ソプラノの歌手がイタリアの楽曲を歌い出した。そのそばで立ち止まった人々は、音楽に聴き入るよりは、華やかなその場の一員となるほうに余念がなく、演奏や歌唱には半分耳を傾けているだけだった。

今ダニエルはどこにいるの？　わたしを見ている？　すぐさま彼に会えたならと思わずにいられなかった。おおやけの場では距離をとろうと前もって打ち合わせてはいたのだが。背が高く、肩幅の広い恋人は、そうしようと思えば身を隠すこともできるようだ。わざと身を隠しているとしか思えなかった。その存在を意識させながら、どこにいるかわからなくすることで、こちらをじりじりさせようとしているのだ。

「食事用のボックス席を眺めに行きましょう」エレノアはマギーに提案した。

友は横目をくれた。「あそこに見るものなんてないわよ。上流階級の連中が、紙のように薄いハムとちっぽけなローストチキンが大枚をはたくに足るものだという振りをしているだけで」

「見ればおもしろいわよ。皇帝の新しい衣服とか」エレノアはマギーを連れて食事用のボックス席が並んでいるところへ行った。どのボックス席も三方を壁に囲まれた部屋のようなつくりになっていたが、正面の壁が開いていて、なかで食事をする人々が通り過ぎる人々を眺められるようになっていた――そして、さらに重要なことに、外からなかが見られるようになっていた。人々と絵画がボックス席を飾っている。権力と特権に恵まれていない者たちは、木々の下に並べられたテーブルで食事をしなければならなかった。しかし、エレノアはそちらには関心を払わなかった。伯爵であれば、きっとボックス席を使えるはずだからだ。

「劇場の模型みたいね」正面の壁が開いた部屋の前を通り過ぎながらマギーが言った。ボックス席にすわっている上品な面々に給仕が食べ物の皿を差し出している。人々は笑い声をあげ、大げさな身振りをして、すばらしいひとときを過ごしていることを誇示していた。彼らだけにこんなたのしみが許されているのはすばらしく残念なことではない？

マギーは食事をしている人々を手振りで示してつづけた。「一方の壁がないせいで、どのボックス席も内側から照らされた張り出し舞台みたいじゃない？」そう言って皮肉っぽい笑みを浮かべた。「インペリアルでも、これ以上の舞台は望めないわね」

「それで、このお芝居にはなんて題名をつけるの？」とエレノアは訊いた。

「『特権、もしくは空腹と満腹』」

「喜劇、それとも悲劇？」

マギーの表情が暗くなった。「喜劇としてはじまるのよ。とてもロマンティックで笑いに満ちている。それが予期せぬ形で悲劇に転じるの」

エレノアは友人の過去について詳しいことまでほぼすべて知っていたが、過去の裏切りがもたらした心の傷が垣間見えるたびに、心が痛むのだった。「だったら、大成功まちがいなしね」と彼女は言った。

エレノアは通り過ぎながらボックス席のなかをのぞきこみ、たったひとつの顔を探した。ボックス席の前から次のボックス席へ移るたびに、心が浮き上がり、また沈んだ。

「お金がかかるわね」とマギーが言った。

「何よりも価値のあるものは高くつくのよ」とエレノアは応じた。

「伯爵の寵愛《ちょうあい》を受けることも?」

エレノアは大勢の人がまわりにいるのも気にせずに足を止めて友と向き合った。「わたしは慎重に――」

「慎重さが足りなかったわね」友の暗い目に陰鬱な翳《かげ》が浮かんだ。マギーはエレノアの手をとった。「ああ、エレノア、偽る必要はないわ。わたしにも、あなた自身にも」

「偽ってなんかいないわ」エレノアは言った。「伯爵とわたしは恋人同士よ。あなたにそのことを隠したことなんかないじゃない。夜に自分が何をしているかはもちろん自分でよくわかっている」昨晩ダニエルのベッドで過ごしたときのことを考えただけで全身に熱が走り、頬が熱くなった。その後、抱き合って寝たことを思い出すと、さらに体が熱くなる。

朝に彼のもとを去るのはつねに苦痛だった。今日の明け方も例外ではなかった。彼はもともと早起きする人間ではなかったが、出ていくときはいつも起きてキスと愛撫をしてくれ、帰るのがひどく辛くなるのだった。それでも、帰らないわけにもいかなかった。

「でも、あなたの心はどうなの？」マギーが訊いた。「ねえ、たとえ彼があなたと同じ思いでいたとしても——」

「いるわ」エレノアはすぐさまきっぱりと言った。

「そうだとしても、ふたりの将来に希望はないのよ」マギーはやさしくつづけた。

エレノアは目をそらし、木々にぶら下がっている何千ものランプを見やった。遠い夢の世界のように見える。ふいに目の奥が焼けるようになった。エレノアはまばたきしてそれを払った。

「そんなことわかってる」と言う。自分の耳にも傷ついた声に聞こえた。

マギーはため息をついた。「こんなふうにあなたが傷つかないようにしたいと思っていたのよ。警告したでしょうに」

「ええ」エレノアは友に顔を戻した。「でも、ダニエルのような男性を前にしては、どんな警告も紙くず同然よ」

「ダニエル？」マギーは首を振った。「ねえ、深入りしすぎよ。これまで書かれた詩のすべてのことばが含まれるかのように彼の名前を口に出すなんて」

エレノアの喉から、悲しい笑いがかすかにもれた。マギーの手から手を引き抜くと、軽く彼女の肩をたたいた。「ちょっと、マギー、ここで感傷にひたったりしないでよ。劇評家たちはなんて思うかしら?」

「劇評家たちはテムズ川の水でも飲んでいればいいのよ」マギーは顎をつんと上げた。「とてもすばらしい音楽劇を企画しているの。劇評家たちをひとり残らず病院送りにするようなね」

「チケットを買うわ」

「ボックスに席を予約しておくわよ」マギーはそう言って食事用のボックス席へ顎をしゃくった。

どのボックス席のなかにもダニエルの姿はなかった。だからといって、今夜彼がここにいないわけではない。そう自分に言い聞かせなければならなかった。ふたりはヴォクソールに別々に来て、互いがそばにいるのを意識してたのしむことになっていた。いっしょにいるところを人に見られるわけにはいかないとしても。

「誰かがあなたにうんと関心を寄せているようよ、マギー」エレノアはひとつのボックス席へ目をやった。放蕩者たちが女性の連れとともにテーブルを囲み、飲んだり騒いだりしている。男のひとりがマギーをじっと見つめていた。女性なら娘をどこかへ隠しに行き、そのあと自分ひとりで戻ってきたくなるような、遊び人風の黒髪の男性だった。

マーウッド卿。

マギーはエレノアの視線を追った。その目がマーウッドの目と合った。妙なことに、マギーは見つめ返すことなく、急いで目をそらした。

「いつも劇場に来ている人よ」とぎごちなく言う。「女優や踊り子といちゃついているわ」

マギーはエレノアの腕を引っ張り、ふたりはそこから離れた。それでも、エレノアが後ろに目をやると、マーウッドはまだじっと見つめてきていた。正確に言えば、マギーを見つめていた。

「話をしたことはあるの?」とエレノアは訊いた。

マギーは鼻を鳴らした。「どうしてわたしがどこかの貴族と時間を無駄にしなきゃならないのよ?」

「だってあの人、王子ほども金持ちで、悪魔のようにハンサムだから」

マギーは張りつめた様子で背筋を伸ばした。「なおさら敬遠すべき相手じゃない。ああいう類いは金メッキした寄生虫なのよ」

「みんながみんなそうじゃないわ」とエレノアは言った。ふたりは長い並木道を下っていた。

噴水や彫像や小さな回転画があり、花で飾り立て、宝石のついたひもでつながれたヤギすらいた。

「たぶん、あなたの伯爵はそうじゃないんでしょうね」マギーは言った。「でも、彼は世の習わしからしたら例外だから」

あなたの伯爵。エレノアはその響きが気に入った。気に入りすぎて辛くなるほどに。というのも、彼と別れなければならなくなったときには、耐えがたいほどの胸の痛みに襲われるだろうが、その前触れに思えたからだ。彼がわたしの伯爵ではなくなるときの。

伯爵は将来の子孫のことを考えなくてはならない。血筋をつなげるため、爵位と財産に責任があるのだ。つまり、同じ階級出身の、伯爵夫人にふさわしい女性と結婚しなければならないということ。そういう女性と家族を持つのだ。

それが彼を待つ未来だ。地球の自転や潮の満ち引きと同じぐらい自明のこと。避けがたいこと。彼のその未来にわたしは含まれない。

ああ、どうしたらそれに耐えられる？

まわりのすばらしい光景も、通りすぎるしゃれた服装の人々も、ほとんど目にはいらなかった。目に浮かぶのは、事務所で働いている自分の机に、結婚や誕生の告知がもたらされる、避けがたい情景だけだった。A卿が放蕩生活を捨て、跡継ぎを世に迎え入れたという告知。

心に浮かんだその情景のせいで、肩甲骨のあいだに肘鉄をくらって息を奪われる気がした。

いいえ、今夜はたのしむために来ているのよ。たのしむの。彼との時間がかぎられたものだとしても、それを人生最高のひとときにするの。それで充分。彼がそばにいなくても、この公園のどこかにいることはわかっている。それで充分。

エレノアとマギーはコロネードへと向かった。それは円柱とアーチ型の屋根のある長い柱廊で、ヴォクソール特有の明かりによって明るく照らされていた。その光景はたしかに美しく、マギーですら渋々それを褒めた。

上等の装いをした男性が、円柱の陰から突然目の前に現れた。ランプの明かりを受け、背の高い男性の髪はつやめいている。上品な顎と、少しばかり小さめながら形のよい鼻をしたハンサムな男性だ。そのほほ笑み方からして、彼が自分の魅力をよくわかっていることは明らかだった。

エレノアはすぐさま、その男性は恐れるに足りないと見てとった。魅力的な体形をしてはいたが、肩幅の広さは筋肉というよりも詰め物によるところが大きそうだった。

「ご婦人方」男性はお辞儀をして言った。

ふたりはそれに応じてお辞儀をした。「こんばんは」エレノアとマギーは声をそろえて挨拶した。

「じつを言うと――」男性は笑みを浮かべたまま言った。その物腰からして、自分が熱烈に歓迎してもらえると思っているのはまちがいない。「いっしょに来たほかの面々とはぐれてしまって。困ったことに、ほかの連中はみな、ぼくの許しがないと何もしようとしないんですよ」

「それでも」エレノアが言った。「あなたとはぐれた今もどうにか生きてはいるんでしょうけど」

「もしくは——」マギーが付け加えた。「お友達は食事をすることも、自分の身を守ることもできずに床に倒れているかもしれないわ」

男性は笑いながら鋭く言った。「ははっ！　たしかにそうであっても不思議はないな。いつも言われるんですよ。〝今日はどこへ行く、ミスター・スモリット？〟とか、〝そろそろ食事をするかい、ミスター・スモリット？〟って」

「〝お尻を拭いてもいい、ミスター・スモリット？〟とかね」マギーがエレノアに耳打ちし、エレノアは鼻を鳴らした。

「まったく」エレノアは笑いをこらえながら言った。「あなたはその人たちにとって、なくてはならない存在のようですね。みんなあなたとはぐれて歩いているなんて驚きですわ。もしかしたら、ご自分で思っているほど彼らの幸せにあなたは必要ないんじゃないかしら」

男性は——ミスター・スモリットは——それを聞いてかすかに眉根を寄せた。その様子から、自分がどれほど重要人物かという話をしたのに、マギーとエレノアを思ったほど魅了できなかったのがわかったようだった。

彼は別の手を使おうとした。「彼らがどこにいるか見つけるべきなんでしょうが、あなた方とごいっしょするほうがずっと愉快そうで、離れがたいですよ」

「行かなくてはならないなら……」マギーが言った。

「いいえ、いいえ」男性は手を振って言った。「用心棒を気どってごいっしょしますよ」

「ご自分の騎士道精神に言及なさるなんて勇敢なのね」とエレノアは言った。

スモリットは顔をしかめそうになるのをこらえ、どうにか自分を好ましく見せようと努めているようだった。「もちろん、そんなことをはっきり言わなくても、察してくださるはずですがね。あなたはたいていの人よりも礼儀というものをよくわかっているようですから」

エレノアはまたお辞儀をしたが、そうしながらマギーにちらりと目を向けた。「お褒めいただいて、ありがとうございます」

「どういたしまして」彼は生徒を褒める教師のようにほほ笑んだ。

マギーとエレノアは目を見交わした。マギーの唇がゆがんでいるのがわかり、エレノア自身、やっとの思いで笑いをこらえた。気の毒なミスター・スモリットは放蕩貴族の次の記事に登場することになるかもしれないが、それが自分だとわかったとしても、書かれた内容を喜ぶことはないだろう。

「ランプは明るいけど――」スモリットはつづけた。「あなた方ほど輝かしくはありませんね」

「また褒めすぎですわ」マギーがそっけなく言った。

彼は手袋をはめた手でそれを振り払う仕草をした。「そんなことはありませんよ。ぼくは真実しか言いませんから。世間では、お世辞ばかり言う連中が自分のことをえらく機転がきくと思っていますがね」

「あなたがそうだとはけっして思いませんわ」とエレノアは言った。

「それはご親切に」スモリットは答えた。「ご婦人方、ごいっしょに歩く栄誉をぼくに与えてくださいますか？　それ以上の喜びは思いつけません」そう言って両腕を差し出した。

マギーはエレノアにちらりと目をくれた。この紳士とこれ以上一瞬でもいっしょに過ごすぐらいなら、堆肥の山に埋められて這い出なくてはならなくなるほうがましだという目だ。

「ありがとうございます」エレノアは言った。「そんなすばらしくご親切なお褒めのことばをいただいて。でも、残念ながら、お断りしなければなりませんわ」

つかのまスモリットは当惑顔になった。エレノアに断られたのが信じられないとでもいうように。やがて笑みを深めた。「ああ、そうか、上品な女性として、紳士の申し出に飛びつくわけにはいかないということですね」彼はひそかにウィンクしてみせた。「ご心配なく。心のままに同意してくださっていいんですよ。われわれ三人以外の誰にも知られないようにしますから」

「でも、わたしたちは知るわけですから」エレノアは指摘した。「重要なのはそれだけですわ」

突然うなじがかっと熱くなった。近くに、慣れ親しんだうれしい存在を感じたのだ。スモリットのすぐ後ろに、暗がりから出てきた背の高い別の男性の人影が見えた。これほどの幸せをもたらしてくれる存在はただひとりだ。

ダニエル。

今夜ヴォクソールに来ているほかの紳士同様、彼も夜用の正装をしていた。夜の遅い時間に目にする彼は服を着ていないのがふつうだったので、その機会をとらえ、彼をほれぼれと見つめた。肩にぴったり合った暗緑色の上着、金色とクリーム色のウエストコート、脚を覆う白いズボン。どこからどう見ても優美な貴族だったが、輝く目とゆがめた唇からはいたずらっぽい雰囲気がかもし出されていた。

エレノアは胃をわしづかみにされる気がした。ああ、この人がわたしの恋人？　あまりにすばらしすぎる。プシュケになって、眠れるキューピッドに蠟燭を掲げているような気分。いつなんどき、手が震えて熱い蠟を垂らしてしまい、キューピッドが逃げてすべての魔法が解けてしまうかしれないという気分。

でも、今彼はここにいる。

ダニエルは彼女に目を向け、黙ったまま、問うようにスモリットをちらりと見やった。こいつの始末をつけてほしいかい？

エレノアはごくかすかに首を振った。自分でなんとかできるわ。

「あなた方はなんとも慎ましいんですね」スモリットはダニエルがそばに来たことに気づかないらしく、つづけて言った。「女性の資質としてはすばらしい。異を唱えられるたびにその思いが募りますよ。だからこそ、おふたりにいっしょに公園を歩いていただきたいと再度お願いしなければならない」

「ミスター・スモリット」エレノアはさらにきっぱりと言った。「あなたはまったくなまりのない正統派の英語をお話しなのかしら」

「ええ、もちろん、それが?」スモリットはスパニエルが耳を澄ますときのように首を傾けた。

「もしかして――」エレノアはつづけた。「英語が母国語ではないのではないかと思って。わたしも友人も、あなたといっしょに歩きたいとは思っていないとお断りしているのに、ご理解いただけないようなので」

彼はまごついた顔になった。「ああ、でも、きっとそれは慎みから――」

「こうしてお断りしているのは慎みとは関係ありませんわ。あなたとごいっしょに一分たりとも過ごしたくないからです。そう言えば、あなたには充分慎ましく思っていただけるかしら?」

男は顔を暗くし、彼女に顔をしかめてみせた。「前言を撤回しますよ。生まれのいい女性が紳士にそんな口をきくはずはない」

「そのとおり」マギーが言った。「わたしも友人も生まれはよくありませんから。それに、ミスター・スモリット、あなたも紳士じゃありませんわ」

彼は背筋を伸ばした。「これだけは言えるが、うちの家族は最高の家柄だ」

「『ディブレット』（イギリスの貴族名鑑）に載っているわけだから、家名は尊敬に値するかもしれないけど――」マギーはひややかに言った。「紳士かどうかは血筋ではなく、その振る舞い方で決まるものですわ。あなたのように馬車と領地が人間の価値を決めると考えるような男性をあまりに多く知っているもので」

「ぼくは……ぼくは……」スモリットは唾を飛ばした。

「よい夕べを」エレノアは声に笑いが含まれるのをこらえきれないままに言った。

「よい夕べになんかならないさ」彼はそう言って立ち去った。生意気な女たちについて、関心を寄せられて光栄に思うべきなのに、なんとも不愉快な女たちだと声を殺してつぶやきながら。

スモリットがいなくなるとすぐに、ダニエルが前に進み出てお辞儀をした。

「獰猛だな」彼はほれぼれとつぶやいた。「動物園でガゼルがライオンに食われるのを見て以来、あんなひどい臓腑《ぞうふ》の抜き方を目にしたのははじめてさ」

「雌ライオンが獲物をしとめたってわけ」マギーが尊大な口調ながら、笑みを浮かべて言った。

「それもとても手際よく」と彼も言った。

エレノアは彼に触れたくて手が焼けつく思いだったが、どうにか手は腰のところで組んでいた。あとでそうできる時が来るのだから。

「エレノアはひと晩じゅうぴりぴりしていたわ」マギーが言った。「これでその理由がわかった。あなたもずっとここにいらしたんですね、伯爵様」

彼はまたお辞儀をした。

マギーはエレノアに目を向けた。「〝ヴォクソールに来て〟と言ったわね。〝わたしたちだけよ。最近とても忙しかったから。ちょっとお休みしましょう〟だなんて」

エレノアの顔が赤くなった。「嘘じゃなかったのよ。あなたとふたりの時間を持ちたかったのはたしかなんだから」

それでも、マギーは両手を上げた。「ほんとうのことを言ってほしいだけよ。それだけ」

「ごめんなさい、マギー」エレノアは地面に目を落とし、その目をまた上げた。「たぶん、そのうち、わたしのことを赦してくれるわね」

「償いになるかどうかわからないが――」ダニエルが言った。「きみとエレノアを夕食に招いてもいいかな？」

「あのボックス席で？」マギーが眉を上げた。

「ああ、もちろん」

一瞬、マギーは心惹かれる顔になった。それもしかたのないことだった。特権階級が使う食事用のボックス席にはいることを許されるのは、日常的によくあることではないのだから――そういう意味では、どんな場合でもあり得なかったが。しかし、やがてマギーは首を振った。

「ありがとうございます。でも、やめておきますわ。そろそろ家に帰る時間なので。残念ながら、音楽劇はひとりでに出来上がったりしないものですから、音楽劇に命を吹きこむには、紙に鵞ペンを走らせなきゃならないんです」

「わたしもいっしょに行くわ」エレノアもすぐさま言った。ようやく現れたダニエルを置いていくのはいやでたまらなかったが、友情をむげにするつもりもなかった。口実にされたことでマギーがまだ傷ついているのは明らかだったのだから。

マギーはまた首を振った。「書く前に三十分はひとりの時間を過ごさないと、登場人物をうまく造形できないのよ」

そんな決まりごとを耳にするのはエレノアにとってはじめてだった。マギーとは知り合って十年近くたっていたのに。

「ひとりで行くわ」とマギーは言った。

「少なくとも、ぼくの馬車まで案内させてくれ」ダニエルが申し出た。「ぼくの馬車がきみの家でも、どこでも、行きたいところまで行ってきみを下ろし、ここに戻ってくるよ」

マギーは単に自尊心から拒もうとするかに見えた。しかし、やがて肩をすくめた。「そんな申し出を受け入れなかったら愚かね」そう言って皮肉っぽい笑みを浮かべた。「自尊心ばかり強いと痛い目を見るから」

ダニエルはまたお辞儀をし、マギーに腕を差し出した。彼女はその腕をとった。

「〝暗がりの小道〟」彼はエレノアに耳打ちした。「十分ほどで」

エレノアは小さくうなずいた。

驚いたことに、友人が自分の恋人と腕を組んでいるのを見ても、まるで嫉妬は感じなかった。その理由もなかったからだ。どちらのことも心から信頼していたのだから。公園の出口へ向かうふたりを穏やかに見送りながら、ダニエルが首をかがめてマギーに何かささやき、彼女が笑う姿に笑みすら浮かんだ。ふたりは自分の人生でもっとも大事な人たちで、互いにいっしょにいるのをたのしんでほしかった。

でも、どうして？　なんのために？　彼らが今後いっしょに過ごすことなどもうないのに。あるとすれば、ある程度自分とダニエルの関係がおおやけになるということで、それはあり得なかった。いつかはこのすべてに終止符を打たなければならない。閉じて棚におさめ、二度と読まない本のように。

そんな暗い考えのせいで、ヴォクソールのきらめきも薄れ、エレノアは光ではなく影のなかにただよっていた。

23

高潔で徳の高い振る舞いをあがめるのがそもそもこの新聞の目的だった。しかしときに、人は明るい道から闇の国へと迷いこむことがある。誰よりも倫理的な心の持ち主も、情熱や感情を求めずにはいられないからだ。そうでなければ、われわれは冷たく孤独な存在となり、そんな存在であることは、高潔ではあっても、喜びやなぐさめを与えてはくれない。

〈ザ・ホークス・アイ〉一八一六年五月二十六日

わざと暗くしてある〝暗がりの小道〟の木々のあいだでエレノアを待つダニエルの心臓は、大砲のように大きく打っていた。半月にわたって心も体も探索し合った男女ではなく、恋人になりたてのふたりが最初のあいびきの熱さと期待をたのしんでいるかのようだった。いっしょに過ごした時間が一日であれ、一週間であれ、一年であれ、関係ない。エレノアについては充分と思えることはなかった。ヴォクソールでのこのお遊びも、彼女への欲望を刺激しただけだった。

男女の低い笑い声が手入れされた芝生や低木の茂みの向こうから聞こえてきた。ここは恋人たちのあいびきのためだけにしつらえられた場所だ。ダニエルも〝暗がりの小道〟を使ったことがないわけではなかったが、今ほど期待を高めたことはかつてなかった。

ぼんやりと照らされた行く手に目を向けたまま、彼はおちつきなく身動きした。彼女はいつ来るのだ？　十分後と言ったはずだが、十分がこれほどゆっくり過ぎるのははじめてだった。このあいだに文明が栄えて滅びることもできる気がする。築き上げた建造物が崩れて更地になり、抑えのきかない野生の欲望がはびこってしまう。

そう考えると、まごつかずにいられなかった。驚愕と不安と困惑。長年、放蕩者の倦怠にどっぷりひたり、比較的新しいたのしみや感覚に遭遇したときだけ、たまに浮かび上がる生活をつづけてきた。しかし、そうした目新しさもあっというまに薄れ、特権という暗闇にまた沈みこむのがつねだった。ジョナサンを見つけるという目的はあった。そのせいで目標とするものはできたが、同時に自分が世の中にいかに貢献していないか思い知らされることにもなった。

しかし、エレノアのおかげで自分は深みから真に浮かび上がり、呼吸をし、目で見、体で感じることができるようになった。これまで一度もそうした行為を経験したことがないかのようだった。

今この瞬間、彼は〝暗がりの小道〟のひそやかな暗闇で、恋人を待つ、言うに言われぬ苦痛にひたっていた。

ひとりの女性がゆったりと通り過ぎた。彼は動かなかった。この暗さのなかでも、エレノアの体形や歩き方は見分けがつくはずだった。自分のことと同じぐらい彼女のことはわかっていたからだ。自分のこと以上にわかっているかもしれない。彼女には深い関心を抱いているのだから。

彼女の肌のにおいと、彼女が夜遅くにつぶやく、なんともみだらで気のきいたことばを思い出しただけで、期待に胸がしめつけられた。

あのばかな洒落者がエレノアとデラミア夫人に近づいていくのを、自分は腹立たしいほど遠くから見つめていたのだった。そこへ駆けつけて、男の顔にこぶしをお見舞いせずにいるには、持てるかぎりの忍耐力を駆使しなければならなかった。二歩ほど近づこうとしたところで、彼女の切り捨てるようなことばが明瞭に響いたのだった。ことばであの愚か者の臓腑を抜いたわけだ。あまりに明瞭で的確なことばに、あの男はしばらくたつまで致命的な傷を負わされたことに気づかず、気づいたときにはもう救いの道はなかった。

彼女が知恵という刃でうまく身を守るのを目にして、ダニエルの渇望はかき立てられ、燃えるような熱を帯びた。ようやくそばへ行ったときには、彼女に手を伸ばさずにいるのがやっとだった。生気のない女を好む男がいるのはなぜだろう？　空にたなびく青白い雲ほども薄くはかない女を。エレノアは夏の積乱雲だ——黒く力強い雲。

ダニエルは息を殺して悲しげに笑った。ぼくは詩人になったのか。もしくは、彼女がぼくを詩人に変えたのかもしれない。女性を夏の嵐にたとえる類いの男に。彼女が人生に嵐を起こしてくれたのはたしかで、ありとあらゆるものをなぎ倒され、自分は自分自身という平原に立たざるを得なくなった。すべてを再構築できるように。

ああ、まただ。自分を特別詩的な人間だと思ったことはこれまでなかったのだが、彼女に刺激され、ことばを最大限選ぼうとしてしまう。それでも、これも革新的で巨大な何かをことばで表そうとする弱々しい試みにすぎないのだ。ことばというかぎりあるものではとらえきれない何かを。

小道に女性の足音がして、ダニエルは気を張りつめた。人影が現れ、あたりを見まわした。一瞬のためらいもなく、それがエレノアだとわかった。

音もなく木々の陰から出て彼女の手首をつかむ。

ダニエルと同じように彼女のほうも直感が働いたようだ。くるりと振り向いて平手打ちをくれる代わりに——見知らぬ相手にしつこくされたらそうしたことだろう——すぐさまこちらを向き、指に指をからめてきた。

遠くにあるランタンからのぼんやりとした明かりによって、エレノアの顔立ちがかすかにわかった。今やよく知るようになった顔だ。頑固そうな顎とぽってりとした唇を持つ鋭い顔立ち。知的で激しい光を宿した目。その目が悦びに閉じられるのを目にしたこともある。しかし今、その目は幸福と安堵に輝き、彼を見上げていた。やはり会いたくてたまらない思いでいたかのように。

ダニエルは黙ったままエレノアの手を引っ張って小道をはずれ、さらなる暗闇のなかへはいっていった。木々のあいだに石のベンチが置かれた空き地があった。誰の目にも触れない場所だ。ダニエルはベンチにすわり、そっと彼女を膝の上に引き寄せた。すぐにも腕が肩に巻きついてきて、彼は彼女の腰をつかんだ。ふたりは顔と顔を突き合わせる格好になり、押しつけられた甘く生き生きとした体はあたたかかった。

「礼儀知らずね」エレノアがきっぱりと言った。「紹介も受けていないのに、こんなふうにわたしの体を好きにあつかうなんて」

つまり、そういうお遊びをしたいというわけか。ダニエルもお遊びは嫌いではなかった。

「礼儀知らずはそっちさ」と低い声で答える。

「こっちですって！　どうしてか教えてくださいな」

「そんな顔と体つきで歩きまわっているなど、厚かましさのきわみだ。それに、きみの目は無作法なほどに魅惑的だ。生き生きときらめいている」

「ちょっと」彼女は言い返した。「あんまりな言い分だわ。自分の顔や体つきや目はどうしようもないんだから。それに対して反応せずにいられないなら、悪いのはわたしじゃなく、あなたのほうよ。それに——」彼女はつづけた。「あなたの論理に従えば、あなただって傲慢だと言わせてもらうわ」

「ぼくが何をしたと？」彼は訊いた。「きみというセイレーンの歌の呼びかけに気づいただけなのに。マストにしばりつけられたオデュッセウスさながらに、自分ではどうしようもなかった」

「第一に、背の高さをひけらかしているわ。ご自分がいかにハンサムか見せびらかしてもいる。自慢するようにすねを見せているし」エレノアは顎を上げた。「言い逃れはできないわよ！」

「ぼくがそういう図々しい行動をとっていたとしたら――」彼は応じた。「どんな罰を受けるべきなんだ？　きっと厚顔無恥な行動には罰を与えなきゃならないだろうからね」

「それはそうよ」エレノアは手を彼の肩から首の後ろへと移した。ほっそりした熱い指がうなじにあてられる。「わたしの唇には酸があるって言われたことがあるの」

目が彼女の唇に吸い寄せられ、心臓の鼓動が激しくなった。「そうだろうな」と同意する。

「きみの舌は尖ってるから」

「また失礼なことを！」彼女は首を振った。「あなたにはもっとも厳しい罰を与えるほかないようね」

ああ、なんともすばらしい。「きみはさっきからそう言っているのに、ぼくはまだこうしてまるでおとがめなしでいる」

エレノアは首を振った。「ほかに選択肢はないようね」

そう言うと、彼女は唇を唇に寄せた。もしくは彼のほうが唇を奪ったのか。ダニエルにはわからなかった。すぐにも燃えるような貪欲なキスで互いをむさぼっていたからだ。腕に抱いたエレノアは体を押しつけてきて、ふたりを隔てる衣服以外は体と体がぴたりと合わさっていた。エレノアは甘いワインの味がし、探るようにからみついてくる彼女の舌はなめらかだった。最後にキスしてからたった一日しかたっていなかったが、渇望の程度からして、何十億年も過ぎた気がしていた。

彼は彼女の肋骨をなぞり、輪郭と生身の体を感じながらボディスの前へと手を動かした。ドレスの生地越しに手で胸を包む。口づけたまま彼女は息を吐いた。彼はその息を、存在するために必要な空気であるかのように吸いこんだ。

エレノアに腰を激しく腰になすりつけられ、ダニエルはさらに興奮した。石のように硬くなり、痛みを覚えるほどだった。

「ここでやめなければ」彼はうなるように言った。それでも、やめることはできなかった。解き放たれた彼女の欲望に悦びを覚える自分を否定できず、それに呑まれた。ふたりがつくりあげたものに。

「わかってる」エレノアもかすれた声で言った。しかし、身を引き離そうともしなかった。

自分の手が彼女のスカートを持ち上げようとしているのに気づいてはじめて、ダニエルは自分をどうにか抑えた。口を引き離すと、エレノアが抗議するように声をもらした。

「もっと」と求めてくる。

「ここではだめだ」彼の声はかすれていた。

「誰にも見られないわ」

ダニエルは額と額を合わせた。「ヴォクソールなんかできみと愛を交わすつもりはない」

「わたしは交わしたがっているとしたら？」

くそっ——殺されてしまう。「きみのことはベンチで急いで体を奪う以上に求めているんだ。ひと晩じゅう遠くからきみを見て過ごしていたんだから。きみのなかにはいるなら、時間をかけたい」

エレノアはまぶたを伏せた。「あなたの馬車はマギーを下ろして戻ってきたかしら？」

「そうだといいな」意思の力を最大限働かせ、ダニエルは彼女を膝から下ろして立たせた。

「人目を忍ぶなんてくそくらえだ。ぼくらはいっしょに公園を出ていく」ダニエルは苦悩の表情で立ち上がった。

「すべてくそくらえよ」エレノアはそう言って一歩近づき、また彼の肩に腕をまわした。それでも、キスはせず、ふたりはきつく抱き合った。

女。暗闇のなかにいるこの女。ダニエルは期待と、欲望と、互いの魂の結びつきを感じた。このときを人生最良のときとしていつまでも覚えていることだろう。

ダニエルは書斎に射す明るい午後の光のなかを行ったり来たりしていた。そうやって行ったり来たりしても、絨毯に跡をつけるだけでいいことは何もなかったが、じっとすわっていることなどできなかった。

書斎の扉を軽くノックする音がして、彼はくるりと振り返った。「どうぞ」と言う。

扉が開き、エレノアが現れた。彼女の姿を目にして心が躍った。その朝早くに別れたばかりだったのだが。

部屋にはいってきて扉を閉めた彼女の額には小さな縦皺が寄っていた。ふたりは部屋の中央に歩み寄り、手をとり合った。

「書きつけをもらってすぐに来たのよ」彼女は心配そうな顔で彼を見上げた。「ジョナサンのことで何か進展があったの?」

「朝の新聞といっしょに伝言が届いたんだ」彼は説明した。「煙草屋から」

「例の両切り葉巻を買った人がいたのね」と彼女は推測した。

「昨日、店が閉まる直前だったそうだ」

「彼だったの?」

ダニエルはさあと言うように肩をすくめた。「それはわからない。伝言には、彼の好む両切り葉巻を買った人物がいたとしか書いてなかった。これから店へ行って調べてくるつもりだ。どうなるかはわからないが、手がかりはすべて追求しなければ」

「キャサリンに知らせるべきよ」とエレノアは言った。

「キャサリンは田舎の家に呼び寄せられてしまったんだ。数日は戻ってこない。でも、きみには知らせたかった……」どうしてだ？　このことがエレノアにとっても重要だとわかっていたからだ。彼女にそばにいてほしかった。彼女が自分にとってあまりに大事な存在になっていて、この使命をはたすのに、彼女のほかにいっしょにいてほしいと思う人間は誰も思いつかなかった。

エレノアを愛している。そのことばは炎に蛾《が》が引き寄せられるように、つねに心につきまとっていた。それでも、彼女とのあいだで愛ということばが口に出されたことはなかった。心のどこかでそれを恐れる気持ちもあったからだ。まだ明かしていない最後の無防備な自分を明かすのが怖かった。彼女が自分を思ってくれている――それはわかっていた。それでも、愛してくれているだろうか？　そんなことは訊けなかった。彼女への深い思いが報われないものだとわかるよりは、胸をナイフで刺されるほうがましだった。

「きみは力になりたいと言ってくれたからね」彼は言い終えた。

エレノアはうなずいた。額に刻まれていた縦皺が薄くなり、ため息がもれた。「すぐに来てほしいというあなたの書きつけが届いたときには、もしかして……」そう言って目をそらす。

「もしかして？」ダニエルはうながした。胸がしめつけられる。

エレノアは彼に目を戻し、悲しそうな笑みを浮かべた。「物書きの想像よ。それと、マギーの悲劇的な音楽劇を見すぎたせい」

ダニエルのなかで何かがゆるんで解き放たれた。防壁にひびがはいるかのように。跡継ぎとして心配されたことはあっても、自分の身を誰かに心配されたことなど覚えているかぎり一度もなかった。

彼女は心配していた心の内を認めすぎたことが気恥ずかしくなったようだ。目を合わせることもできずにいる。「煙草屋からの伝言が今朝来たのだとしたら、煙草が買われたのは昨日ね」彼女ははきはきした声をつくって言った。「時間をおけばそれだけ痕跡が薄れることになる」

彼もそれを理解した。ふたりのあいだのことは大きく、輝かしすぎる。気持ちをほかのものに集中させるほうが容易だ。分析して、願わくは解決できることに。

「馬車はすでに待っている」と彼は言った。

そこもよそとさほど変わらない店がまえの煙草屋だった。正面の扉の前に木製のゲール人の人形が置かれ、そこが葉巻や、両切り葉巻や、嗅ぎ煙草を売る店であることを示している。正面の扉のガラスの部分には、金の文字で、その店が半世紀前から営業している店だと書かれており、爵位を持った紳士が煙草を買う類いの場所だとわかる——そのせいでその紳士の妻には我慢を強いることになる場所だと。

ダニエルは馬車から降り、エレノアを助け下ろした。彼女は扉のよく磨かれた真鍮のノブから、明るく大きな出窓まで、店の正面をしげしげと眺めていた。ダニエルには、そんな店がまえを誇る、よく手入れされた店であることがわかっていた。隣は靴屋で、もう一方の側は仕立屋だったが、どちらも窓に上等の商品の見本を飾っている。

「お金に困っている人が来るような場所には見えないわね」とエレノアが言った。

「彼が自分に唯一許している贅沢なのかもしれないな」ダニエルは言った。「ほかに救いのない状態なのだとしたら、慣れたなぐさめを求めようとしたのかもしれない」

「すぐに真実がわかるわ」エレノアは彼の腕に手を置き、ふたりはいっしょに煙草屋にはいっていった。

店内には香ばしい豊かな香りが濃くただよっていた。ペンキを塗った陶器の壺や小さな木樽が壁沿いに並べてあり、カウンターの上には堂々たるはかりが鎮座していた。帽子をかぶった何人かの紳士がエプロンをつけた店員と話しており、ダニエルとエレノアが店のなかに足を踏み入れると、誰もが会釈した。

この時間に彼女といっしょにいるのを人に見られるのは危険かもしれないとダニエルは気がついた。もっと早くそのことを考えておくべきだったのだ。しかし、彼もエレノアもそれについてはまるで考えもしなかった。

「きみは馬車で待っているべきだ」彼は小声で言った。

「絶対にいやよ」エレノアは低い声で答えた。

「きみの評判が――」

「こんなことには耐えられるわ。何か事が起こったり、わかることがあったりしたときに、わたしはあなたのそばにいたい」

彼女は相手の武装を解く、もっとも効果的なすべを知っている。ダニエルは何も拒めなかった。

もうひとりの店員――最初に見た店員より年上で、立派な頬ひげを生やした店員――が店の奥から出てきた。その人物が経営者であることがダニエルにはわかっていた。相手もダニエルを覚えていたようで、目をみはり、話を聞かれるのではないかと不安がるように、ほかの顧客たちにちらりと目を向けた。

「おはよう、ミスター・クライストチャーチ」ダニエルはなめらかに言った。「ぼくの注文した特別調合の煙草がようやく届いたそうだが」

「え……その……はい、伯爵様」と店主は答えた。

「店の奥にあるんだね？」ダニエルは付け加えた。

「え、ええ！　こちらです、伯爵様、その、奥様」クライストチャーチは自分が今出てきた扉を手振りで示した。ふたりは首をかがめて短いカーテンをくぐり、倉庫へと足を踏み入れた。そこには熟成された煙草の葉のにおいがより濃くただよっていて、ランプがひとつだけついていた。

「すべて話してくれ」ダニエルが扉を閉め、カーテンを引いた。

店主は不安そうな目をエレノアとダニエルに交互にくれた。

「ぼくの友人の前でも包み隠さず話してくれていい」ダニエルは請け合った。エレノアは店主を力づけるようにうなずいた。

「昨日、若いごろつきがやってきたんです」煙草屋は少ししてから話しはじめた。「みすぼらしい服を着たほんの少年でした。でも、あの両切り葉巻を求め、支払う現ナマを――すみません、金を――持ってました。私は手持ちのなかにその調合の煙草はないと言ってやったんです。それはほんとうでした。特別に注文しなくちゃならない調合だったので。そうしたら、手にはいったら、それをこの住所に送ってくれと言ってきたんです」店主はエプロンのポケットから皺くちゃの紙をとり出し、ダニエルに手渡した。

紙を開くと、そこにはホワイトチャペルの住所が書いてあった。久しく手にしたことのない、たしかな手がかりだ。

エレノアもその住所に目を向け、「その少年と誰かいっしょに来なかった?」と訊いた。

「たぶん、表で待っていたとか?」

店主は首を振った。「少年だけでした。それも、行儀のなっていない子で。ぼろ切れ同然の服を着て、下品ななまりのことばをしゃべってるくせに、皇太子であるかのような態度でしたよ。それでも――」店主は付け加えた。「カウンターにミートパイを置いてあったんですが、ひとにぎりのダイヤモンド以上に貴重なものであるかのようにそれをじっと見てましたから、その子にくれてやったんです。その子はパイをつかむと、入口のところですぐさま食べちまいましたよ。ふた口でなくなっちまった。それから、帰っていったわけです」

ジョナサンも飢えているのだろうか？　それなのに、高価な煙草を買う金はかき集めたというわけだ。

「ありがとう」ダニエルは煙草屋に一ポンド札を渡し、煙草屋の主人はまた目を丸くした。

「何かお役に立てることがありますか、伯爵様？」

「きみの気に入りの両切り葉巻をぼくのところへ一ケース届けてくれ」

「かしこまりました！」店主はお辞儀をした。

少しして、ダニエルとエレノアは馬車に戻った。「ミス・ホークを事務所までお送りする」ダニエルは御者に命じた。

「いいえ、だめよ」エレノアは御者に聞こえるだけ声を張りあげた。

「エレノア」

「ダニエル」

ふたりは馬車の狭い空間で見つめ合った。「きみのその顔からして――」ダニエルが言った。「安全で居心地のよい事務所に帰ってぼくの知らせを待つつもりはないようだね」

「そんなことばには反応するのもいやよ」エレノアはそう言って彼の手をにぎると、皮肉っぽい笑みを浮かべて言った。「このことにわたしを巻きこんだのはあなたよ」

「ぼくが？」彼は顔をしかめた。

「わたしの事務室に足を踏み入れて、自分の記事を書かないかと持ちかけてきたときに」

思ったとおりの反応だった。ダニエルは御者にホワイトチャペルの住所を告げた。彼女のせいで自分の人生がひっくり返ってしまったことをありがたく思うしかなかった。


性別もわからない子供が共同住宅の入口の石段にすわり、警戒するような目で通りを眺めていた。その女の子は――着ている服の襟のまわりにすりきれ、色あせたリボンが見えた――とがった棒を手にし、それをひびわれた敷石の隙間に突っこもうとしていた。まるで小さな悪魔を地中に押し戻そうとしているかのように。

ダニエルとエレノアが崩れかけた建物の入口に近づいても、女の子は動こうとせず、その年の子供にしては大人びた目でじっと見つめてきただけだった。ダニエルとエレノアには着替える暇がなかったため、じっと目を注いでくるのはその子供だけではなかった。鎧戸の隙間から女性たちがのぞき見ており、近くの壁に寄りかかっている数人の男たちも興味津々に見つめてきた。しかし、ダニエルとエレノアが目に見えない防壁で守られているかのように、誰も近づいてこようとはしなかった。特権階級には世間を寄せつけない何かがあるのだ。

ジョナサンの最新の住所であるこの場所が、人間の住む場所とは思えないという事実は避けがたかった。壁はかろうじて支え合っているかのようで、窓ガラスのほとんどがなくなっていた。正面の壁は長年にわたってこびりついた汚れと煤《すす》に覆われている。なかからは赤ん坊の泣き声が聞こえてきた。ダニエルとエレノアがさらに近づくと、窓に顔が現れた。ひとつの窓に少なくとも七つの顔がある。このみすぼらしい家に何人が暮らしているかは神のみぞ知るだ。

同じようにそれを見ていたエレノアの顔には厳しい表情が浮かんでいた。ダニエルと同じように絶望と怒りに駆られているのだ。その内心の思いは理解できた。貴族の末裔《まつえい》から、もっとも低い身分の労働者にいたるまで、誰であっても、こんな暮らしをしていいはずがない。ジョナサンを探すなかで、街の危険な界隈を数多く目にしてきたが、いつも思うのは、爵位を持って生まれてきた幸運な人間と、名もなき人々との格差だった。慈善活動への寄付の額を増やさなければならない。そんなことをしても無意味かもしれないが、そうせずにはいられない。さもなければ、鏡のなかの自分と目を合わせることができなくなる。

「そろそろ〈ザ・ホークス・アイ〉ももっと現実的な記事を載せないと」エレノアは低い声

で言った。「レディ・Hの醜聞に割く紙面を減らして、ちがう類いの醜聞をもっと載せなきゃならないわね」

「読者の反発を呼ばないかい？」

「みんな逃避を必要としているものね」エレノアは答えた。「でも、ときには真実に向き合わないと」そう言って唇を引き結んだ。「わたしたち、注目の的だわ」

上等な装いをしたよそものを眺めようと、さらに人が集まってきた。そこで、石段のところにいた少女の手に硬貨をにぎらせると、ダニエルはエレノアを連れて建物のなかへはいった。

薄暗い内部も外観よりはましということはなかった。壁のペンキははがれ、階段は千鳥足の酔っ払いのように傾いている。扉のひとつがそろそろと開いたが、なかの人物はダニエルと知り合いになるつもりはないらしく、扉は勢いよく閉まった。扉のない入口のところでは、泣いている赤ん坊を抱いた女性が行ったり来たりしていて、そのあとをさらにふたりの子供がついてまわっていた。

階段のてっぺんに中年の女がいた。着ている服は何十年も前のものに見えたが、清潔でつぎもきちんとあてられている。

「何かご用ですか？」女は注意深く訊き、ゆっくりときしむ階段を降りてきた。

「たぶん」ダニエルは答えた。「友人を探しているんだ」

「ここで暮らしている人間に友人のいる人は多くありませんよ」と女は言った。ダニエルより高い位置に留まろうとするように、階段の途中で足を止めている。

「貴族のような話し方をする人よ」エレノアが口をはさんだ。「誰にも心を開かない人」

「そんな人がここにいるかどうか知りませんね」女は警戒するように目を細くした。

ダニエルは硬貨を差し出したが、女は受けとろうとはしなかった。つまり、欲に駆られてそう言っているわけではないのだ。

「彼を助けに来たんだ」ダニエルは言った。「家族のもとに戻してやりたい」

「そうですか？」大家らしき女はじろじろと値踏みするようにダニエルのブーツから帽子までを眺め、その目をエレノアに移した。

「ほかの人間の餌食になってきた人よ」エレノアは言った。「戦争から戻ってきて、自分を見失ってしまった人。でも、わたしたちは彼が元気でいるかどうかたしかめに来ただけなの」

中年の女の顔に浮かんでいた警戒の色が、安堵と不安の色にとって代わった。女は十字を切った。「ああ、よかった。あの若者についてはひどく心配していたんですよ」

ダニエルは胃をわしづかみにされる気がした。ほんとうか？　ようやくジョナサンが見つかったのか？

「なんと名乗ってるんだ？」彼は声に焦りを出すまいとしながら訊いた。

「コネリーです。ミスター・ジョナサン・コネリー」

コネリーはジョナサンのアイルランド系の母方の苗字《みょうじ》だった。ダニエルの胃がまたしめつけられた。もうすぐだ。ほんとうにもうすぐだ。

「彼のところへ連れていってくれる？」エレノアが訊いた。「ミセス……？」

「アーヴィングです。喜んでお連れしたいところなんですがね。ただ……」

「ただ？」ダニエルがうながした。

アーヴィング夫人は顔をしかめた。「今朝出ていってしまったんですよ。戻ってはこないと思います」

失望の思いが酸のように心を焼いた。ちくしょう。

「どうして戻ってこないと思うの？」とエレノアが訊いた。

「本人がそう言っていたからですよ」大家の女は手をもみしぼった。「あたしもあの方を助けようとしたんです。あんなに沈みこんでいる人を見たら、心が痛みましてね。そう、ここで暮らす誰もが浮かび上がろうとしているわけですから。あたしはできるだけみんなを助けてきましたよ。それで、その若者はひどいありさまでした。具合が悪そうで、ひどく苦しんでいました。以前兵隊さんだったそうですよ」彼女は首を振った。「でも、助けさせてはくれませんでした。あたしが置いていった食べ物に手をつけようともしないし、掃除もさせてくれなかった。悪い仲間と付き合うのをやめろと言っても聞きはしないし」

ダニエルは眉根を寄せた。「悪い仲間？」

アーヴィング夫人は顔をしかめた。「ええ。最悪の連中ですよ。悪党ども。その頭《かしら》というのが——名前は知らないんですが——落ちぶれた貴族を見つけては、ヒルが血を吸うように、金も生気もからっからに吸いとっちまうって噂を聞いたことがあるんです」

「今、ミスター・コネリーがいるのはそいつのところかい？」ダニエルが訊いた。「その悪党の？」

大家の女は肩をすくめた。「それについては何も言いませんでしたよ。今朝、もううんざりだから、出ていくって言っただけで」

ダニエルは声を殺して毒づいた。あとひと息でジョナサンを見つけられたのに、また逃げられてしまった。

「彼の部屋を見てもいい？」とエレノアが訊いた。ダニエルに向かっては静かにこう言った。「今のジョナサンについて何かわかるかもしれないわ。彼がどこへ行ったのか、手がかりが見つかるかもしれないし」

ダニエルはうなずいた。いい案だ。案が少ない今はとくに。

「こっちですよ」アーヴィング夫人はそう言って階段をのぼりはじめた。

ダニエルは大家のあとに従うエレノアの腰に守るように手をあてた。アーヴィング夫人は善良で親切な人間で、ホワイトチャペルにも彼女のような人間は大勢いるはずだ。それでも、この界隈が危険な地域であることを見くびってはならない。ジョナサンを食い物にしている男たちがそうした危険の証拠だ。ジョナサンのことは失ってしまったかもしれないが、エレノアの身に何か起こることは断じて許さない。彼女は勇敢で、絶望的な状況においても手がかりを引き出せる人間だ。階段をのぼるにも、ためらう様子はまるでない。ひたすら上へ向かっている。

エレノアと知り合ってから、追い求めるものが変わったのはたしかだ。今の自分は自分で贖いをしなければならないと思っている。それが彼女にとって貴重なことだから。重要なのはそれだけだ。

24

試されるまで、心がどれほどのことに耐えられるものか、誰にもわからない。

〈ザ・ホークス・アイ〉一八一六年五月二十八日

物書きや芸術家や役者たちの知り合いが多かったため、エレノアはとり散らかした部屋には心がまえができていると思っていた。しかし、アーヴィング夫人が鍵をはずして扉を開けたジョナサン・ローソンの部屋の汚さには完全に虚をつかれた。汚い服や、べとべとした食べ物の包み紙や、カビが生えたりひからびたりしている食べ物や、なんのものかわからない丸めた紙など、いたるところにゴミが山となってたまっていたのだ。両切り葉巻の吸い殻も床に散らばっていた。ペンキのはがれかけた壁には、新聞の切り抜きが何枚か貼られている。部屋に置かれている家具は、背の壊れた椅子がひとつと、床に置かれたシーツのかかっていないマットレスだけだった。洗っていない体のにおいと、アルコールのにおいが部屋にどんよりと垂れこめている。

エレノアはダニエルをちらりと見やった。顎をこわばらせ、厳しい顔をしている。友がここまで落ちぶれていることをまのあたりにする気持ちは想像するしかなかった。

エレノアとダニエルが足でゴミを押しのけながら部屋にはいっていくと、大家が神経質そうに後ろから話しかけてきた。

「ここはメイフェアじゃありませんからね」アーヴィング夫人は言った。「でも、うちはきれいな下宿屋なんです。ただ、ミスター・コネリーはわたしを部屋にはいらせてくれなかったんですよ。ただで掃除すると言ったんですが、それでも断られました」

「とてもおやさしいのね」エレノアは言った。「あなたのような職業の人だったら、たいていはお金をとるところだわ」

アーヴィング夫人は肩をすくめた。「うちの建物で暮らす家族みんなの力になっているんです。みんなかつかつですから——一生懸命に働いていてもね。ミセス・ファーカーが帽子を仕上げるのに夜遅くまで働かなきゃならないときには、赤ん坊の面倒を見てやりますし、造船所で働いていて、世話をしてくれる奥さんのいないミスター・ダガンのためには、部屋の掃除をしてあげるんです」

彼女はまた肩をすくめた。「彼もいい青年でしたよ、あのミスター・コネリーも。うちで暮らす男の子のひとりを酒場から連れ帰ってくれて、もう二度とそんなところに出入りしないと約束させたりもしてくれました。このあたりの子供たちが街をうろつくことがないよう、みんなに目を配ってくれて、食べ物があまっているときには分けてあげたりもしていました」

ダニエルの口の端に悲しげな笑みが浮かんだ。「ジョナサンらしいな。他人の力にならずにいられない人間なんだ」その笑みが消えた。「自分は救えなくても」

「彼には悪い仲間がいたとおっしゃったわね？」エレノアは床のしみを避けながら訊いた。

「ええ。しじゅう悪そうな連中が出入りしてましたよ。とくにあの評判の悪い男が。死んだ目をした男でした。次の獲物のことしか考えていない狼みたいなね」アーヴィング夫人はエプロンの下で手をもみしだいた。「その獲物がミスター・コネリーだったんじゃないかと心配なんですよ」

廊下の先にある扉が開いて閉じた。アーヴィング夫人は音のしたほうへ目を向けた。「あれはうちの義理の娘です。頼まれた繕い物を持って戻ってくることになっていて。ちょっと失礼しないとなりません」

「ごゆっくり」ダニエルは気もそぞろにつぶやいた。目は散らかった部屋をじっと眺めまわしている。

大家はお辞儀をして部屋を出ていった。ジョナサンの部屋にはエレノアとダニエルだけが残された。アーヴィング夫人はジョナサンが今朝までその部屋にいたと言っていたが、部屋はかえりみられなくなって久しい様子だった。そう思うと、エレノアの胸が鉛のように重くなった。

彼女はダニエルの腕に手を置いた。「あまりなぐさめにはならないでしょうけど……気の毒に」

ダニエルはかすかにうなずいたが、その顔は強い怒りに駆られている顔だった。自分自身に対して。「ことあるごとに、ぼくがどれほどひどく彼を裏切ったかわかるんだ」

「でも、あなたは今ここにいるじゃない」エレノアは指摘した。

「遅すぎる。彼は逃げたあとだ」

エレノアはゴミの山に目を向けた。「あまり物は持ち出さなかったのね」

「両切り葉巻が届く前に逃げたんだ。もしかしたら、とりに戻ってくるつもりだったのかな」ダニエルはステッキでゴミの山をつついた。「今どこにいるのか、手がかりは残していないようだ」

「それはまだわからないわよ」手袋をはめていることをありがたく思いながら、エレノアはぼろきれと空の瓶の山をあさった。「彼の居場所へと導いてくれる何かがここにあるかもしれないわ」

暗黙の了解で、ふたりは部屋を探しはじめた。数分後、ジンの瓶の数から、ジョナサンが酒を過ごす習慣を身につけたのがわかった以外は、手がかりとなるものは何も見つからず、捜索が無駄だったことがわかった。

しかしやがてダニエルが「これを見てくれ」と言って新聞の束を持ち上げた。〈ザ・ホークス・アイ〉であることがわかった。「彼がきみの新聞の愛読者であることはわかった」エレノアはダニエルのそばに寄って新聞を調べた。「最近の号だわ。買うだけのお金があったのかしら」

「たぶん、コーヒー・ハウスからくすねてきたんだろう」

「放蕩貴族の記事にとくに興味を持っているようだわ」エレノアは新聞の一部を指差した。「ここを見て。その記事だけが読めるようにたたんである。それにインクもにじんでいるし」

「何度も読んだからだ」ダニエルが推理した。

「あなたが思っているほど、彼は堕ちてしまっているわけじゃないのかもしれない」エレノアは言った。「この記事の放蕩貴族があなたのことだとわかったんじゃないかしら。それで、まだ惹きつけられているのよ——昔の暮らしに」

ダニエルは考えこむように眉根を寄せた。「記事のなかに彼への伝言をはさみこむこともできるかもしれない。戻ってきてほしいと」

悪くない案ではあったが……「この部屋には強い絶望感がただよっているわ」と彼女は言った。「理論や正論を説いても響かないような絶望感が」ある考えが心に浮かび、形をとりはじめた。「もしかして……〈ザ・ホークス・アイ〉に何か彼を隠れ場所から引っ張り出せるようなことを載せたらどうかしら？　だましておびき寄せようとしているのだとわからないような何かを」

エレノアは狭い窓に近寄ったが、窓から見えるのは壁だけだった。ジョナサンは最悪に陰鬱な眺めの部屋を選んだようだ。「両切り葉巻のことはわかっているけど、それでは足りないわ。彼が好きだったものはない？　ほかの何にもましてたのしんでいたことは？」

ダニエルはマットレスのところへ行き、壁に鋲で留めてある絵を見つめた。「これさ」と言って絵の一枚を軽くたたいた。それは男性と女性がフェートンに乗り、かなりの速度で走っている様子を描いた絵だった。「高速の馬車さ。それでレースをすることだ。ジョナサンはほかの何においても誰より穏やかな男だが、フェートンに乗せると、荒っぽくなるんだ。舞い上がってしまってね」ダニエルの顔に考えこむような表情が浮かんだ。「このあいだレースをしたときも彼のことを思い出した。出たかっただろうと思って。見物人のなかにその姿を探しもした。見つからなかったが。あそこにいたとしても、外見が変わりすぎていてわからなかっただろう。ああ、くそっ。もしかしたら、いたのかもしれない」

ダニエルは壁から何かをとって彼女に差し出してみせた。近寄ってみると、彼らのレースについての記事だった。首筋にかすかに冷たいものが走る。ジョナサンがあの場にいたの？　でも、そのときのわたしは彼のことを知らなかった。

心に浮かんだ案は形をとろうとしつづけていた。「もし……〈ザ・ホークス・アイ〉に告知を載せたらどうかしら？　フェートンのレースについての告知よ。すでに終わったレースの結果を載せるんじゃなく、これから行なわれるレースについて知らせるの」

ダニエルは顎をこすりながら彼女の案について考えた。「数日の猶予を持たせたほうがいいな。彼が必ずその記事を目にするように」

「あなたの言うほどに彼がフェートンのレースに夢中なのだとしたら……」

「そこに現れるはずだ」とダニエルが言った。

「そしてわたしたちもそこにいる」とエレノアはしめくくった。

ふたりはその案について考えながら、しばらく互いを見つめていた。

「無謀な賭けだな」しばらくして彼が言った。

エレノアは両手を広げた。「今はほかにしようがあって？」

「ない」ダニエルは手に持った、何度も読まれたらしい新聞の切り抜きに目を落とした。どうやらエレノアを彼も理解したようだった。ジョナサンは希望を失った人間かもしれないが、かつての暮らしにまだほんの少し未練を残している。すべてを手放して荒廃の深みへと沈みこんでしまうことができないというように。「ほかにしようはない」

数時間後、ふたりはエレノアの事務室で記事を書いていた。二日後、ハイド・パークでフェートンのレースが行なわれるらしいとほのめかす、あてずっぽうの記事だった。噂が広まっており、すでに賭けが為されていると記事には書いた。記事を書き終えると、エレノアがそれを校正し、次の号に載せるために植字工に渡した。

記事が印刷されるころにはすっかり日も暮れており、ふたりはダニエルの家に戻った。寝室へと階段をのぼり、なかにはいると、ダニエルは疲れきってベッドに沈みこんだ。

「くそっ、今夜は劇場に行くとマーウッドに約束したのに」そう言って手の付け根で目をこすった。「約束をとり消さなきゃならない」

「だめよ」そばにすわっていたエレノアは言った。「マーウッドは遊び人を気どっているけど、鋭い人だわ。とり消したら疑いを抱くかもしれない。すでに何が起こっているのか、かなり推測をめぐらしているんじゃないかしら」

ダニエルはため息をつき、疲れきってうなずいた。「マーウッドだろうがなんだろうが、きみと丸々ひと晩過ごせるなら、大金を払うよ」

エレノアはかすかに物憂げな笑みを浮かべた。そうしたくてたまらなかったからだ。何もかもが手の届かないものに思える。どうにかしてジョナサンを見つけたら――彼女はしかけた策がうまくいくようにと祈った――ダニエルとの関係をもう少し長くつづけられるかもしれない。たぶん……いっしょにできることもたくさんあるだろう。しかし、それを望む勇気はなかった。

心破れる日はすぐそばまで来ていた。そのゆっくりとした、引きずるような足音が近づいてくるのが聞こえる。止めようもなく、必ずやってくるその日の足音。

ダニエルが立ち上がってストラスモアを呼ぶために呼び鈴を鳴らした。すぐに従者が現れた。

「今夜、劇場へ行くために着替える」

「かしこまりました」ストラスモアはエレノアのほうへは目も向けず、顔を洗うための水を入れた水差しを用意し、着替えを並べた。

ベッドの天蓋を支える支柱に腕を巻きつけ、エレノアは彼が夜の装いに着替えるのを眺めていた。別のときだったら、新聞記者としてその過程に魅了されたことだろうが、今はただ彼を見ているのがたのしかった。ランプの明かりのもと、服を脱ぐその引きしまった体の動きを。彼の腰にくぼみがあるのを自分は知っていた。薄い下着姿で洗面台に身をかがめ、顔を洗う彼を見ているうちに、渇望が燃え上がった。欲望に駆られるのみならず、その瞬間の親しさがいとしかった。まるで……一時的な恋人同士以上の存在になれた気がして。

ダニエルが服を着て従者がそれを直した。

「なんだかおかしな感じだわ」ウエストコートを身につけ、そのシルクで覆われたボタンをはめている彼を見ながらエレノアはつぶやいた。「あなたの服を脱がせるほうに慣れているから」

ダニエルは彼女に熱いまなざしを向けた。「それはあとで」

「ダンスカードに名前を書いておくわ」とエレノアは応じた。

「とても親密なワルツだ」ああ、彼の笑みに体の芯の部分が惹きつけられる。

「どんなおおやけの集まりにもふさわしくないワルツね」と彼女も言った。

しかし、すぐにもダニエルは着替えを済ませ、馬車が外で待っていた。彼が出かける前に、ふたりは寝室の中央に立ち、激しく濃厚なキスを交わした。互いに特別な炎を燃やしながら、きつく抱き合う。あたかもこれから大惨事が待っているとでもいうように。

そうではない――ふたりでジョナサンを見つけるのだ。すべてが丸くおさまるはず。それを信じるしかない。わたしはマギーとはちがう。心のどこかで必ず不幸を見据えているマギーとは。

しばらくしてエレノアはキスをやめて一歩下がった。「お遊びをたのしんできて。でも、やりすぎないように」

「きみといっしょでなければやりすぎることはないさ」

ふたりはいっしょに部屋を出て階段を降りた。玄関の間で従者が彼に上着と帽子とステッキを手渡した。またも大惨事が近づいている気がして、エレノアの目が熱くなった。行かないでということばを呑みこむ。たったひと晩のことじゃない。この人は大人よ。何時間かしたら帰ってくる。

それでも、出かける彼を見送りながら、絶えず襲ってくる寒気を止めることはできそうもなかった。無事にふたりでベッドにはいるまでは、あたたかさを感じることがないのはたしかだ。

エレノアは気をまぎらわすために、書斎へ行って編集する記事の束をとり出した。外の世界を遮断するには仕事が一番だ。

ランプをひとつつけて机に向かうと、イタリア人のオペラ歌手をめぐるふたりの貴族のいさかいについての記事を見直した。玄関の扉が開いて閉まる音が家のなかに響き、心臓が飛び上がる。ダニエルが戻ってきた！

時計を見ると、まだ十時だった。

エレノアは顔をしかめた。具合でも悪いの？　それとも、マーウッド卿との約束を反故にする言い訳を見つけたの？

エレノアが椅子から立ち上がりかけたところで、書斎の扉が開いた。しかし、はいってきたのはダニエルではなかった。そう、人目を惹く外見をした銀髪の紳士が誰かは知っている。名誉と礼節の鑑として〈ザ・ホークス・アイ〉で褒めちぎられたこともある人物だ。その息子はロンドンで誰よりも悪名高い評判の持ち主だったが。

アラム侯爵。ダニエルの名づけ親。

ステッキをほとんど使うことなく、侯爵は部屋にはいってきてエレノアをじっと見つめた。無礼と言ってもいいような目で。貴族が無礼をみずからに許すとすれば。それでも、そんなぶしつけな態度を返すわけにはいかない。礼儀をもってあたれば、相手が無礼な態度を改めることもよくある。

「侯爵様」エレノアはお辞儀をして言った。

「ミス……ホークかね？」と彼は訊いた。

「どうしてわたしの名前を？」

「この街で私の知らないことはほとんどない」侯爵はステッキにわずかに寄りかかったが、椅子にすわろうとはしなかった。これは力を見せつけようとしているの？　威圧しようと？

「きみと私の名づけ子が恋人同士になったという事実も含めてね」

頬に熱がのぼる。「侯爵様、それはあなたには――」

「もちろん、関係あるさ」息子そっくりのアラム卿の目がエレノアに注がれた。「彼はすっかりきみに夢中のようだ。自分の義務を忘れるほどに。アシュフォード家の血筋を絶やさないようにするのが私の責任だ」

「それはダニエルの責任だと思いますけど」

生意気なというようにアラム卿は眉を上げた。「私は彼の両親におごそかに誓ったのだ。彼らの息子を伯爵家にふさわしい女性と結婚させると。そうして伯爵にふさわしい跡継ぎをつくらせるとね。きみはそういう女性ではない。きみに彼がどんな子供を産ませようと、上流社会で認められることはけっしてない」

心の奥底にあった恐れをことばにされ、そのことばが胸に刺さったが、エレノアは一歩も譲らなかった。「侯爵様、それもすべてダニエルが決めることです。そしてわたしが。わたしたちは自分で最善と思うことをするつもりです」

侯爵は冷たい笑みの形に口をゆがめた。「愛しているなどと言うつもりか?」

エレノアは身をこわばらせた。「あなたも奥様を愛していらっしゃるのではないですか、侯爵様?」

「妻のことを口に出すな」侯爵は歯嚙みするように言った。「愛などあってもきみが守られることはない。あり得ない。きみもフレミング卿のことは耳にしたことがあるはずだ。オペラの踊り子と結婚するなどという無謀な決断をした彼のことは。愛が盾になると思ったようだが、そうはならなかった」そう言ってエレノアを見据えた。「頰から血の気が引いたところを見ると、私が引き合いに出した人物のことは知っているようだな。あさはかな結婚がどういう末路をたどったかについても」

エレノアは唾を呑みこもうとしたが、喉は岩がつまったかのようで、何も通らなかった。

「わたしたちはその人たちとはちがいます」

「私が真実を述べていることはわかるはずだ」と彼は言った。そこでやさしいと言ってもいいほどの声になった。「きみがかかわりつづけるかぎり、アシュフォードが義務をはたすことはない。きみたちどちらにとっても悲惨な未来が待ち受けているだけだ。彼も結局はきみと別れざるを得ないわけだからね。彼をひどく傷つける前に、今きみのほうから別れてくれたほうがいいのではないかね？　時間がたてばそれだけ、彼は打ちのめされてしまうはずだ」

エレノアはきつく唇を引き結んだ。ひどい人。わたしの弱みがわたし自身ではなく、ダニエルだとよくわかっているのだ。そしてその弱みをほんとうにうまく利用しようとしている。

「私の名づけ子のことを思ってくれているのはわかっている」アラム卿はつづけた。「きみがとても聡明《そうめい》な女性であることも。だからこそ、きみが正しい行動をとってくれると信じているのだ。きみも心の奥底と頭では、そうしなければならないとわかっているはずだからね」そう言うとエレノアに向かって会釈した。「ご機嫌よう、ミス・ホーク」

エレノアは挨拶を返さなかった。侯爵が部屋を出ていくと、椅子に腰を戻した。時計が十時十五分を知らせた。

十五分未満のあいだに、世界が粉々に崩れ去ってしまった。

何時間かたち、玄関の扉がまた開いて閉じた。玄関の間から声が聞こえてくる。やがて聞き慣れた足音が廊下に響いた。書斎の扉がまた開く。

ダニエルが心配そうに眉根を寄せて顔をのぞかせた。エレノアは今は暖炉の前の肘かけ椅子に腰を下ろしていた。「もうベッドにはいっていると思ったのに」

エレノアは声を発することができなかった。何も言わずに首を振る。

ダニエルはなかにはいってきて扉を閉めた。「大丈夫かい？」

「ええ」エレノアはようやく口を開いた。大丈夫ではなかった。そばに来てしゃがんだダニエルに手をとられると、いっそう気分が暗くなった。彼は煙草と夜のにおいがした。ひたすら彼に抱きつきたくてたまらなかった。しかし、エレノアはそうはせず、じっと身動きせずにいた。

「大丈夫じゃないようだね」ダニエルはやさしく言った。

エレノアは彼の手から手を引き抜き、きつくにぎりしめた。恐れに心をむさぼられ、もはや自分のなかにおさめておくことはできなかった。

「泣かないわ」エレノアはじっとこぶしを見つめたまま言った。「あなたの前では……」そう言って彼に目を向ける。じっさい目は焼けつくようだったが、意志の力ですべてを内側に押しこめた。

ダニエルは目をそらそうとしなかった。

「どうして泣くんだい？」と訊く。

エレノアは肩をすくめた。口から出たことばは氷のかけらのように感じられた。「ホワイトチャペルを出てからずっと感じていたことよ」彼女は立ち上がって彼の脇をすり抜けた。「開いたままの扉の冷たさを。あなたが一方の側にいて、わたしは反対側にいる。でも、その扉は閉じようとしているの」
ダニエルが立ち上がったのがわかる。「ぼくは終わりにしたくない」
怒りにまかせて毒づきたくてたまらなかった。そうすれば、どちらも屈辱を感じるはずだ。
それでも、終わりにしなければならないとしたら、自尊心のかけらにしがみついて心をなぐ
さめたかった。あとになってそれを悔やむとしても。それは自分自身の墓碑銘を刻むような
ものだった。
「もうころあいだわ。お互いわかっているはず。時間がかぎられていることは最初からわ
かっていたのよ」
ダニエルは背後に来て言った。「ぼくはそんなことは言わなかった」そう言って彼女の腕
をつかんで振り向かせたが、エレノアは彼とは目を合わせず、ゆるんだクラヴァットの結び
目を見つめていた。「それに、洗練されたひややかな演技にごまかされるつもりもない」
「わたしにどうしてほしいと言うの？」彼女は訊いた。「とり乱せと？　髪を引っ張って懇
願しろと？」そう言って顎を上げる。「懇願なんてしないわ」心にひびがまわり、粉々にな
りそうだった。しかし、自分の部屋という避難場所へ逃げこむまでは砕け散るつもりはない。
「だったら、しなければいい」ダニエルは言い返した。「ことばがぼくの口から発せられる
前にきみがぼくの台詞を決めているよ。ぼくはこれを終わりにすることだけは絶対にいや
だ」

安堵の思いに体から力が抜けそうになったが、足が体を支えてくれた。心臓は天井へと駆けのぼった。「ああ」

「そう、〝ああ〟さ」彼の目がおもしろがるように光った。「少なくともきみはぼくのために戦ってくれることはできる」

「愚か者に見える危険を冒して？」

彼の目が暗くなった。「愛は人を愚かにする」

きっと聞きまちがいよ。まさか――

「ああ、エレノア」彼は一歩近づいて言った。胸と胸が触れ合う。「きみを愛している」

エレノアは彼をじっと見つめるしかできなかった。そうしなければ、こらえていた涙がどっとあふれそうだった。「どうして……？」

「詩人に言わせれば、その人がいなければ生きていけないと思う誰かを見つけるのは特別なことではないそうだ。きみはぼくの心臓の鼓動だ」

心のなかに夜明けほども輝かしいものが広がった。耐えられないと思うほどの大きな幸せ。心がばらばらになるほどの、無限の悲しみをともなう幸せ。このふたつの感情がこれほどの強さでもって共存できるとは知り得なかった。「ダニエル――」

「だから、そんなふうに冷たく高貴な振りはやめてくれ」ダニエルは激しい口調で言った。「ぼくは絶対に受け入れないんだから」

エレノアは爪先立ち、自分でも驚くほどの渇望をこめて彼の唇を奪った。

しばらくして彼女は言った。「愛していると示すのに、あなたって独得のやり方をするのね」

「はじめてのことだからね」彼は答えた。「いくつかまちがいは犯すさ」

「赦すわ」

ダニエルに引き寄せられ、その長く引きしまった体にエレノアは包まれた。「言ってくれ」

「何を？」

「わかってるくせに」

わかっていた。そのことばを口に出せば、自分を破滅させるだけだということも。それでも言わずにはいられなかった。「愛してるわ」

ダニエルは心からほっとし、満足した男の顔になった。さらに背が高くなり、肩幅も広がったようにすら見える。彼は彼女の顔を両手で包み、またキスをした。甘美で濃厚な誘惑だった。

エレノアがこれほどの心の痛みを経験するのははじめてだった。それがあり得ることすら知らなかった。あり得るはずのないものだったからだ。彼の愛の告白によってその痛みはさらに増した。ふたりが置かれた現実に対し、愛では太刀打ちできるはずもない。アラム卿のことばはすでにわかっていたことを確信させてくれたにすぎなかった。

唇を引き離すと、エレノアはあえぐように言った。「い……行かなくちゃ」

「エレノア――」ダニエルが手を伸ばした。

しかし、すでにエレノアは振り返って逃げ出していた。彼からどれほど離れても足りない気がした。

25

赦しというものは並外れた貴重なものだ。みずからを赦すことができてはじめて、ほかの誰かを赦すことができる。

〈ザ・ホークス・アイ〉一八一六年五月三十日

手綱をきつくにぎりしめたい気分ではいたものの、ダニエルは手綱を持つ手に力を入れないように気をつけていた。手綱を通して伝わる命令に神経を集中させている馬に、自分の緊張を伝えたくはなかったからだ。

しかし、隣の座席にすわっているエレノアは何度となく身動きし、自分が足で床を打っているのにも気づいていないようだった。公園のこの片隅に集まりはじめた人たちに絶えず目を向けている。〝レース〟の場所を推測し、たのしみに加わりたいと思ってやってきた連中だ――じっさいにはたのしみなどなかったのだが。デラミア夫人なら、何もかも舞台装飾にすぎないと言うかもしれない。ジョナサンを隠れ場所からおびき寄せるために、お祭り騒ぎに見せかけるだけのこと。

見せかけでないのは、エレノアとのあいだの緊張感だった。それがやわらぐことはなかった。昨日の晩、彼女は寝室で待っていてはくれなかった。今日、昼のあいだに交わした書きつけもそっけないものだった。忙しすぎてほんの数言の書きつけを急いでしたためるぐらいしかできないと彼女は主張していた。今日の夜、レースに同行するために彼女が書斎に現れたときも、堅苦しい関係の知り合い同士のようによそよそしいやりとりをしたのだった。愛を告白し合ったふたりとはとうてい思えない振る舞いだった。

胃のあたりが渦巻いているのにはふたつ理由があった。ジョナサンをおびき出そうとするこの罠《わな》がうまくいくか不安なのと、エレノアについて心を悩ませているせいだ。すべてがこれからの数時間にかかっている気がしてならなかった。勝ち誇ることになるのか、大惨事になるのか。

ダニエルは張りつめた沈黙を破ろうとはしなかった。なんと言っていいかわからなかったからだ。ふたりのあいだに生じた溝をどうやって埋めたらいい？　溝のできた原因もわからなかった。互いに愛を告白し合ったと思ったら、次の瞬間には彼女は逃げてしまったのだ。今は彼女と過ごす一分一秒が未知の領域で、そこでどんなことばを使い、どんな習わしに従ったらいいのか、彼には見当もつかなかった。

おまけにジョナサンを探すことに注意を向けなければならなかった。人生の何もかもがひっくり返ってしまったように思える今も。

肩越しに並木道のほうへ目を向けると、上等の——上等すぎはしない——馬車の輪郭が見えた。なかには今朝、田舎から帰ってきたばかりのキャサリンが乗っていた。ジョナサンをおびき出すという作戦には彼女も賛成してくれて、馬車のなかから人ごみに兄の姿を見つけられるよう、オペラグラスまで持参していた。

ジョナサンに見つからないように、ダニエルは外套の襟を高く立て、顔のほとんどを隠していた。エレノアはジョナサンから顔を隠す必要はなかったが、寒さよけにやはりスカーフで顔を隠していた。ふたりは徐々に集まってくるフェートンと、競争を見物するためにいつにない寒さもいとわずにやってきた二十人あまりの見物人を見つめた。

「彼らしき人は？」エレノアが沈黙を破ってささやいた。

ダニエルは見物人を見まわした。前もって、ダニエルとエレノアとキャサリンのあいだで、見物人のなかにジョナサンの姿を見つけたら、口笛の合図で知らせ合おうと決めてあった。これまでのところ、口笛を吹いた者はいなかった。「まだ見あたらない」

「みんな苛立ちはじめているわ」エレノアは待っているフェートンや見物人たちにちらりと目をやって言った。興奮し、苛立った空気が広がりつつあった。賭けが行なわれ、金が受け渡されている。「レースをはじめてほしいようよ」

「もっと時間が必要だ」とダニエルは歯嚙みするように言った。くそっ、この計画のすべてがむなしい希望で終わるのか？　ジョナサンはレースの告知を見なかったのでは？　ここに姿を現すだろうか？

男の顔のすべてがジョナサンに見えた。見れば見るほど、それぞれの輪郭がぼやけてひとつに混じり合うように思える。茂みのそばに立つやせた男のくぼんだ目がジョナサンの目に見え、木のそばにいる男の引き結んだ口とこけた頬がジョナサンのものかもしれなかった。

爆発寸前の火薬の樽になった気分だった。これほど気が張りつめたことはかつてなかった。エレノアの緊張もそれに輪をかけた。それ以上耐えられないのはたしかで、自分の爆発で公園を更地にしてしまうかもしれなかった。

「レースをやるのか、やらないのか？」高速の馬車に乗ったひとりの威勢のいい男が集まった面々に訊いた。

見物人から同意の声があがった。同時に、鋭く高い口笛の音が聞こえた。

合図だ。

「彼が来ている」ダニエルはエレノアに小声で言った。「人ごみのどこかに」

「わたしにはわからないわ」エレノアはつぶやいた。

ダニエルはフェートンから飛び降り、集まった人ごみをかき分け、ひとりひとりの顔をたしかめながら進んだ。視界をさえぎる襟に苛立ち、それを押し下げる。いったいジョナサンはどこだ？　少しして、誰かが声をあげるのが聞こえてきた。

はっと振り返ると、フェートンから男が下ろされるところだった。馬車を奪ったのは長身痩軀の男で、かつては上等だったように見える、みすぼらしい衣服に身を包んでいた。男は高速の馬車の手綱を手にとった。

そこでようやくそれが誰かわかった。ジョナサンだ。彼のゆがんだ幽霊に見える。透けて見えるほどにやせこけ、青白い顔をしている。ダニエルの姿を見つけたにちがいなく、逃げようとしているのだ。

ジョナサンの目がダニエルの目と合った。ほんのつかのまのことだったが、ダニエルの目には友の亡霊が映った。頼むから、放っておいてくれ。ぼくは終わりなんだ——と目で懇願してくる。

誰かがダニエルを乱暴に押しのけ、からみ合っていた視線がほどけた。ジョナサンは手綱を振り、フェートンが勢いよく走り出した。持ち主は泥棒に停まれと怒鳴ったが、馬車は速度を上げて暗い通りに飛び出していった。

ダニエルは自分のフェートンに駆け戻った。心配そうに待っていたエレノアが「どうするの？」と叫んだ。

ダニエルは外套をたなびかせて御者台にのぼった。「競争だ」

前にエレノアがフェートンでダニエルの隣にすわっていたときには、常軌を逸した、わくわくするほどの速さでロンドンの街を疾走することによって血が熱くなったのだった。今は、ジョナサン・ローソンを追って街中を疾走していた。

エレノアは節が痛くなるほどきつく座席にしがみついていた。友を追って馬車を駆るダニエルのそばにいて、心臓はドレスの前を突き破って飛び出しそうになっていた。後ろにすばやく目をやると、キャサリンの馬車も勇ましく追ってこようとしていたが、より大きく、重い馬車は徐々に離されつつあった。

前方のジョナサンは悪魔に追われているかのように馬車を走らせていた——たしかにそれはそうだろう。過去という悪魔。曲がり角も盗んだフェートンが倒れそうな無謀な曲がり方をし、通行人も何人か轢きそうになった。人々は疾走する馬車から飛びのいて毒づいた。その後ろにダニエルのフェートンとキャサリンの馬車がつづいた。

暗いなかをかなりの速さで走っていたため、どこを走っているのかはっきりはわからなかったが、東の方角へと走るうちに、だんだんに街並みがすさんだものになっていった。二度、ジョナサンは角を曲がり、姿を消したかに思われたが、ダニエルがどうにか追いついた。

「ジョナサン！」ダニエルが叫んだ。「くそっ、停まれ！　何もきみに要求するつもりはないんだ！」

しかし、ジョナサンは肩越しに怯えた目をくれただけで、また前を向き、さらに速く馬を駆った。

突然、ジョナサンのフェートンが、とある共同住宅の前で停まった。ジョナサンは御者台から飛び降りると、なかへ駆けこんだ。

ダニエルもジョナサンの馬車の後ろで馬を停めた。彼の友が駆けこんだ建物は窓に板が張られ、だいぶ長いあいだ空き家だったのではないかと思われた。しかし、ダニエルが馬車から飛び降り、玄関へと走ったので、そんなことを考えている暇はなかった。彼はノブをまわそうとしたが、鍵がかかっていたにちがいなく、扉をたたいた。

ふいに扉が開き、つぶれた顔の大男が現れた。大男は何も言わず、ダニエルにこぶしをくり出した。ダニエルは身をかがめてそれをよけ、逆に何度かこぶしをお見舞いした。一発は腹にあたり、大男は身を折り曲げた。もう一発は顎に命中し、男はよろめいた。ダニエルに押され、大男はあとずさって倒れた。

エレノアも――武器が必要な場合に備えて――鞭を手に馬車の座席から降り、なかへ押し入ったダニエルのあとを追った。みすぼらしい部屋のなかはむき出しで薄暗かった。狭苦しい部屋の奥に扉があった。ジョナサンはそこへ逃げこんだにちがいない。その扉が開き、別の男が現れた。粗野な顔と乱れた淡黄色の髪のたくましい男だった。ダニエルを部屋から追い出そうと決意している顔だ。

「彼には会えないぜ」ブロンドの男はこぶしを上げて噛みつくように言った。

これがアーヴィング夫人の言っていた〝悪い仲間〟にちがいない。ジョナサンのような人間を食い物にし、何も残らないほどにしゃぶりつくす男。手にした獲物を手放すつもりもないようだ。

「ぼくを止めることはできないさ」ダニエルも怒鳴り返した。

それ以上ことばを発することなく、男は襲いかかってきた。ダニエルにぶつかると、もろともに壁に激突した。エレノアは男たちがこぶしを交わすのをそばで見守るしかできなかった。男のほうはボクシング場ではなく、街中で学んだ動きを用いているようだったが、ダニエルもよく戦っていた。相手のこぶしをすばやくかわし、逆にこぶしをお見舞いしている。ブロンドの男の口から血が飛び散った。

後ろからうなるような声が聞こえてきて、エレノアは振り返った。玄関で立ちはだかった大男が身を起こしており、戦いに加わろうと身がまえていた。衝動的にエレノアは大男に鞭をふるった。鞭は腕にあたったが、男を止めることはできず、男は彼女に向かってきた。エレノアはまたさらに強く鞭をふるった。鞭は男のシャツの袖を切り裂き、肌に深く食いこんだ。男の腕に赤い筋が浮かんだ。

男は傷を見て顔をしかめたが、もう一度彼女に襲いかかってこようとした。そこでエレノアも再度鞭をふるった。襲ってこようとする男を止めるために何度も鞭をふるうと、男は少しずつあとずさりはじめた。

しまいに大男はもうたくさんだと思ったらしく、玄関から飛び出していき、建物に近づいてようとしていたキャサリンを押し倒しそうになった。

ダニエルとブロンドの男の戦いはつづいていた。もうひとつの部屋の入口にやせこけた人影が現れた。それがジョナサンだとエレノアが気づくのにしばらく時間がかかった。

「やめろ、ライル」彼はブロンドの男にかすれた声で言った。

ライルと呼ばれた男が言い返そうとそちらに顔を向けた瞬間、ダニエルがこぶしをくり出した。こぶしはライルの顎にまともにあたった。男がよろめくと、ダニエルはさらに思いきりこぶしをお見舞いし、それがきいてライルは白目をむいて床に倒れた。

しばらくのあいだ、何も起こらなかった。エレノアは床にうつぶせに倒れているライルのそばに恐る恐る近づくと、爪先でつついた。ライルは動かなかった。意識を失っているのだ。

エレノアはダニエルを見上げ、その目をジョナサンに向けた。探していた人物はほんの少し前に進み出て、明かりの届く場所へ歩み入った。エレノアははっと息を呑んだ。はっきり姿が見えると、立っているのが驚きに思える様子だったからだ。

ジョナサン・ローソンがかつてどんな人物だったにせよ、こんなに青白い顔と生気のない目をした、やせ細った男ではなかったはずだ。意志の力でかろうじて体をひとつに保っているような男では。それも彼の意志ではないにちがいない。というのも、そのまなざしからは生気や精力というものがまるで感じられなかったからだ。彼女に向けた目にも、ダニエルに向けた目にも。そのせいでエレノアはかすかに寒気を覚えた。しかし、妹が部屋にはいってくるのを見たジョナサンは、自分の魂をのぞき見た人間のように鋭い悲鳴をあげた。彼はあとずさり、もうひとつの暗い部屋へはいると、扉を閉めた。鍵がかけられる音がした。

ダニエルは急いで前に進み出て扉を開けようとした。しかし、扉は開かなかった。彼はノブをがたがた言わせた。

「ジョナサン」扉越しに声をかける。「なかに入れてくれ」

「放っておいてくれ」くぐもった泣き声が答えた。

「きみを助けたいんだ」ダニエルが言った。「ここへ来たのはそのためだ」

「助けることなどできないさ」

肩を木の扉に押しつけ、ダニエルは叫んだ。「くそっ、ジョナサン、この扉を今すぐ開けろ！」

エレノアがダニエルのそばに寄り、腕に手を置いてそっと首を振った。怒鳴ったり求めたりしても、ジョナサンの心には届かない。どうやったら彼の心を動かせるか、はっきりはわからなかったが、ダニエルのやり方は賢明ではないと思えた。男のやり方。きっとダニエルはほしいものをなんでも手に入れてきた人間で、意志の力を用いれば、何もかもうまくいくと思いこんでいるのだろう。

キャサリンが前に進み出てことばを発した。隣の部屋に届くほどの声だ。「ジョン、家に戻ってきてくれない？　わたし……あなたのお世話をしたいだけなの」

「キャシー」彼女の兄が妹の名を呼んだ。喉でつまったような声だ。「帰ってくれ。だめだ……こんなぼくを見ないでくれ」

「そんなのかまわない」キャサリンは懇願するように言った。

「ぼくはちがう」暗い声が返ってきた。「おまえの兄はフランスで死んだんだ。ぼくは幽霊にすぎない。幽霊の世話などできないさ」

「でも——」

「お願いだ。帰ってくれ」

キャサリンは当惑と絶望を浮かべた目をダニエルとエレノアに向けた。目的が達せられるまであとひと息だったが、助けたいと思ってやってきた当人に押し戻されているのだ。エレノアの心のなかで苛立ちとあわれみがせめぎ合った。

「扉を蹴破ることだってできる」ダニエルが低い声で言った。「引っ張り出して家に引きずっていくことも」

「それでどうするの？」エレノアが訊いた。「二度と逃げ出せないように部屋に閉じこめるわけ？　そんなの真に生きているとは言えない。彼は逃げようとするだけよ。ここから自分の意志で出てこなければならない」

「そうね」とキャサリンも言った。「でも、ダニエルのことばには耳を貸さないわ。わたしが何か言っても、いっそう兄は逃げようとするだけのようだし」

「わたしが……やってみてもいい？」とエレノアが訊いた。

キャサリンがダニエルに目を向けると、彼は言った。「それを決めるのはぼくじゃない」

キャサリンはしばらく考えこんでいた。「ほかに選択肢は多くないわ」そう言って扉を手で示した。

責任の重さに鼓動が速くなる。エレノアは時間かせぎにそっとダニエルを後ろに引っ張り、うつぶせに伸びているライルのそばに立たせた。「目を覚ますといけないから」と警告する。

ダニエルは渋い顔をしたが、おとなしくそれに従った。

「それから、レディ・キャサリン」とキャサリンに呼びかけた。「あなたも少し離れていてくれてもいいわね」

キャサリンはそのことばに従って部屋の隅に寄り、不安そうに腰のところで手を組んだ。

エレノアはゆっくりと扉に近寄った。考えをまとめようとする。希望を失っておちぶれた人になんと言えば、また多少の自信をとり戻してもらえる？　これほど重要な意味を持つことばは、これまで書いたこともなかった。

「ローソン卿」彼女は扉に身を押しつけて言った。「わたしのことはご存じないでしょうけど、わたしはダニエルの友人です。あなたの妹さんの友人でもあると思っています」そう付け加えてキャサリンにちらりと目を向けた。

キャサリンは同意するようにかすかにほほ笑んだ。

そこでエレノアはつづけた。「このふたりは——あなたのことをとても心配しているわ。あなたを見つけるためにどれだけ大変な思いをしたか、ご存じないでしょうね。ダニエルは自分の記事をわたしに書かせることまでしたわ。あの、あなたが大好きだった記事があるでしょう？　放蕩貴族についての記事。あれを書いたのはわたしです。だから、あなたとわたしにも多少のつながりはあるの。ダニエルがほぼありのままの自分の私生活を世間にさらしてみせたのは、あなたの居場所を見つけるためよ。彼にとって簡単なことではなかったと思うわ。それどころか、最悪のことだったにちがいないと思います。でも、彼はあなたのためにそれをした」

扉の向こうに沈黙が広がった。しかしやがて、小さな声が返ってきた。「あの記事は好きだったよ。ほほ笑ませてくれるものだった」

エレノアの心にかすかな希望の火がともった。「ほら、そうでしょう」と冷静な口調で言う。「幽霊だったら、笑ったりしないわ。大衆紙を読んだり、フェートンのレースを見に行ったりもしない。あなたは——」エレノアはつづけた。「絶対に幽霊ではないと思うわ。ジョナサン・ローソンはまだ生きているもの。生き生きとしてはいないかもしれないけど、生きてはいるわ。あなたも心のどこかではそうわかっているはずよ」

「ちがう」にべもない答えが返ってくる。

「そうよ」エレノアは言い張った。いいことばがひらめきますようにと祈りながらつづける。

「死者の魂が痛みを感じることはないけど、あなたが今痛みを感じているのはわかります。でも……それはいいことだわ。だって、治りたいと思う気持ちがあるということだもの。生にしがみつこうとする気持ちが。暗闇の只中でも、あなたのなかにはまだ燃える炎があるのよ。その炎は美しいものだわ。たぶん、今は少しほの暗くなっているんでしょうけど、大きく燃え立たせることもできるはず。それを思いきり燃え立たせなければと思う必要はないわ。今はそれを考えなくていい。今重要なのは、その小さな揺れる炎を大事にすることよ。時間をかけて育てていくの。それだけのこと。小さく刻んでいけばいいわ。今日だけ。一時間だけ。一分だけ。そういうことができると思います？」

また長い沈黙が流れた。「たぶん」

ああ、うまくいくかしら？「たやすいことだとは誰にも言えないわ。辛い努力になるでしょう。でも、あなたには今暗闇に沈んでいる無数の人々に勝る強みがあるもの。それが何かおわかりかしら？」

「ないよ」彼は低い声で言った。「強みなど何もない」

「それがほんとうじゃないことはお互いわかっているはずよ」エレノアはキャサリンに目を向け、その目をダニエルに移した。彼は激しく決意に満ちたまなざしを返してきた。そこには愛情も浮かんでいた。「今わたしはあなたのふたつの強みを目にしているもの。ふたりの味方よ。ふたりともとてもあなたのことを思っているわ。そのままのあなたを受け入れている。昔のあなたでも、これからのあなたでもなく、今この瞬間のあなたを。彼らがそばにいてくれるわ。一歩ずつ歩むそばに。つまずいたときも」

「また彼らをがっかりさせるわけにはいかない」とジョナサンは言った。「だって、そもそも彼らはあなたに失望していないもの。愛しているのよ」エレノアは言い張った。「自分に愛される資格はないと思っているかもしれないけど、その資格はあるわ。誰にだって愛される資格はある。そしてそれを受け入れる資格も」喉が焼けつくようだった。「でも今は、この扉を開けて最初の一歩を踏み出す強さを持ってもらいたい。レディ・キャサリンのためでも、ダニエルのためでもなく、あなた自身のために。だって、あなたにはその最初の一歩を踏み出す資格があるんだもの。それは……それはできない？」

長い沈黙がそれに応えた。エレノアは胸が一杯になってダニエルに目を向けた。同時に不安が心に広がった。充分ことばを尽くしたかしら？　ジョナサン・ローソンをさらに遠くに追いやることになってしまった？　失敗するわけにはいかなかった。ダニエルのために。

そして……

鍵がまわされ、きしむ音とともに扉が開いた。

ジョナサンが入口に立っていた。海に投げ出された男のように見える。エレノアは一歩下がって道を空けた。ジョナサンは彼女にはほとんど目をくれなかった。目は妹だけを見つめている。ゆっくりと両手が持ち上がり、キャサリンに伸ばされた。

キャサリンは兄のもとへ走った。一瞬の内にふたりは抱き合って床に膝をついていた。泣きながら。キャサリンは兄の髪を撫で、なぐさめるように愛情深いことばをつぶやいている。

エレノアの目の奥を涙が刺した。ダニエルに目をやると、彼の目も濡れていた。

エレノアは急いで彼のそばに寄り、ふたりは抱き合った。

「よくやってくれたよ、女記者さん」と彼はささやいた。


ジョナサンは待っていたキャサリンの馬車に乗せられた。弱っていて身を震わせ、めまいも覚えているようだったが、きつく妹にしがみついていた。馬車に乗ると、キャサリンは兄を毛布で包んだ。ジョナサンは馬車の隅に身をあずけ、まっすぐ前を見つめていた。キャサリンとその兄の前方に伸びる道については、エレノアには想像するしかなかった
ダニエルがキャサリンの馬車の扉を閉めた。キャサリンは開いた窓の窓枠に手を載せ、窓から顔をのぞかせた。

「お礼のことばもないわ」と言う。

「礼など必要ない」とダニエルは答え、彼女の手に手を重ねた。「彼をとり戻せてうれしいよ」

キャサリンはジョナサンに心配そうな目を向けた。「わたしもよ。ただ……たやすいこと

じゃないわよね？」

「たやすいと言えたらいいとは思うよ」ダニエルは暗い顔になった。「でも、何があろうと、ぼくがそばにいる」

「わたしもよ」とエレノアも言った。

キャサリンはエレノアに目を向けた。「ミス・ホーク……あなたがジョナサンに言ったこと……それが状況を変える鍵となったわ。あなたがいなかったら……兄があの部屋から出てきたかどうかわからない。恩に着ます」

「恩に着る必要なんてないわ」とエレノアは言った。本心からのことばだった。

「あなたのためにうちの家族にできることがあったら――」キャサリンはなおも言った。

「言ってくださいね」

エレノアはうなずいた。キャサリン・ローソンにも、彼女の家族にも、何かを頼むなど、自尊心が許さないだろうとわかってはいたが。報いや礼を期待せずにすることというのもあるのだ。みな同じ厳しく辛い世の中を渡っているとわかっているのだから。正気の沙汰ではない世の中を。

「家に連れ帰ってあげて」エレノアは震えているジョナサンを示して言った。「休ませてあげて。それから、理解させてあげるの」

「そうするわ。おふたりに神のご加護がありますように」

ダニエルはキャサリンの手にキスをし、手を放した。馬車を軽くたたき、御者に合図する。馬車はキャサリンとジョナサンを乗せてホールカム公爵家へと向かった。

ダニエルとエレノアは道の真ん中に立ち、馬車が遠ざかるのを見送った。エレノアは腕を体に巻きつけた。

「長い道のりになるわね」とつぶやく。

「そうだな」とダニエルも言った。「もうぼくは彼をがっかりさせたりはしない。それに、キャサリンも強くなった。何があろうとも、ジョナサンはひとりじゃない」

「だったら、可能性はあるわ」

ふたりは黙ったままジョナサンがたどるにちがいない危険に満ちた道に思いを馳せた。この世に神の慈悲というものがあるのならば、彼にも多少はかけてやってもらいたいと思わずにいられなかった。

エレノアは身震いした。

「きみも家まで送るよ」ダニエルは彼女を引き寄せて言った。

ふたりは彼のフェートンに戻り、ダニエルがエレノアに手を貸して馬車に乗せた。馬車は無傷だった。荒っぽい界隈であることを思えば、驚くべきことだった。しかし、おそらく、そのあたりに住む者たちもダニエルが戦う様子を見たにちがいなく、彼のような人間にはかかわらないほうがいいと悟ったのだろう。

ダニエルは座席に乗り、手綱を手にとってふるった。馬が走り出したが、今度はずっとゆっくりだった。

暗くなったロンドンの街中を馬車は進んだ。通り過ぎる街並みは静かだった。今晩何があったのか、そこで暮らす誰も知らないのだ。重大な一章が永遠に幕を閉じようとしていることを。しかし、エレノアとダニエルにはそれがわかっていて、ふたりとも沈黙を破ろうとはしなかった。不吉な予感と悲しみを帯びてどんよりと垂れこめる沈黙を。

「今ごろは家に着いているわね」彼女の家の近くまで来てようやくエレノアが口を開いた。「もう放蕩貴族の記事はおしまいだわ」

「そうだな」ダニエルは重々しく言った。「もう必要ない」

その事実が雪崩のようにエレノアに襲いかかり、彼女を押しつぶした。記事が必要なければ、もうダニエルと会う必要もない。ふたりでともに過ごす時間はほんとうに終わりを迎えるのだ。

肉体的な痛みを感じるほどだった。ぎざぎざの刃で切られる感じ。身を半分に切られるようで、耐えがたかった。それでも、耐えなければならない。ほかに選択肢があって?

「これを終わらせる必要はない」彼女の心の内を読んで彼が言った。

「終わらせなければならないとお互いわかっているはずよ」エレノアは膝の上で組んだ手に目を落とした。馬車は彼女の住まいにさらに近づいていた。あとほんの一ブロック。短すぎる距離、短すぎる時間だった。「あなたはいつまでもわたしのものでいるわけにはいかないわ、ダニエル。伯爵と新聞記者……うまくいくはずはない」

ダニエルはうなった。「くそっ――」

馬車は彼女の住まいの前で停まった。「ほんとうのことよ」エレノアの声はしわがれていた。内側から体を引き裂かれるようだった。「あなたにもそれはわかっているし、わたしにもわかっている」エレノアは手の付け根を目に押しつけた。「長引かせれば、何もかももっとひどいことになる」

ダニエルに反応する暇を与えず、エレノアは歩道に飛び降りた。彼に目を向けることはできなかった。彼の顔を、目を見ることなどできない。彼のすべてが大事すぎて。見ればふたりが共有できないものを思い知らされるだけだ。

「愛しているわ、ダニエル」彼女は彼には顔を向けず、涙でくもる目を玄関の扉へと見ることなく向けていた。「わたしのことを思ってくれているなら、会おうとしないで。あきらめて。わたしを解放して」

「ちくしょう」彼は荒っぽく毒づいた。

ダニエルが御者台から飛び降りる音が聞こえた。エレノアは石段を駆けのぼり、急いで扉の鍵を開けた。あとをついて石段をのぼるブーツの音が聞こえる。しかし、エレノアは扉を開けてなかに身をすべりこませた。彼があとから玄関にはいってくる前に、急いで扉を閉め、鍵をかけた。

木の扉を彼がたたくあいだ、その扉に身をあずけていた。「エレノア！　エレノア！　くそっ、入れてくれ」

思わず応えてしまいそうになり、唇を嚙んでエレノアは目を閉じた。扉の揺れが体に伝わってくる。それとも、その震えは身の内から発せられたものなのか。もうこれ以上の痛みはないと思っていたのに、心がさらに激しく痛むことが驚きだと、他人事のように考える。

「エレノア！」ダニエルは叫んだ。

大家の声が響きわたった。「帰ってください！　さもないと、夜警を呼びますよ」

「呼べばいい」と彼は言い返した。

エレノアは笑いそうになった。

「おまわりさん！」大家がさらに大きな声を出した。「人殺し！　泥棒！」

ダニエルは毒づき、扉越しに言った。「これで終わりになんかしないぞ、エレノア」

石段を降りていく足音が聞こえてきて、やがて馬の蹄の音が歩道に響き、馬車が離れていった。

エレノアは扉にもたれたままでいた。粉々になった心は無数の血だらけのかけらになって足もとに散らばっている。大家の部屋の扉が開き、しかめ面の女が首を突き出してきつい口調で言った。

「ああいう大騒ぎは困りますよ、ミス・ホーク」

「二度と起こらないわ」とエレノアは答えた。心の痛みがまた募る。それがほんとうだとわかっていたからだ。

26

人間の心ほど、もろいものはない。そして、回復力の強いものも。

〈ザ・ホークス・アイ〉一八一六年六月十三日

檻に閉じこめられた狼になった気分で、ダニエルは書斎のなかを行きつ戻りつしていた。夕方の太陽が床に陽だまりをつくっている。すでにボクシング場で汗を流し、ハンプステッド・ヒースまで遠乗りをして、自分を疲弊させようと努めていたのだが、うまくはいかなかった。もっとへとへとになる必要がある。もう何日も眠らず、食事もほとんどとっていなかった。いや、とれなかったのだ。

エレノアに鼻先で扉を閉められてから二週間が過ぎていた。最後に彼女に言ったとおり、彼女に会おうとするのをあきらめることはしなかった。しかし、非常に賢い女性を恋人にする問題がそこにはあった。彼女はうまく姿を隠していたのだ。手紙を送っても返事はなかった。それが不満で新聞社を訪ねたが、いつ行っても彼女は不在だった。インペリアル劇場で張ったこともあったが、彼女がそこに姿を現すこともなく、デラミア夫人は何も話してくれなかった。意外にも、あわれみのこもった目を向けてきただけだった。

エレノアの住まいの前で待っていたこともあったが、どこか別の場所で寝泊まりしているにちがいなく、彼女が現れることはなかった。

くそっ。ぼくは伯爵だというのに、たったひとりの女に完全に避けられている。いったいどうしたらいい？　彼女がどこかにいるのはたしかだった。〈ザ・ホークス・アイ〉は発行されていたのだから。放蕩貴族の記事は載っていなかったが。記事のいくつかに多少陰鬱な文章があるように感じたのは自分だけだろうか？　単に自分が見たいものを見ているだけのことか？　それでも、あのときの彼女の声には傷ついた響きがあり、目にも傷ついた色が浮かんでいた。

このまますんなりと彼女を手放すことなどできない。とはいえ、彼女のほうは別れると決心しているようだ。ぼくにもあきらめなければならないときが来るのか？　彼女の望みはすべてに優先する。彼女が愛してくれているのでなければ、どれほど愛しているか口に出してくれたのでなければ、そして、別れる理由が本心なら、自分も歩み去ったことだろう。

エレノアは世のしくみについて、世のあり方について、いまいましい考えを持っている。それを論破するのは無理だろう。

しかし、何か手はあるはずだ。でも、どうしたらいい？　どうすれば彼女を納得させられるんだ？


扉をノックする音がし、扉がかすかに開いた。

「なんだ？」ダニエルが嚙みつくように言った。

「アラム卿です」と執事が告げた。

「ぼくは留守だと言え」これまで名づけ親の訪問を拒んだことはなかったが、今はひとりになる必要があった。

「留守ではないな」執事を押しのけて部屋にはいってきながら、アラムが言った。

ダニエルはうなり声をもらしそうになった。それでも、いつもよりステッキに頼りながら書斎にはいってきた名づけ親にお辞儀をした。お辞儀をするか、老人を放り出すかだったが、育ちのよさと老人への敬意から、放り出すことはできなかった。

アラムはすぐさまサイドボードに置かれていたデキャンタから飲み物をなみなみとグラスに注いだ。強い酒がおちつかない思いをなだめてくれるかもしれないと考えなかったのは奇妙なことだった。自分を満足させるものなど何もなかったが——エレノア以外は。

「思いがけずお会いできて光栄です」とダニエルは言った。

名づけ親は飲み物をあおり、ダニエルのほうを振り向いた。苛立ちが顔に表れている。彼はステッキで床をつついた。「私の訪問を拒もうとしたくせに、意味なく礼儀を示すわけか？」

「わかりました」ダニエルはそう応じると、扉のところへ行って扉を開いた。「では、お帰りください」

侯爵は鼻を鳴らした。「誰が帰るか」そう言って暖炉の前に腰をおちつけてステッキを脇に置くと、胸の前で腕を組んだ。息子そっくりの仕草で、ダニエルは笑いそうになった。笑いたい気分ではまったくなかったのだが。

アラムと彼の息子のマーウッドは頑固なところが似ていた。戦いを挑むように足を大きく開いてすわっているアラムの様子から、帰るつもりのないことはよくわかった。

ダニエルも同じだけ頑固になれた。腰に手をあてて訊く。「でしたら、用件を言ってください」

「これまでどこにいた？」

「ここにいるじゃないですか」

「ごまかされないぞ」アラムがぴしゃりと言った。「私にも目はあるのだ。きみがここにいるのはわかる。しかしこの何週間か、きみは街に姿を見せていない。劇場にも、舞踏場にも、集会所にも。息子に訊いたら、賭場にも来ていないと渋々教えてくれた」

「ぼくを監視していたわけですか」

「もちろんだ」老いた侯爵は言った。「きみは名づけ子だからな。きみがちゃんと暮らしているかどうか見張るのが私の責任だ」

やはり飲み物を飲むのも悪くないかもしれない。ダニエルは強い酒をグラスに注ぎ、大きくあおった。「ぼくはもう大人です。面倒を見てもらう必要はない」

「これまでに知ったすべてのたのしみを手放して世捨て人になるなら話は別だが」

ダニエルはグラスの底をじっと見つめたが、カットクリスタルからもウイスキーからも答えは返ってこなかった。「興味が失せたんですよ」

アラムは訝るような目をして言った。「女のせいだな」

ダニエルは身をこわばらせた。「何を知っているんです？」とうなるように言う。

「誰だ？」アラムが鋭く訊いた。

ダニエルは飲み物を飲み終え、グラスを床に放った。グラスは粉々に割れた。怒りが赤々と燃え立つ。「その人なしにはぼくが生きていけない女性ですよ。世のなかのしくみについて面倒な考えを持っているせいで、ぼくとはいっしょになれないと思っているが」

アラムは割れたグラスに目を向けて言った。「彼女はきみにふさわしくない」

「ふさわしいかふさわしくないかは、考え方によるはずだ」ダニエルは答えた。

「きみにふさわしい女ではない」名づけ親はそっけなく言い、ダニエルのそばに寄った。「きみには義務がある。家名と将来の子孫に対する義務が。盲目的な恋愛沙汰のためにすべてを投げ捨ててはだめだ。きみに理解できなくても、少なくとも女のほうは理解しているようだが」

「彼女と話したんですね」突然はっと気づいてダニエルは言った。「彼女が書斎にいたあの晩、あなたはここへ来て彼女と話した。ぼくから離れろと言ったんだ」

「彼女は賢明にもそうしてくれたわけだ」とアラムは言った。

怒りが内側から全身を焼いた。手をこぶしににぎらないよう必死でこらえなければならないほどだった。

「よくもそんなことを」ダニエルはうなった。

「きみが大事だからそうしたんだ」アラムが鋭く言い返した。

「あなたにとって大事なのはアシュフォードの爵位であって、ぼくではない」ダニエルはアラムに背を向けた。怒りにとらわれるあまり、生まれたときから知っている人物に何をしてしまうか、自分が信じられなかったからだ。

「こうなってしかるべきだったのだ」アラムがダニエルの背中に向かって言った。「きみにもわかるだろう?」

「そうしてぼくは彼女のことを忘れるというわけか」ダニエルが歯嚙みして言った。

「そうだ」侯爵は残酷なほどにあっさりと答えた。

ダニエルは顎をこわばらせた。「そんな答えは受け入れられない」

「受け入れるかどうかの問題ではない。今の時代の真実だ」アラムの目にかすかに同情するような光が浮かんだ。「心が何を命じようと、真実に抗うことはできない」

「それはちがう」ダニエルは振り返って言った。「真実は望みどおりに形づくることができる。ぼくはぼくの真実をつかみますよ。きっと」

水面に油が浮くように、ことばが目の前で泳いだ。エレノアは手に持った原稿に意識を集中させようとしたが、頭は頑固にそれを拒んだ。考えられるのはダニエルのことだけだった。それだけは驚くほど容易に、頻繁にできた。

鼻梁《びりょう》をつまみ、刻一刻とのしかかってくる重さを押し戻そうとする。疲弊しきった全身が痛んだ。彼を避けつづけ、逃げまわって何週間か過ぎていた。手紙をもらっても読まなかった――机の引き出しにしまってはあったが。いつか、何年もたってから、読むかもしれない。けれど今は、その力がなかった。戻ってきてくれと説得する手紙だとわかっていたからだ。ふたりはいっしょになれるはずだと説得する手紙。そのことばを信じたくなるに決まっている。しかし、彼が現実を信じようとしなくても、自分にはわかっていた。

ああ、彼に会わないでいるのはとても辛い。日々、色のない世界で延々ともがいているかのようだ。すべてを機械的にこなすだけの日々。食べて眠って――どちらも最小限だった――書いて。

「今のあなたって昔のあなたの影みたいだわ」とマギーにある晩言われた。エレノアは劇場の近くにあるマギーの下宿に泊まっていたが、たのしい気分にはなれなかった。「たぶん

「……」マギーはためらうようにそこで息をついた。「彼に会うべきよ」

「無理よ」エレノアは天井を見上げて答えた。「彼のような人間とわたしのような人間が混じり合えないことは、誰よりもあなたにはよくわかっているはずじゃない」

マギーはそれを否定しようとはせず、ふたりは重苦しい沈黙へと沈みこんだ。そのとき以来、ダニエルに連絡したほうがいいと友に言われることはなかった。

仕事が唯一の救いとなってくれた。前へ進ませてくれる唯一のもの。しかし、かつて喜びだったものが、それを分かち合う相手のいない今は色あせて見えた。ダニエルに話したいことを無意識に考えてしまうことも多かった。彼の知り合いについての記事を編集することもあった。たとえば、彼の友人のマーウッドの放蕩ぶりや、ヴォクソールで起こった途方もない出来事など。

ダニエルが現れる前は、自分の人生は完璧だと思い、満足していた。それは今と同じ人生だ。しかし、彼がすべてを変えてしまった。北極と南極が逆さになってしまい、もはやどちらがほんとうの北かわからなくなってしまった。

疲れきり、やる気を失って、エレノアは記事を脇に置いた。机に肘をつき、両手に顔をうずめる。

目の前に紙が置かれた。〈ザ・ホークス・アイ〉に載せる記事。

目を上げると、机の前にハリーが立っていた。おどおどと笑みを浮かべている。「明日の号に載せる記事です」

「ミス・ヴォイトに見せて」エレノアは疲れた声で言った。「わたしはこれ以上見られないわ」

「ミス・ヴォイトは復員兵の帰還に関する記事の取材で出かけてます。ほかに見てくれる人がいないんです」

選択肢がないことがわかり、エレノアは短い記事を手にとって読んだ。


ついに放蕩貴族は愛を見つけたのか？　放蕩にふけっていた伯爵はどうやら、生活態度を改めることにしたようだ。気に入りの場所に姿を現さないことが顕著になり、噂では、二週間も家に閉じこもっているそうだ。

情報網を通じ、弊紙は放蕩貴族が、鵞ペンをあやつる、ある女性と恋に落ちてから、罪深い贅沢な習慣を捨てたことをたしかめることができた。そんな女性は伯爵にはふさわしくないと考える向きもいるかもしれないが、当の放蕩貴族は、彼女のいない人生は希望のない試練にすぎず、そんなことは考えることすらきっぱり拒否するとおおやけに宣言している。

幸せな告知が為されるのもまもなくである。その女性の気持ち次第ではあるが。


エレノアは目を上げた。目の前にダニエルが立っていた。いつものように非の打ちどころのない装いをしているが、黒っぽい髪は伸びてわずかに乱れていた。最後に見たときよりもやせている。そうしてやせたことで、あり得ないほどの魅力が加わり、聖人のように美しく見えた。いたずらっぽい青い目と罪深い口は前と変わらなかったが。

エレノアの手から紙がすべり落ちた。彼に手を伸ばしたくてたまらなくなる。また触れて、においを嗅ぎ、味わいたくてたまらない。しかし、彼女は椅子から立たないことをみずからに強いた。

「あなたがここへ来たら、すぐに知らせてもらうことになっていたのに」と彼女は言った。抑揚のない声を出せたことに自分でも感心する。それから、声を張り上げて言った。「全員首にしてやるわ」

ダニエルが口を開く前に、ハリーが入口に顔をのぞかせた。「すみません、ミス・ホーク。でも、ぼくたちみんな、あなたがひどくみじめな様子でいるのを見ていたもので……だから……」彼は骨ばった肩をすくめて姿を消した。

「彼らを責めてはいけない」ダニエルは聞き慣れたやさしい声で言った。「みんなきみのことを心配しているんだ」

「それでも赦さないわ」エレノアはつぶやくように言い、記事を手にとった。「あなたの文章を直さないと。かなり直しが必要な文章だもの」

彼は眉を上げた。「きみが気にすべきは文章じゃなく、内容だ」

エレノアは唐突に机から立ち、入口へ向かった。しかし、逃げる代わりに――逃げたくてたまらなかったが――扉を閉め、彼と向き合った。「こんなことをしても何も変わらないわ、ダニエル。あなたとわたしは――」

「結婚するんだ」

エレノアは彼をじっと見つめた。胸の奥で鼓動が大きくなる。聞きまちがえたのは明らかだ。「結婚?」

「愛し合う者同士がすることさ。そう聞いている。因習的な概念だが、それについては賛成できるね」

「でも――」

彼が片膝をつき、エレノアはことばを失った。「これも決まりだと聞いている。女性に妻になってほしいと頼むときの。放蕩者は結婚の申しこみをするときも無作法なやり方をするらしいが」軽々しいことばとは裏腹に、目は明るく輝き、声はかすかに震えていた。突然、軽々しい態度を打ち捨て、ダニエルはこれまでになくまじめな顔になった。「エレノア、その記事に書かれていることは一言一句ほんとうだ。ぼくはきみなしには生きていけない。ぼくの人生にはきみが必要なんだ。今も、これからもずっと」

エレノアは震える唇に指先を押しつけた。新たな苦しみに襲われる。望むことすら怖くてできなかったものを差し出されているのだ。「無理よ」とささやく。「伯爵と新聞記者が結婚なんてできない。フレミング卿の身に何が起こったか忘れたの?」

ダニエルが不運な貴族とその妻のことを思い出すのにしばし時間がかかった。「彼は強い人間じゃなかった。ぼくはちがう」

「でも——」

彼の目がすべてを語っていた。「愛する女性と結婚できないとしたら、伯爵でいることになんの意味がある?」

「逃れられない悪い噂の的になるわ」彼女はかすれた声で言った。「これまで見てきたもの。記事にもしてきた」

「そうなれば、新聞が売れる」

「茶化さないで」エレノアは振り返って机に手をついた。

彼は立ち上がって彼女の肩をつかんだ。「ともに人生を歩むあいだ、きみを茶化すこともたびたびあるだろうが、このことを茶化すつもりはないよ」そう言ってそっと彼女を振り向かせ、顎を上げさせた。「ほかの連中は——きみが記事を書いたほかの連中は——悪い噂を立てられて耐えられなかったかもしれないが、ぼくは放蕩貴族だよ。悪い噂など、ぼくにとってはなんということもない。醜聞の申し子なんだから、誰よりもうまくそれに耐えてみせるさ。それに、ぼくは裕福で権力もあるから、誰もぼくを拒めない。こんなに権力があってどうするんだと昔は思っていたけど、今ならわかる。このためにあるのさ」彼は頭を下げて彼女にキスをした。やさしく、甘いキス。その裏には熱い情熱が隠されていて、エレノアは拒むことができなかった。

まわりをとり囲んでいた暗闇が、小さなかけらとなって崩れ落ちはじめた。彼がここにいる。不可能なことなど何もない気がした。

「愛しているよ、エレノア」口づけたままダニエルは言った。「毎朝きみの隣で目覚めさせてくれ。毎晩きみを抱《いだ》かせてくれ。いやらしいリムリックをいっしょにつくり、フェートンで疾走し、ともに老いていこう。ぼくは永遠にきみのものだ、エレノア」

「ええ《イエス》」彼女は答えた。「ええ、ええ」

ダニエルは彼女をきつく抱きしめ、ふたりの鼓動は美しい調和を奏でた。

〝ええ〟というのも美しいことばだった。エレノアはどんなことばも愛したが、その瞬間、〝ええ〟という以上に貴重なことばはなかった。なぜなら、それは目の前に可能性の世界を広げてくれたからだ。彼のいる世界。ふたりがなんでもできる世界。人生は真っ白な紙のようなもので、ふたりはそこにふたりの物語をともに書いていくのだ。

エピローグ

終わりというものは、必ずほかの何かのはじまりを告げるものである。
〈ザ・ホークス・アイ〉一八一六年七月十五日

マギーはテーブルと椅子とソファーとスーツケースと鏡に囲まれていた。金メッキされた木製の馬や九柱戯（現在のボーリングのもととなった遊び）のセットまであった。散らかってはいたが、インペリアル劇場の小道具部屋は、劇場にかかわる者の常軌を逸した生活のなかで、比較的心の平穏を得られる場所だった。階上《うえ》の舞台では、次の音楽劇のリハーサルがすでに行なわれていた。つまり、また山ほど質問されることになる。そこでマギーは、〈ザ・ホークス・アイ〉の最新号を手にとって小道具部屋に引きこもったのだった。その部屋にほかにいたのは、劇場に住みこんでネズミを退治しているオレンジ色の虎猫で、猫はベルベットで覆われた台座の上でぐっすりと眠りこんでいた。

エレノアの新聞の第一面は最近の醜聞で埋めつくされていたが、マギーのお目当てはそれではなかった。彼女は三ページ目をめくって読みはじめた。

弊紙はロンドンにおけるさまざまな出来事をお伝えする新聞で、弊紙の内部事情をお伝えすることはこれまでなかったのだが、はからずもそうした慣習が破られることはままあることである。この記事の書き手が、みずからの私生活を記事にするに足るものとみなすのは僭《せん》越《えつ》かもしれない。しかしながら、彼女——つまり、わたし——が一線を越え、他人の人生を記事にする人間から、記事にされる人間になったことは、世間に知られずに済むことではない。最近、かなりの憶測が飛び交っているため、この新聞の紙面を借りて、真実をできるかぎりつまびらかにしなければならないと考えた。

そう、この記事の書き手はたしかにA卿と結婚した。双方の合意にもとづくもので、新たな命をさずかったがゆえに強制されたものではない。なんとも芸のない言い方に思われるだろうが、愛ゆえの結婚である。

特別結婚許可証を手に入れ、式そのものは派手ではない慎ましいものだった。その後すぐに、夫とわたしは夫の田舎の領地へおもむき、なんともたのしい新婚旅行を過ごした。ここではその詳細については触れない。その後ロンドンへ戻ってきてもとの生活に戻ったが、以前とちがうのは、同じ屋根の下で暮らすようになったことである。そう、読者諸兄、それはほんとうのことである。わたしは伯爵夫人になったが、仕事はつづけている。

記者の生い立ちや、経営者として商売にたずさわっている事実から、伯爵の社交の輪にいる人のなかには、わたしたち夫婦と付き合おうとしない人々もいる――その損失はさほど大きくないと夫は考えている――が、ほとんどの人があたたかく迎えてくれ、たとえ中傷のささやきやほのめかしを耳にしたとしても、夫婦の幸せは少しも損なわれないことがわかった。社交界の意見に従っても、結局は絶望したり怒りに駆られたりするのがおちだというのがわたしの考えである。そこで、読者諸兄にも、他人の不幸ばかりを探すのではなく、ご自分の幸せを求める目でこの新聞をお読みいただきたいと思う。

マギーはため息をついて新聞を脇に置いた。エレノアと貴族の関係がどういう結末を迎えるか推測するなかで、劇作家である自分でも、ここまで幸せな結末は予測できなかった。しかし、エレノアのようなことはめったにあるものではない。過酷な経験からマギーにはそれがわかっていた。それでも、エレノアのためには喜ばしいことだった。彼女にはこうして幸せになる資格があるのだから。

マギーはアシュフォード伯爵がヴォクソールで笑わせてくれたことを思い出した。寛容で、自分の短所をよくわかっている人物だった。マギーの鋭い知性の対象となったのが、自分ではなく、ミスター・スモリットでよかったと言っていた――自分は鋭い舌鋒《ぜっぽう》に対し、身を守れるだけの鎧を身につけていないからと。ナポレオンとの戦争にマギーがあたっていたら、戦争は何年もつづかず、数日で終わっていたことだろうとも言っていた。あのコルシカ人は、男としての自尊心を抱えてほうほうの体で逃げ出したはずだ。それを想像するとおかしくてたまらず、笑わずにいられなかったのだった。

今、マギーは椅子駕籠《かご》の上に載っている鳥籠に目を向けた。友のことは喜ばしいが、自分の前にハンサムで気高い貴族が現れることはない。誰ひとりとして。あるのは仕事だけ。仕事と自由。それで充分。充分と思わなければならない。

「あなたのせいで気が散って仕事にならないわ」とエレノアが言った。

ダニエルはアマゾンの奥地の探検について書かれた本から目を上げた。妻は――妻だと考えるとうれしくてたまらなかった――そばで机に向かっていた。ふたりは書斎を共有し、部屋の隅と隅にそれぞれの机を置いていた。ダニエルの家は彼女が自分だけの書斎を持てるほどに広かったが、夫のそばにいるほうがいいと考えて、彼女は別に書斎を持つのはやめたのだった。彼もそれを拒めなかった。彼女にはいつもそばにいてほしかったからだ。

「ぼくはここにすわって静かにしているじゃないか」彼は言った。「本を読んで。そう、静かに。唇を動かすことすらしていない。なあ、どうしてぼくのせいで気が散るなんてことがあるんだい?」

エレノアは鵞ペンを脇に置いた。唇の端に笑みが浮かぶ。「だって、あなたを見ずにいられないんだもの」

ダニエルのせいとは言えない理由だった。「だったら、責められるべきはきみのほうだな。解決策はふたつあるけどね」

エレノアは指を組んでそこに顎を載せた。「ぜひ聞きたいわ」

「馬の目隠し革を使えば、仕事以外の何にも目を向けられないようにできるかもしれない」と彼は言った。

エレノアは淑女らしからぬ素振りを見せた。「それで、ふたつめは?」

ダニエルは本を脇に置いた。「ここへおいで。見せてあげるから」

彼女は口の端を上げた。「そうしたら、何もできなくなるわ」

「そんなことはないさ。できることはたくさんある」

しばし彼女はまじめに考える顔になった。やがて首を振る。「だめよ。締切があるんだから」

「妥協案といこう。これから三十分、ぼくはきみの視界から消えることにする」

エレノアは眉を上げた。「三十分したら何があるの?」

「きみは鵞ペンを置いて寝室へ来るんだ。風呂の用意ができていて、ぼくもそこで待っている」

何にもましてすばらしいと思うようになった笑みが、彼女の顔を輝かせた。「妥協案に乗るわ」

ダニエルは椅子から立った。「いいかい、遅れたら、探しに来るからな」

「そうしたら、どうなるの？」エレノアは生意気な口調で訊いた。

「そうしたら、伯爵を待たせたらどうなるか、きみは思い知ることになる」

「そんなのだめよ」と彼女は言ったが、頬はきれいなピンク色に染まった。

ダニエルはお辞儀をした。「三十分だ」

「あとでね」彼女はうきうきと言った。目はいたずらっぽくきらめいている。生意気な女だが、ぼくの妻だ。ぼくの人生のすべてを根本から揺るがし、すっかりばらばらに壊してくれた女性。ふたりにいまだ醜聞はつきまとっているが、彼は気にもしなかった。彼女も気にしていないように見える。結局、醜聞のおかげでふたりはいっしょになれたのだから。

ダニエルがこれほどの幸せを感じたことはかつてなかった。エレノアが絶えず浮かべている笑みと、ときどきひとり小声で鼻歌を歌っている様子から、彼女も幸せを感じているのはまちがいない。それは自分が望み得る以上のもので、それ以上の望みはなかった。

放蕩貴族は自分にぴったりの相手を見つけたのだ。そして、その妻の指にはいつもインクのしみがついている。

訳者あとがき

ロマンスの名手、エヴァ・リーの『伯爵の恋の手ほどき』（原題*Forever Your Earl*）をお届けします。

エヴァ・リーは別名義のゾーイ・アーチャーとして、ヒストリカル・ロマンスからSF作品まで、幅広い作品を発表しており、パラノーマル物のロマンス作品がＲＩＴＡ賞にノミネートされるなど、高く評価されています。昔から冒険小説が大好きだったゾーイでしたが、登場するヒロインが無力で必ずヒーローに助けられる設定の小説がほとんどであることに違和感を抱いていました。そのため、自分が作品を送り出す側になったときには、どの作品においても、必ずヒロインはヒーローに負けず劣らず強く有能な人間であるようにしたいと思っていました。

そんな彼女がエヴァ・リー名義で発表したのが、この『伯爵の恋の手ほどき』をはじめとする、〈いけない物書きシリーズ〉三部作です。摂政時代のロンドンを舞台に、本書のヒロインも、何事にも動じないほどに強く、自立した、有能な女性として描かれています。

大衆紙の新聞社を経営するエレノアの事務所へ、放蕩者として有名なアシュフォード伯爵ことダニエルが押しかけてきます。彼女の新聞の記事に度々登場する彼が突然現れたことで、エレノアは文句を言われるものと身がまえますが、ダニエルは意外な提案をもちかけてきます。

ナポレオンとの戦争から心に傷を抱えて戻ってきた親友のジョナサンが行方不明となり、ダニエルは彼の妹の懇願を受けてジョナサンを探しています。長兄の死によって公爵家の跡継ぎとなったジョナサンが失踪したと世間に知られたら、公爵家は破滅してしまうかもしれないため、ダニエルは世間の注意をよそにそらしておく必要があると考えます。そこで、自分の醜聞を記事にしている大衆紙に、自分のお遊びに同行してじっさいに見聞きしたことを記事にしないかと持ちかけることにしたのです。そうして自分の不品行に世間の注目を集めているあいだに、ジョナサンのことを秘密裡に探すつもりでした。

そんなダニエルからの意外な提案を受け入れたエレノアは、ダニエルの夜遊びに同行して記事を書くようになります。颯爽としたハンサムな伯爵の手引きで上流社会のお遊びを体験することにわくわくするエレノアと、上流階級の女性たちとはまったくちがうエレノアに興味を抱いたダニエルは、ともに時間を過ごすうちに惹かれ合うようになっていきます。身分も生きている世界もまるでちがうふたりの恋が、ときにスリリングに、ときにせつなく進展していきます。

貴族であるダニエルと身分ちがいの恋に落ちるエレノアですが、彼に対し、自分が庶民であることに引け目を感じることはありません。自分の得意とすることを仕事にし、自立していることに誇りを感じているからです。それでも、貴族である彼の立場を考えれば、ふたりの関係を長くつづけるわけにはいかないと、エレノアは心がばらばらに砕ける思いに襲われながらも、自分から身を引こうとします。ダニエルのほうは身分の低い彼女をけっして見下すことなく、生き生きと仕事をして活力に満ちた人生を送っている彼女に敬意すら抱き、社会的慣習に背を向けてでも彼女を愛し抜こうとします。当時としては風変わりな恋人たちですが、彼らの目の前に伸びる、けっして平坦ではない道も、強い意志と自我を持つエレノアと、柔軟な心を持ち、彼女の考え方を尊重するダニエルなら、きっと乗り越えていけるにちがいないと思わせてくれます。

イギリスに大衆紙が登場するのは十九世紀末のことなので、摂政時代（一八一一年―一八二〇年）にはまだ大衆紙はなく、当然ながら、〈ザ・ホークス・アイ〉も架空の新聞ということになりますが、この時代に女性の新聞社経営者がいたという設定も含め、本書については、自由な発想で描かれたストーリーとして、純粋にその設定をおたのしみいただければと思います。

〈いけない物書き〉シリーズ第二作では、劇作家のマギーとダニエルの友人マーウッドの恋が描かれるようです。エレノア以上に貴族を毛嫌いするマギーとダニエル以上の放蕩者であるマーウッドの恋がどんなふうに進展するのか、非常に興味を惹かれます。こちらもいつかご紹介できれば幸いです。

二〇一六年四月

ザ・ミステリ・コレクション

伯爵《はくしやく》の恋《こい》の手《て》ほどき

著者　エヴァ・リー
訳者　高橋佳奈子《たかはしかなこ》

発行所　株式会社 二見書房
東京都千代田区三崎町2-18-11
電話　03(3515)2311［営業］
　　　03(3515)2313［編集］
振替　00170-4-2639

印刷　株式会社 堀内印刷所
製本　株式会社 村上製本所

落丁・乱丁本はお取り替えいたします。
定価は、カバーに表示してあります。

ISBN978-4-576-16079-5
http://www.futami.co.jp/

禁断の夜を重ねて
メアリー・ワイン
大野晶子［訳］

ある土地を守るため、王の命令でラモンは未亡人のイザベルに結婚を持ちかける。男性にはもう興味のなかったイザベルだが……中世が舞台のヒストリカル新シリーズ開幕！

その言葉に愛をのせて
アマンダ・クイック
安藤由紀子［訳］

ある殺人事件が、「二人」を結びつける——過去を封印して生きる秘書アーシュラと孤島から帰還した貴公子スレイター。その先に待つ、意外な犯人の正体は⁉

誘惑の夜に溺れて
ステイシー・リード
旦紀子［訳］

フィリッパはアンソニーと惹かれあうが、処女ではないという秘密を抱えていた。一方のアンソニーも、実は公爵の庶子で、ふたりは現実逃避して快楽の関係に溺れ……

約束のキスを花嫁に
リンゼイ・サンズ
上條ひろみ［訳］
〔新ハイランドシリーズ〕

幼い頃に修道院に預けられたイングランド領主の娘アナベル。ある日、母に姉の代役でスコットランド領主と結婚しろと命じられ…。愛とユーモアたっぷりの新シリーズ開幕！

愛のささやきで眠らせて
リンゼイ・サンズ
上條ひろみ［訳］
〔新ハイランドシリーズ〕

領主の長男キャムは盗賊に襲われた少年ジョーンを助けて共に旅をしていたが、ある日、水浴びする姿を見てジョーンが男装した乙女であることに気づいてしまい⁉

口づけは情事のあとで
リンゼイ・サンズ
上條ひろみ［訳］
〔新ハイランドシリーズ〕

夫を失ったばかりのいとこフェネラを見舞ったサイは、しばらくマクダネル城に滞在することに決めるが、湖で出会った領主グリアと情熱的に愛を交わしてしまい……⁉

この恋がおわるまでは
ジョアンナ・リンジー
小林さゆり［訳］

勘当されたセバスチャンは、偽名で故国に帰り、マーガレットと偽装結婚することになる。いつかは終わる関係と知りながら求め合うが、やがて本当の愛がめばえ……

ダークな騎士に魅せられて
ケリガン・バーン
長瀬夏実［訳］

愛を誓った初恋の少年を失ったファラ。十七年後、死んだはずの彼を知る危険な男ドリアンに誘惑されて――。情熱と官能が交錯する、傑作ヒストリカル・ロマンス!!

その唇に触れたくて
サブリナ・ジェフリーズ
石原未奈子［訳］

父親の仇と言われる伯爵を看病する羽目になったミナ。だが高熱にうなされる彼の美しい裸体を目にしたミナは憎しみを忘れ…。ベストセラー作家サブリナが描く禁断の恋！

禁じられた愛のいざない
ダーシー・ワイルド
石原まどか［訳］

厳格だった父が亡くなり、キャロラインは結婚に縛られず恋を楽しもうと決心する。プレイボーイと名高いモンカーム卿としがらみのない関係を満喫するが、やがて…!?

はじめての愛を知るとき
ジェニファー・アシュリー
村山美雪［訳］
〔マッケンジー兄弟シリーズ〕

〝変わり者〟と渾名される公爵家の四男イアンが殺人事件の容疑者に。イアンは執拗な警部の追跡をかわしつつ、歌劇場で出会ったベスとともに事件の真相を探っていく…

一夜だけの永遠
ジェニファー・アシュリー
村山美雪［訳］
〔マッケンジー兄弟シリーズ〕

ひと目で恋に落ち、周囲の反対を押しきって結婚したマックとイザベラ。互いを愛しすぎるがゆえに別居中のふたりは、ある事件のせいで一夜をともに過ごす羽目に…

純白のドレスを脱ぐとき
トレイシー・アン・ウォレン
久野郁子［訳］
〔プリンセス・シリーズ〕

意にそまぬ結婚を控えた若き王女と、そうとは知らずに恋におちた伯爵。求めあいながらすれ違うふたりの恋の結末は!? RITA賞作家が贈るときめき三部作開幕！

薔薇のティアラをはずして
トレイシー・アン・ウォレン
久野郁子［訳］
〔プリンセス・シリーズ〕

小国の王女マーセデスは、馬車でロンドンに向かう道中何者かに襲撃される。命からがら村はずれの宿屋に辿り着くが、彼女が本物の王女だとは誰も信じてくれず…!?

真珠の涙がかわくとき
トレイシー・アン・ウォレン
久野郁子［訳］

元夫の企てで悪女と噂されて社交界を追われ、友も財産も失ったタリア。若き貴族レオに求愛され、戸惑いながらも心を開くが…？ ヒストリカル新シリーズ第一弾！

月夜にささやきを
シャーナ・ガレン
水川玲［訳］

誰もが振り向く美貌の令嬢ジェーンに公爵の息子ドミニクとの婚約話が持ち上がった。出逢った瞬間なぜか惹かれあう二人だったが、彼女にはもうひとつの裏の顔が？

今宵、心惑わされ
グレース・バローズ
安藤由紀子［訳］

早急に伯爵位を継承しなければならなくなったイアン。伯爵家は折からの財政難。そこで持参金がたっぷり見込める花嫁―金満男爵家の美人令嬢―を迎える計画を立てるが!?

サファイアの瞳に恋して
ジュリア・ロンドン
高橋佳奈子［訳］

母と妹を守るため、オナーは義兄の婚約者モニカを誘惑してその結婚を阻止するよう札つきの放蕩者ジョージに依頼する。だが彼はオナーを誘惑するほうに熱心で…？